二哈和他的白猫師尊

바보 허스키와 그의 흰 고양이 사존

二哈和他的白猫師尊

바보 허스키와 그의 흰 고양이 사존

육포부흘육 장편소설

2권

BLab

二哈和他的白猫師尊

목차

28장 본좌는 두부를 먹고 싶지 않다

"야, 야, 너희 들었어? 옥형 장로님이 계율을 어겨서 이레 동안 염라전에 무릎을 꿇고 있어야 한대."

다음 날 조강 시간, 어린 제자들이 수행을 하기 위해 선악대에 모여 앉았다. 모두 십 대, 이십 대의 젊은이들이라 마음을 차분하게 가라앉히지 못했다. 스승이 잠깐 한눈을 팔기라도 하면, 그들은 서로 귀에 대고 작게 소곤거렸다.

초만녕이 벌을 받는다는 소식은 빠르게 퍼졌다.

어제 곤장형을 직접 본 제자들은 거리낌 없이 다른 사람들에게 소문을 퍼트리고 다녔다.

"어이, 이제야 알았어? 소식이 느리네. 아…… 어제 녹존 장로님이랑 야로화(夜露花) 따러 산에 갔었지? 그렇군……. 그럼 그 광경을 다 놓쳤겠네! 어제 저녁에 청천전에서 피랑 살점이 사방으로 튀는데 도저히 끔찍해서 못 보겠더라. 옥형 장로님이 곤장을 200대나 맞으셨어! 200대를! 그것도 전부 급소로만! 정말 가차 없었어!"

그 제자는 말할 때마다 매우 과장된 표정을 지었다. 주변의 사제와 사매들이 놀라 탄성을 내지를 때마다 우쭐하는 것도 빼놓지 않았다.

"곤장 200대가 어느 정도인지 감이 와? 우람하고 건장한 사내도 맞아 죽을 정도이니 옥형 장로님은 말할 것도 없지. 장로님도 못 견디고 기절하셨어. 그걸 보고 우리 소주님이 펄쩍 뛰어서는 곧장 달려들어 계율 장로님이랑 싸웠잖아. 옥형 장로님한테 손가락 하나 까딱하지 말라고 막 소리치는데 어휴, 그 광경이 정말……."

그는 얼굴을 만두처럼 쭈글쭈글하게 구기며 찡긋거리더니, 손가락 하나를 펴고 좌우로 흔들며 딱 세 글자를 말했다.

"쯧쯧쯧."

그러자 어린 사매가 새파랗게 질린 얼굴로 외쳤다.

"네? 옥형 장로님이 기절하셨다고요?"

"소주님이랑 계율 장로님이랑 싸웠어?"

"어쩐지 오늘 조강 때 옥형 장로님이 안 보이시더니…… 불쌍해……. 대체 무슨 계율을 어기신 거야?"

"듣기로는 욱해서 의뢰인을 때렸대."

"……."

이런 근거 없는 말들이 수시로 설몽의 귀에 흘러들어 갔다. 사생지전 소주의 성격은 그의 스승에게서 그대로 물려받아 거칠기 그지없었다. 다만 이 일을 떠드는 사람이 한둘이 아니었다. 선악대에 삼삼오오 모여 '옥형 장로님이 벌을 받았대'라고 수군거리는 소리에 그는 매우 정신이 사나웠지만, 그렇다고 어떻게 할 수도 없었다.

이쪽에서 설몽이 이마에 핏대를 올릴 때, 저쪽에서는 밤새 한숨도 못 잔 묵연이 연신 하품을 했다.

설몽은 화풀이할 곳이 없자 묵연에게 고래고래 소리 질렀다.

"하루의 계획은 아침에 있다는데, 개새끼야, 너는 아침부터 게으름이나 피우냐! 평소에 사존이 널 어떻게 가르치신 거야?"

"응?"

묵연은 졸음이 가득한 눈을 게슴츠레 뜬 채 또다시 크게 하품을 했다.

"설몽, 너도 참 밥 먹고 할 짓이 없나 보네. 사존이 날 혼내는 건 그렇다고 쳐도, 넌 뭐냐? 난 네 사촌 형이야. 형한테 그게 무슨 말버릇이야, 위아래도 없이."

설몽이 사납게 말했다.

"내 사촌 형은 개니까 어디 하고 싶으면 해봐!"

묵연이 웃으며 말했다.

"어쩜 이리도 못됐을까. 형님을 무시하고 말이야. 사존께서 아시면 정말 실망하시겠다."

"어디 감히 사존을 들먹여! 하나만 묻자. 어제 사존이 계율정에 가신다고 할 때 왜 안 말렸어?"

"몽몽아, 그분은 사존이잖아. 만야옥형, 북두선존. 네가 한번 말려 보지 그랬어?"

설몽은 버럭 성을 내며 검을 빼 들고 일어나 눈썹을 치켜세우며 말했다.

"너 이 새끼 방금 날 뭐라고 불렀어?"

묵연은 턱을 괴고 웃었다.

"우리 몽몽이 착하지, 앉아."

설몽은 화가 나서 펄펄 뛰었다.

"묵미우, 가만 안 둔다!"

사매는 두 사람 사이에 낀 채 그들의 일상적인 다툼을 들으며 한숨을 쉬곤, 조용히 관자놀이를 누르며 보던 책에 집중하려 애썼다.

"해와 달이 가득 차면 영핵이 처음으로 형성된다. 천도는 꿰뚫어 볼 수 없으며, 생사는 서쪽의 별과 동쪽의 별처럼……."

눈 깜짝할 사이에 이레가 지났다. 초만녕의 반성 기간도 끝났다.

규율대로 이제 그에겐 석 달의 금족령이 남았다. 금족령 기간에는 사생지전을 떠날 수 없는 데다, 맹파당에서 허드렛일을 하며 내하교의 기둥을 닦고 산문 앞 계단도 쓸어야 했다.

계율 장로는 걱정이 태산이었다.

"옥형 장로, 솔직히 이런 일은 안 하는 것이 좋을 것 같습니다. 명색이 일대종사[#1]인데 설거지를 하고 바닥을 닦는 건……너무 망신스럽지 않습니까."

그리고 차마 입 밖에 내지 못한 말이 있었다.

중요한 건, 그대가 과연 청소와 요리와 빨래를 할 줄 아는지가 의심스럽기 때문이오!

#1 일대종사 一帶宗師. 기존의 것을 발전시켜 새로운 것을 이뤄 낸, 모든 사람이 높이 우러러 존경하는 인물

초만녕은 자기 자신을 조금도 의심하지 않고 규칙에 따라 맹파당으로 갔다.

맹파당의 총관에서부터 하인들까지, 초만녕이 벌을 받아 허드렛일을 하러 온다는 소식을 듣고는 마치 엄청난 적을 맞닥뜨린 것처럼 모두 놀라 얼굴이 하얗게 질렸다.

초만녕이 흰옷을 나풀거리며 어느새 조용히 나타났다.

준수하고도 차가운 얼굴에는 어떠한 표정도 없었다. 그의 발밑에 상서로운 구름을 깔아 놓고 팔에 불자 하나를 끼워 놓으면 신선과 다를 바 없이 보일 것이다.

맹파당의 총관은 송구스럽기 짝이 없었다. 이런 미남을 채소를 씻고 밥하는 데 부려 먹어야 하다니.

그러나 초만녕은 자신이 미남이라는 자각이 없었다. 그는 주방으로 성큼성큼 들어가서 사람들을 차갑게 훑어보았다. 사람들은 저도 모르게 뒤로 한 걸음 물러났다.

초만녕이 다짜고짜 말했다.

"난 뭘 하면 되지?"

총관이 쭈뼛쭈뼛 옷자락을 만지작거리더니 조심스럽게 말했다.

"장로님, 채소를 씻는 건 어떠십니까?"

초만녕이 말했다.

"알았다."

총관은 안도의 한숨을 내쉬었다. 사실 총관은 초만녕이 열 손가락에 물 한번 안 묻혀 봤을 테니 이런 씻고 헹구는 일을 싫어할 줄 알았다. 게다가 다른 일을 시키자니 전부 더럽고 힘들거나 기술이 필요했기에 초만녕이 제대로 못할 것이 걱정이었다.

다행히 초만녕이 채소를 씻겠다고 흔쾌히 대답했으니 이제 걱정할 필요가 없었다.

그러나 총관이 너무 순진했다는 것이 얼마 안 지나 사실로 증명되었다.

맹파당 앞에는 맑은 개울이 흘렀다. 초만녕은 푸른 채소 한 광주리를 안고 개울가로 가서 소매를 걷고 채소를 씻기 시작했다.

그곳은 선기 장로의 관할이라 이따금씩 선기 장로의 제자들이 지나갔는데, 채소를 씻는 초만녕을 보자 놀라 더듬거릴 뿐 말을 잇지 못했다. 그들은 서너 번 눈을 비비며 자신이 잘못 본 것이 아니라는 것을 확인하고 나서야 경악하며 말했다.

"옥…… 옥형 장로님, 아…… 안녕하세요."

초만녕이 위를 보며 말했다.

"그래."

선기 장로의 제자들은 벌벌 떨며 허겁지겁 도망갔다.

"……."

초만녕은 그들과 알은체 하는 것도 귀찮았다. 그래서 채소 잎을 떼고 씻어서 광주리에 담는 일만 계속했다.

그는 아주 정성껏, 채소 잎을 하나하나 떼서 앞뒤로 한 번씩 씻었다. 그 결과, 점심때가 다 되었는데도 광주리에 담긴 채소를 다 씻지 못했다.

부엌에서 기다리다 애간상이 녹을 지경인 하인들은 왔다 갔다 하며 빙글빙글 돌았다.

"어쩌죠? 장로님은 왜 아직도 안 오실까요? 장로님이 안 오시면 채소가 없는데, 그럼 소고기채소볶음을 어떻게 만들죠?"

총관이 해를 보더니 말했다.

"됐다. 기다리지 말고 홍소우육[#2]으로 바꾸자."

그래서 초만녕이 돌아왔을 때 맹파당의 소고기 요리는 이미 완성되어 있었다. 부드럽고 촉촉하게 끓인 소고기에는 채소가 전혀 필요 없었다. 초만녕은 채소를 품에 안은 채 인상을 쓰며 상당히 기분이 나쁘다는 듯 차갑게 말했다.

"채소가 필요 없는데 왜 씻어 오라고 한 거지?"

온몸의 털이 바짝 곤두선 총관은 손수건을 꺼내 이마에 난 식은땀을 닦으며 나중에 땅 치고 후회할 말을 하고 말았다.

"그게 아니라, 장로님께서 직접 두부야채조림을 만들어 주셨으면 해서요."

초만녕은 여전히 채소 광주리를 안은 채 무표정으로 고개를 기울이며 생각에 잠겨 있었다.

총관이 황급히 덧붙였다.

"장로님께서 원하지 않으시면 상관없……."

말이 끝나기도 전에 초만녕이 물었다.

"두부는 어디 있지?"

총관은 당황해서 말을 잇지 못했다.

"옥형 장로님. 요리…… 할 줄 아세요?"

초만녕이 말했다.

"아무것도 모르는 건 아니다. 한번 해 보지."

그날 점심, 제자들은 평소처럼 시시덕거리며 맹파당으로 들어가 삼삼오오 모여 자리를 잡고 음식을 받으러 배식대로 갔다.

#2 홍소우육 소고기에 양념이 밸 때까지 끓인 요리

사생지전은 벽곡을 하지 않기에 음식이 항상 풍성했다. 이날도 마찬가지였다.

홍소우육은 비계와 살코기가 적절히 섞여 있었고, 어향육사[#3]는 향긋했으며, 농가소육[#4]은 바삭한 황금빛 튀김옷을 입고 있었으며, 타초어육[#5]은 먹음직스러운 빛깔을 띠고 있었다. 제자들은 자기가 좋아하는 음식을 차지하기 위해 부랴부랴 한 줄로 서서 주방 사부에게 탕수갈비를 한 국자 더 달라고 하거나, 밥 위에 국물을 부어 달라거나 고추기름을 더 달라고 했다.

달리기가 가장 빠른 건 항상 녹존 장로의 제자들이었다. 제일 앞에 선 코에 커다란 여드름이 난 녀석은 마파두부가 먹고 싶었다. 그는 익숙하게 나무 쟁반을 들고 가장 마지막에 있는 배식대로 가서 눈도 들지 않고 말했다.

"사부, 두부 한 그릇 주세요."

사부는 가늘고 긴 고운 손으로 그에게 두부가 가득 담긴 접시 하나를 건넸다.

그러나 그건 그가 알고 있던 마파두부가 아니었다. 까맣게 탄, 원래 재료가 뭔지 구분도 안 가는 기이한 요리였다.

제자가 흠칫 놀랐다.

"이게 뭐죠?"

"두부야채조림이다."

맹파당은 사람들로 북적거려 시끄러웠다. 제자는 대답하는 목소리에 신경도 쓰지 않고 버럭 화를 냈다.

#3 어향육사 채 썬 고기를 야채와 볶은 요리
#4 농가소육 고기튀김
#5 타초어육 다진 고추를 얹은 생선 요리

"연단술 했어요? 이게 무슨 두부야채조림이에요? 이런 건 먹기 싫으니 도로 가져가세요!"

그는 투덜대며 주방 사부를 째려봤다가, 배식대 뒤에 서 있는 '사부'의 정체를 확인하고 놀라 비명을 질렀다. 하마터면 쟁반까지 엎을 뻔했다.

"옥…… 옥형 장로님!"

"음."

제자는 울 것 같은 표정이었다.

"아니, 저는 그게, 방금은 그런 뜻이 아니었어요. 전……."

"안 먹을 거면 가져와라."

초만녕이 무표정하게 말했다.

"낭비할 수야 없지."

제자는 뻣뻣하게 접시를 들어 뻣뻣하게 초만녕에게 건넸다. 그리고 정신없이 줄행랑을 쳤다.

얼마 지나지 않아, 배식대 끝에 서 있는 사람이 옥형 장로라는 것을 모두가 알게 되었다. 시끌벅적하던 맹파당은 순식간에 쥐 죽은 듯 고요해졌다.

제자들은 얌전한 강아지들처럼 조용히 줄을 섰다. 허둥지둥 음식을 받아서는 공손한 자세로 마지막 배식대 앞으로 가서 더듬거리며 장로에게 인사를 건네고는 비틀거리며 도망쳤다.

"옥형 장로님, 안녕하세요."

"음."

"옥형 장로님, 좋은 하루 되세요."

"그래."

"옥형 장로님, 수고하십니다."

"……."

제자들은 매우 질서정연했고, 더더욱 조심스럽게 행동했다. 초만녕은 긴장한 어린 제자들이 건네는 인사를 받았지만, 그 누구도 감히 그의 냄비에 있는 두부야채조림을 맛보려고 하지 않았다.

줄은 천천히 짧아졌고, 다른 주방 사부들 앞에 놓인 음식도 거의 바닥을 드러냈다. 유일하게 초만녕 앞에 놓인 음식만 여전히 가득했다. 냄비 가득 담긴 요리는 이미 차갑게 식었고, 아무도 관심 갖지 않았다.

초만녕의 얼굴에는 조금의 변화도 없었지만 마음속은 복잡했다. 어쨌거나 오전 내내 채소를 씻어서 만들었는데…….

이때, 그의 세 제자가 왔다. 설몽은 여전히 말끔히 손질된 은남색 경갑을 입고 있었다. 그는 반가운 듯 다가갔다.

"사존! 괜찮으세요? 다친 곳은 아프지 않으세요?"

초만녕은 침착했다.

"안 아프다."

"그…… 그럼 다행이네요."

초만녕은 그를 흘끔 보더니 갑자기 물었다.

"두부를 먹겠느냐?"

"……."

29장 본좌의 백부

스승 앞에서 충심을 보이기 위해, 사생지전의 소주는 까맣게 탄 두부를 세 그릇이나 받았다. 게다가 한 조각도 버리지 않고 다 먹겠다고 약속까지 했다.

초만녕은 매우 만족스러워하며 보기 드물게도 칭찬의 눈빛을 보냈다.

뒤에 있던 묵연은 그 모습에 기분이 썩 좋지 않았다. 답선제군은 초만녕에게 인정받는 것에 묘한 집착이 있었다. 그도 바로 두부를 세 그릇 달라고 했다. 초만녕이 그를 흘끗 보며 말했다.

"이렇게 많이 먹으면 체하지 않겠느냐?"

묵연은 설몽에게 지기 싫었다.

"세 그릇은 별것도 아니죠. 세 그릇 더 주셔도 문제없어요."

초만녕은 무덤덤하게 답했다.

"그래."

그러고는 묵연에게 두부 여섯 그릇을 건네며 말했다.

"너도 똑같다. 낭비하면 안 돼."

"……."

다른 둘이 받았으니 사매도 당연히 예외가 아니었다. 그가 웃으며 말했다.

"그럼…… 사존, 저도 세 그릇 주세요."

그렇게 옥형 장로의 금족 첫날이 끝났고, 그의 세 제자는 음식을 잘못 먹은 탓에 연이어 배탈이 났다. 이튿날, 계율 장로는 초만녕을 찾아가 맹파당은 일손이 부족하지 않으니 내하교로 옮겨 가 낙엽을 쓸고 기둥 닦는 것을 도와주는 게 어떻겠냐고 완곡하게 청했다.

내하교는 사생지전의 중심 구역과 제자들의 휴식 공간을 잇는 다리로, 마차 다섯 대가 동시에 지나갈 정도로 넓었다. 우뚝 솟은 다리 기둥에는 아홉 마리의 짐승이 백옥으로 조각되어 있었는데 각각 용의 아홉 아들을 대표했다. 그 밖에 365개의 사자 머리 모양을 한 짧은 기둥도 웅장한 기세를 뽐냈다.

초만녕은 묵묵히 빗자루질을 끝낸 뒤 백옥 조각상을 꼼꼼히 닦았다.

반나절을 바삐 움직였더니 어느덧 하늘이 어두워지기 시작하며 비가 내렸다.

수업이 끝난 제자들은 대부분 종이우산을 챙겨 오지 않아 재잘거리며 그대로 물웅덩이를 밟고 밖으로 달려 나갔다. 빗방울이 바위 위에 투두둑 떨어지는 소리에 초만녕은 시선을 먼 곳으로 향했다. 홀가분한 미소를 짓는 소년 소녀들이 보였다. 비에 맞아 홀딱 젖었는데도 반짝이는 표정이었다.

초만녕은 잘 알고 있었다. 그들이 자신을 발견하게 되면 저 반짝임과 즐거움은 사라지리라. 그래서 그는 잠시 생각하다 다리 밑으로 내려갔다.

가장 앞에서 뛰던 제자들은 다리에 도착하자마자 저도 모르게 탄성을 질렀다.

"히야~."

"결계?"

"내하교에 왜 결계가 생겼지?"

"선기 장로님께서 만드셨겠지."

한 제자가 어림짐작했다.

"우리에게 제일 잘해 주시는 건 선기 장로님이잖아."

반투명한 금색 결계가 내하교 위를 덮고 있었다. 건너편 휴식 공간의 중심 보도까지 시원하게 쭉 뻗어 나간 결계는 제자들이 걸어가야 할 길을 완전히 덮고 있었다.

"분명 선기 장로님이 만드신 걸 거야. 여긴 그분의 구역이잖아?"

"선기 장로님 정말 최고야."

"참 예쁜 결계네. 장로님은 역시 대단해."

제자들은 축축하게 젖은 머리카락을 털며 너도나도 결계 안으로 몸을 피한 채, 싱글벙글 웃고 떠들면서 휴식 공간으로 걸어갔다.

다리 아래 서 있던 초만녕은 다리 위의 떠들썩한 소리가 사라질 때까지 기다렸다. 소년 소녀들이 멀리 가고 나서야 그는 천천히 결계를 풀고 여유로운 걸음으로 다리 밑에서 나왔다.

"사존."

느닷없이 누군가가 그를 불렀다.

초만녕은 고개를 번쩍 들었으나 길 위에는 아무도 없었다.

"이쪽입니다."

소리를 따라 고개를 돌리니, 묵연이 백옥교 위에 비스듬히 앉아 있는 것이 보였다. 은남색 경갑을 입고 다리는 편안하게 난간에 걸친 자세였다.

소년의 눈과 눈썹은 놀라울 정도로 까맸고, 속눈썹은 두 개의 작은 부채처럼 눈앞에 드리워져 있었다. 손에는 종이우산 하나를 들고 웃는 듯 마는 듯 초만녕을 뚫어지게 응시하고 있었다.

한 명은 나뭇잎이 바스락거리는 다리 위에, 다른 한 명은 차가운 빗방울이 떨어지는 다리 아래에 있었다.

그렇게 서로를 바라만 볼 뿐, 한동안 누구도 입을 열지 않았다.

안개비로 뿌옇게 변한 세상은 무척이나 애절했다. 이따금 낙엽이 비바람을 타고 어지럽게 나풀거리며 두 사람 사이로 떨어졌다.

결국 묵연이 웃으며 장난기 어린 말투로 말했다.

"선기 장로님, 다 젖으셨네요."

초만녕도 거의 동시에 입을 열었다.

"내가 그런 건지는 어떻게 알았느냐?"

묵연이 입을 오므리며 초승달처럼 눈을 구부려 웃었다. 보조개가 더 깊어졌다.

"이렇게 큰 결계는 선기 장로님이 못 만들잖아요? 사존 아니면 누구겠어요?"

"……."

묵연은 그가 귀찮아서 스스로에게는 비를 피하는 법술을 쓰지 않았다는 걸 눈치채고 우산을 다리 아래로 던졌다.

"이거 드릴게요. 받으세요."

선홍색 종이우산이 나풀나풀 떨어졌다. 초만녕이 받아 보니 푸른색의 윤기가 도는 대나무 우산 손잡이에는 아직 온기가 남아 있었고 투명하게 빛나는 물방울이 우산을 따라 떨어졌다. 초만녕이 고개를 들어 그를 보았다.

"그럼 너는?"

묵연이 교활하게 웃었다.

"사존이 법술을 살짝만 부려 주시면 말끔한 모습으로 돌아갈 수 있지 않을까요?"

초만녕은 코웃음을 치면서도 옷소매를 살짝 흔들었다. 그러자 묵연의 머리 위에 투명한 금빛 보호막이 펼쳐졌다. 묵연이 고개를 들어 살펴보며 웃었다.

"하하, 정말 예쁘네요. 모란꽃 무늬도 있고요. 감사해요."

초만녕이 그를 흘끗 보며 말했다.

"해당화다. 꽃잎이 다섯 장이지 않으냐."

흰옷을 입은 그는 붉은 우산을 펼치고 훌쩍 자리를 떠났다. 묵연만이 홀로 빗속에 남아서 꽃잎을 셌다.

"하나, 둘, 셋, 넷, 다섯……. 정말 다섯 개네요……."

다시 고개를 들었을 때 초만녕의 모습은 이미 보이지 않았다.

묵연은 눈살을 찌푸리며 결계 아래에 서 있었다. 그의 얼굴에 걸린 앳된 미소가 조금씩 옅어지더니 점점 복잡한 표정으로 변했다.

문득 자신이 대체 무슨 생각을 하는 건지 알 수 없어졌다.

한 사람에 대한 감정이 단순한 사랑이거나 단순한 증오뿐이라면 얼마나 좋을까.

비는 나흘을 내리고 나서야 그쳤다. 구름이 걷히고 비가 그치자, 마차 무리가 방울 소리를 내며 물이 고인 맑은 웅덩이를 밟고 햇빛과 구름을 품은 땅을 밟아 뭉개며 사생지전 산 입구 앞에 멈춰 섰다.

대나무 발이 젖혀지며 붉은 수술이 달린 부채가 튀어나왔다.

곧이어 남색 바탕에 은색 테두리의 전투화가 끌채를 딛더니 쿵 하는 묵직한 소리와 함께 땅을 밟았다. 주변에 먼지가 흩날렸다.

진한 눈썹에 부리부리한 눈, 떡 벌어진 어깨와 굵은 허리를 가진 이 건장한 남자는 은남색 경갑을 입고 단정하게 구레나룻을 길렀는데 어림잡아 마흔은 넘어 보였다. 거칠고 난폭해 보이는 겉모습과 어울리지 않게, 철탑 같은 큰 손으로는 뜻밖에도 정교하게 만들어진 문인들이나 쓰는 부채를 흔들고 있었다. 이루 말로 표현할 수 없는 괴이함이었다.

부채가 촥 하고 펴지자, 바깥쪽에 이렇게 쓰여 있는 것이 보였다.

[설씨는 잘났다.]

그리고 자신을 향하는 부채 안쪽에는 이렇게 쓰여 있었다.

[세상 사람은 못났다.]

이 부채는 강호에서 유명했다. 부채 주인의 무공이 유달리 뛰어난 것도 있지만, 부채에 쓰인 글이 너무 망측했기 때문이었다.

정면으로는 자신을 칭찬하고, 반대쪽으로는 남을 비웃었다.

부채를 살살 흔들면 주변 100리 안에 있는 사람은 자아도취에 빠진 부채 주인의 냄새를 맡을 수 있었다. 수진계에서는 이를 모르는 사람이 없었다.

이 부채의 주인은 누구인가? 바로 외부에 두 달 넘게 머물고 있던 사생지전의 존주이자 설몽의 아버지이자 묵연의 백부인 설정옹, 설 선장이었다.

용은 용을 낳고, 봉황은 봉황을 낳으며, 쥐가 낳은 새끼는 구멍을 잘 뚫는다고 했다.

반대로 해도 이치는 같았다. 아들이 공작새면 아버지도 반드시 꼬리를 펼칠 수 있었다.

설몽은 수려하게 생겼다. 강건하고 용맹스러운 아버지와는 확연히 달랐지만 그들은 뼛속부터 비슷한 점이 있었다.

바로 '설씨는 잘났고 다른 사람은 못났다'라고 여긴다는 것이다.

설정옹은 기지개를 펴며 몸을 풀고 목을 돌리더니 웃으며 말했다.

"아이고, 마차에 계속 앉아 있었더니 힘들어 죽겠네. 드디어 집에 왔군."

단심전 안에서 왕 부인은 가루약을 제조하는 중이었다. 양옆에는 묵연과 설몽이 앉아 있었다.

그녀가 부드러운 목소리로 말했다.

"지혈초 넉 냥,[#6] 수양삼 한 뿌리."

"어머니, 다 쟀어요."

설몽이 책상다리를 하고 옆에 앉아 그녀에게 약초를 건넸다. 왕 부인은 받아서 지혈초의 향을 맡더니 말했다.

"안 되겠구나. 이 지혈초는 광곽초와 너무 오래 같이 둬서 향이 섞였어. 탕약으로 만들면 효력이 떨어질 거다. 다시 가서 신선한 걸로 가져오거라."

"네."

설몽이 일어나 안으로 들어가서 약재함을 뒤졌다.

왕 부인이 계속 말을 이었다.

"오령지 세 전,[#7] 토사자 일 전."

묵연이 재빨리 재료를 그녀에게 건넸다.

"백모님, 이 약은 얼마나 달여야 합니까?"

"다릴 필요 없이 물에 타서 복용하면 된다."

왕 부인이 말했다.

"가루약이 다 만들어지면 연이가 옥형 장로에게 가져다주겠니?"

묵연은 원래 가져다줄 생각이 없었지만, 설몽의 뒷모습을 보자 자기가 아니면 약을 가져다주는 사람은 그가 되리라는 걸 깨달았다.

#6 냥 1냥은 약 50그램
#7 전 1전은 약 5그램

이유는 모르겠지만, 그는 설몽과 초만녕이 단둘이 있는 게 싫었다. 그래서 대답했다.

"네."

그는 잠시 머뭇거리다가 물었다.

"아 참, 백모님, 이 약은 많이 쓴가요?"

"조금 쓰지. 왜?"

묵연이 웃으며 말했다.

"아닙니다."

하지만 손으로는 쟁반에서 사탕을 한 움큼 집어 소매에 넣었다.

다들 약 만드는 데에 여념이 없을 때, 갑자기 입구에서 호탕한 웃음소리가 들려왔다. 설정옹이 성큼성큼 단심전 안으로 들어와 환한 얼굴로 기쁘게 말했다.

"부인, 내가 돌아왔소! 하하하하하!"

명색이 한 문파의 존주라는 사람이 아무런 예고도 없이 들어오자 왕 부인은 깜짝 놀라 하마터면 약숟가락의 가루를 쏟을 뻔했다. 뜻밖의 등장에 그녀는 아름다운 두 눈을 크게 떴다.

"부군?"

묵연도 자리에서 일어나 맞이했다.

"백부님."

"오, 연이도 있었구나?"

설정옹은 체구가 크고 위엄 있어 보였지만 말투는 매우 상냥했다. 그는 묵연의 어깨를 힘껏 토닥였다.

"녀석, 한동안 못 봤더니 그새 또 컸구나. 어떠냐? 채접진의 일은 순조로웠느냐?"

묵연이 웃으며 답했다.

"순조로운 편이었어요."

"좋아, 좋구나! 초만녕이 있으니 별 탈 없을 줄 알았다. 하하하. 아 참, 네 스승은? 또 혼자 산속에 틀어박혀서 장난감을 만지작거리고 있니?"

묵연은 그 질문을 듣고 살짝 난감했다.

"사존은……."

그의 백부는 성격이 불같아서 충동적이었고 쉽게 흥분했다. 전생에서 백부가 죽은 가장 큰 이유도 이런 성격 때문이었다. 그래서 묵연은 당연히 초만녕이 곤장을 200대나 맞았고, 석 달간 금족령이 내려졌다는 사실을 말하고 싶지 않았다. 어떻게 말해야 할지 고민하고 있는데, 갑자기 뒤에서 '앗' 하는 소리가 들렸다.

설몽은 멍하니 지혈초를 한가득 안고 나오다가 아버지를 보고 기쁨에 겨워 외쳤다.

"아버지."

"몽아!"

묵연은 몰래 한숨을 쉬었다. 부자가 상봉했으니 분명 한바탕 아양 떨고 재롱부리며 서로를 칭찬할 게 뻔했다. 그러는 동안 자신은 초만녕이 벌받은 사실을 어떻게 말해야 할지 고민할 수 있었다.

역시나, 공작새 부자는 꼬리털을 세운 채 지치지도 않고 서로를 칭찬했다.

"두 달을 못 봤더니 우리 아들은 더 잘생겨졌구나. 점점 이 아비를 닮아가고 있어!"

설몽은 아버지는 전혀 닮지 않고 어머니만 쏙 빼닮은 외모였지만, 당연하다는 듯 대꾸했다.

"아버지도 몸이 더 좋아지셨네요!"

설정옹은 큰 손을 휘휘 저으며 웃었다.

"그동안 곤륜의 답설궁에 있으면서 세상 소년들은 하나같이 우리 아들과 조카만도 못하다는 생각이 들더구나! 어휴, 다들 여자애들처럼 재잘대는 바람에 어찌나 진절머리가 나던지. 몽아, 매함설이라는 아이 기억하느냐?"

설몽은 바로 경멸하는 표정을 지었다.

"폐관 수련을 십 년 넘게 한 뚱땡이잖아요. 듣자 하니 답설궁의 대사형이 됐다면서요? 출관한 거예요?"

"하하하. 역시 우리 아들은 기억력도 좋구나. 바로 그 아이다. 어렸을 때 우리 집에 잠깐 지내면서 너랑 한 침상에서 자기도 했었지."

"……개처럼 뚱뚱하고 자면서 사람을 발로 차던 애를 어떻게 잊겠어요. 개한테 발로 엄청 차였다고요. 아버지는 개를 보신 거예요?"

"봤지, 봤지."

설정옹은 수염을 비비 꼬며 추억에 잠겼다. 하늘의 총아인 설몽은 천성이 호전적이었다. 그는 궁금해서 안달이 난 듯 물었다.

"어땠어요?"

설정옹이 웃으며 말했다.

"내 눈에는 너보다 못하더구나. 그 스승이 멀쩡한 사내아이에게 거문고와 춤을 가르쳤어. 경공을 펼치는데 꽃잎이 날려서 웃겨 죽는 줄 알았다. 하하하하!"

설몽은 코를 찡긋거렸다. 생각만 해도 구역질이 났다.

젖살이 통통하게 오른 뚱땡이가 거문고를 뜯고 춤을 추면서 꽃잎을 날리다니…….

"그럼 수련의 경지는 어땠나요?"

어쨌거나 매함설은 십 년이 넘게 폐관 수련을 했고, 최근에 막 출관해서 강호에 실력을 드러낸 적도 없었다.

'외모'를 비교해 이긴 설몽은 '수련의 경지'에서도 비교할 셈이었다.

설정옹은 바로 대답하지 않고 잠시 생각하다가 대답했다.

"실력을 잘 드러내 보이진 않았지만 상관없다. 어차피 영산논검 때 자연스레 그 아이와 실력을 겨뤄 볼 수 있을 게야."

설몽이 눈썹을 씰룩거렸다.

"흥, 그 망할 뚱보한테 저랑 겨뤄 볼 기회가 있을지 모르겠네요."

이때, 마지막 가루약을 다 만든 왕 부인이 일어나 웃으며 설몽의 머리를 쓰다듬었다.

"몽아, 교만해서는 안 된다. 항상 겸허한 마음으로 경외심을 가지고 살아야지."

설몽이 대꾸했다.

"겸허해서 어디다 써요? 그런 건 실력 없는 사람들이나 갖는 거죠. 전 아버지처럼 호탕하게 살래요."

설정옹이 크게 웃음을 터뜨렸다.

"역시, 호랑이 아비에게 어찌 강아지 새끼가 있을 수 있을까?"

왕 부인이 핀잔을 주었다.

"당신도 참, 좋은 건 안 가르치고 나쁜 것만 가르치시는군요. 무슨 그런 말을 하세요."

설정옹은 왕 부인의 언짢은 기색을 눈치채고 그녀가 정말로 기분 나빠한다는 것을 깨닫고는 즉시 웃음을 거두며 머리를 긁적였다.

"부인, 잘못했소. 부인이 가르치라는 대로 가르치겠네. 부인의 말이 다 옳아. 그러니 화내지 마시오."

설몽과 묵연은 할 말을 잃었다.

왕 부인은 원래 고월야의 제자로, 소문에 따르면 설정옹에게 보쌈을 당해 왔다고 한다. 그 소문이 진짜인지 가짜인지는 모르겠지만, 묵연은 백모님을 향한 백부님의 마음이 얼마나 깊은지 잘 알고 있었다. 굽힐 줄 모르는 뻣뻣한 사람이 부드럽게 녹아버렸으니 말이다. 그러나 왕 부인은 남편에게 그런 열정이 없었다. 그녀는 매우 다정한 사람이었으나, 어쩌서인지 설정옹에게는 항상 심술을 부렸다.

그동안 우여곡절을 겪으며 부부 중 누구의 마음이 더 깊어졌는지는 눈이 있는 사람이라면 다 알 수 있었다.

설몽은 부모님의 사랑싸움을 보고 있자니 속이 거북해져서 혀를 차며 짜증 난다는 듯 몸을 돌려 나가려고 했다.

왕 부인이 민망해하며 황급히 불렀다.

"몽아?"

설몽은 손을 흔들며 성큼성큼 걸어 나갔다.

묵연도 부부의 단란한 시간을 방해하고 싶지 않았다. 마침 백부의 심문도 피할 수 있는 좋은 기회였다. 초만녕이 벌을 받았다는 소식을 전하는 건 자신이 감당할 수 없는 문제였으니, 백모님이 말하는 편이 훨씬 나았다. 이에 묵연은 탁자 위에 놓인 약제를 정리하고는 배시시 웃으며 나갔다. 나가는 김에 대신 문도 닫아 줬다.

그는 약을 들고 털레털레 걸어 홍련수사에 도착했다.

초만녕이 부상을 입어 요 며칠 몸이 허약해져서인지, 원래라면 정자 주변에 쳐져 있어야 할 결계가 모두 사라져 있었다. 그래서 누가 와도 그는 알 수가 없었다.

그리고 이런 우연한 기회로 묵연은 그 장면을 보게 됐다…….

초만녕이 연화지(蓮花池)에 몸을 담그고 목욕을 하고 있었다.

그가 혼자 목욕 중이었다면 그렇다 쳤을 것이다. 그런데 중요한 건, 이제껏 순결을 지켜 오던 옥형 장로의 전용 연못인 연화지에, 뜻밖에도 다른 두 사람의 그림자가 보이는 게 아닌가…….

30장 본좌가 달래 줬으니 괜찮아지겠지

겹겹의 연잎을 사이에 두고, 묵연은 순간 벼락이라도 맞은 것처럼 경악한 채 그 자리에 얼어붙었다. 마음속의 온갖 감정이 와르르 무너져 산산조각 났고 얼굴은 금방이라도 깨질 것만 같았다.

경악, 분노, 질투, 난폭함이 불꽃처럼 폭발했다. 그는 입술을 달싹였지만 아무 말도 나오지 않았다. 자신이 왜 분노하는지 전혀 인지하지 못하면서도, 머릿속에는 오직 한 가지 생각뿐이었다.

본좌와 잤던 사람을 감히 너희들이 건드려?

초만녕, 이 음란하고 방탕한 겉과 속이 다른 남창 같으니! 네가 감히, 감히…….

묵연은 이번 생의 초만녕이 그와 정욕으로 조금도 얽혀 있지 않다는 사실을 깨닫지 못한 채, 삽시간에 머릿속의 이성이 끊어지고 말았다.

십여 년이었으나 한평생이었고, 태어나서부터 죽을 때까지였다.

정신이 깨어 있을 때는 그래도 여유 있는 척, 침착한 척할 수 있었다.

하지만 다급하고 어지러운 상황에 놓이자 진짜 속마음이 드러났다. 그는 여전히 무의식적으로 초만녕을 자기 것이라 생각했다. 이제야 확실하게 깨달았다. 그는 초만녕과 입 맞추던 느낌까지 또렷하게 기억하고 있었다……. 혼이 빠질 만큼 아찔한 애욕으로 뒤엉켜 격정적으로 사랑을 나누던 것은 더 말할 것도 없었다.

환생한 뒤로는 차마 자세히 떠올리지 못했었다.

지금 이렇게 초만녕의 벌거벗은 뒷모습을 보기 전까지, 그토록 익숙한 넓은 어깨와 길게 뻗은 다리, 탄탄한 근육과 잘록하지만 힘 있는 허리가 투명한 물속에 잠겨 있는 모습을 보기 전까진 말이다.

그가 의도적으로 회피했던, 잊으려고 노력했던 뒤엉킴이, 순식간에 봉인을 풀고 그를 휩쓸었다.

묵연은 머리가 찌릿해지는 걸 느꼈다.

……그는 저 몸에 반응했다.

게다가 억누를 수 없을 정도로 강렬한 반응이었다. 보는 것만으로도 아랫배가 뜨겁게 달아올랐다.

정신을 차렸을 때, 그는 이미 화가 머리끝까지 치밀어서 고함을 치고 있었다.

"초만녕!"

초만녕은 들은 척도 하지 않았다.

두 사람이 양쪽에서 그의 어깨에 기대어 있었다. 연못에 연기가 자욱해 두 사람의 얼굴은 잘 보이지 않았다. 그러나 그들은 매우 가까이 붙어 있었다. 야릇할 정도로 가까웠다.

묵연은 속으로 욕을 퍼부으며 연못으로 풍덩 뛰어들어 물을 헤치며 초만녕에게로 다가갔다. 그리고 가까이 다가가 발견한 것은……

뜻밖에도 금속과 녹나무로 만들어진 두 개의 기갑인이었다!

더 황당한 것은, 그것들이 연화지의 선기를 빌려 초만녕에게 영력을 불어넣어 주고 있었는데, 묵연이 밑도 끝도 없이 뛰어드는 바람에 영력의 흐름이 완전히 깨져 버렸다는 것이다…….

초만녕이 어떤 법진을 썼는지는 모르겠지만, 그는 혼미한 상태로 두 기갑인의 금속 손바닥에서 전해지는 금빛에 의지하고 있었다. 그 빛은 끊임없이 위로 솟아오르며 그의 어깨 뒤에 난 상처로 모였는데, 딱 봐도 상처를 치료하는 중이었다.

그런데 묵연의 방해에 금빛은 빠르게 흩어지더니, 법진이 거꾸로 초만녕을 공격하기 시작했다.

금빛이 사라지자 초만녕의 상처는 빠르게 나빠지기 시작했다. 그는 미간을 찌푸린 채 낮게 신음하더니 기침을 하며 피를 쏟아냈다. 곧이어 온몸의 상처가 벌어지더니 피가 노을빛처럼 퍼져나가며 연못을 붉게 물들였다.

묵연은 그대로 얼어붙었다.

이건 초만녕의 '화혼헌제술(花魂獻祭術)'이었다!

묵연은 깨달았다. 자신이 아마도…… 사고를 친 것 같다는…….

초만녕의 영류는 금(金)과 목(木) 속성이었다. 금 영류는 '천문'처럼 주로 공격과 방어를 했고, 목 영류는 치료에 쓰였다.

화혼헌제술이 바로 그중 하나였다. 초만녕은 온갖 꽃의 혼백을 이용해 상처를 치료할 수 있었다. 다만 치료하는 동안 법진 안에 다른 사람이 들어와서는 안 되었다. 그렇지 않으면 초목의 혼백이 흩어지면서 치료 효과가 없어지고 오히려 상처가 더 심해질 수 있었다. 심할 경우, 초만녕의 영핵이 꽃의 혼백에게 완전히 먹힐 수도 있었다.

다행히도 전생에 화혼헌제술을 익힌 묵연은 망설임 없이 곧장 영류의 흐름을 끊었다. 법진의 힘을 받지 못하게 된 초만녕은 곧장 쓰러졌지만, 묵연이 안정적으로 그를 부축했다.

의식을 잃은 스승은 안색이 창백했고 입술이 파랬으며, 몸이 얼음장처럼 차갑게 식어 있었다.

묵연은 그를 부축해 연못 밖으로 나왔다. 자세히 살필 새도 없이 반쯤 안고 반쯤 끌다시피 하며 초만녕을 침실로 데려와 침상 위에 눕혔다.

"사존? 사존!"

연신 불러 봤지만 초만녕의 눈썹은 미동조차 없었다. 미세하게 오르락내리락하는 가슴을 빼면 그는 죽은 사람이나 다름없었다.

이런 초만녕의 모습에 묵연은 전생의 기억이 떠올랐다.

알 수 없는 씁쓸함이 목구멍에 감돌며 심장이 빠르게 뛰었다.

전생에 묵연의 품에서 죽은 사람은 둘이었다.

사매. 그리고 초만녕.

둘 중 한 사람은 그가 자나 깨나 그리워하는 연인이었고, 다른 한 사람은 한평생 그를 괴롭힌 숙적이었다.

사매가 떠난 뒤, 인간 세상에 더는 묵미우란 없었다.

그럼 초만녕은?

묵연도 알 수 없었다. 다만 그날 그의 품에 안겨 있던 그 사람이 조금씩 차가워질 때, 그는 울지도 웃지도 않았다는 것만 기억났다. 기쁨과 슬픔은 멀게만 느껴졌다.

초만녕이 떠난 뒤, 묵미우는 무엇이 인간 세상인지조차 알 수 없었다.

밝은 촛불이 초만녕의 벌거벗은 상반신을 비췄다.

만야옥형은 평소 늘 옷으로 꽁꽁 싸매고 있었다. 옷섶과 옷깃을 높이 올려 꽉 묶고 허리띠는 세 번이나 두른, 단정하고 금욕적인 모습이었다.

그랬기 때문에 곤장 200대를 맞은 그의 몸에 상처가 얼마나 심한지 본 사람은 아무도 없었다…….

그날 계율정에서 벌을 받을 때, 묵연은 두 눈으로 초만녕의 등에 난 상처를 보았지만 그때는 그저 피와 살점이 뒤엉켜 처참하다고 생각했다. 그 후로 초만녕이 아무 일도 없었던 사람처럼 여기저기 돌아다니는 걸 보고 근골까지는 안 다쳤나 보다고 내심 안도했었다.

그런데 이제 와서 보니, 초만녕의 상처는 생각했던 것보다 훨씬 심각했다.

귀신 주례가 남긴 다섯 개의 구멍은 이미 곪을 만큼 깊이 곪아서 안쪽의 하얀 뼈까지 보일 정도였다.

초만녕은 그 누구에게도 약을 발라 달라고 부탁하지 않고 식접 발랐는지, 발라진 상태가 균일하지 않고 엉망이었다. 손이 닿지 않은 곳은 이미 염증이 생겨 짓물러 있었다.

곤장을 맞을 때 여기저기 생긴 시퍼런 멍 자국은 두말할 것도 없었다. 멍으로 뒤덮인 등은 멀쩡한 피부를 찾아보기 힘들 정도였다. 거기에다 방금 전 법진의 공격을 받아 상처가 죄다 벌어지는 바람에 피가 쉬지 않고 줄줄 흐르고 있었다. 몸 아래 깔린 이불을 얼룩덜룩하게 물들일 기세였다.

이렇게 두 눈으로 직접 보지 않았다면 묵연은 다리 기둥을 닦겠다고 고집하고, 제자들이 비를 피할 수 있도록 거대한 결계를 펼친 사람이 눈앞에 있는 이…… '노약자'라는 범주에 포함될 법한 중상자라는 것을 믿지 못했을 것이다.

초만녕이 의식을 잃지만 않았다면 묵연은 그의 멱살을 잡고 제대로 물어보고 싶었다.

초만녕, 어디서 자존심을 세워?

고개 숙이고 약한 모습 보이는 걸 누가 말리기라도 해? 대체 왜 고집을 못 부려서 안달이야. 나이가 몇인데 제 몸 하나 돌볼 줄도 모르고 몸 아낄 줄을 몰라?

왜 다른 사람한테 약 발라 달라고 부탁하기를 싫어하는 거야?

법진을 펼쳐서 기갑인의 도움을 받아 상처는 치료하면서, 왜 다른 사람한테는 도와 달라고 말 안 하는 건데?

초만녕, 너 바보냐!

고집 부리다 죽을 생각이야?

그는 속으로 욕지거리를 하며 재빨리 지혈하는 혈자리를 눌렀다. 그런 다음 따뜻한 물을 떠와 초만녕 등에 묻은 핏자국을 닦았다…….

그리고 불에 달군 날카로운 칼끝으로 짓무른 피부를 도려냈다.

칼날이 처음 닿았을 때, 초만녕은 통증에 낮게 신음하며 무의식적으로 몸을 들썩였다. 묵연은 그를 누르며 툴툴거렸다.

"끙은 무슨 끙이야! 확 덮치는 수가 있다? 또 끙끙거리면 본좌가 단칼에 네 명치를 찔러 버릴 거야. 죽으면 안 아프니까 딱 됐네!"

오직 이럴 때만 묵연은 자신의 악마 같은 본성을 드러내며 전생에서 했던 것처럼 그를 나무랐다.

하지만 하얗게 짓무른 상처는 너무 많았다. 조금씩 정리하는 동안 초만녕은 계속해서 낮게 숨을 헐떡였다.

이 사람은 의식을 잃은 와중에도 고통에 소리 내지 않으려고 애써 참고 있었다. 다만 온몸으로 식은땀을 흘리는 통에, 방금 깨끗이 닦은 몸이 또다시 땀에 젖고 말았다.

반 시진이 지나서야 약을 다 바르고 상처를 감았다.

묵연은 초만녕에게 속옷을 입힌 뒤 두꺼운 솜이불을 안고 와 열이 오른 스승에게 덮어 주었다. 그제야 숨을 깊이 내쉬며 한시름 놓았다. 백모가 만든 약이 아직 기름종이에 싸여 있다는 것을 떠올린 그는 다시금 따뜻한 물에 약을 타서 초만녕의 침상 옆으로 다가갔다.

"자, 약 마셔."

그는 한 손으로 쓰러진 사람을 안아 자신의 어깨에 기대게 한 뒤, 다른 한 손으로는 약물을 떠서 후후 불어 식힌 뒤 먼저 살짝 맛을 봤다.

묵연은 바로 인상을 쓰며 얼굴을 찌푸렸다.

"미쳤네, 뭐 이렇게 써?"

하지만 그래도 잘 식혀서 초만녕에게 먹였다.

반 숟가락만 먹였을 뿐인데 초만녕은 참지 못하고 연신 약을 토해 냈고, 반 이상이 묵연의 옷에 묻었다.

"……."

그는 초만녕이 쓴 걸 싫어한다는 것을, 심지어는 질겁한다는 걸 알고 있었다.

만약 정신이 있는 상태였다면, 고집불통 초만녕은 분명 구역질이 나도 꾹 참고 마치 산과 강물을 삼키는 기세로 단번에 삼켰을 것이다. 그리고 기껏해야 정색하면서 몰래 사탕 한 알을 먹었겠지.

안타깝게도 지금 초만녕은 의식이 없었다.

묵연도 별다른 방법이 없었다. 의식이 없는 사람에게 화내 봤자 좋을 게 없었기에 꾹 참고 조금씩 조금씩 약을 먹였다. 그리고 이따금 손수건으로 입가에 묻은 약을 닦았다.

묵연에겐 그리 어려운 일도 아니었다. 전생에서 한동안 그는 매일 이렇게 초만녕에게 약을 먹였다. 그때의 초만녕은 반항까지 해서 묵연은 그의 뺨을 때리거나 턱을 잡고 강제로 입을 맞춘 뒤 막무가내로 혀를 집어넣었다. 그러면 피비린내가 진동했는데…….

감히 더 깊이 생각할 수 없었다. 묵연이 마지막 한 숟가락을 대충 먹이자 초만녕은 사레에 걸려 약을 거의 다 뱉어 냈다. 그는 초만녕을 침상에 눕히고 거칠게 이불을 덮었다.

"난 이미 최선을 다했어. 오늘 밤은 이불 좀 차지 마. 안 그래도 열이 올랐는데 한기라도 들면…….”

그는 잔소리를 하다 말고 갑자기 짜증을 내며 침상 다리를 발로 찼다.

“됐다. 네가 감기에 걸리든 말든 나랑 무슨 상관이야? 차라리 병이 더 심해져서 죽어 버리는 게 낫지.”

말을 마치고 몸을 돌렸다.

문 앞까지 걸어간 그는 뭔가 마음에 걸려서 되돌아왔다가, 잠시 생각하곤 촛불을 껐다. 그리고 다시 나갔다.

붉은 연꽃이 피어 있는 연못가에서 초만녕의 피를 흡수해 더 아름다워진 연꽃을 보니 가슴속에서 짜증이 치밀었다.

그런 마음이 든 것에 부끄러워 화가 났지만, 부자연스러운 걸음으로 다시 침실로 돌아갔다.

그는 녹슬고 낡은 기갑인처럼 어기적어기적 방을 한 바퀴 돌다가 결국 떨떠름하게 초만녕의 침상 앞에 섰다.

반쯤 열린 대나무 창 사이로 달빛이 쏟아지며 초만녕의 잘생긴 얼굴에 은은한 빛이 스며들었다.

입술은 연했고, 미간에는 주름이 잡혀 있었다.

잠시 고민하던 묵연은 창문을 닫았다. 촉 땅에는 습기가 많아서 밤에 창문을 열어 놓고 자면 좋을 게 없었다. 그는 속으로 맹세했다.

내가 또 문을 열고 들어오면 개다!

그가 문 앞까지 갔을 때, 퍽 하는 소리와 함께 초만녕이 이불을 걷어찼다.

묵연은 어이가 없었다.

저 자면서 이불 차 내는 버릇은 대체 언제쯤 고쳐지는 걸까?

개가 되지 않기 위해, 열여섯 살의 답선군은 기세 좋게 꾹 참고 나갔다.

나는 한다면 하는 사람이야. 절대 문으로 들어가지 않겠어!

그러나 잠시 후.

슬기롭고 총명하신 답선군은 창문을 열고, 창턱을 넘어 방으로 들어갔다.

바닥에 떨어진 이불을 들어 다시 초만녕에게 덮어 줄 때, 묵연은 초만녕이 고통을 참지 못하고 낮게 신음하는 소리를 들었다. 등을 움찔거리며 침상 끝에 웅크리고 있는 그의 모습에서는 평소의 난폭함을 찾아볼 수 없었다.

입으로는 '쌤통이다'라고 욕하면서도 은근히 측은한 마음이 들었다.

묵연은 초만녕의 침상 가장자리에 앉아서 그가 다시 이불을 차 내지 못하도록 지켰다. 밤이 깊어졌다. 고된 하루를 보낸 묵연은 결국 버티지 못하고 서서히 고개가 꺾이더니 잠에 빠져들었다.

하지만 초만녕이 계속 뒤척이는 바람에 푹 잘 수가 없었다. 묵연은 몽롱한 와중에 그가 낮게 신음하는 소리를 들었다.

얕은 잠에 빠져 있던 묵연은 지금이 어느 때인지 구분할 겨를도 없이, 어느새 자연스럽게 초만녕 곁에 누워 경련을 일으키며 덜덜 떠는 그 사람을 안았다. 그는 잠이 덜 깬 채 실눈을 뜨고 무의식적으로 초만녕의 등을 쓰다듬으며 품에 안고 나지막이 잠꼬대했다.

"괜찮다, 괜찮아. 안 아프다……. 안 아파……."

묵연은 자면서 속삭였다. 마치 다시 전생의 사생지전으로 돌아간 것처럼, 넓고 쓸쓸한 무산전으로 돌아간 것처럼.

초만녕이 죽은 뒤로 그와 껴안고 잔 사람은 아무도 없었다.

비록 증오로 엮였지만, 끝없이 반복되던 적막한 날들 속에서 그가 생각나면 심장이 쥐어뜯기듯 아팠고, 보고 싶어지면 만 마리의 개미에 깨물린 듯 가슴이 저몄다.

그러나 아무리 생각나고 보고 싶어도 초만녕은 돌아올 수 없었다.

묵연은 자기 생명의 마지막 불빛을 잃었다.

이날 밤, 묵연은 초만녕을 품에 안고 비몽사몽인 가운데 자신이 환생했다는 사실을 깨달았다가 또 여전히 그 당시에 있다고도 생각했다.

문득 눈을 뜨기가 무서워졌다. 내일 일어나면 또 텅 빈 침상과 쓸쓸한 휘장만이 남은 아득한 세상만이 그를 기다릴 것만 같았다. 아득한 세상, 기나긴 인생 속에 그 혼자 남을 것만 같았다.

그는 의심할 여지없이 초만녕을 미워했다.

하지만 품 안의 사람을 안았을 때, 그의 눈가는 어쩐지 촉촉하게 젖어들었다.

그건 서른두 살의 답선군이었다. 다시는 되찾을 수 없을 거라 생각했던 따스함이었다.

"만녕, 괜찮아……."

몽롱한 의식 속에서 묵연은 환생하기 전에 그랬던 것처럼 품에 안긴 사람의 머리카락을 쓰다듬으며 나지막이 속삭였다. 상냥하기 그지없는 그 말은 이렇게 입 밖으로 흘러나왔다.

그는 너무 졸렸다. 심지어 자신이 무슨 말을 하는지, 상대방을 뭐라고 부르는지 의식조차 하지 못했다. 게다가 이 말은 그렇게나 자연스럽게 입에서 나왔다. 묵연은 차츰 고르게 호흡을 하며 깊은 꿈에 빠졌다.

다음 날 아침, 초만녕은 속눈썹을 움찔거리며 서서히 잠에서 깨어났다.

그는 수련으로 단련되어 건강했다. 밤새 시달리던 고열은 이미 완전히 사라졌다.

초만녕은 졸린 눈을 뜨며 흐릿한 정신으로 몸을 일으키다가 누군가가 옆에 누워서 자고 있는 걸 발견했다.

……묵, 묵미우?

여간 놀란 게 아니었다. 초만녕은 순식간에 얼굴이 창백해졌지만 하필이면 어젯밤에 대체 무슨 일이 있었는지 생각나지 않았다. 더 환장하겠는 건, 그가 움직이는 바람에 묵연도 깨어났다는 것이다.

소년이 하품했다. 깨끗하고 보드라운 얼굴에는 단잠을 자고 일어났을 때의 특유의 붉은 기가 돌았다. 소년이 어렴풋이 눈을 뜨고 초만녕을 흘끗 보며 웅얼거렸다.

"아…… 본좌는 조금만 더 자겠다……. 넌 이왕 깼으니 가서 소고기계란죽 좀 쑤어 와……."

초만녕은 어리둥절했다.

무슨 헛소리야, 잠꼬대인가?

여전히 잠이 덜 깬 묵연은 초만녕이 꼼짝도 안 하는 것을 보고 얼른 죽을 끓여 오라고 재촉하기는커녕, 나른하게 웃으며 손을 뻗었다. 그러더니 초만녕의 얼굴을 당겨 와 익숙하게 입을 맞췄다.

"안 일어나도 좋다. 본좌가 방금 악몽을 꿨는데, 꿈에서…… 에잇…… 됐다."

그는 탄식하며 옆에 완전히 굳어서 멍하니 있는 남자를 껴안았다. 그리고 품에 안은 사람의 정수리에 턱을 비비며 웅얼거렸다.

"초만녕, 조금만 더 안고 있자."

31장 본좌는 무기를 찾으러 간다

기습 입맞춤에 놀라 정신이 혼미한 초만녕에게 묵연이 뭐라고 웅얼거리는지 알아들을 정신이 어디 있겠는가. 귓가엔 그저 윙윙거리는 소리뿐이었다. 마치 귓가에 폭우가 쏟아지는 것처럼.

반면 묵연은 편안한 얼굴로 몇 마디 중얼거리더니 다시 깊은 잠에 빠졌다.

"……."

초만녕은 그를 흔들어 깨우고 싶었다.

침상 옆 창문 밖에는 마침 해당화가 활짝 피어 있었다. 이르지도 늦지도 않게, 초만녕이 손을 들어 올리는 순간 연분홍색 해당화 한 송이가 묵연의 코끝에 사뿐히 내려앉았다.

"……."

묵연은 조금 불편한지 코를 씰룩였지만 달콤한 잠에서 깨지는 않았다. 묵연을 흔들어 깨우려던 초만녕의 손은 귀신에 홀린 듯

방향을 틀어 해당화를 잡았다. 그는 손가락 사이에 꽃을 끼우고 자세히 들여다봤다.

그는 물끄러미 꽃을 보며 생각에 잠겼다. 조금씩, 무언가가 떠올랐다.

어젯밤 그의 상처를 치료해 주고 탕약을 먹여 주었던 묵연의 모습.

자신을 껴안고 기나긴 밤 내내 머리카락과 등을 쓰다듬으며 귓가에 뭐라고 속삭여 주었던 것 같다.

초만녕은 잠시 멍하니 있었다. 자신이 꿈을 꾸었던 걸까?

귀 끝이 자기도 모르게 새빨갛게 달아올랐다. 손가락 사이에 꽂힌, 지기 직전 해당화의 찬란한 색처럼.

꾸짖으려던 말은 그대로 삼켜졌다.

정말…… 뭐라고 혼내야 할지 알 수 없었다.

'네가 어찌 여기서 자고 있느냐?'

이러면 하룻밤 실수를 저지른 처자 같고.

'침상에서 썩 꺼져라. 누가 여기서 자라더냐!'

이러면 하룻밤 과오를 범한 기 센 아낙네 같고.

'네가 감히 나에게 입을 맞춰?'

사실 입술만 부딪쳤을 뿐이지, 환각 세계에서의 그 일과 비교하면 입을 맞췄다고 할 수도 없었다. 시시콜콜 따지면 감추려던 것이 오히려 더 드러나는 법이다.

"……."

옥형 장로는 어쩔 줄 몰라 그저 침상에서 몸을 살짝 돌려 누워 이불을 얼굴 끝까지 덮었다. 가느다란 열 손가락이 이불 끝자락을 움켜쥐었다. 짜증 나고 부끄러워 화가 났다.

결국 그는 묵연의 팔과 다리를 풀고 일어나 앉아 자신의 옷매무새를 정리한 뒤 묵연을 흔들어 깨우는 쪽을 선택했다.

묵연은 잠이 덜 깬 눈으로 침상 가장자리에 앉아 있는, 냉랭한 분위기를 내뿜는 심오한 표정의 옥형 장로를 발견했다.

곧장 식은땀이 났다.

"사존, 전……."

초만녕이 담담하게 말했다.

"네가 어제 내 화혼 결계를 깬 것이냐?"

"고의는 아니었어요……."

"됐다."

초만녕은 아무 일도 없었던 사람처럼 태연하게 소매를 털었다.

"어서 일어나서 조강에 가거라."

묵연은 정신이 혼미했다. 그는 초조한 듯 자신의 머리카락을 만졌다.

"내가 왜 여기서 잠들었지……."

"피곤했겠지."

초만녕은 매우 차분했다.

"네 모습을 보아 하니 어제 한참을 분주하게 움직인 것 같은데."

그는 말하면서 탁상 위에 놓인 약통을 흘긋 보더니 덧붙여 말했다.

"앞으로는 멋대로 홍련수사에 들어오지 말거라. 무슨 일이 있으면 나에게 미리 말하도록."

"네, 사존."

"이만 가 보거라."

답선군은 목숨을 건졌다고 생각하며 황급히 멀리 도망갔다.

그가 가고 난 후, 초만녕은 다시 침상에 드러누웠다. 그러곤 손바닥을 펼쳐 손가락 사이로 창밖에 흐드러지게 핀 꽃을 바라봤다. 바람이 불자 꽃잎이 향기로운 눈처럼 쉴 새 없이 떨어졌다.

해당화의 포근한 색은 지난밤의 소소한 기억 같았다.

나른하면서도 참과 거짓을 구분할 수 없었다.

초만녕은 맞아 죽는 한이 있더라도 어제의 일을 언급하지 않기로 다짐했다.

너무 민망했다!

체면을 황금처럼 귀하게 여기는 옥형 장로는 목숨보단 체면이 더 중요했다. 그래서 며칠 뒤 묵연이 초만녕과 다시 만났을 때, 옥형 장로는 여전히 차분하고 여유로웠으며 고귀하면서도 차가운 분위기를 풍기며 흰옷을 나풀거렸다.

친밀했던 그날 밤에 대해 그들 중 누구도 먼저 언급하지 않았다. 그저 이따금 눈빛이 스칠 때 묵연의 시선이 초만녕에게 조금 더 오래 머무른 듯했지만 눈길은 이내 습관적으로 사매를 따라갔다.

그렇다면 초만녕은?

그는 묵연의 눈길이 닿으면 곧바로 차갑게 고개를 돌렸다. 그러다 상대방이 알아차리지 못할 때 무심한 척 다시 흘끗 바라보았다.

설정옹은 얼마 지나지 않아 초만녕이 벌을 받았다는 일을 알게 됐다.

아니나 다를까, 사생지전의 존주는 초만녕을 두둔하며 버럭 화를 냈지만 화를 낼 적당한 대상이 없었다. 그래서 그는 그저 혼자 틀어박혀 화를 삭였다.

이럴 줄 알았으면 애초에 규율을 정할 때 조항을 하나 더 넣을걸. '장로는 예외'라고.

왕 부인이 차를 한 주전자 우려 와 나긋나긋한 목소리로 그와 한참을 이야기했다. 설정옹은 그제야 화가 누그러졌지만 그래도 이렇게 말했다.

"옥형 장로는 고집이 세지. 다음에 또 그런다면 부인이 꼭 날 대신해서 말려 주시오. 상수진계 문파에서 모시고 싶어도 모셔 가지 못하는 종사가 여기서 그런 고생을 했으니 내 마음이 어찌 편하겠소?"

왕 부인이 말했다.

"제가 말리지 않은 것이 아닙니다. 부군도 아시잖아요, 옥형 장로가 얼마나 고지식한지."

설정옹이 말했다.

"됐소, 그만합시다. 부인이 만든 근육통 약 좀 주시오. 옥형을 보러 가야겠소."

"흰색은 복용하고, 붉은색은 바르는 겁니다."

왕 부인이 도자기 병 두 개를 설정옹에게 건네며 덧붙였다.

"연이 말로는 옥형 장로가 요 며칠 내하교에서 사자상을 닦고 있다고 합니다. 거기 가시면 만날 수 있을 거예요."

설정옹은 도자기 병을 챙겨 옥교 근처까지 곧장 달려갔다.

초만녕은 역시나 그곳에 있었다. 마침 오후 시간이라 제자들은 모두 각자 수행하기 바빠서 내하교를 건너는 사람이 거의 없었다. 옥으로 장식된 구불구불한 긴 다리 위에 외로이 서 있는 초만녕의 꼿꼿한 자세에서 늠름함이 느껴졌다.

다리 양쪽 기슭에는 나뭇잎이 바스락거리고, 곧게 뻗은 대나무 사이에 나풀거리는 흰옷이 군자의 자태를 뽐내 주었다.

설정옹이 다가가 쾌활하게 웃으며 말했다.

"옥형 장로, 물고기를 구경하는 건가?"

초만녕이 고개를 돌렸다.

"놀리지 마십시오. 이 강은 귀계로 통하는 황천길인데 어찌 물고기가 있겠습니까."

"하하, 농담일세. 그대는 고상하고 여유가 넘치지만 재미가 없어. 이래서는 아내를 맞이할 수 없다고."

초만녕은 아무 말도 하지 않았다.

"자, 이건 우리 부인이 만든 약이네. 흰색은 복용하고 붉은색은 바르는 거야. 효과가 아주 좋아. 받게나."

"……."

초만녕은 받을 생각이 없었지만 부인이 직접 만든 약을 매우 소중하다는 듯이 뿌듯해하는 설정옹의 모습에 차마 거절하지 못했다. 그가 약병을 받으며 나지막이 말했다.

"감사합니다."

설정옹은 거침없는 사내였지만 초만녕을 대할 때는 지나치게 조심스러워하며 편하게 말을 건네지 못했다. 그는 잠시 생각하다 말을 꺼냈다.

"옥형, 삼 년 뒤면 영산논검이네. 그때가 되면 각 문파의 우수한 청년들이 모두 모여 우열을 가릴 텐데, 그대가 보기에 몽이와 연이에게 승산이 있을 것 같나?"

초만녕이 말했다.

"삼 년 뒤의 일은 알 수 없습니다만, 제가 봤을 때 지금의 묵연은 노력하지 않고, 설몽은 스스로를 대단히 여기며 남을 얕잡아 봅니다. 둘 다 바람직한 자세는 아니지요."

그는 간단명료하고 냉정하게, 빙빙 돌리지 않고 말했다.

설정옹이 멋쩍게 중얼거렸다.

"아이고, 아직 애들이지 않나……."

"관례를 치렀으니 어리진 않습니다."

"틀린 말은 아니지만 어찌 됐든 아직 스무 살도 안 되지 않았는가. 난 아버지이자 백부이니 편을 들 수밖에 없어. 하하."

"아이를 가르치지 않는 것은 아버지의 잘못이고, 엄격하게 가르치지 않는 것은 스승의 본분을 다하지 못하는 것이라 했습니다. 만약 두 사람이 잘못된 길로 빠진다면 그것은 우리 잘못인데 어찌 편을 들어 주겠습니까?"

"……."

초만녕이 또 말했다.

"혹시 예전에 임기의 유풍문에서도 하늘의 총아가 둘이나 나왔던 것을 기억하십니까?"

그의 말에 설정옹은 돌연 마음이 무겁게 가라앉았다.

이십여 년 전, 상수진계 제1대 문파인 임기의 유풍문에는 두 형제가 있었다. 모두 조숙한 소년으로 천부적인 재능이 남달랐다. 그들은 열 살 때 백 년 묵은 요물을 물리쳤고, 열다섯 살에는 이미 스스로 법술을 터득했으며 종파를 만들고 문파를 세우는 경지에 도달했다.

그러나 하나의 산에 두 마리의 호랑이가 살 수 없듯이, 걸출한 인재였던 두 형제간에 결국 다툼이 일어났다. 당시 영산논검 때, 아우는 사전에 형님의 법술 비밀을 염탐했다는 이유로 문파들의 멸시를 당하고 선배들의 미움을 샀다. 결국 대회가 끝나자마자 아우는 아버지에게 엄벌을 받았다. 자존심이 강했던 아우는 좌절감을 이기지 못했고, 그 후부터 마음속에 증오심을 키우며 간악한 술법을 수련하다가 결국 이성을 잃고 미쳐 날뛰는 악마로 전락했다.

초만녕이 지금 이렇게 오래된 옛일을 언급하는 건 설정옹에게 알려 주고 싶은 것이 있어서였다. 비록 설몽과 묵연이 뛰어나다지만 법술에서 더 중요한 것은 마음가짐이라고.

안타깝게도 설정옹은 자신에게 엄격하고 제자에게 열정적이었으나, 유일하게 아들과 조카에게는 무르다 못해 지나치게 그들을 감싸곤 했다. 그러니 초만녕의 말이 그의 귀에 먹힐 리 만무했다. 그는 그저 웃으며 말했다.

"옥형 장로의 가르침이 있으니 우리 아이들은 그 형제와 같은 길을 걷지 않을 걸세."

초만녕은 고개를 가로저었다.

"인간의 본성은 잘 변하지 않습니다. 굳은 결심 없이 어찌 쉽게 바뀌겠습니까."

그의 말에 설정옹은 불안해졌다. 초만녕의 말속에 다른 뜻이 있는 것인지 확신이 서지 않았다. 그는 잠시 주저한 끝에 결국 입을 열었다.

"옥형, 혹시 그대가 너무……. 휴, 내 솔직하게 말할 테니 화내지 말게. 그대는 혹시 내 조카가 못마땅한 것인가?"

초만녕은 그런 의미가 아니었다. 그는 설정옹이 이렇게까지 오해할 거라고는 생각하지 못해 순간 말문이 막혔다.

설정옹은 근심 가득한 말투로 말했다.

"사실 난 아이들이 삼 년 뒤 두각을 나타낼지 말지는 크게 신경 쓰지 않네. 특이 연이 말이야. 그 아이는 어려서부터 고생을 너무 많이 해서 성격이 조금 고집스럽고 삐뚤어진 구석이 있어. 주점에서 자랐다는 이유로 그대가 그 아이를 싫어하지 않기를 바랄 뿐이네. 에휴, 연이는 내 큰형님이 세상에 남긴 유일한 혈육이야. 난 그 아이만 생각하면 미안한 마음이……."

초만녕은 설정옹의 말을 끊었다.

"존주께선 오해하고 계십니다. 저는 그 아이를 무시하는 것이 아닙니다. 만약 묵연의 출신이 신경 쓰였다면 어찌 제자로 받아들였겠습니까."

간단명료하면서도 분명한 그의 말에 설정옹은 반색하며 말했다.

"그럼 다행이네, 다행이야."

초만녕의 시선은 다시 다리 아래로 힘차게 흐르는 강물로 향했다. 그는 요란하게 굽이치는 물결을 보며 더는 아무 말도 하지 않았다. 다만, 다리 위에서 나눈 두 사람의 대화와 초만녕의 고백은 전생에서 그랬던 것처럼 물살 소리에 금세 묻혀 버렸다.

묵연이 '밉지 않다'는 그의 말을, 결국 다른 이는 듣지 못했다.

석 달의 금족 기간이 순식간에 지나갔다.

이날, 세 제자를 홍련수사로 부른 초만녕이 말했다.

"너희들의 영핵은 이미 단단해졌을 것이다. 오늘 너희를 욱영봉(旭映峰)으로 데리고 가서 각자의 무기를 불러내 볼까 한다."

이 말을 들은 설몽과 사매는 눈을 크게 뜨고 기뻐서 어쩔 줄 몰라 했다.

욱영봉은 만 장 높이의 절벽을 깎아지른 듯 서 있는 천 척 높이의 상수진계 성산(聖山)이다.

욱영봉은 과거에 천신 구진상궁이 검을 주조한 곳이라고 전해진다. 구진상궁은 무기의 신으로, 남북을 다스리고 천하의 무기를 관리했다.

천제(天帝)가 악귀를 물리쳤을 때, 구진상궁은 가장 높은 산을 바탕으로 호수와 바다를 물로 삼고 자신의 피를 뜨거운 불로 삼아 인간 세상의 진정한 첫 번째 '검'을 주조했다. 이 검은 하늘을 찌르고 땅을 가를 수 있으며 벼락을 치게 만들고 신주(神州)를 조각내고 바닷물을 역류시킬 수 있었다.

천제는 검을 두 번 휘둘러 마족을 땅 아래 진압하고 그 뒤로 다시는 일어설 수 없게 만들었다.

그러나 그 두 번의 공격은 인간 세상의 땅을 갈라놓아 두 개의 섬뜩하고 깊은 골짜기를 만들었다. 그 후, 하늘에서 곡식이 비처럼 내리고 귀신이 밤마다 울었으며, 천지를 뒤흔드는 천둥이 울리고 장대비가 천 년 동안 쏟아졌다. 신검이 갈라놓은 두 개의 깊은 골짜기에 빗물이 가득 고이자 그곳은 무수한 생명을 낳는 장강(長江)과 황하(黃河)가 되었다.

신검이 만들어진 욱영봉은 그 후 수사(修士)들이 순례하는 성지가 되었다. 태고의 신이 남긴 영기는 매우 짙어서 지금까지도 높고 험한 봉우리에서는 신비로운 요정과 귀신들이 출몰하고 기화요초가 자랐다. 수많은 수사들 또한 욱영봉에서 이치를 깨닫고 도겁을 통해 한 단계 올라서곤 했다.

그러나 세상 사람들에게 신검이 주조된 신비한 봉우리의 가장 큰 매력은 단연 '금성호(金成湖)'였다.

그것은 욱영봉 봉우리에 있는, 일 년 내내 얼어 있는 얼음 연못이었다.

전해져 내려오는 이야기로는 구진상궁이 신검을 주조하기 위해 손바닥을 갈라서 자신의 신성한 피를 넣었는데, 그중 피 한 방울이 산꼭대기의 움푹 파인 곳에 떨어졌다고 한다. 천년만년이 지나도 마르지 않았던 신성한 피는 바닥이 보일 정도로 맑은 금성호가 되었고, 후대의 발길이 끊이지 않았다.

이야기의 사실 여부를 떠나서 금성호는 실로 기묘했다. 일 년 사시사철 내내 두께가 3척이나 되는 얼음이 얼어 있었지만, 극소수의 도사만이 자신의 영핵 힘을 빌려 연못의 물을 잠시나마 녹일 수 있었다. 그러면 연못에서 기이한 짐승이 튀어 오르는데, 입에 물고 올라온 무기를 호숫가에 있는 사람에게 바쳤다고 한다.

설몽은 기다리지 못하고 물었다.

"사존께서 신무를 얻었을 때는 어떤 짐승이 튀어 올라왔나요?"

초만녕이 답했다.

"곤붕."[#8]

#8 곤붕 鯤鵬. 전설 속 신비스런 동물로 새와 물고기의 모습을 지님

그 말을 듣자마자 설몽의 두 눈에 열망이 활활 타올랐다.

"끝내주네요! 저도 이제 곤붕을 볼 수 있겠어요!"

묵연이 비웃으며 말했다.

"호수 물이나 먼저 녹이고 말해."

"무슨 뜻이야? 넌 내가 금성호를 못 녹일 것 같아?"

묵연이 웃으며 말했다.

"어이쿠, 왜 화를 내고 그래. 그렇게 말한 적 없어."

초만녕이 말했다.

"호수에서 무기를 물어다 주는 게 꼭 곤붕이 아닐 수도 있다. 금성호에는 백여 종의 신수(神獸)가 살며 신무의 혼을 수호하고 있다고 한다. 그중 네가 마음에 든 신수는 자신이 얻을 수 있는 무기를 찾아 와서 뭍에 있는 네게 바칠 것이다. 그러나 신수들은 습성이 제각각이라 온갖 요구를 할 수도 있다. 만일 네가 들어주지 못할 경우, 신수는 무기를 물고 다시 호수 속으로 돌아간다."

설몽은 신기해하며 말했다.

"의외네요? 그럼 곤붕이 사존께는 무슨 요구를 했습니까?"

초만녕이 말했다.

"고기만두가 먹고 싶다고 했다."

세 제자는 잠시 어안이 벙벙해졌다가 이내 웃음을 터트렸다. 설몽이 웃으며 말했다.

"엄청 어려운 일인 줄 알고 깜짝 놀랐잖아요."

초만녕은 옅은 미소를 지으며 말했다.

"그저 운이 좋았을 뿐이다. 신수들의 요구 사항은 기상천외해서 온갖 게 다 있다. 내가 들은 소문에 의하면, 어떤 사람은 해서[#9]를 불러냈는데, 그 쥐가 그자의 아내를 달라고 했다더군. 그 사람이 들어주지 않자 해서는 무기를 물고 그대로 돌아갔고, 그 후로 다시는 신무를 얻을 기회를 얻지 못했다지."

사매가 중얼거렸다.

"정말 아쉽네요……."

초만녕은 그를 흘끗 보고 말했다.

"뭐가 아쉽다는 것이냐? 나는 오히려 군자다운 그자가 존경스럽다."

사매가 황급히 말했다.

"사존 오해입니다. 저는 그런 뜻이 아니었어요. 제아무리 대단한 무기라도 당연히 본처와는 바꿀 수 없죠. 저는 그저 신무를 그렇게 놓친 것이 아쉽다는 뜻이었어요."

초만녕이 말했다.

"소문일 뿐이다. 내가 이런 사람을 직접 만날 기회가 없었다는 것이 아쉬울 따름이다. 다만 몇 년 전, 인간이 제일 무섭다는 말이 뭔지를 금성호에서 직접 보고 눈을 더럽힌 적은 있지."

잠시 멈칫한 그는 지난 일이 떠오른 듯 미간에 은근한 그림자가 드리웠다.

"됐다, 그만하자. 수천 년간 금성호는 수도 없이 변치 않는 진심을 증명했고, 인간 세상의 각박함을 들추어냈다. 신무 앞에서 얼마나 많은 사람이 선존이 될 기회를 버리고 망설임 없이 본심을 지켰을까……?"

#9 해서 奚鼠. 신수 중 하나로 거대한 쥐

초만녕은 차갑게 웃음을 내뱉었다. 마치 기억 속의 어떤 일이 그의 심기를 건드린 듯 얼굴이 점점 냉담하게 변하더니 입을 굳게 닫고 더는 말하지 않았다. 꼬리가 치켜 올라간 눈썹을 찌푸린 채, 역겨워하는 표정이었다.

“사존. 금성호의 신무는 저마다 다른 성질을 가지고 있다던데, 사존은 처음부터 손에 익으셨어요?”

설몽은 그가 불쾌해 보이자 얼른 화제를 돌렸다.

초만녕이 눈을 뜨고 담담하게 말했다.

“내가 가진 세 개의 신무 중에 어느 것을 말하는 거지?”

32장 본좌는 총애를 잃었다

하늘과 땅이 놀라고 귀신이 통곡할 만한 이 말은 오직 초만녕만이 천연덕스럽게 말할 수 있었다. 이 말을 들은 세 제자는 각자 다른 생각을 했다.

설몽의 생각이 가장 단순했다. 그저 '아!'라고 감탄할 뿐이었다.

묵연은 조금 복잡했다. 그는 전생의 어떤 일을 떠올리며 턱을 만지작거렸다. 그러면서 속으로 이번 생에는 초만녕의 세 번째 무기를 보고 싶지 않다고 생각했다.

반면 사매는 고개를 비스듬히 기울였다. 안개비가 내려앉은 강남의 살구꽃처럼, 소녀 같은 그의 눈동자 속에 은은한 빛이 흘렀다. 숭배하는 듯도 하고 동경이기도 한 듯한 눈빛이었다.

"천문은 금성호에서 얻으신 거예요?"

"그래."

"그럼 다른 두 개는……."

초만녕이 말했다.

"하나는 그렇고 하나는 아니다. 무기의 성질은 보통 그리 강하지 않아서 충분히 다룰 수 있으니 지나치게 걱정할 필요 없다."

설몽은 부러움이 섞인 탄식을 내뱉었다.

"사존의 다른 두 무기도 보고 싶습니다."

초만녕이 말했다.

"대부분의 일은 천문으로도 충분히 해결할 수 있다. 나머지 두 개는 평생 쓸 일이 없었으면 한다."

"……네."

설몽은 마지못해 그렇게 대답은 했지만, 여전히 눈을 반짝였다. 초만녕은 그 모습을 지켜봤다. 그의 호전적인 천성은 억제하기 힘들지만, 심성이 나쁘지 않은 점은 다행이었다. 조금만 이끌어 주면 크게 걱정할 필요가 없었다.

그러나 묵연은 옆에서 턱을 비비며 웃는 듯 마는 듯 했다.

전쟁은 좋은 것이 아니며, 덕이 있는 군주는 오직 부득이할 때에만 이를 이용한다고 했지. 초만녕…… 전생이든 현생이든 바로 그 곧은 마음 때문에 패할 거다.

사도가 정도를 이길 수 없다는 것은 책에 쓰여 있기는 하나, 하필 이 멍청이는 그것을 진짜로 받아들였다. 그러니 하늘이 준 뛰어난 재능과 걸출한 무력을 가졌음에도 결국 죄인이 되어 무덤에 묻혔지.

"사존."

사매의 목소리가 묵연의 사색을 방해했다.

"제가 듣기로는 매년 욱영봉에 올라 무기를 받으려는 사람이 수천 수백에 이르지만 그중 금성호를 녹이는 사람은 겨우 한두 명뿐이고, 최근 몇 년 동안은 호수가 녹지 않았다고 들었습니다. 저는 수련이 부족하여…… 분명…… 좋은 인연을 만나지 못할 듯합니다. 연이와 소주님은 모두 인간계의 훌륭한 인재이니 저는 가지 않고 이곳에 남아 기본적인 법술을 더 연습하는 편이 좋을 것 같습니다."

초만녕은 아무런 대답도 하지 않았다.

고운 도자기 같은 얼굴에 옅은 안개가 끼어 있었다. 속으로 고민 중인 듯했다.

전생에서 사매는 바로 이 열등감 때문에 욱영봉에 갈 기회를 포기했다. 돌아가는 상황을 보던 묵연이 이내 웃으며 말했다.

"그냥 가서 시도나 해보자. 정 싫으면 그냥 유람하는 셈 치는 건 어때. 맨날 사생지전에 숨어만 있었으니 나가서 세상 구경할 때도 됐잖아."

사매는 점점 불안했다.

"아니야. 나는 실력이 너무 부족해. 욱영봉을 찾아오는 사람들이 그렇게나 많은데, 혹시라도 다른 문파의 제자를 만나 자칫 실력이라도 겨루게 되면 난 상대도 되지 못해서 사존의 체면만 깎을 거야……."

초만녕이 눈을 치켜뜨며 말했다.

"네가 겁내는 것이 그것이냐?"

그의 질문은 묘했다. 의문인 것 같으면서도 반문인 것도 같았다. 다른 두 사람은 아무런 느낌을 받지 못했지만 사매는 심장이 철렁했다. 그가 고개를 들어 초만녕의 매섭고 날카로운 눈을 봤다.

"사존……."

초만녕은 안색 하나 바꾸지 않고 말했다.

"너의 주특기는 치료이니 본디 사람과 싸우는 데 적합하지 않다. 누군가가 널 붙잡고 늘어져도 거절하면 그만이다. 부끄러운 게 아니야."

묵연도 빙그레 웃었다.

"사매, 걱정 마. 내가 있잖아."

그리하여 네 사람은 짐을 챙겨 길을 나섰다.

이번 목적지인 상수진계는 거리가 멀어서 말을 타고 가기엔 무리였다. 초만녕은 여전히 어검비행을 좋아하지 않았다. 그래서 마차로 빠르지도 느리지도 않게 십여 일을 달린 뒤에야 욱영봉 옆에 있는 마을에 도착했다.

세 제자는 마차에서 내렸지만 초만녕은 움직이기 귀찮은 마음에 내리지 않고 마차에 달린 대나무 발을 걷어 올리며 말했다.

"여기서 하룻밤 쉬자꾸나. 내일 조금만 더 가면 욱영봉에 도착한다."

그들이 쉬어 가는 마을의 이름은 대성(岱城)이었다. 마을 규모는 크지 않았지만 매우 풍요롭고 번화한 곳이었다. 여자들은 화려한 차림새였고, 남자들은 비단 모자와 베옷을 입었다. 그 모습이 하수진계의 부유한 곳보다도 몇 배는 더 사치스럽고 호화로웠다.

설몽이 침을 뱉으며 말했다.

"상수진계 이 개같은 곳, 부잣집에는 술과 고기가 썩어 나가는데 길바닥에는 얼어 죽은 시체가 가득하네."

묵연도 언짢은 마음이 들어 모처럼 설몽의 말에 반박하지 않았다. 대신 다정하게 웃으며 눈앞에 펼쳐진 광경을 비웃었다.

"그러게. 보는 내가 다 부럽다. 이러니 그렇게 많은 사람들이 상수진계로 이사 오려고 용을 쓰지. 신선 수련을 안 하는 일반 사람도 하수진계에서보다 훨씬 잘사네."

초만녕은 은회색 가면을 꺼내 얼굴에 쓰고 나서야 느긋하게 마차에서 내렸다. 번화한 거리를 둘러보는 그가 무슨 생각을 하는지는 알 수 없었다.

설몽이 의아하다는 듯 물었다.

"사존, 가면은 왜 쓰셨어요?"

"이곳은 임기의 유풍문 관내이니 내 얼굴을 드러내는 건 곤란하다."

여전히 아리송한 얼굴의 설몽을 보며 묵연이 한숨을 쉬며 말했다.

"어린 봉황이 생각이 짧네. 사존은 예전에 임기 유풍문의 객경[#10]이셨잖아."

그의 말을 듣고서야 설몽은 생각이 났지만, 하늘의 총아는 자신이 까먹었다는 사실을 인정하고 싶지 않았다. 설몽이 상기된 얼굴로 눈을 흘기며 말했다.

"그…… 그건 나도 당연히 알지만 궁금해서 그렇지. 객경이었을 뿐이지 그들에게 팔려 간 것도 아니잖아. 떠나고 싶으면 떠나면 되는 거고. 설마 유풍문에서 사존을 보면 납치라도 할까 봐?"

묵연이 말했다.

#10 **객경** 客卿. 문파에 몸을 의탁한 손님

"너 진짜 멍청하구나. 설마 못 들어 본 거야? 사존께서 유풍문을 떠난 뒤로 상수진계에서 사존의 행적을 아는 사람은 극소수야. 우리가 산을 내려가서 요괴를 퇴치할 때도 어느 문하냐고 누군가가 물으면 우린 그저 사생지전이라고만 답하지 사존이 누구인지는 밝히지 않잖아?"

설몽은 얼이 빠져 있다가 뒤늦게 깨달았다.

"사존의 행적이 상수진계에서는 비밀이었어? 사존은 이렇게나 대단하신데 왜 행적을 숨기시는 거야?"

"숨긴 적은 없지만 사람들이 귀찮게 하는 게 싫다."

초만녕이 말했다.

"가자, 객잔에 묵으러."

"아이고, 선군 네 분께서 하룻밤 묵고 가시렵니까?"

객잔 심부름꾼이 기름이 반지르르한 얼굴로 달려왔다.

설몽이 말했다.

"큰 방 네 개가 필요하다."

심부름꾼은 손을 비비며 웃었다.

"이거 죄송해서 어쩌죠. 그게, 최근 객방에 여유가 없어서 방을 네 개까지는 빼 드릴 수가 없습니다. 혹시 불편하지 않으시다면 같이 쓰는 건 어떠신지요? 방 두 개는 어떠세요?"

어쩔 수 없이 그들은 되는대로 머물러야 했다.

다만 방을 나눌 때 작은 문제가 있었다.

"내가 사매랑 한 방을 쓸 거야."

초만녕이 계산을 하는 동안 한데 모여 있던 제자들에게 묵연이 단호하게 의사를 표현했다.

설몽은 못마땅했다.

"어째서?"

묵연이 갸우뚱하며 말했다.

"넌 사존 곁에 붙어 있길 좋아하는 거 아니었어?"

"그…… 그래도 난 별로……."

그는 초만녕을 매우 존경했다. 다만 경외라는 글자에는 '두려울 외(畏)'도 있었다. 그는 초만녕을 좋아하는 마음이 더 큰지, 아니면 두려워하는 마음이 더 큰지 설명할 수 없었다.

설몽의 달아오른 얼굴을 보며 묵연은 비열하게 웃었다.

"아우야, 내가 보기에 너는 사존이랑 같이 자기 싫은 게 아니야. 무서운 거지?"

설몽이 눈을 동그랗게 떴다.

"사존이 사람을 잡아먹는 것도 아닌데 내가 왜 무서워해!"

"아하."

묵연이 웃었다.

"그런데 사존은 자면서도 사람을 치는 거 알아?"

"……."

말없이 얼굴만 붉으락푸르락하며 우물대던 설몽은 갑자기 무언가 떠오른 듯 버럭 하며 물었다.

"사존이 주무시면서 어떤지 네가 어떻게 알아? 같이 자 보기라도 했어?"

좀 애매한 질문이었다. 사실 설몽은 그 어떤 사악한 의도도 없었다. 다만 말하는 사람이 고의가 아니었다고 해도 듣는 사람은 고의로 느낄 수 있었다. 묵연은 속으로 생각했다. 본좌가 어찌 그와 잠만 잤겠느냐. 본좌는 전생에서 그의 위에도 올라타 본 것을.

그러나 사내대장부는 자신의 과거를 자랑하지 않는 법. 그는 여전히 웃으며 말했다.

"못 믿겠으면 오늘 밤에 경험해 봐. 금창약(金創藥) 한 병 챙기는 거 잊지 말고. 떨어지고 맞을 때 필요할 거야."

설몽이 화를 내려던 찰나, 계산을 마친 초만녕이 다가왔다.

그는 무심하게 그들을 보며 말했다.

"가자."

세 소년은 스승의 뒤꽁무니를 따라 객방 층으로 올라갔다. 신나게 다투던 세 사람은 서로 눈을 피한 채 초만녕이 입을 열기만을 기다렸다.

방금 전 그들의 논쟁은 모두 소용없었다. 막상 방을 나눌 때가 되니 그들 모두 입 딱 닫고 사존이 말하기만을 기다렸다.

초만녕이 머뭇거리며 말했다.

"방이 두 개밖에 안 남았다. 너희 중 누가……."

그는 난처함에 망설였다.

뭐라고 말해야 하나……. '나랑 같이 있고 싶은 사람?'

이건 조심스럽게 동정심을 사려는 것처럼 들려서 옥형 장로의 품격과 어울리지 않았다.

그럼 뭐라고 하지?

'묵미우, 따라와.' 이렇게?

……그만두자. 낭아봉[#11] 들고 호랑이 가죽을 뒤집어쓴 채 양

#11 낭아봉 긴 자루에 무수히 많은 못을 박은 무기

갓집 새색시를 강제로 빼앗는 포악한 산적 두목이랑 무슨 차이가 있을까. 명색이 종사이니 체면은 차려야 했다.

하물며 홍련수사에서 서로 부둥켜안고 잔 뒤로 어색해진 두 사람은 단둘이 있는 일이 극히 드물었다.

초만녕은 담담하고 평화로운 얼굴이었지만 속으로는 오만 가지 생각이 뒤섞였다. 한참 뒤, 애써 신중함과 냉정함을 유지하며 턱을 살짝 치켜들고 설몽을 향해 고갯짓을 했다.

"설몽이 나와 한 방을 쓴다."

설몽은 아무 말 하지 않았다.

배시시 웃고 있던 묵연은 그 말을 듣자마자 자기도 모르게 멈칫했다.

그는 분명 설몽이 초만녕과 한 방을 쓰고 자신이 사매와 한 방을 쓰길 바랐다. 그런데 초만녕의 입을 통해 직접 들으니 이상하게도 가슴이 답답했다.

그는 세상 물정 모르는 들개처럼 자신이 왜 이러는지 이해가 되지 않았다. 들개가 한 남자를 만났다. 그 남자는 비록 그에게 잘해 주는 편은 아니지만 매일 세 번씩 뜯어먹을 뼈다귀를 던져 줬다.

들개는 이 험상궂은 녀석이 싫었다. 그래서 매일 뼈다귀를 뜯어먹고 제 발을 핥다가 상대를 향해 왕왕 짖어 댈 뿐, 그 남자를 주인으로 여기지 않았다.

그런데 어째서인지 어느 날, 남자가 그릇을 들고 나타났다. 그 안에는 자기가 일딘 뼈다귀가 아닌 쌀이 담겨 있었다. 깃털 색이 고운 예쁜 새가 훨훨 날아 남자의 어깨에 내려앉더니 동그란 눈으로 그를 보며 영롱한 부리를 다정하게 남자의 얼굴에 비볐다.

남자는 고개를 돌려 새의 풍성한 깃털을 쓰다듬더니 세심하게 그에게 쌀을 먹였다.

들개는 저도 모르게 얼어붙었다.

그는 초만녕이 자신을 선택할 줄 알았던 것이다…….

33장 본좌는 미끄러졌다

그날 밤, 묵연은 턱을 괸 채 벽을 바라보았다.

벽 너머의 방에 초만녕과 설몽이 묵고 있었다.

깔끔한 걸 좋아하는 사매는 갈아입을 옷을 주름 하나 없이 반듯하게 개어 침상 위에 올려놓고는, 심부름꾼에게 따뜻한 목욕물을 올려 달라고 말하러 아래층으로 내려갔다.

객잔은 방음이 잘 되지 않았다. 방이 조용해지자 옆방에서 어렴풋이 기척이 들려왔다.

초만녕이 무슨 말을 한 것 같은데 잘 들리지 않았다. 그러나 곧이어 설몽의 목소리가 들렸다.

"좀 조이는 것 같아요."

묵연은 새끼 강아지처럼 귀를 쫑긋 세우고 벽에 바짝 붙었다.

옆방의 어린 봉황이 말했다.

"사존, 아프세요?"

"……괜찮으니 계속해라."
"살살 할게요. 아프면 말씀하세요."
"잔말 말고, 하려면 하고 말려면 마."
묵연은 깜짝 놀라 눈을 휘둥그렇게 떴다.
"?"
옆방에 있는 두 사람 사이에 그럴 가능성이 절대 없다는 건 알지만, 이건 대체 무슨 대화란 말인가? 대체 뭘 하는 거지?
새끼 강아지는 벽에 귀를 바짝 붙였다. 그러자 옷가지가 마찰하는 소리가 어렴풋이 들렸고, 더 집중하니 심지어 초만녕의 억눌린 신음 소리까지 들렸다.
이 소리. 초만녕이 침상 위에서 내는 이 소리를 그가 얼마나 많이 들었던가. 그의 사존은 황홀할 때나 매우 아플 때 소리 내는 걸 싫어해서 항상 입술을 꽉 깨물며 눈가를 촉촉하게 붉혔다. 이럴 때 조금 더 힘을 쓰면 초만녕은 갈라진 목소리로 낮게 숨을 몰아쉬며…….
"잠…… 잠깐."
그때, 초만녕이 갈라진 목소리로 나지막이 말했다.
"거긴…… 건들지 마라."
"네."
설몽이 머뭇거리다 조그맣게 말했다.
"그럼 사존…… 직접 하실래요?"
"그래."
어딜?
무슨 헛소리야? 어딜 건들지 마? 뭘 혼자 해? 두 사람 대체 뭘 하는 건데!

묵연의 얼굴이 잿빛으로 변했다.

정신 차렸을 땐 이미 옆방의 문을 두드리고 있었다.

안에서 다급한 듯한 수상쩍은 소리가 들렸다. 새끼 강아지는 더 안 좋아진 표정으로 숨을 들이마시며 말했다.

"사존, 지금 둘이서……."

문이 달칵 열렸다.

단정한 옷차림으로 방 안에 서 있는 설몽의 손에는 피가 반쯤 묻은 면포가 들려 있었다. 그가 눈살을 찌푸린 채 이상하다는 듯이 쳐다봤다.

"뭐야? 야밤에 시끄럽게. 귀신이라도 봤어?"

묵연은 입을 벙긋거리다가 바보처럼 다물었다. 그의 시선이 설몽을 지나 탁자 옆에 앉아 있는 초만녕에게 닿았다. 탁자 위에는 새 면포와 약이 놓여 있었다.

"둘이 지금……."

설몽이 그를 째려봤다.

"약 발라 드리고 있잖아. 사존 어깨에 난 상처가 아직 안 나았어. 며칠 동안 약을 못 발랐더니 몇 군데 더 곪았더라고."

묵연은 할 말을 잃었다.

그가 얼빠진 모습으로 물었다.

"그…… 그럼 너무 조인다는 건……."

"조인다고?"

설몽은 미간을 찌푸리며 잠시 생각했다.

"아, 면포. 저번에 너무 꽉 조였는지 피 때문에 면포가 상처에 딱 붙어서 못 뗄 뻔했거든."

그는 말을 하다가 갑자기 멈추더니 의심의 눈초리로 묵연을 훑었다.

"우리 얘길 엿들은 거야?"

묵연은 눈을 흘기며 곤혹스러운 표정을 애써 숨겼다.

"객잔 벽이 얇아서 누구나 다 엿들을 수 있겠던데. 못 믿겠으면 옆방 가서 들어봐. 벽에다 귀를 붙이면 숨소리까지 똑똑히 들려."

"아, 그래?"

설몽은 고개를 끄덕이더니 잠시 후 뭔가 이상함을 느꼈다.

"……잠깐. 그걸 네가 어떻게 알지? 벽에 붙어서 들어 봤어?"

"……."

설몽은 버럭 화를 냈다.

"묵미우, 이 변태 같은 자식!"

묵연도 소리쳤다.

"네가 사존께 짐승만도 못한 짓을 할지 누가 알아!"

순결한 설몽은 그런 쪽으로는 완전히 무지했다. 그래서 묵연이 무슨 말을 하는 건지 도통 이해하지 못하고 더욱 화를 냈다.

"너 지금 무슨 헛소리를 하는 거야!"

그러면서 고개를 돌려 억울하다는 듯 말했다.

"사존, 이놈이……."

초만녕은 장포를 걸치고 헐렁한 옷섶을 추스르고는, 머리카락을 정리하며 냉랭하게 걸어와 묵연을 훑어봤다.

"무슨 일이냐?"

“제…… 제가 옆방에서 듣기로…….”

묵연은 우물쭈물하다가 눈 딱 감고 말했다.

“그러니까, 저는 설몽이 사존을 괴롭히는 줄 알았어요…….”

“뭐라고?”

말뜻을 이해하지 못한 초만녕은 눈을 가늘게 뜨고 말했다.

“누가 날 괴롭혀?”

묵연은 자신의 따귀를 때리지 못하는 것이 한스러웠다.

민망하고 어색하게 서로 시선을 주고받던 그때, 사매가 올라왔다.

“연아? 사존 방 앞에서 뭐 해?”

“저…… 음…….”

묵연은 더 말문이 막혔다.

“그게, 오해가 좀 있었어.”

사매가 웃으며 말했다.

“오해는 풀렸어?”

“풀렸어, 풀렸어.”

묵연이 계속해서 말했다.

“사매, 심부름꾼한테 목욕물 올리라고 했지? 사존도 아직 못 씻으셨으니 내가 내려가서 더 달라고 할게.”

사매가 말했다.

“그럴 필요 없어.”

그가 대나무로 만든 목패 네 개를 꺼내며 미소 지었다.

“심부름꾼 아이가 그러는데 이곳 주인이 객잔 옆에 있는 천연 온천을 전용 목욕탕으로 만들었다네. 이 목패를 가지고 가면 씻을 수 있대. 한 사람당 하나씩이야."

묵연은 남자를 좋아하는 자신이 다른 세 사람과 함께 목욕탕에 가면 정말이지 안 될 것 같았다.

설몽은 그렇다 치고, 사매는 그에게 있어 성스럽고 깨끗하기가 신과 같아서 감히 깊이 상상한 적도 없었다. 그러나 초만녕에 대해선 잘 알고 있었다. 환생한 뒤 몇 번의 친밀한 접촉 이후 자신의 반응으로 봤을 때, 그가 옷을 벗는 것만 봐도 미쳐 버릴 가능성이 아주 컸다.

묵연은 바로 얼굴을 가리며 말했다.

"난 안 갈래."

설몽이 화들짝 놀라며 기분 나쁘다는 듯 말했다.

"씻지도 않고 잔다고? 더러워!"

"심부름꾼에게 따뜻한 물 달라고 하지 뭐."

사매가 끼어들었다.

"이 객잔에는 따뜻한 물이 없어서 모든 손님이 온천탕에서 목욕한대."

"……."

달리 방도가 없었다. 묵연은 갈아입을 옷을 챙겨 그들과 함께 온천탕으로 향했다. 돈 버는 수완이 좋은 객잔이었다. 이곳에 오는 손님 대부분이 금성호에 무기를 받으러 온 도사라는 걸 알고는, 좋은 시작을 하라는 의미로 목욕탕 이름을 아예 '금성욱영'이라고 지었다.

묵연은 혹시라도 정신 줄을 놓을까 봐 감히 다른 두 사람과 마주할 수 없었다. 그는 황급히 옷을 갈아입고 허리에 목욕 수건을 꽉 묶고는 탕 안 구석진 곳을 찾아 몸을 담갔다.

이미 늦은 시간이라 탕 안에 남아 있는 사람은 몇 없었고, 제각각 멀리 흩어져 있었다. 묵연은 머리 위에 흰 수건을 올리고 얼굴을 반쯤 물속에 담갔다. 숨을 내뱉자 보글보글 기포가 올라왔다.

첫 번째로 옷을 다 갈아입은 사람이 벌거벗은 몸으로 긴 다리를 뽐내며 나타났다.

묵연은 슬쩍 훔쳐보고 한숨을 쉬었다. 다행히도 설몽이었다.

설 공자는 준수하게 생겼지만 답선군의 취향이 아니었다. 두 사람의 시선이 부딪치자 설몽이 그에게 손가락질했다.

"가까이 오지 마."

"왜 그래?"

"너 더럽잖아."

묵연은 그저 웃었다.

"하하."

목욕탕 안은 안개가 자욱했다. 잠시 후 쥐엄나무로 몸을 닦던 설몽이 별안간 외쳤다.

"사존, 이쪽이요!"

얼굴의 반을 물에 담그고 있던 묵연은 그 소리에 하마터면 물을 들이켤 뻔했다. 보면 안 된다는 걸 알면서도 시선이 자기도 모르게 물 밖으로 향했다.

한 번의 곁눈질에도 숨이 막힌 묵연은 손쓸 틈도 없이 순식간에 목욕탕 물을 두 모금이나 마셨다. 하지만 도로 토해 낼 틈도 없이 황급히 더 깊이 몸을 담그고 두 눈만 물 밖에 내놓았다.

초만녕과 사매가 같이 나오다니.

두 사람 중 하나는 가늘고 부드러운 몸 위로 먹색 머리카락을 풀어 헤치고 목욕 수건을 두르고 있었는데, 사매였다.

묵연은 그를 가장 훔쳐보고 싶었지만 잽싸게 흘끗 보고는 시선을 돌릴 수밖에 없었다. 사매를 환한 달을 떠받치듯 너무나도 사모했기에, 도저히 사람들 앞에서 아무렇지도 않게 볼 수가 없었다.

다른 하나는 늘씬하고 냉엄한, 넓은 어깨에 잘록한 허리, 건장한 몸과 탄탄한 근육의 소유자, 바로 초만녕이었다. 그는 머리카락을 높이 묶고 커다란 흰 목욕 수건을 둘러 온몸을 빈틈없이 가리고 있었다. 다만 덧옷이 너무 커서 헐렁한 옷섶을 통해 매끄럽고 튼실한 가슴이 여실히 드러났다.

묵연은 그를 보고 있자니 온천물에 숨이 막혀 푹 익어 버릴 것만 같았다.

눈길을 돌리고 싶었다.

그런데 눈이 말을 듣지 않았다. 시선이 미동도 없이 고정되었고, 귀는 점점 빨개졌다.

자욱한 안개 너머로 초만녕도 그를 본 듯 못 본 듯, 면포를 감싸 놓은 곳에 방수 결계를 치고는 온천 안으로 들어왔다. 나부끼는 옷자락 사이로 그의 두 다리가, 가늘고 곧은 늘씬한 선이 보였다.

묵연은 말을 잇지 못했다.

그는 더 이상 참을 수 없어 눈을 감고 물속으로 완전히 잠수했다.

허리에 묶은 수건에 가려졌다지만 자신의 이런 반응은 너무…….

묵연은 너무 억울했다.

그는 초만녕을 좋아하기는커녕 오히려 너무나도 미워했다.

그러나 몸은 예전의 환희를 기억했고, 꺾이지 않던 기개를 잠식해 부드럽게 만들었던 황홀한 뒤엉킴을 기억했다. 그리고 그들 사이에 있었던 수줍음과 두근거림, 그리고 황당하기 그지없던 일들도 빠짐없이 기억하고 있었다.

목울대가 오르락내리락했고, 마음속에서는 천리와 사욕이 싸웠다.

묵연은 금방이라도 울음을 터뜨릴 것만 같았다.

처음으로 자신이 경멸스러웠다. 어떻게 이럴 수 있지? 사매가 바로 앞에 있는데 어떻게 초만녕을 보며 흥분할 수 있지?

전생에 살갗을 맞대고 재미를 봤다고 치자.

그래도 다 지난 일이잖아.

계속 이렇게 초만녕의 몸을 그리워하면 사매한테 뭐가 되겠어? 이 얼마나 무례하고 나쁜 짓이야.

시선을 내리깔고 사념을 바로잡으려고 한참을 애쓰고 나서야 묵연은 아랫배를 달구던 사악한 열기를 식힐 수 있었다. 그제야 그는 수면 위로 올라와 물방울을 털어 내고 수건으로 얼굴의 물기를 닦은 뒤 몽롱한 두 눈을 떴다.

그리고 정확하게 초만녕의 얼굴과 마주쳤다.

방금 전 털어 낸 물이 모두 초만녕의 얼굴에 튀어 있었다. 마침 물방울 하나가 또르르 떨어져 그의 칠흑같이 까만 속눈썹에 스며들었다가 조금씩 흘러내려 아름다운 봉안에 떨어지기 직전이었다.

"……."

"……."

때가 너무 안 좋았다. 물속에 잠수해 숨을 참느라 주변 상황을 보지 못한 것이다.

초만녕도 묵연이 이곳에 잠수해 있는 줄 꿈에도 모르고 훈향 상자를 가지러 왔는데, 훈향을 잡기도 전에 갑자기 튀어나온 묵연 때문에 물벼락을 맞고 말았다.

온천은 제법 깊어서 부력이 컸다. 묵연은 당황하여 정신없이 뒷걸음질 치려다 그만 발이 미끄러져서 정확히 초만녕의 품에 안착했다.

"앗!"

"……."

34장 본좌는 미친 것 같다

초만녕은 한 치의 망설임도 없이 손을 뻗어 그를 부축했다. 따뜻한 온천탕에서 두 사람의 피부가 맞닿았다. 묵연은 순간 꼬리뼈를 관통하는 불꽃같은 전류의 자극에 온몸에 닭살이 돋았다.

홍련수사에서 거의 나체나 다름없었던 초만녕을 안아 보긴 했었지만 그때는 상황이 위급했다. 생각할 틈도 볼 정신도 없었던 지라 특별한 기억도 남아 있지 않았다.

하지만 지금은 그의 한쪽 손이 초만녕의 가슴에 닿아 있고 다른 한쪽 손은 무의식적으로 스승의 허리를 감쌌으며 물속에 있는 다리들도 함께 맞닿아 있었다. 상대의 피부는 물에 젖어 따뜻하고 매끈했다. 묵연은 머리가 펑 하고 터질 것만 같았다.

그는 초만녕에게…….

그저 초만녕의 허리를 만졌을 뿐, 아무것도 안 했는데 이렇게…….

강렬한 반응이 해일처럼 몰려왔다.

"사…… 사존, 전……."

묵연은 똑바로 서려고 버둥거렸다. 이미 달아오른 아랫도리가 허둥대던 중 상대를 찔렀다.

초만녕의 눈이 순간 확 커졌다. 수려한 얼굴에 삽시간에 경악이 스쳤고, 불에 덴 듯 곧장 뒷걸음질 쳤다. 그 와중에 그의 속눈썹에 맺힌 물방울이 눈 안으로 흘러 들어갔다. 초만녕은 갑작스러운 자극에 재빨리 눈을 감고 비볐지만 닦을 만한 수건을 가지고 오지 않았다.

"사존, 제 것 쓰…… 쓰세요."

묵연은 죽을 만큼 민망했다. 얼굴에서 귀밑까지 빨개졌지만 애써 아무 일도 없는 것처럼 태연하게 자신의 수건으로 초만녕의 얼굴에 맺힌 물방울을 닦았다.

초만녕은 한결 편해진 봉안을 떴다. 눈동자에는 의아함과 놀람, 그리고 은근한 당혹감이 섞여 있었다. 하지만 그것도 잠시뿐, 그는 재빨리 평정심을 되찾고 애써 아무것도 느끼지 못한 것처럼 갈라진 목소리로 말했다.

"훈향을 다오."

"아…… 네."

묵연은 빨갛게 푹 익은 게처럼 옆 걸음으로 온천탕 옆에 놓인 훈향 상자를 집어 들었다.

"사존, 무…… 무슨 향으로 드릴까요?"

"아무거나."

묵연은 혼란스러워서 새하얘진 머리로 한참을 멍하니 상자를 보다가 고개를 돌려 진지하게 말했다.

"아무거나라는 향료는 없는데요."

"……."

초만녕은 잠시 침묵하더니 이내 한숨을 쉬며 말했다.

"매화와 해당으로 줘."

"네."

묵연은 향 조각 두 개를 집어 초만녕에게 건넸다.

두 사람의 손끝이 닿자 또 한 차례 전율이 흘렀다.

아무리 원치 않아도 과거의 그 기억들은 여전히 떨쳐 낼 수가 없었다.

예전 같았으면 진작에 온천 가장자리에서 그와 뜨겁게 뒤엉켰을 것이다. 심지어 반쯤 꿇어앉은 초만녕의 모습도 눈앞에 떠올랐다. 땅에 엎드려서 뜨거운 자신과 사납게 휘몰아치는 애욕을 견디던 스승은 별처럼 반짝이는 눈을 감고 몸을 바르르 떨었지만, 그럼에도 자신으로 인해 절정을 느꼈다…….

묵연은 더 이상 참을 수 없었다. 수컷의 본능적인 욕망으로 눈까지 벌겋게 충혈됐다. 더는 초만녕을 볼 자신이 없었다. 지금은 사매를 보는 것이 초만녕을 보는 것보다 훨씬 평온할 것이라는 생각이 들었다.

어떻게…… 이럴 수 있지…….

어떻게 이렇게?

묵연은 서둘러 몸을 씻은 뒤 여전히 온천을 즐기는 세 사람에게 피곤해서 먼저 자겠다고 어물쩍 말했다.

그리고 방으로 돌아가 문에 빗장을 걸었다.

묵연은 도저히 참을 길이 없는 자신의 욕정을 해소해야 했다.

이럴 때 초만녕의 모습을 상상하고 싶지는 않았다. 무례하지만 차라리 사매를 떠올리는 편이 나았다. 그래야 심란하게 뒤엉켜 있는 그의 마음도 한결 편해질 테니까.

그러나 몸과 생각을 통제하기 어려웠다. 초만녕과 함께 몸을 맞대고 쾌락을 즐기던 장면이 눈앞을 스쳐 지나갔다. 이 뼛속까지 파고드는 격정은 오늘 밤, 마치 열려 버린 수문처럼 종잡을 수 없이 머릿속으로 밀려와 한 차례 또 한 차례 전율을 일으켰다.

그는 거칠게 자신을 대했다. 그와 뒤엉켜 있을 때처럼, 절정에 다다르자 그는 목을 뒤로 젖혔다. 만족스럽지 않았지만 옅은 숨을 들이마셨다.

무의식적으로 그 이름이 목구멍에서 튀어나왔다.

"만녕……."

두 글자를 내뱉은 그는 낮은 신음과 함께 미세하게 몸을 떨며 조금도 남김없이 분출했다. 손바닥이 온통 끈적하고 축축했다…….

사정이 끝나고, 묵연은 이마를 차가운 벽에 갖다 댔다. 눈이 흐리멍덩했다.

수치, 자괴, 혐오 그리고 충격.

환생한 뒤에도 초만녕에게 이토록 강렬하게 반응할 거라고는 전혀 예상하지 못했다.

자신이 돌연 참을 수 없이 역겨웠다.

전생에서는 사매를 얻지 못해서 왕성한 정력을 수많은 꽃들에게 해소했었다. 언뜻 헤프게만 보이던 감정은 사실 그에게 아무것도 아니었다.

촛불을 끄면 그저 농간질에 불과했다. 상대가 누구든 다 똑같았다.

용구에게 조금이나마 마음을 주었던 건 사매와 눈매가 매우 비슷했기 때문이었다.

그러나 초만녕을 향한 감정은 전혀 달랐다. 묵연은 분명히 알고 있었다. 그저 상상일 뿐, 정말로 몸을 섞는 것이 아님에도 그는 남창의 몸에서 느꼈던 것과는 확연히 다른 강렬한 쾌감을 느꼈다는 사실을. 비단 육체적일 뿐만 아니라 또…….

그는 더 깊이 생각하고 싶지 않았다.

그가 사랑하는 사람은 사매였다. 예전에도 그랬고 앞으로도 절대 변하지 않을 터였다.

스스로를 여러 번 타이른 뒤 묵연은 조금씩 호흡을 되찾았다. 그러고는 미간을 찌푸린 채 눈을 감았다.

그는 초조하고 괴로웠지만 슬픔과 서러움이 더 컸다.

이러고 싶지 않았다.

욕망이 끓어오르면 초만녕 생각을 멈출 수 없었다. 욕망이 해소되면 초만녕과 관련된 그 무엇도 더는 생각하고 싶지 않았다. 그의 머리카락 한 가닥, 눈빛 하나조차도.

그는 고집스럽게 생각했다. 자신이 좋아하고, 진심으로 사랑하는 사람.

그건 사매였다…….

머릿속이 혼란스러운 건 초 종사도 마찬가지였다.

그도 직관적으로 분명하게 묵연의 욕망을 느꼈다. 소년은 신체 발육이 놀라울 정도로 좋았고 흥분까지 하니 마치 모든 준비를 마친 쇳덩이처럼 뜨겁게 타올랐다.

초만녕이 재빨리 침착한 표정을 지으며 일말의 언급도 하지 않았지만 그 느낌은 그의 머리를 저릿하게 했고, 게다가 믿기도 힘들었다.

그의 입이 더더욱 떨어지지 않았던 이유는 사실 당시 그에게도 반응이 있었기 때문이었다.

다행히 그는 쑥스러움이 많아서 온천탕에 몸을 담글 때도 습관적으로 덧옷을 입었다. 온몸을 가린 덕에 아무도 눈치채지 못했다. 안 그랬으면 그는 차마 얼굴도 못 들었을 것이다.

그런데 묵연은 대체 왜…….

그날 밤 초만녕은 침상에 누워 한참을 곰곰이 생각했지만, 어쩌면 묵연도 자신을 좋아하는 건 아닐까 하는 생각은 감히 상상조차 하기 힘들었다.

너무나도 정신 나간 생각에 부끄러웠다.

그래서 그저 조심스럽게 '묵연도 어쩌면 좋아하는 걸까…….'라고만 생각했다.

뒤에 생략된 '나를'이라는 두 글자가 머릿속에 떠오를 새도 없이 초만녕은 자신을 세게 꼬집었다. 그리고 투명하게 빛나는 봉안을 깜박거리며 서둘러 생각을 지웠다.

그는 그 한 문장을 끝내 완성하지 못했다.

어쨌거나 그 자신은 사납고 공격적이며 입도 거칠고 성질도 고약한 데다, 사매만큼 절세 미남도 아니고 나이도 많았다. 묵연이 남자를 좋아한다 해도 눈이 삔 것이 아닌 이상 자신을 좋아할 리 없었다.

초만녕은 오만해 보이는 사람이다.

하지만 오랫동안 사람들이 그를 냉대하고 두려워했기에 기나긴 세월을 홀로 쓸쓸하게 견뎌 왔다. 그러면서 그의 마음은 점점 열등감에 깊이 파묻혔다.

다음 날 아침.

묵연과 초만녕이 객잔 복도에서 마주쳤다. 각자의 생각을 품은 채 서로를 흘끗 봤지만 그 누구도 먼저 말을 꺼내지 않았다.

결국 묵연이 짐짓 아무렇지도 않은 척 초만녕을 향해 먼저 웃어 보였다.

"사존."

초만녕은 안도의 한숨을 쉬었다. 마침 어쩔 줄 몰랐던 그는, 어제의 일을 꺼내지 않기로 한 듯한 묵연의 뜻에 따라 평소와 다름없이 담담하게 고개를 끄덕였다.

"일어났으면 가서 사매를 깨워라. 채비를 하고 욱영봉으로 가자."

만년 설산 욱영봉 꼭대기는 체력과 정신이 강한 수행자라도 이겨 내기 힘든 혹독한 추위가 몰아쳤다. 초만녕은 옷 가게에서 제자들에게 방한용 외투와 장갑을 사 주며 추울 때 입으라고 했다.

물 담배를 피우던 옷 가게 여주인이 붉은 입술을 벌리며 묵연에게 말했다.

"선군께선 늠름하고 씩씩하시네요. 황금 용이 그려진 검은 창의[#12] 좀 보세요. 촉나라 자수가 아주 멋지죠. 용의 눈만 해도 제가 심혈을 기울여서 석 달을 수놓아 완성한 거랍니다."

묵연이 머쓱하게 웃으며 말했다.

#12 창의 氅衣, 도사가 입는 옷

"누님 말발이 엄청나시군요. 아쉽지만 저는 검을 구하러 산에 오르는 거라 그렇게 차려 입을 필요가 없어요."

묵연에게 통하지 않자 여주인은 사매를 잡고 늘어졌다.

"아이고, 우리 선군은 정말 아름답게 생기셨네요. 이곳 대성에서 가장 예쁜 처녀랑 비교해도 손색이 없겠어요. 선군, 나비가 앉은 모란꽃이 수놓아진 붉은 외투가 정말 잘 어울릴 것 같은데, 입어 보실래요?"

사매가 난처하게 웃었다.

"이건 여자아이들이 입는 것 같네요."

옷 구경을 싫어한다는 이유로 설몽은 한사코 살펴보길 거절하며 가게 한곳에서 기다렸다. 초만녕은 그런 그를 대신해서 검은색 바탕에 자색으로 테두리가 둘러진 외투를 골랐다. 목 부분에는 하얀 토끼털이 둘러져 있었다.

여주인이 말했다.

"선군, 이 옷은 좀 작을 텐데요. 소년 체격에나 맞을 거예요."

초만녕이 무덤덤하게 말했다.

"제자에게 주려는 겁니다."

"아, 아하."

여주인은 문득 깨달은 듯 곧바로 웃으며 말했다.

"정말 좋은 스승님이시네요."

살면서 처음 들어 보는 '좋은 스승'이라는 말에 초만녕은 몸이 뻣뻣하게 굳었다. 표정은 아무렇지 않아 보였지만 같은 쪽 팔다리를 움직이면서 몇 발짝이나 걸어가는 그의 모습이 무척이나 어색해 보였다.

묵연은 청회색 외투를, 사매는 월백색을, 초만녕은 새하얀 색 하나와 검은색에 자색 테두리가 둘러진 외투 하나를 골라 계산한 뒤 설몽에게 돌아갔다.

설몽은 자신의 외투를 보고 두 눈이 휘둥그레졌다.

초만녕이 의아해했다.

"왜 그러지?"

"아, 아닙니다."

초만녕이 뒤돌아 멀리 가자 설몽은 그가 못 들을 거라고 생각하곤 싫은 티를 내며 조그맣게 구시렁댔다.

"자색? 난 자색은 싫은데."

그러나 뜻밖에도 초만녕의 차가운 목소리가 들려왔다.

"시끄럽다. 안 입을 거면 발가벗고 올라가거라."

설몽은 입을 다물었다.

그들은 빠르지도 느리지도 않게 마지막 남은 길을 걸었다. 네 사람은 하늘이 살짝 어둑해질 때쯤 욱영봉 산기슭에 도착했다.

욱영봉은 영력이 충만해서 영수(靈獸)와 갖가지 짐승이 살았다. 제아무리 도사라도 담력 없이는 무턱대고 산에 오르지 못했다.

하지만 초만녕이 있으니 걱정되지 않았다. 초만녕은 허공에 밤의 해당화 세 송이를 만들어 냈다. 그는 나쁜 기운과 귀신을 쫓아내는 그 꽃을 세 제자의 허리춤에 묶어 주고 말했다.

"가자."

희미한 어둠 속에서 묵연은 고개를 들어 태곳적 거대 괴물처럼 고요하게 웅크리고 있는 우뚝 솟은 산봉우리를 바라보았다. 무척이나 감개무량했다.

그해, 그는 바로 이 욱영봉에서 하늘과 땅, 해와 달, 요괴와 신과 마귀를 향해 자신은 수진계의 답선군으로 만족할 수 없으니 스스로를 인간계의 맹주로 봉하겠다고 선포했다.

그리고 같은 해, 욱영봉에서 그는 한 명의 처와 한 명의 첩을 동시에 맞이했다.

그는 아직도 처의 얼굴을 기억하고 있었다. 송추동. 수진계의 절세 미녀, 어느 모로 보나 사매를 무척이나 빼닮았다.

그는 예의도 염치도 없는 사람이었기에 번거로운 규율인 삼서육례를 따르지 않았다. 그저 송추동의 섬섬옥수를 잡고 붉은 천을 머리에 덮은 여인을 이끌며 만 개의 계단을 하나하나 올랐다. 그들은 장장 한 시진이 넘게 걸었다.

나중에 송추동은 다리가 아파서 더는 걷지 못하겠다고 했다.

묵연은 욱하는 마음에 그녀가 덮고 있던 천을 젖히고 화를 내려고 했다.

그러나 몽롱한 달빛 아래, 서운함을 억누르고 있는 청아한 송추동의 눈이 마치 백골이 되어 구천을 떠도는 옛 벗의 그것과 닮아 보였다.

못된 말을 머금고 있던 입가가 잠시 떨리더니 그는 결국 이렇게 말했다.

"사매. 내가 업어 줄게."

송추동이 만약 그와 동문이었다면 항렬로 따졌을 때 묵연의 사매(師妹)가 맞았다. 그녀는 뜻밖의 호칭에 멈칫했지만, 그가 유풍문의 모든 문파를 없앴으니 유풍문은 자연스레 사생지전

밑으로 들어가게 되었고, 자신을 사매라고 부르는 것도 안 될 건 없다는 생각이 들었다. 그녀가 웃으며 말했다.

"좋아요."

답선군, 인간계의 맹주, 흑암지존은 붉은 옷을 입은 아리따운 신부를 업고 마지막 몇천 개의 계단을 한 걸음 한 걸음 산꼭대기까지 올랐다.

그는 고개를 숙여 땅 위의 빼곡한 사람들을 바라보았다. 그들은 기이한 자세로 한데 겹쳐 있었다.

그는 웃으며 잠긴 목소리로 말했다.

"사매, 난 이제 인간계의 맹주야. 앞으로 그 누구도 당신을 다치게 하지 못할 거야."

그의 등에 업힌 여자는 무슨 말을 해야 할지 몰라 머뭇거리다가 조용히 대답했다.

"……네."

목소리가 작았다. 너무 작았던 탓에 여인의 목소리인지 또렷하게 구분하기도 어려웠다.

묵연의 눈시울이 아무도 모르게 붉어졌다. 그가 나지막이 말했다.

"미안해. 이날을 너무 오래 기다리게 했지."

송추동은 묵연이 자신을 오랫동안 좋아했다고 착각해 부드럽게 말했다.

"서방님……."

이번에는 청아한 여자 목소리가 선명하게 울렸다. 난초에서 떨어지는 이슬처럼 듣기 좋았다.

별안간 묵연의 발걸음이 멈췄다.

"왜 그러세요?"

"……아니다."

계속해서 앞으로 나아가는 묵연의 목소리는 더 이상 잠기지 않았고, 미약한 떨림도 완전히 사라졌다.

그가 잠시 멈칫하다가 말했다.

"앞으로는 연이라고 편하게 불러라."

송추동은 너무나도 뜻밖이었다. 감히 답선군을 그렇게 부를 수는 없다는 생각에 머뭇거리다 말했다.

"서방님, 그건…… 좀……."

묵연의 말투가 갑자기 사나워졌다.

"내 말을 듣지 않으면 산꼭대기에서 아래로 던져 버릴 테다!"

"여, 연아!"

송추동이 서둘러 다시 말했다.

"연아, 내가 잘못했어."

묵연은 더 이상 말이 없었다.

고개를 숙인 채 아무 말도 없이 앞으로 걸어갈 뿐이었다.

땅 위에 드리워진 그림자는 여전히 그림자였다.

나중에 자세히 보고 나서야 알았다. 정말 그저 그림자에 불과하다는 것을.

거울 속의 꽃과 물속의 달은 모두 가짜였다.

그가 가진 것도 결국 그저 환영이었다.

결국 남은 건 허망함뿐이었다.

"사매."
"응?"
묵연의 옆에서 걷던 이는 자신을 부르는 소리에 고개를 돌렸다. 무성한 잎이 내는 수많은 소리와 하늘거리는 풀과 나무 소리 속에서 달빛이 절세의 얼굴을 비추었다.
"연아, 왜 그래?"
"사매…… 걷기 힘들지?"
묵연은 앞장서서 걸어가는 초만녕과 설몽을 흘끗 보고는 작게 속삭였다.
"힘들면 내가 업어 줄게."
사매가 대답하기도 전에 초만녕이 고개를 돌렸다.
그는 차가운 눈으로 묵연을 흘겼다.
"사명정의 다리가 부러지기라도 했느냐? 네가 힘자랑을 해야 할 만큼?"
사매가 황급히 말했다.
"사존, 연이가 장난친 거예요. 화내지 마세요."
초만녕은 속눈썹을 지긋이 아래로 내렸다. 미간에서 매서움이 느껴졌다. 그는 은은한 불꽃이 튀는 눈으로 말했다.
"웃기는군. 내가 화낼 것이 뭐가 있다고."
그러고는 넓은 소매를 펄럭이며 성큼성큼 가 버렸다.
"……."
"……."
"사존 기분이 안 좋으신가 봐……."
"사존 성격 모르는 거 아니잖아."

묵연은 사매의 귓가에 속삭였다.

"속이 바늘구멍보다 좁지. 냉혹하고 무정한 사람이라 다른 형제들이 서로 사랑하고 존중하는 꼴조차 못 보는 거야."

코를 찡긋거리며 목소리를 낮추고는 말을 끝맺었다.

"진짜 짜증 나."

앞서가던 초만녕이 갑자기 역정을 냈다.

"묵미우, 한 글자만 더 말하면 널 산 아래로 던져 버리겠다!"

묵연은 눈치 빠르게 입을 닫았지만 몰래 배시시 웃으며 사매를 흘끗 보며 입을 벙긋거렸다.

봐, 내 말이 맞지?

35장 본좌는 신선을 만났다

“차가운 달빛이 눈서리를 비추고, 시린 산은 얼음 연못을 품고 있네. 6만 척 높이가 까마득하니, 하늘 아래 절경이 여기로구나.”

설몽이 사슴 가죽 장갑을 낀 채 거대한 바위 위에 쌓인 눈을 툭툭 털어 냈다. 주사[#13]로 새겨진 바위의 글귀를 확인한 그가 고개를 돌려 활짝 웃었다.

“사존, 도착했습니다.”

욱영봉 정상에는 일 년 내내 눈이 내렸다. 곱지만 서늘한 달빛이 꽁꽁 언 호수를 비췄고, 적막한 한기가 감도는 주변은 생기를 잃은 채 굳어 있었다. 얼어붙은 금성호는 눈이 덮이지 않아 유리처럼 투명했다. 하늘과 땅 사이에 은하수가 지나가고 별은 만 리까지 늘어져 장관이 따로 없었다. 하얗게 빛나는 눈꽃

#13 주사 朱砂, 붉은색 광물의 일종

은 생의 마지막에 다다른 이의 흰머리 같았다.

일행이 호숫가에 도착했다. 거울처럼 매끄럽고 반질반질한 호수의 수면 위로 아름답고 가느다란 빛줄기가 아른댔고 돌로 만든 제방이 호수 중앙까지 쭉 이어져 있었다. 서리가 내려앉은 제방 옆 비석에는 전서체(篆書體)로 쓴 '의행로난'[#14]이라는 글자가 거친 돌 무늬와 어우러져 위용을 뽐냈다. 천 년이 지났음에도 여전히 한 획 한 획이 또렷하고 주사의 빛깔도 붉고 선명한 것이, 마치 누군가 다듬고 덧칠한 듯했다.

초만녕이 돌 제방 앞에서 걸음을 멈추고 말했다.

"금성호에서 검을 구할 때는 한 번에 한 사람만 들어갈 수 있다. 누가 먼저 들어가겠느냐?"

몸이 근질근질한 설몽이 참지 못하고 곧장 대답했다.

"사존, 제가 먼저 가겠습니다!"

초만녕이 그를 슬쩍 보고는 잠시 생각한 뒤 고개를 저었다.

"너는 조심성이 없어 불안하다."

옆에 있던 사매가 방긋 웃으며 말했다.

"사존, 그럼 제가 먼저 가겠습니다. 어차피 저도 호수를 녹이지 못할 거예요."

아득한 얼음 호수 위에서 사매는 한 사람 정도만 겨우 지나갈 수 있는 제방을 따라 천천히 걸어갔다.

그는 규칙대로 손바닥에 영력을 응집한 다음 몸을 숙여 얼어붙은 수면 위에 갖다 댔다. 사매의 영력이 수면을 따라 끝도 없이 내려갔고 하얗고 영롱한 빛이 멀리서 깜빡였다.

#14 의행로난 擬行路難. 남조 때 포조가 지은 시의 제목으로 '행로난을 본뜨다'는 의미이며, 여기서 '행로난'은 세상만사 뜻대로 되지 않음을 의미한다.

묵연은 숨죽인 채 제자리에 서서 열 손가락을 꽉 쥐었다.

한편, 사매는 호숫가에서 제법 오랜 시간 고군분투했으나 얼어붙은 호수에 작은 균열조차 내지 못했다. 그는 쓴웃음을 지으며 손을 털며 돌아왔다.

“사존, 죄송합니다.”

“아니다. 몇 년 더 수련한 후에 해 보자.”

낮게 한숨을 내쉰 묵연은 두 사람보다 더 실망했지만, 여느 때처럼 사매에게 위로의 말을 건넸다.

“괜찮아. 기회는 또 있으니까, 그때 나랑 같이 오자.”

“잔말 말고 가거라. 이번엔 네 차례다.”

전생에 묵연이 검을 구하러 갔을 때는 혈기 왕성한 소년이었던 터라 신무에 대해 무한한 기대감이 있었다. 그러나 지금은 그저 검을 가지러 왔을 뿐, 앞에 무엇이 기다리고 있는지 이미 알고 있기에 딱히 긴장감도, 기대감도 없었다. 다만, 옛 지기를 만난다는 생각에 가슴 한편이 훈훈했다.

묵연은 제방 위를 걸어가 얼음 호수 앞에 무릎을 꿇었다.

허리를 구부리고 손바닥을 수면 위에 갖다 댔다.

그가 눈을 감았다.

그의 칼집 없는 맥도(陌刀)…….

그 칼은 그와 평생을 함께하며 속세의 피를 두루 맛본 죄업이자 살인 병기였다.

묵연은 눈을 뜨고 호수를 보며 나지막하게 말했다.

“불귀, 나 왔어.”

주인의 부름에 감응한 듯 얼어붙은 금성호의 수면 아래에서 갑자기 거대한 그림자가 떠오르기 시작했다. 검은 그림자는 수면 밑에서 빙빙 돌더니, 갈수록 형체가 또렷하고 선명해졌다.

별안간 드넓은 얼음 호수가 쩍쩍 갈라지기 시작했다. 멀리서 설몽의 탄성이 들렸지만, 거의 알아들을 수 없을 만큼 아련했다.

"호수가 녹는다!"

물결이 거칠게 넘실거리다가 이내 하늘로 치솟더니, 검푸른 교룡이 맹렬한 기세로 날아올랐다. 비늘 하나가 7척에 달할 만큼 거대한 몸통은 삽시간에 거센 파도를 일으켰다. 물안개가 자욱한 가운데 달빛 아래 교룡이 사방으로 빛을 발하며 콧김을 내뿜었다.

이윽고 호숫가 주변으로 상고 결계가 드리워지며 묵연은 초만녕 일행과 분리되었다.

결계 안에서 사람과 용이 서로를 응시했다.

묵연이 눈을 가늘게 뜬 채 고개를 들어, 물줄기로 뒤덮인 하늘과 그 속에 있는 교룡을 보았다.

교룡은 칠흑처럼 새까만 맥도를 입에 물고 있었다. 칼집이 없는, 투박한 모양의 도신은 무쇠도 자를 만큼 힘 있고 예리했다. 교룡은 사람이 사용할 만한 크기로 맥도를 줄인 다음, 오색찬란한 몸을 천천히 숙여 묵연 앞에 내려놓았다.

그러나 용은 즉시 고개를 들지 않고 강황 빛을 띤, 성인 남자 키의 두 배에 달할 만큼 거대한 눈동자로 묵연을 뚫어지게 응시했다.

교룡의 눈동자는 구리거울처럼 묵연을 또렷이 비추고 있었다. 앞에 선 묵연은 숨을 죽인 채 교룡이 말을 꺼낼 때까지 잠자코 기다렸다.

변고가 없는 한, 묵연이 산자락으로 내려가 매화꽃을 꺾어 용한테 바치는 것으로 끝이 나는 거였다. 매화꽃을 받은 용은 우아한 자태로 하늘로 올라가고 묵연은 순조롭게 원하는 바를 얻게 될 터였다.

그런데 뜻밖에도 교룡은 전생에서처럼 무기를 쉬이 넘겨주지 않았다. 오히려 수염을 꿈틀대더니 어마어마하게 큰 황금빛 눈을 가늘게 뜨고 묵연 앞에 쌓인 눈 위에다 앞발로 무언가를 썼다.

[인간인가?]

묵연은 어리둥절했다.

전생에서 교룡은 분명 말을 할 줄 알았다. 그런데 어찌 이번 생에서는 벙어리가 된 거지?

교룡은 곧바로 자기 질문에 부정하더니, 우악스러운 발톱으로 앞서 적은 글자를 지우고 다시 썼다.

[아니, 인간의 영기가 이리 강할 리 없지. 혹시 신족인가?]

"……."

교룡은 잠시 생각하더니 고개를 내저으며 다시 무언가를 적었다.

[사악한 기운이 느껴지는 걸 보아 신족도 아니군. 그렇다면 귀족(鬼族)인가?]

대체 뭐라고 씨부렁거리는 거야? 본좌는 환생한 것뿐이다! 뭘 고민하고 있어? 어서 본좌의 칼이나 내놔!

교룡은 묵연의 마음을 꿰뚫어 본 듯, 단단한 비늘로 덮인 흉측한 발을 들어 맥도를 꾹 밟았다. 다른 발톱으로는 방금 썼던 글자를 눈으로 덮고 다시 썼다.

[언짢게 생각 말거라. 너한테서 다른 두 개의 허상이 보이기 때문이니. 이건 무척이나 보기 드문 일이거든. 대체 넌 누구냐? 인간인가, 귀신인가? 신족인가, 마족인가?]

묵연이 눈썹을 치켜세우며 말했다.

"당연히 인간이죠. 보면 모릅니까?"

다만, 이미 한 번 죽었던 인간이랄까.

용이 멈칫하더니 다시 글을 적었다.

[이렇게 분열된 인간의 영혼은 본 적도, 들은 적도 없다.]

묵연은 머리와 꼬리를 경망스럽게 흔들어 대는 교룡의 모습이 아둔하고 우스꽝스러워 피식 웃음이 나왔다.

"무엇이 이상하다는 말씀입니까? 게다가 그 칼은 대체 언제 주실 건가요?"

교룡은 그를 잠시 훑어본 후에 글을 적었다.

[그 자리에 꼼짝 말고 있어라. 아무래도 주술을 써서 네 영기를 가늠해 봐야겠다. 그런 다음 이 칼을 주지. 어떠냐?]

"……."

예상치 못한 제안에 묵연은 살짝 어안이 벙벙해졌고, 곧이어 망설여졌다.

저놈이 내 전생을 보게 되면 어쩌지?

하지만 불귀가 바로 코앞에 있었다. 이 맥도는 기운이 거세고 용맹한 보기 드문 신무였다. 지금 이 제안을 거절한다면 평생 이런 무기를 얻지 못할 수도 있었다.

묵연은 잠시 주저하다가 고개를 들고 물었다.

"괜찮습니다만, 단지 뭘 보시든 그 칼을 제게 주실 수 있나요?"

교룡이 한 획 한 획 써 나갔다.

[이것은 규칙이다. 절대 어기지 않아.]

과거의 내가 선했든 악했든 상관없이?

용이 잠깐 생각하더니 덧붙였다.

[설령 네가 과거에 악한 일을 저질렀다고 해도 지금의 내가 어떻게 막겠느냐? 그저 앞으로 선하게 살기를 바랄 뿐이지.]

묵연이 손뼉을 치며 웃었다.

"좋습니다. 그럼 저도 더 이상 거절할 이유가 없지요. 그럼 저를 살펴보십시오."

교룡이 살짝 날아올라 눈부시게 반짝이는 몸을 구부리며 콧김을 내뿜었다. 동공에서 선홍색 광채가 흘러나왔다.

고개를 든 묵연은 선홍색 광채가 옅은 안개라는 사실을 깨달았다. 핏빛 안개가 점차 짙어지며 그를 덮었다. 한참이 지나고 안개가 서서히 걷히자 용의 눈동자에 비친 자신의 모습이 다시 나타났다.

다만, 이번에는 자신뿐만 아니라 다른 두 명의 흐릿한 형상도 함께 나타났다. 좌우 양쪽에 선 그림자가 묵연의 뒤에서 어른거렸다.

화들짝 놀란 묵연이 고개를 홱 돌렸지만, 뒤는 텅 비었고 그저 하얀 눈꽃만 조용하고 쓸쓸하게 내리고 있었다. 분명 그림자를 봤는데?

고개를 다시 앞으로 돌리자, 물밑에 가라앉은 물건이 서서히 떠오르는 것처럼 용의 눈동자에 비친 두 사람의 모습이 선명해지고 있었다. 잠시 응시하던 묵연은 두 허상이 무척 낯익다는 사실을 깨달았다. 그가 엉거주춤 앞으로 걸어가던 그때, 감겨 있던 두 허상의 눈이 갑자기 번쩍 떠졌다!

사매!

초만녕?

생각지도 못한 두 사람의 등장에 묵연은 경악했다. 예삿일이 아님을 직감한 동시에 휘청거리며 뒤로 주춤 물러나 더듬더듬 말을 꺼냈다.

"어째서…… 이게 대체……."

교룡의 눈동자 속 세 사람은 조용히 서 있었다. 평온한 얼굴에 아무 표정 없이 가만히 먼 곳만 응시하고 있을 뿐이었다.

극한의 두려움이 묵연을 감쌌다. 잠시 뒤, 핏빛 안개가 다시 위로 떠올랐고 용의 눈동자에 비친 형상도 희미해지더니 이내 완전히 사라졌다.

교룡이 콧김을 뿜자 수염이 꿈틀거렸다. 그러더니 재빨리 무언가를 써 내려갔다.

[모르겠군. 한 명의 영혼 안에 다른 두 사람의 각인이 찍힌 건 평생 처음 본다. 정말 이상한 일이야.]

"제, 제 영혼에…… 저들의 각인이 있다고요?"

[그렇다.]

교룡이 잠깐 쉬더니 다시 적었다.

[자네가 어떤 삶을 살았는지 전혀 모르겠군. 대체 얼마나 대단한 집착이기에 영혼 안에서도 다른 사람과 뒤엉킬 수 있지?]

묵연은 설원 위에 삐뚤삐뚤 적힌 글씨를 보며 말문이 막혀 얼굴이 서서히 달아올랐다.

사매를 향한 자신의 집착은 이미 골수에 사무칠 만큼 깊었다. 그가 자신의 영혼에 새겨져도, 그래서 교룡이 사매까지 볼 수 있다고 해도 그리 이상한 일은 아니었다.

하지만 초만녕은…… 어째서?

내가 초만녕에게 무슨 집착을 해?

사무치는 원한도 집착이라는 건가?

사람과 용은 각자 생각에 빠져 있느라 금성호의 물결이 기괴하게 구부러지는 것을 발견하지 못했다.

거대한 물결이 하늘로 치솟고 거센 파도가 바위를 부스러뜨렸을 때는 이미 늦은 뒤였다.

금성호의 호수 물이 마치 칼로 자른 듯 두 동강이 나더니 곧장 하늘로 솟구쳤다. 물결이 거칠게 몰아치는 가운데, 표범의 몸통에 황소 머리를 한 시커먼 괴수가 두 무리로 떼 지어 뚫고 나왔다. 교룡처럼 압도적인 몸집은 아니었지만 머리에 난 뿔이 서슬 퍼런 빛으로 번뜩였고, 발톱은 칼끝처럼 한기가 서려 있었다. 수백 마리의 괴수가 몰려오는데도 교룡은 조금도 동요하지 않은 채 황금빛 눈동자로 괴수들을 응시했다.

"무슨 일이죠?"

묵연의 질문에 교룡이 뜸을 들이다 무언가를 적었다.

[구진상궁.]

이 네 글자를 보는 순간 묵연은 순간 벼락이라도 맞은 기분이었다.

구진상궁은 살생을 관장하고 천하의 무기를 통솔하는 신이다. 이 태초의 신은 세상의 첫 번째 검을 만들어 복희가 사악한 세력을 소탕하도록 도왔다.

그토록 위풍당당한 태초신이 사실은 수백 마리의 소였다고?

묵연은 이 경악할 만한 사실을 도저히 납득할 수 없었다. 몸이 굳은 채 멍하니 넋을 놓고 있던 찰나, 멀리서 훈(塤) 소리가 울려 퍼졌다.

훈은 굉장히 오래된 악기로, 현재 묵연이 사는 세상에서는 거의 볼 수 없는 악기였다. 훈 소리가 가까워질수록 흥분하며 날뛰던 괴수 무리가 유순해지더니 앞다리를 꿇고 양쪽으로 섰다. 괴수 무리가 썰물처럼 흩어지자 화려한 복장에 장검을 맨 사내가 기린을 타고 다가왔다.

남자는 수려한 외모에 눈이 아름답고 맑았으며, 온화한 분위기를 풍겼다.

바람을 맞으며 다가오던 그가 옷자락을 가볍게 펄럭이며 몸위에 내린 눈을 털어 냈다. 손에 든 도훈(陶塤)은 빛깔이 짙고 윤이 났다. 그는 열 손가락으로 가볍게 구멍을 누르며 입으로 불어 연주를 계속했다.

마지막 음이 여운을 남기며 멈추자 수백 개의 소머리가 돌연 이슬로 변했다. 알고 보니 괴수들은 모두 주술로 빚은 것이었다. 남자는 도훈을 내려놓고 묵연을 쭉 훑어보더니 따스한 미소를 지어 보였다.

"과연 만 년 만에 처음 보는 기인이로군. 망월이 자넬 보고 이상하게 여기는 것도 무리는 아니지. 나는 금성호에 사는 구진상궁이다. 이곳의 무기는 전부 내가 만들었지. 잔재주에 불과하여 부끄럽지만 말이네."

앞서 교룡이 알려 준 데다 이 사내도 직접 자신이 누구인지 밝혔지만, 묵연은 여전히 믿기지 않아 의아하게 물었다.

"당신이 구진상궁이라고요?"

남자는 전혀 귀찮은 기색 없이 살짝 미소를 지었다.

"그렇다네."

묵연은 금방이라도 숨이 멎을 것만 같았다.

"……그러니까 이 세상 모든 무기를 관장한다는 그 만병지주(萬兵之主)요?"

"맞네."

눈썹을 살짝 치켜올린 구진상궁의 눈빛에 웃음기가 엿보였다.

"낯간지럽게도 후세에서 날 그렇게 부르는 것 같더군. 난 그저 할 일이 없어 소소하게 칼이나 갈고 채찍만 좀 감았을 뿐인데 말이야. 날 너무 과대평가한 게지."

"……."

대단한 인물이 성격까지 겸손하면 정말 꼴불견이었다. '신무 세 개를 가지고 있다'고 초연하게 말한 초만녕보다 이 구진상궁이 더 별로였다. 자신이 만든 칼과 채찍을 '소소하다'고 표현하다니. 차라리 복희대제를 '영감탱이'라 부르지 그래?

한참 만에 겨우 진정한 묵연이 물었다.

"그, 그럼 어째서 신계가 아닌 이…… 이 호수 안에 계시는 거죠?"

"내가 치고 두드리는 걸 좋아해서 천제의 휴식을 종종 방해했다네. 신계에서 천제의 눈총을 받느니 차라리 인간 세상에 떨어져 사는 게 낫다고 판단했지."

"……."

묵연이 어이없다는 얼굴로 물었다.

"그럼 이곳에 얼마나 계셨습니까?"

구진상궁이 잠시 생각하더니 웃으며 대답했다.

"얼마 안 있었다네. 겨우 몇백 년 정도 되려나."

"……몇백 년."

묵연은 그의 말을 되뇌며 억지웃음을 지었다.

"상신, 그래도 좀 오래 계신 것 같지 않나요?"

구진상궁은 부드럽고 옅은 미소를 띤 채 대수롭지 않다는 듯 자신의 소매를 흔들었다.

"오래된 것도 아니지. 게다가 천제께 검을 만들어 주느라 신력을 많이 소진했거든. 무엇보다 이곳이 별빛 가득한 신계보다 훨씬 재미있기도 하고."

묵연은 전설로만 듣던 전쟁의 신에게 제법 호기심이 생겼지만, 사적인 일을 계속 물을 수도 없는 노릇이라 잠시 고민한 후 중요한 질문을 꺼냈다.

"상신, 오늘 이렇게 나오신 이유가 제 특이한 영혼 때문만은 아니겠지요?"

"안 될 이유라도 있나? 자네의 영력은 보기 드물다네. 참으로 희귀해."

구진상궁이 미소를 띠며 말했다.

"자네 능력에는 이런 하찮은 맥도가 어울리지 않을 것 같아서 말이지."

"하하, 괜찮습니다. 이 칼이 딱 좋습니다."

"나도 처음에는 그리 생각하였네."

구진상궁이 웃었다.

"그러나 자세히 보니 그게 아니더군. 자네의 자질은 내 호기심을 자극할 만큼 특별해. 내가 이리 나온 건, 자네를 호수 밑으로 초대하기 위함이야. 거기에 있는 수많은 무기 중에 자네한테 가장 어울리는 걸 골라 주지."

"……."

생각지도 못한 제안에 묵연은 깜짝 놀랐다. 경험 많고 식견도 넓은 답선군이었지만, 말문이 막힐 정도로 당황스러웠다.

만병지주가 나를 초대해…… 무기를 골라 준다고?

구진상궁은 말이 없는 그를 보며 두려움에 망설이는 것으로 착각하고 다가가 말했다.

"걱정하지 말게. 호수 밑에 요괴가 많긴 해도 모두 내 명령을 따르니 자넬 해치지 않을 게야. 이건 망월도 장담할 수 있지."

옆에 있던 교룡이 소리 없이 천천히 머리를 조아렸다.

그의 진심 어린 초대에 마음이 흔들린 묵연이 그에게 말했다.

"그렇다면 한 가지 청이 있습니다."

"무엇이지?"

"조금 전에 검을 구하러 온 사람은 저의 친구입니다."

묵연이 결계의 맞은편 기슭에 있는 사매를 가리키며 말했다.

"검을 구하러 왔는데 얻지 못했지요. 하오니, 제가 따라간다면 상신께서는 제 친구에게도 무기를 하나 주실 수 있습니까?"

"난 또 뭐라고. 식은 죽 먹기인 것을."

구진상궁이 방긋 웃으며 손을 흔들자 상고 결계가 순식간에 연기처럼 사라졌다.

"어렵지 않은 일이네. 저기 세 사람 모두 오라고 하게. 마음에 드는 무기가 있다면 얼마든지 내줌세."

묵연은 뛸 듯이 기뻤다. 쇠 신발이 닳도록 찾아다녀도 안 되더니 이리 쉽게 얻을 줄이야! 그는 예전보다 더 굉장한 신무를 얻게 된다는 사실보다 사매가 신무를 얻는 것이 더 감격스러웠다. 구진상궁의 허락을 구한 후 사매와 일행이 오자 묵연은 세 사람에게 자초지종을 설명했다. 사매와 설몽은 눈이 점점 커졌고, 초만녕조차 살짝 동요하는 듯했다.

그때 옆에서 지켜보던 구진상궁이 순간 눈썹을 꿈틀거렸다.

"음?"

그러곤 초만녕을 지그시 바라보며 말했다.

"자네였군?"

36장 본좌의 해저 2만 리

초만녕은 늘 그렇듯 비굴하지도 오만하지도 않은 태도로 신선과 마주했다.

"상신께선 저를 아십니까?"

"어찌 모를 수가 있겠나?"

구진상궁이 온화한 미소를 지으며 말했다.

"몇 해 전 자네는 검을 구하러 이곳에 왔었지. 영력이 심오하고 순수하여 하마터면 자넬 보러 나올 뻔했어. 어떤가, 신무는 잘 사용하고 있나?"

"상신께서는 어떤 신무를 말씀하시는 건가요?"

"……아!"

구진상궁이 잠시 멍하니 있다가 이내 웃으며 말했다.

"내 기억력 좀 보게. 자네에게 두 자루를 줬다는 걸 깜빡했군."

"괜찮습니다. 천문은 잘 쓰고 있습니다."

"천문?"
"그 버드나무 가지 말입니다."
"음, 그렇군."
구진상궁이 미소 띤 얼굴로 물었다.
"천문이라는 이름을 지어 준 게로군? 그럼 다른 하나는? 이름이 무엇인가?"
초만녕이 대답했다.
"구가입니다."
"구가는 어떤가?"
"한기가 심하여 잘 사용하지 않습니다."
구진상궁이 탄식하며 말했다.
"좀 아쉽구먼."
말을 마친 구진상궁이 뒷짐을 진 채 고개를 돌려 온화한 목소리로 말했다.
"망월, 나는 이제 이들과 내려갈 것이다. 물 위는 영력이 희박하여 몸을 해칠 수 있으니 너도 얼른 돌아가거라."
교룡이 고개를 끄덕이자 굉음과 함께 커다란 파도가 거세게 일렁이더니, 총천연색 비늘을 반짝이며 호수의 심연으로 돌아갔다.
초만녕도 제자들에게 잠수 주문을 걸었다. 구진상궁은 그를 더욱 눈여겨보았다. 수사 중에 이리 능수능란하게 주술을 다루는 자는 거의 본 적이 없는데, 대체 누구에게서 전수받았을꼬?
그러나 초만녕은 타인과 말 섞는 걸 좋아하지 않는 듯 보였고, 구진상궁 역시 구태여 어색한 상황을 만들고 싶지 않아 더는 물어보지 않았다. 다들 준비를 마치고 차디찬 금성호 속으로 잠겨 들어갔다.

초만녕의 주술 덕분에 묵연 일행은 육지와 다름없이 움직일 수 있었다. 그들이 호수의 가장 밑바닥에 도착하자 까마득했던 물속 세계가 조금씩 모습을 드러냈다.

고운 흰 모래가 깔린 호수의 가장 깊은 곳에는 수초가 하늘거렸고 그 사이로 정교하고 아름다운 기와집이 빽빽하게 늘어서 있었다. 길목마다 각양각색의 영수와 신선, 요괴가 오갔는데, 인간 세상에서 절대로 공존할 수 없는 이들이 여기서는 무탈하게, 평화롭게 살고 있었다.

구진상궁이 말했다.

"금성호는 영기가 충만하여 스스로 낙원을 만들지. 이곳에 터를 잡은 생령은 대가 지나도 거처를 옮기지 않아 많은 것이 인간 세상과 다르다네. 관심 있거든 여기저기 둘러보게."

바로 그때 눈처럼 하얀 털에 빨간 눈을 가진 토끼 정령이 부리부리한 눈에 이마가 흰 호랑이를 탄 채 으스대며 지나갔다. 하얀 장포를 걸친 토끼 정령은 고아한 자태를 뽐내며, 거만한 표정으로 호랑이한테 빨리 가라고 거듭 재촉했다. 호랑이는 처진 눈썹에 눈빛이 순둥순둥하고 다소 궁색하기까지 하여 위엄이라고는 전혀 찾아볼 수 없었다.

이 모습에 묵연 일행은 입을 다물지 못했다.

그들은 구진상궁을 따라 넓은 길을 걸었다. 길 양옆으로 점포가 즐비했고 온갖 잡귀신들이 분주히 오갔다. 한 구역을 지나 도착한 번화가에는 마물들이 더욱 어지러이 날뛰고 있어 진풍경이 따로 없었다.

"금성호는 외부와의 교류가 거의 없어서 필요한 물건은 대부분 여기서 바꾸어 얻지."

설몽이 말했다.

"금성호는 상신의 피로 만들었다 들었습니다. 그렇다면 저들은 모두 상신의 영력에 의지해 자양분을 얻는 것일 테니, 이곳의 주인은 상신이시겠네요."

"주인이라고 할 수는 없다네."

구진상궁이 옅은 미소를 지었다.

"세월이 많이 흘렀어. 신계를 떠난 지 오래되어 영력도 예전만 못하고. 천지가 개벽한 그때를 생각하면 마치 한바탕 꿈이라도 꾼 것 같네. 지금의 나와 무슨 상관이 있겠는가? 여기 자네들 앞에 있는 사람은 그저 검을 만드는 일개 검장(劍匠)일 뿐이야."

구진상궁은 묵연 일행과 함께 번화가를 한 바퀴 빙 둘러보았다. 호수 아래에 사는 생령들은 그와 밤낮을 함께해 온 터라 구진상궁이 태초신이라는 사실을 조금씩 잊고 있었다. 그래서 그를 보아도 별다른 반응을 보이지 않고 저마다 장사에만 몰두했다.

"어혈만두입니다! 방금 나온 따끈따끈한 어혈만두예요!"

"솔연사[#15]의 뱀 허물입니다. 최고급 옷감이죠. 이제 마지막 세 자 남았습니다. 이것까지 팔리면 제가 다음에 허물을 벗을 때까지 기다리셔야 해요."

"오징어 먹물 팝니다! 제가 오늘 아침에 막 토해 낸 먹물입니다. 이 먹물로 그림을 그리면 무척 아름답지요. 아이고, 아가씨

#15 솔연사 率然蛇. 몸의 앞뒤로 두 개의 머리를 가진 전설의 뱀

구경하고 가세요."

왁자지껄하고 복잡한 시장통에 진기한 광경이 이어졌다.

머리 없는 귀신인 무두귀가 노점 앞에서 머리빗과 연지, 분을 팔고 있었다. 새빨갛게 물들인 기다란 손톱으로 뿔로 만든 빗을 들고는, 피가 뚝뚝 떨어지는 자신의 머리를 무릎 위에 올려놓은 채 빗질을 하고 있었다. 무두귀가 나긋나긋한 목소리로 말했다.

"상등품 뼈로 만든 빗입니다. 손님, 하나 사 가세요."

설몽은 눈을 동그랗게 뜨고 이리저리 두리번거리다가 약방을 발견했다. 약방 안에는 인어들이 분주하게 움직이며 지금껏 본 적 없는 희귀한 약재를 팔고 있었다. 약초를 좋아하는 어머니 생각에 설몽이 들어가려는데, 갑자기 뒤에서 날카로운 고함이 들려왔다.

"비켜, 비켜! 내가 먼저 들어갈 거야!"

설몽이 멈칫하며 고개를 돌려 보았으나 뒤에는 아무도 없었다. 구진상궁이 웃으며 말했다.

"발밑에 있네. 자세히 살펴보게나."

아래를 확인한 설몽은 깜짝 놀랐다. 자잘한 돌멩이를 쌓아 만든 돌무더기가 스스로 걸어 다니는 게 아닌가!

"정말 신기하네. 돌멩이가 걷다니. 돌의 정령인가?"

설몽이 중얼거렸다.

그의 혼잣말을 들은 초만녕이 말했다.

"부판이다."

"불판이요?"

"……."

초만녕이 덤덤하게 그를 힐끗 보며 핀잔을 주었다.
"묵연이 글공부에 소홀한 건 그렇다 치고, 너까지 한눈을 팔면 어떡하느냐?"
설몽은 무공 연마에만 정신이 쏠려 학업을 등한시했다. 수업 시간에는 초만녕이 무서워 열심히 듣는 척만 했을 뿐 한 귀로 듣고 한 귀로 흘리기 일쑤였다. 그는 사존에게 들킨 것 같아 얼굴이 화르르 달아올랐다.
묵연이 손뼉을 치며 웃었다.
"사존께서 그리 말씀하시니 제자, 참으로 속이 상합니다. 이 내용만큼은 정말 열심히 들었다고요."
설몽이 못마땅한 듯 말했다.
"그래? 그럼 어디 설명해 보시지?"
"부판은 벌레의 일종이야. 천성이 탐욕스러워서 예쁜 돌만 있으면 등에 짊어지려고 하고, 그러다가 결국 자기가 주운 돌에 깔려 죽게 되지."
묵연이 히죽거리며 초만녕을 바라보았다.
"사존, 제 말이 맞죠?"
초만녕이 고개를 끄덕였다.
"인간 세상의 부판은 이미 멸종됐는데, 이곳에는 남아 있을 줄이야."
구진상궁이 웃으며 말했다.
"약방 덕분에 용케 살아남았지. 다들 저기 좀 보게."
약방의 계단 앞까지 낑낑대며 돌을 옮기던 부판이 갑자기 크게 소리쳤다.

"아이고, 죽겠네! 어서 의원 좀 불러와!"

그러자 약방 안에서 푸른 인어가 미끄러지듯 나왔다. 그는 이 상황이 꽤나 익숙한 듯 자연스레 백자병을 들고나와 부판 위에 금홍색 물약을 부었다. 푸른 인어가 여유롭게 웃으며 말을 건넸다.

"우공, 오늘 수확은 제법 풍성하네요?"

우공이라 불리는 부판이 콧방귀를 뀌었다. 물약에 젖어 무척이나 편안해진 듯 목소리가 나른했다.

"흥, 괜찮은 정도지, 뭐. 내일 100개만 더 가져가면, 이제 내 집에는 돌이 4억 8만 5,617개가 되는 거야."

"……."

"……."

사매가 나직이 중얼거렸다.

"이미 많은 거 아닌가?"

푸른 인어가 부판에게 물약을 뿌린 후 말했다.

"내일은 좀 일찍 오세요. 더 늦으면 힘을 키우는 이슬을 부어도 아무 소용이 없을 거예요."

"알았어, 알았어. 일찍 올게, 일찍."

부판이 건성으로 대답했다. 그때 담벼락 모서리에서 옅은 노란색의 예쁜 돌을 발견한 부판이 목청 높여 말했다.

"어이, 미꾸라지…… 아니, 인어 대인, 거기 돌멩이가 괜찮아 보이는데, 그걸 내 등에 올려 주겠소? 그럼 내일이면 내 돌은 4억 8만 5,618개가 되거든."

설몽이 호기심을 참지 못하고 다가가 물었다.

"대체 그 많은 돌로 무얼 하려고 그럽니까? 집이라도 지어요?"

부판의 거들먹거리는 목소리가 디딜방아 밑에서 들려왔다. 카랑카랑하고 날카로운 목소리였다.

"누구냐? 인간? 아, 벌써 인간을 못 본 지 수년이 되었군. 돌로 뭘 하냐고? 당연히 집 짓는 건 아니지. 내가 그렇게 한가한 벌레로 보여?"

사매도 호기심이 일었다.

"그럼 뭘 하려고요?"

부판이 당당하게 말했다.

"개수를 세려고!"

"……."

다들 할 말을 잃었다.

자잘한 일은 접어 두고, 주변을 한 바퀴를 둘러본 후 구진상궁은 묵연 일행을 데리고 자신의 저택으로 돌아갔다.

길모퉁이에 거대한 조개껍데기가 가림벽처럼 세워져 있었다. 그 뒤를 돌아 뜰 안으로 들어서자 널찍하고 으리으리한 거각 여섯 채가 보였다. 곁채와 대청이 보였고 회랑과 화단도 있었으며, 해초와 진주로 엮은 주렴이 물결을 따라 나풀거렸다. 불이 꺼진 곳도 켜진 곳도 있었는데, 어스름한 촛불이 스민 방에서는 공후[#16]와 훈의 연주 소리가 어렴풋이 들려왔다.

약방과 마찬가지로 이곳의 하인 역시 인어였다.

인어 중에는 꼬리지느러미를 남겨 놓은 인어도 있었지만, 걷기 편하도록 지느러미를 다리로 만든 인어도 있었다. 다만 신발

#16 공후 箜篌, 고대 현악기

은 여전히 불편하여 맨발로 다닐 뿐이었다.

구진상궁은 네 사람의 안색이 변한 걸 보고는 옅은 미소를 지으며 담담하게 말했다.

"이상하게 생각할 거 없네. 망월과 교분이 두터워 함께 지내는 것뿐이니. 망월은 과거 동쪽 바다의 태자였네. 그가 이곳에 정착하자 하인들도 그를 따라 이곳으로 온 게지."

망월은 그 검은 교룡을 말하는 것이었다.

묵연은 전생에 교룡으로부터 신무를 얻었기에 제법 친근감이 들어 활짝 미소를 지었다.

"그럼 망월은 어디에 있습니까? 망월처럼 거대한 생물은 물밑에서 모습을 바꾸고 있겠지요? 아니라면 이곳에서 살 수 없을 것 같은데요."

구진상궁이 고개를 끄덕이며 선뜻 대답해 주었다.

"물론이지. 다만 나이가 많아 체력이 많이 약해졌다네. 뭍에 있다 왔으니 지금은 쉬고 있을 것이야. 보고 싶거든 망월이 깨어나면 가 보게."

말이 끝나자마자, 갈색 머리카락을 길게 늘어뜨린 인어가 홀연히 다가와 구진상궁에게 허리를 굽혀 절을 했다. 그가 입을 벙긋하자 우아하고 몽환적인 목소리가 울려 퍼졌다.

"상신, 오셨습니까. 소인, 이미 망월 전하께 전해 들었습니다. 지금 바로 손님들과 신무고로 가시겠습니까?"

구진상궁은 대답 대신에 함께 온 네 사람의 표정부터 살폈다. 네 명 모두 다른 의견이 없어 보이자 고개를 돌려 끄덕였다.

"그것도 좋겠군. 수고스럽겠지만 자네가 주방에 가서 술상을 차리라고 일러 주게. 신무고에 다녀와서 듣겠네."

정원 안쪽으로 더 깊숙이 들어가자 가장 안쪽 뜰 한가운데에 거대한 버드나무 한 그루가 우뚝 서 있는 것이 보였다. 인간 세계에서 자라는 버드나무와 다른 품종인 듯 몸통만 해도 장정 열 명이 달려들어야 겨우 안을 수 있을 만큼 거대했다. 오랜 고난을 견딘 듯 나무껍질이 울퉁불퉁했지만 힘찬 기상이 느껴졌고, 가지는 청록색 장막을 드리운 듯 얽히고설킨 채 축 늘어져 있었다.

설몽이 갈라진 목소리로 물었다.

"와, 이 나무는 대체 얼마나 산 것입니까?"

구진상궁이 대답했다.

"한 번도 계산한 적이 없어서 정확히는 모르겠다만, 적어도 십수만 년은 살았지."

설몽이 깜짝 놀라 물었다.

"어떤 나무이기에 이토록 오래 살 수 있는 건가요?"

"나무의 수명은 본래 인간보다 길어. 금성호의 영기까지 받고 자랐으니 오죽할까. 그리 신기한 일도 아니지. 다들 따라오게. 신무고의 입구는 저 버드나무 밑동에 있네."

구진상궁이 돌연 걸음을 멈추고 설몽을 힐끔 쳐다보았다.

"되도록이면 나뭇가지를 건들지 말게. 이 나무는 이미 정령이 되어서 아픔을 느끼니까."

그러나 이 말을 마쳤을 때는 설몽이 이미 잎을 딴 후였다.

설몽이 화들짝 놀라며 소리쳤다.

"앗!"

그와 동시에 허공에서 아득한 비명이 울려 퍼졌다.

"악!"

마치 쉰 목소리가 낮게 신음을 내지르는 것처럼 들리기도 했다.

설몽은 벼락이라도 맞은 것처럼 황급히 잎을 내던지며 하얗게 질린 얼굴로 말했다.

"이게 무슨 일입니까? 어째서 피가 나는 거죠?"

부러진 가지에서 선홍색 피가 콸콸 쏟아졌고 그가 바닥에 버린 잎사귀는 살아 있는 듯 실룩대며 경련을 일으켰다. 시간이 지나자 경련이 잦아들며 이내 빠르게 오그라들더니, 그대로 바짝 시들어 버렸다.

구진상궁이 어쩔 수 없다는 듯 말했다.

"정령이 되었다고 말했잖나. 자넨 어찌……."

그가 고개를 가로젓더니 부러진 가지를 살펴보며 영력을 사용해 지혈했다.

초만녕이 말했다.

"설몽, 내 옆으로 와라. 경거망동하지 말고."

"네, 사존."

자신의 실수에 의기소침해진 설몽은 고개를 푹 수그린 채 초만녕 곁으로 다가갔다.

다행히 작은 사고로 끝나 큰 문제는 되지 않았다. 초만녕은 구진상궁에게 사과했고 구진상궁은 태초의 신답게 넓은 아량으로 웃어넘겼다.

"자네 제자는 손발이 참으로 빠르군."

설몽의 얼굴이 붉게 달아올랐다. 그는 고개를 떨구고 입을 꾹 다문 채 초만녕의 뒤를 따라 걸었다. 간간이 이야기를 나누던 묵연 일행은 무성한 잎과 빽빽한 줄기를 헤치고 거대한 나무 몸통 앞에 다다랐다. 지척에서 본 버드나무는 멀리서 봤을 때보다 크기가 훨씬 압도적이라 모골이 다 송연했다. 장정 열 사람이 안을 수 있는 크기라 생각했는데, 이는 나무를 한참 과소평가한 것이었다.

버드나무 몸통에는 커다란 구멍이 나 있었다. 사실 구멍이라기보다는 반달형으로 뚫린 대문이라고 표현하는 것이 더 정확했다. 너비와 높이는 장정 셋이 동시에 지날 수 있을 정도로 크고, 입구에는 복잡한 결계가 여러 겹 쳐져 있었다. 구진상궁이 결계를 풀더니 고개를 돌려 웃으며 말했다.

"여기가 신무고라네. 비좁고 지저분해도 이해하게."

묵연이 호기심 가득한 얼굴로 구진상궁의 뒤를 따라 들어가려는데, 초만녕이 느닷없이 그를 뒤로 잡아당기며 담담하게 말했다.

"천천히 따라오거라."

그러고는 먼저 앞장서서 걸어갔다.

묵연에게 그의 이런 행동은 무척 익숙했다. 전생에서 스승과 제자가 함께 요괴와 싸울 때마다 초만녕은 늘 앞장섰다. 그럴 때마다 묵연은 그가 성미가 급하고 거만한 성격이라 아랫사람 뒤에서 걷는 걸 싫어하기 때문이라고 여겼다. 하지만 지금의 묵연은 어쨌든 다시 태어난 터라 생각하는 것이 예전과 확연히 달랐다. 그는 초만녕의 하얀 장포 자락이 나무 동굴의 어둠 속으로 사라지는 것을 바라보며 문득 마음속에 잔잔한 동요가 일었다.

저렇게 앞서 걷는 건 정말로 급하고 오만한 성격 때문일까?

37장 본좌의 신무

동굴 안으로 들어가자 좁은 통로가 이어졌다. 미끄러운 돌계단에 발을 디디자 미끌미끌한 촉감이 발바닥을 타고 가슴까지 느껴졌다. 이 구간을 지나니, 막혔던 시야가 드디어 확 트이고 아름다운 풍경이 눈앞에 펼쳐졌다.

'비좁고 지저분하다'는 구진상궁의 말과 다르게 신무고는 실로 어마어마한 크기를 자랑했다. 이 거대한 고목 안에 동굴이 있을 줄 누가 상상이나 했겠는가? 더욱이 이곳은 위로 하늘을 찌르고 아래로는 바닥이 보이지 않을 정도로 깊었다. 높다랗게 빙 둘러진 목간[#17]은 그 수를 헤아릴 수 없을 정도였고, 하나같이 질서 정연한 가운데 압도적인 기운을 발산하고 있었다. 끝도 보이지 않는 둥근 천장에는 세상의 무기를 일렬로 진열한 가대(架臺)가 웅장한 기운을 내뿜으며 하늘을 찌를 듯 우뚝 솟아 있었다.

#17 목간 木簡. 문자를 기록하기 위해 사용하던 나뭇조각

신무고 중앙에는 용광로 같은 연못 하나가 뜨거운 열을 내뿜으며 가로놓여 있었는데, 주황색 쇳물이 펄펄 끓는 연못 안에는 아직 완성되지 않은 각종 병기와 무기가 잠겨 있었다. 구진상궁이 만든 무기는 자줏빛 번개나 차가운 서릿발 같은 무기보다 훨씬 뛰어났다. 끔찍한 온도로 달궈지는데도 무기에 흠 하나 나지 않았고 오히려 칼날에 비범한 광채만 더해졌다.

무엇보다 장관인 것은 공중에서 휙휙 돌아다니는 각종 부품들이었다. 부품들은 고목 내부의 진법에 따라 각기 알아서 움직이고 있었다.

작고 여린 꽃잎들과 상감된 보석들은 살아 있는 요정처럼 생기가 넘쳤다. 삐걱삐걱 소리를 내며 하늘에서 춤을 추다, 어쩌다 부딪치기라도 하면 번쩍 불꽃이 일면서 날카롭고도 맑은 소리가 울려 퍼졌다.

구진상궁이 돌아보며 넌지시 미소를 지었다.

"조금 비좁지. 안 그런가?"

사매가 생각했다.

'헉.'

설몽도 생각했다.

'비좁다고? 얼마나 더 커야 하는데?'

묵연 역시 생각했다.

'아, 젠장! 한마디 해? 말아?'

초만녕도 말을 아꼈다.

구진상궁은 설몽과 사매에게 마음에 드는 무기를 마음껏 고르도록 허락했다. 또한 그는 묵연에 대한 관심이 제법 컸던 터라 직접 무기를 여럿 골라 주었다. 하지만 묵연은 모두 마음에 들지 않았다.

“봉명초미(鳳鳴焦尾)다.”

그는 포기하지 않고 열네 번째 무기를 건넸다.

“이걸 써 보게.”

“이건…… 제가 음률을 잘 모릅니다.”

“괜찮아. 그냥 두어 번 퉁기면 되네.”

봉명초미는 앞부분이 매끄럽고 줄을 붙들어 매는 꼬리 부분이 불에 탄 듯 새까만 칠현금이었다. 묵연이 그의 말대로 줄을 퉁기자 줄이 멈추지 않고 계속 흔들리더니 날카로운 음이 흘러나왔다.

구진상궁이 바로 봉명초미를 내던지고 주술을 사용해 제자리에 갖다 놓은 후, 이번에는 벽옥비파(碧玉琵琶)를 꺼냈다.

묵연이 볼멘소리를 냈다.

“……이건 됐습니다.”

사내대장부인 나더러 비파 따위나 뜯으라고? 이건 곤륜 답설궁의 기생오라비들한테나 어울린다고.

구진상궁이 재차 권했다.

“한번 퉁겨 보래도.”

“……알겠습니다.”

묵연은 더는 거절하지 못하고 비파 줄을 잡아당겼다. 하지만 심술이 난 탓인지 몇 번 퉁기지도 않았는데 줄이 끊어지고 말았다.

“…….”

구진상궁이 끊어진 줄을 바라보다가 한참 만에 물었다.

"이 줄이 무엇으로 만든 것인지 아나?"
묵연이 대답했다.
"……설마 배상하라는 말씀은 아니시죠?"
"무산 신녀의 백발로 만들었다."
구진상궁이 중얼거렸다.
"검으로 자를 수 없고 불로도 끊을 수 없지. 그 신녀는 토령의 정화니까. 그런데…… 자네가…… 어찌……."
묵연이 사색이 되어 고개를 돌렸다.
"사존! 저 물어낼 돈이 없는데요!"
초만녕은 아무 말도 하지 않았다.
구진상궁이 비파 줄을 만지작거리며 혼잣말로 중얼거렸다.
"목(木)이 토(土)를 이기는 법, 토령의 정화를 무너뜨렸으니, 설마 가장 적합한 무기는…… 목령의 정화?"
"네?"
"그럴 리가 없는데……."
구진상궁은 느닷없이 초만녕을 힐끗 쳐다보았다. 그의 시선을 느낀 초만녕이 물었다.
"무엇이 말입니까?"
구진상궁은 대답 대신 손을 휘저어 도훈을 소환해 천천히 불기 시작했다. 선율이 울려 퍼지자 갑작스레 천장이 갈라지더니 핏빛의 소환 법진이 나타났다.
"희백화, 나오거라!"
묵연이 고개를 홱 위로 젖혔다. 설몽과 사매 역시 시끌시끌한 소리에 묵연 쪽을 바라보았다. 구진상궁이 손끝으로 공기를 응집해 천장의 법진을 움직이자, 보송보송한 꼬리를 늘어뜨린 호선[#18]이 법진을 뚫고 나왔다. 은빛 가루가 우수수 흩날리고 화려한 빛이 넘실거렸다.

호선이 공중에서 빙빙 돌다가 묵연 앞에 천천히 내려앉았다.

호선은 용모가 빼어나고 아름다워서 가까이 마주하고 나서야 남자임을 알 수 있었다. 검붉게 물든 미간 사이로 살짝 치켜 올라간 눈매가 요염하게 반짝였는데, 새침하면서도 어딘가 살가운 정이 느껴졌다. 화려한 비단옷을 걸치고 손에 황금색 비단함을 든 희백화가 구진상궁을 보며 생긋 웃었다.

"상신."

구진이 말했다.

"널 소환한 이유를 알고 있겠지?"

"소인, 잘 알고 있습니다."

구진이 물었다.

"네 생각은 어떠냐?"

희백화가 웃으며 대답했다.

"해 볼 만하다고 생각합니다."

두 신선은 주변에 아무도 없는 것처럼 질문과 답을 주고받았다.

묵연이 참다못해 물었다.

"대체 무슨 말씀을 하고 계신 겁니까?"

"음? 선군께선 그새를 못 기다리시나요?"

호선 희백화가 방긋 웃으며 말했다.

"한데, 참 재미있네요. 제가 이곳에 나타나기 전부터 어렴풋이

#18 **호선** 狐仙. 여우 신선

당신의 영력을 느꼈습니다. 이 정도 영력이면 적어도 호호백발 노인일 거라 생각했는데, 이리 잘생긴 소년일 줄은 몰랐습니다."

"……."

구진상궁이 말했다.

"희백화, 본론부터 말하거라."

"네네, 그냥 농을 좀 쳐 본 거예요."

희백화가 눈을 가느다랗게 뜨며 보드라운 꼬리를 흔들었다.

"그런데 어떤 본론이요? 아이고 상신, 소인을 그리 쏘아보지 마시어요. 얘기하자면 너무 길단 말입니다……."

묵연이 웃으며 말했다.

"그 긴 이야기를 짧게 말해 주실 순 없나요?"

희백화도 빙글빙글 웃으며 대답했다.

"좋아요, 좋아. 짧게 말하라고 하면, 사실 더없이 짧게도 말할 수 있지요."

그가 영력을 쓰자 손안에 있던 비단 함이 두둥실 떠오르더니 묵연 앞으로 날아갔다.

"자, 이거 받으세요."

……역시 간단명료하군.

묵연은 비단 함을 받아 든 뒤 이리저리 꼼꼼하게 살펴보았다.

그러나 금빛 광채가 화려하게 빛나는 비단 함 안에 대체 어떤 신무가 들어 있을지 가늠조차 되지 않았다. 상자에는 틈이라곤 전혀 없었고, 윗면에 그려진 문양 하나만 유일하게 눈에 띄었다. 검은 잉어와 하얀 잉어 두 마리가 꼬리를 맞문 채 팔괘를 이루고 있는 음양어문(陰陽魚紋)이었다.

"어떻게 열죠?"
희백화가 말했다.
"여는 방법은 제 입에서 선군의 귀로 전달될 거예요. 다시 말해 다른 사람은 들을 수 없다는 거죠."
설몽이 물었다.
"저희보고 자리를 피해 달란 말입니까?"
희백화가 웃었다.
"그럴 필요 없으십니다. 다만 선군께 실례가 될 따름이죠."
그가 손을 흔들자 묵연의 눈앞이 순식간에 캄캄해지더니, 어느새 두 사람은 아주 좁은 밀실에 들어와 있었다.
"긴장하지 마세요. 제 주특기가 공간 이동술이거든요. 무기를 담는 비단 함은 저만의 비밀 법보라 모두의 앞에서는 말할 수 없었어요. 그러니 이상하게 생각하지 마셔요."
묵연이 웃었다.
"괜찮습니다. 다만 이 안에 어떤 무기가 들어 있는지 무척 궁금하네요. 왜 비단 함에 넣어 둔 거죠?"
"그건 말씀드릴 수 없습니다."
희백화가 말을 이어 갔다.
"신무마다 성격이 다 다른데, 이 신무는 타인에게 쉽게 정체를 드러내지 않죠. 선군께서 이 무기의 심기를 건드린다면, 비단 함을 열어도 주인으로 인정받지 못하실 거예요."
"……."
묵연은 잠시 침묵하다가 씁쓸한 웃음을 지었다.
"어떤 무기인지 성질 한번 고약하네요. 자자, 어쨌든 알았으니까 말씀해 주시죠. 어찌 열어야 합니까?"

묵연이 더는 추궁하지 않자 희백화는 속으로 그에게 호감을 느끼곤 손뼉을 치며 웃었다.

"화통하시군요. 그럼 저도 돌려 말하지 않겠습니다. 이 비단함의 이름은 장상사(長相思)입니다. 선군께서 보셨듯이 이 상자에는 조금의 틈도 없어요. 이걸 열고 싶다면 두 가지 조건을 충족해야 하죠."

묵연이 물었다.

"조건이 무엇입니까?"

"저희 호선족은 참된 마음과 선한 인연을 믿지요. 첫 번째 조건, 이 세상에서 장상사는 단 한 명만 열 수 있어요. 당신 인생에서 가장 중요한 사람. 당신은 그를 깊이 사랑해야 하고 그 역시 당신을 진심으로 흠모해야 하죠."

묵연이 웃으며 말했다.

"그렇군요. 확실히 이상한 조건이긴 하네요. 하나 그리 어렵진 않군요."

그는 사매를 향한 자신의 마음을 확신했다.

묵연의 말에 희백화의 입꼬리가 올라갔다.

"어렵지 않다고요? 예부터 사람의 마음이 가장 헤아리기 어렵다 하였습니다. 선군께서 확신하는 것이 진실이 아닐 수 있어요. 저는 오랫동안 세상을 떠돌며 본심을 잃고 자기가 누구를 사랑하는지조차 망각한 인간을 수없이 봐 왔지요. 천만년이 넘는 세월 동안 장상사를 연 사람은 손에 꼽힐 만큼 적었어요."

묵연이 이상하다는 듯 물었다.

"어째서요? 그 사람이 아니라면 계속 찾으면 되잖아요. 아는 사람마다 한 명씩 열어 보게 하면, 결국 '인생에서 가장 중요한 사람'을 찾게 되지 않겠어요?"

희백화가 대답했다.

"그것이 바로 두 번째 조건입니다. 당신을 제외하고 장상사를 만질 수 있는 사람은 한 명뿐이에요. 다시 말해, 기회는 단 한 번뿐이라는 거죠. 혹여 열어 줄 사람을 잘못 골랐다면, 이건 영원히 열 수 없게 돼요. 누구도 이 안에 든 무기를 얻지 못한다는 얘깁니다."

묵연이 웃었다.

"그래서 다른 사람이 못 듣게 알려 주신 거군요. 하긴 저들이 이 조건을 들었다면 저도 퍽 난감했을 겁니다. 장상사를 건네는 순간 제가 누굴 사랑하는지 바로 알 테니까요. 얼마나 민망하겠어요."

묵연은 잠시 손에 든 비단 함을 만지작거렸다.

"하나 참 재미있는 물건이네요. 고작 한 번밖에 열 수 없다니. 게다가 실수라도 하면, 무용지물이나 다름없지 않습니까?"

"한 번이면 되지요. 선군께선 몇 번이나 열고 싶으신 거예요?"

희백화가 눈을 흘기며 말했다.

"당신네 인간들은 수십 년을 흘려보내면서 얼마나 많은 인연을 놓치는지 모르죠? 아셔야 해요. 이 세상에는 장상사와 같은 인연도 있다는 걸요. 잘못된 선택으로 영원히 되돌릴 수 없는 인연 말이에요."

"하하, 호선 대인, 염려 마세요. 다른 사람은 몰라도 저는 틀림없습니다."

묵연이 그를 향해 합장한 채 허리 굽혀 절을 했다.

"그 인연, 절대 놓칠 리 없습니다."

희백화가 그를 힐끗 보고는 우아하고 느긋한 목소리로 말했다.

"선군, 너무 자신하지 마세요. 제가 보기에 당신은 자신의 인연도, 운명의 사람도 모르는 사람 같거든요."

묵연은 그 말에 놀라 미소가 굳어졌다.

"무슨 뜻이죠?"

참된 마음과 선한 인연을 믿는다던 이 아름다운 선인은 말을 아끼며 그저 나직이 탄식했다.

"끝없는 그리움을 지우려 버들가지를 꺾는구나.[#19] 아아……."

묵연은 그간 글공부를 소홀히 한 탓에 이 가슴 절절한 시구에 담긴 뜻을 알아듣지 못했다. 호선이 자신을 일깨우기 위해 에둘러 말한 듯했지만, 아둔한 머리를 아무리 굴려 보아도 무슨 뜻인지 통 알 수가 없었다.

다시 물어보려던 찰나, 희백화가 가느다란 미소를 짓더니 자신이 할 도리는 다했다는 듯 소매를 휘둘러 묵연을 밀실 밖으로 내보냈다. 그러고는 자신은 돌연 딱딱하게 굳어지더니 와르르 무너지는 소리와 함께 산산조각이 났다. 그러자 새까만 바둑돌 하나가 그가 있던 자리에 툭 하고 떨어졌다.

다만 안타깝게도 묵연은 이 장면을 보지 못했다. 그가 보았더라면, 호수 밑에서 벌어진 많은 일이 바뀌었을 것이다…….

묵연이 정신을 차렸을 때는 장상사를 받쳐 들고 신무고로 돌

#19 **끝없는 그리움을 지우려 버들가지를 꺾는구나.** 작가 주: 이백李白의 시 〈선성송류부사입진(宣城送劉副使入秦)〉에서 인용

아온 뒤였다. 나머지 네 사람은 신무고에서 그를 기다리고 있었고, 구진상궁은 묵연을 보자 이를 드러내며 함박웃음을 지었다. 그가 유쾌하게 웃으며 물었다.

"그 여우 자식도 참 재미있네. 그깟 상자 하나 여는 게 뭐 그리 비밀이라고. 어떤가? 여는 법은 알려 주던가?"

결정적인 순간이 다가오자 그 역시 신중할 수밖에 없었다. 묵연은 심사숙고한 다음에 웃으며 말했다.

"네, 아주 쉬웠습니다."

그가 자연스럽게 사매 옆으로 다가가 말했다.

"굉장히 정교하게 설계된 비단 함이야. 우리가 팔 년, 십 년을 수련해도 그 깊이를 알 수 없을 거야. 못 믿겠으면 한번 볼래?"

묵연이 장상사를 사매에게 툭 건넸다.

눈부신 빛이 감도는 비단 함을 사매에게 건네자 황금빛 광채가 사매의 아름다운 눈을 비추었다.

"사매가 먼저 열어 봐."

묵연은 무심한 듯 행동했지만, 마음은 더없이 초초했고 손에는 땀이 났다.

묵연은 새로운 신무를 얻을 기회였기에 신중하고 또 신중할 수밖에 없었다. 고민을 거듭해 내린 결정이었다. 자신은 이미 한 번 죽었던 사람인데, 가장 소중한 사람이 누구인지 어찌 모르겠는가?

그걸 모를 만큼 멍청하지 않았다.

사매가 잠시 머뭇거리다가 묵연의 손에서 장상사를 건네받았다.

묵연은 심장이 목구멍으로 튀어나올 것만 같았다. 그런데 한참을 노려보아도 아무런 변화도 일어나지 않았다.

"……."

사매가 비단 함을 조심스럽게 받쳐 들고 꼼꼼하게 살폈다. 손끝으로 음양어문을 더듬더니 의아해하며 말했다.

"이 상자에는 틈이 전혀 없네. 열쇠 구멍조차 없어."

어째서 아무 반응도 없는 거지?

사매가 만졌는데, 어째서 아무 변화도 없는 거야?

설마…… 아! 맞다! 장갑!

사매가 끼고 있는 사슴 가죽 장갑을 보며 묵연은 아차 싶었다. 그가 사매에게 장갑을 벗으라고 말하려는 찰나, 길고 균형 잡힌 손가락 다섯 개가 불쑥 튀어나오더니 태연하게 장상사를 잡아 들었다.

묵연은 벼락이라도 맞은 것처럼 끔찍한 비명을 질렀다.

"사존!"

그 소리에 화들짝 놀란 초만녕이 하마터면 장상사를 떨어뜨릴 뻔했다. 그러나 워낙에 뼛속까지 침착한 사람이었던 터라 그가 당황했다는 사실은 아무도 눈치채지 못했다.

묵연은 마치 제 부모가 세상을 떠난 듯 구슬프게 울부짖었다.

"사존!"

설몽은 으스스 소름이 돋았다.

"왜 이래? 그깟 상자 좀 만졌다고 이러는 거야? 뭐야, 너? 누가 들으면 마누라라도 뺏긴 줄 알겠다."

"나…… 나는……."

묵연은 울화통이 치밀어 당장이라도 졸도할 것만 같았다. 하지만 사실대로 말할 수도 없는 노릇이라 그저 얼굴을 감싸고 안타까운 비명만 질러 댔다.

"맙소사……."

초만녕! 어째서 장갑을 끼지 않은 거야?

추위도 많이 타는 사람이!

사방에 눈이 쌓여 있어서 모두가 장갑을 꼈는데, 어째서 너만…….

묵연은 갑자기 머리가 멍해졌다.

아, 그렇지…….

요괴를 쫓기 위해 제자들에게 달아 준 해당화는 초만녕의 손바닥에서 나오는 영력과 호응하기 때문에 그는 애초에 자신이 낄 장갑을 사지 않았던 것이다.

그가 장갑을 끼지 않은 건, 제자들을 보호하기 위해서였다.

묵연은 시종일관 그에게 조금의 관심도 두지 않고 있다가, 장상사를 열려고 할 때에야 비로소 초만녕이 추위를 잘 탄다는 사실이 생각났다. 그가 내내 추위에 떨었다는 사실도.

묵연은 이 기막힌 상황에 눈물조차 나오지 않았다. 이토록 허무하게 신무를 잃었다는 사실에 가슴이 답답해 미칠 지경이었다. 이때, 초만녕의 손가락 끝이 음양어문을 살짝 스치자 금속으로 만들어진 두 마리의 물고기가 마치 살아 있는 것처럼 꿈틀대기 시작했다.

잠시 뒤.

'탁탁' 소리와 함께 음양어가 서로 엉겨 붙더니 불룩하게 튀어올라 손잡이 두 개로 변하는 것이 아닌가. 초만녕이 손잡이를 돌리자 장상사가 두 개로 쪼개지더니 금빛 영롱한 물건이 모습을 드러냈다.

묵연은 깜짝 놀라 넋을 잃었다.

희백화의 목소리가 귓가에 울리는 듯했다.

– 장상사는 단 한 명만 열 수 있어요. 당신 인생에서 가장 중요한 사람. 당신은 그를 깊이 사랑해야 하고 그 역시 당신을 진심으로 흠모해야 하죠.

……그 사람이 초만녕이라고?

어떻게 초만녕일 수가 있지?

말도 안 돼. 절대 그럴 리 없어! 내가 초만녕을 사랑해? 초만녕도 나를 사랑하고? 지나가던 개가 웃겠네!

뭔가 잘못된 게 분명해. 장상사가 엉터리거나, 망가진 걸 거야.

그러나 이 놀라움이 채 가시기도 전에 초만녕이 장상사 안에서 신무를 꺼내 들자 더욱 경악할 일이 발생했다.

이번에는 묵연만 놀란 것이 아니었다. 다른 세 사람, 심지어 초만녕까지도 낯빛이 미세하게 변했다.

신무의 광채가 눈동자에 어른거렸다. 부드럽고 여린 버드나무 가지가 빛을 뿜어내며 모두의 얼굴을 환하게 비추었다.

"……."

초만녕, 설몽, 사매는 모두 말을 잇지 못했다.

믿기 힘든 광경에 묵연은 입 안에 맴돌던 말을 한참 만에 어렵사리 토해 냈다.

"……천문?"

38장 본좌는 참으로 황당무계하다

장상사에 들어 있던 무기는 바로 천문이었다. 그게 아니라면, 나뭇결에서 제조 방식까지 천문과 판에 박은 듯 완전히 똑같은 황금빛 버드나무 가지이거나.

- 끝없는 그리움을 지우려 버들가지를 꺾는구나.

초만녕이 불안한 얼굴로 버드나무 가지를 묵연에게 건네고는 손바닥에 빛을 모아 천문을 소환했다. 두 개의 버드나무 가지는 거울을 갖다 댄 것처럼 터럭만큼도 차이가 없었다.

예상치 못한 상황에 모두 당황했고, 전생에서 천문에 수천 번 맞아 본 묵연조차 자기 눈을 의심했다. 금성호가 내게 천문과 똑같이 생긴 무기를 주다니.

이게 대체 어찌 된 일이지?

모두의 시선이 일제히 옆에 서 있던 구진상궁에게로 향했다.

그러나 구진상궁도 의아한 기색이 역력했다.

"……이 속세에 목령의 정화가 두 사람이나 있단 말인가?"

설몽이 물었다.

"목령의 정화가 무엇입니까?"

"아, 그게 말이지."

구진상궁이 설명했다.

"다들 잘 알겠지만, 이 세상에는 다섯 가지의 원소가 있다네. 각 사람은 영핵 수련을 통해 한두 개의 속성을 지닐 수가 있지. 그러나 천부적으로 단 하나의 속성을 온전하게 지닌 사람이 있는데, 그런 사람을 해당 속성의 정화라고 부른다네. 이를테면, 예전에 무산 신녀는 토령의 정화였지. 보통 시대마다 각 속성의 정화는 오직 한 명에게만 존재할 수 있어. 게다가 목령의 정화는 이미 존재하네. 그래서 수년 전 목령의 제일 신무를 그에게 주었던 것일세."

말을 마친 구진상궁의 시선이 초만녕을 향했다.

"원래는 다섯 가지 속성마다 궁극의 신무를 하나씩 만들 생각이었어. 다른 네 가지 속성의 신무는 별 탈 없이 완성했는데, 목령의 신무 하나만 용광로에서 두 동강이 났지."

구진상궁이 천천히 말을 이었다.

"하늘의 뜻이라고 생각한 나는 그 버들가지를 두 개의 무기로 만들었네. 하지만 이 두 무기가 동시에 주인을 찾을 리는 없다고 생각했지. 그래서 이 중 하나를 희백화에게 주고 불온한 자들이 노리지 못하도록 비단 함을 만들라고 시켰네. 하나 뜻밖에도……."

구진상궁이 고개를 가로저으며 다시 입을 떼려던 그때, 묵연이 쥐고 있던 버드나무 가지에서 기이한 빛이 감도는 불꽃이 터져 나왔다. 원래 발하던 금빛 광채는 점차 맹렬하게 타오르는 화염처럼 새빨갛게 변하였다. 묵연은 머릿속에 오만 가지 생각이 휘몰아쳐 혼란스럽기 짝이 없었다. 그는 생각할 겨를도 없이 무심코 한마디를 내뱉었다.

"이런 황당무계한!"

초만녕이 그의 입을 틀어막으려 했지만, 이미 늦은 뒤였다.

구진상궁과 초만녕은 동정 어린 시선으로 묵연을 바라보았다. 묵연도 이들이 이런 표정을 짓는 이유를 금세 알아챘다. 불현듯 한 가지 사실이 떠올랐던 것이다.

신무가 기이한 빛을 내는 것은 자신의 소유자에게 복종하겠다는 표시이자 주인에게 이름을 지어 달라는 신호였다…….

그러나 안타깝게도 이미 늦어 버렸다. 버드나무 가지의 은색 손잡이 위에 가늘지만 힘 있는 필체로 청적색(靑赤色) 글씨가 서서히 또렷해지고 있었다.

견귀.[#20]

신무에 '견귀'라는 이름이 붙었다.

묵연은 말을 잇지 못했다.

"……으아아아악!"

설몽과 사매는 신무의 이름을 짓는 규칙을 알지 못했지만, 눈앞에 벌어진 상황으로 충분히 짐작할 수 있었다. 설몽은 눈물까지 찔끔거리며 크게 웃음을 터뜨렸다.

#20 견귀 見鬼. 귀신을 본 것처럼 황당무계하다는 뜻

"이런 이름은 세상에 네놈만 지을 수 있을 거야. 하하하, 좋네, 좋은 이름이야. 사존께는 천문이 있고 너한테는 '견귀'가 있고. 하하하!"

어쨌거나 묵연은 신무를 얻었고 설몽과 사매도 각자 원하는 신무를 얻었다. 설몽은 장검을, 사매는 단소를 골랐지만, 두 사람의 신무에서는 어떠한 빛도 나타나지 않았다. 신무가 아직 이들을 주인으로 인정하지 않은 것이 분명했다.

하지만 결국 방법을 찾을 것이기에 이는 큰 문제가 되지 않았다.

그리하여 다들 기쁜 마음으로 저녁을 맞이했다. 봄날의 밤, 망루에서 성대한 연회가 열렸다. 구진상궁은 여태껏 인간을 초대한 적이 없던 터라 하룻밤 묵고 갈 것을 정중하게 청했다. 인간을 대접한 것이 처음이었기에 특히 더 융숭하고 극진했다. 술잔이 탁자 위를 쉴 새 없이 오갔고 감주는 달콤했으며 악기 연주는 흥겨웠다. 주인이든 손님이든 너 나 할 것 없이 얼큰한 취기를 느꼈다.

연회가 끝나자 구진상궁은 시종을 불러 손님들이 묵을 방을 안내하라 일렀다.

손님방은 신무고 옆에 있었다. 묵연은 하늘에 닿을 듯 거대한 고목을 바라보며 아까 얻은 '견귀'를 떠올렸다. 알 수 없는 감정에 복받친 묵연은 버드나무 가지를 소환하여 꼼꼼히 뜯어보기 시작했다.

– 끝없는 그리움을 지우려 버들가지를 꺾는구나.

그 희백화라는 호선은 대관절 무엇을 느꼈기에 그런 말을 한 거지? 무슨 뜻일까?

한밤중에 마신 술 때문인지 생각도 희미해졌다. 묵연은 그저 이상하기만 했다. 장상사가 고장 난 것이 아니라면, 초만녕이 어떻게 이걸 열 수 있었지?

그는 당연히 초만녕을 좋아하지 않았다. 더군다나 초만녕이 그를 사랑한다는 건…… 정말이지 웃기는 소리였다.

생각에 골몰하던 그가 고개를 돌려 스승을 바라보았다.

뜻밖에 초만녕도 뒤에서 그를 보고 있었다. 두 사람의 시선이 맞닿자 묵연은 가늘고 날카로운 무언가에 찔린 듯 심장이 갑작스레 두근거렸다. 미묘하게 새콤달콤한 감정이 올라오더니 그는 이미 초만녕을 향해 환하게 웃고 있었다. 그러나 그런 감정은 찰나에 불과했고 곧장 후회가 밀려왔다.

그렇게나 미워하는 게 분명한데, 어째서 그를 보면 이따금 마음이 고요하고 편안해지는 걸까?

초만녕은 여전히 냉담한 표정이었다. 그저 묵연이 견귀를 소환한 모습을 보고, 잠시 고민한 후 자신도 천문을 소환했다.

그가 묵연에게 다가갔다.

견귀는 그리 온순한 성격이 아니었다. 또 다른 강력한 목령의 개체가 다가오자 갑자기 화르르 타오르더니 맹렬한 화염을 분출했다. 탁탁 터진 화염의 불꽃이 설몽에게 떨어지기도 했다. 승부욕이 무척이나 강해 보였다.

한편, 초만녕의 천문도 동일한 기운을 느낀 듯했다. 그러나 천문은 초만녕과 밤낮으로 함께했기에 합이 잘 맞았다. 전의에 불타오르기는 마찬가지였지만, 견귀처럼 조급하고 불안한 움직임은 전혀 없었다. 오히려 조금씩 밝아지더니, 주인이 잠자코 있자 이내 여유롭게 눈부신 빛을 발산했다. 천문은 '견귀' 앞에서 '출중한 무기가 전투에 임하는 모범적이고 진중한 자세'를 몸소 보여 주려는 듯했다.

이 두 개의 신무는 본래 하나의 가지로, 하나의 기운을 지니고 있었다.

다만 하나가 이제 막 세상에 나온 애송이라면, 다른 하나는 수많은 전투 경험을 지닌 용맹한 장수였다.

붉은 광채를 내뿜는 신무는 안달복달하는 어린애처럼 이리저리 날뛰었고, 금빛 광채를 내뿜는 신무는 최고봉에 오른 일대종사처럼 우아하고 고고했다.

초만녕은 자기 손에 들린 버드나무 가지를 흘끗 보며 잠시 생각하더니, 길고 풍성한 속눈썹 사이로 견귀를 바라봤다.

"묵연."

"사존?"

"네 그……."

견귀라는 이름이 부르기에 다소 민망했는지, 초만녕은 멈칫하다가 이내 말을 이었다.

"네 버들가지를 들어라. 천문과 대련해 보자."

묵연은 머릿속에 온갖 생각이 들끓어 어쩔 줄 몰랐다. 그가 미간을 찌푸리며 쓴웃음을 지었다.

"사존, 농담하지 마세요. 한 번만 봐주세요."

"세 수를 양보하마."

"전 버들가지를 써 본 적이 없는데……."

"열 수."

"하지만……."

초만녕이 군말 없이 대뜸 손을 흔들자 눈부신 금빛이 허공을 갈랐다. 천문의 무서움을 뼛속까지 알고 있는 묵연은 화들짝 놀라며 재빨리 '견귀'로 막았다. 두 버드나무 가지가 하늘을 거슬러 눈보라를 쪼개더니 허공으로 튀어 올랐다. 두 마리의 교룡이 격추전을 벌이듯, 두 신무가 부딪칠 때마다 금빛과 붉은빛 사이에 불꽃이 일었다.

이 특별한 무기가 손에 익지는 않았지만, 초만녕의 초식을 오랫동안 봐 온 데다 묵연 자신도 천부적인 자질을 갖춘 사람이라 스승의 공세를 겨우겨우 막아 낼 수 있었다.

두 사람은 차디찬 호수에서 수십 합을 겨루었다. 초만녕이 양보하긴 했지만, 묵연의 대응은 그의 예상보다 훨씬 훌륭했다.

천문의 금빛과 견귀의 붉은빛이 하늘 가득 일렁이는 물결 속에 춤을 췄다. 초식은 화려했고 바람은 찬연하게 넘실거렸으며, 호수 물은 성난 버들가지 그림자에 찢기고 부서졌다. 결국 서로 비등비등한 힘에 의해 금빛과 붉은빛이 한데 얽히더니 떨어질 줄 몰랐다.

초만녕은 대견한 눈빛을 보였지만, 묵연은 지칠 대로 지친 터라 가쁜 숨만 몰아 쉴 뿐 상대방의 표정을 보지 못했다.

초만녕이 말했다.

"천문, 돌아오거라."

방금까지도 살벌한 기운을 내뿜던 금빛 버드나무 가지가 돌연 봄눈 녹듯 유순해지더니, 점점의 빛으로 흩어져 초만녕의 손바닥에 다시 스며들었다.

묵연은 여전히 붉은 화염을 토하는 견귀를 들고 헐떡이다가 결국 눈밭에 털썩 주저앉았다. 그가 억울한 듯 눈꼬리를 축 내리며 말했다.

"사존, 그만할래요, 그만. 정말 너무하세요."

초만녕이 말했다.

"……내가 열 수를 양보하지 않았느냐."

묵연이 툴툴대며 억지를 부렸다.

"열 수로는 부족하죠. 백 수쯤은 양보해 주셨어야죠. 아이고, 손이야, 팔이야. 이러다 절단 나겠네. 사매, 얼른 나 좀 주물러 줘."

그가 다급히 말을 쏟아 내자 설몽은 비웃었고 사매는 연신 그를 달랬다.

초만녕은 그저 말없이 그들을 지켜보았다.

착각이었을까. 짙푸른 빛의 차가운 호수에서 초만녕의 입꼬리가 부드럽게 말려 올라갔다. 그러나 가뜩이나 흐릿했던 미소는 눈 깜짝할 사이에 사라지고 없었다. 그는 고개를 돌려 뒷짐을 진 채 잎과 가지가 무성하게 늘어진 거목을 바라보았다. 무슨 생각을 하는지는 알 수 없었다.

밤이 되자 묵연은 자신이 묵을 처소로 돌아갔다. 바닥에는 곱고 깨끗한 흰 모래가 깔려 있고 파란색 벽은 주술을 걸어 놓은 듯 바닷물처럼 반짝반짝 넘실댔다. 반쯤 열린 창문 사이로 진주를 꿰어 엮은 발이 밤바람에 흔들렸다. 탁자 위에는 야명주로 만든 등불이 방 안을 아늑하고 포근하게 비추고 있었다.

방 한가운데 놓인 커다란 조개껍데기 안에 보드라운 비단 이불이 깔려 있었다. 굉장히 보드랍고 매끄러운 비단 이불이었다. 묵연은 침상 위에 편하게 누워 다시금 견귀를 소환해 자세히 살펴보았다. 하지만 피곤했던 탓인지 금세 곯아떨어지고 말았다.

그의 가슴 위에 놓인 견귀는 은은하게 붉은빛을 내며 주인과 함께 까무룩 잠이 들었다…….

얼마나 잤을까. 잠에서 깬 묵연은 얼음장 같은 냉기를 느꼈다. 곧이어 알 수 없는 통증이 손목을 타고 전해졌다.

그는 깜짝 놀라 숨을 들이켜며 머리를 움켜잡고 서서히 몸을 일으켰다. 의식이 돌아올수록 손목에서 느껴지는 낯선 통증은 더욱 또렷해졌다. 손목에는 언제 생겼는지 모를 길게 베인 상처가 있었는데, 피는 이미 굳어 있었고 피멍이 들어 다소 흉측했다.

어떻게 된 거지?

여긴 어디야?

묵연은 눈을 휘둥그렇게 떴다.

정신이 조금씩 돌아오면서 그는 자신이 어느 낯선 석실에 갇혀 있다는 걸 깨달았다. 어두침침한 석실 천장에는 작은 통풍구가 있었다. 창백하고 시린 불빛이 이 작은 구멍을 비집고 들어와 좁디좁은 석실을 겨우 밝혀 주었다. 청회색 석벽은 습기가 차서 미끄럽고 끈적였으며, 흐릿한 빛줄기에 어렴풋하게 비쳐 옅은 광택이 흘렀다.

39장 본좌는 또 애먼 놈과 입을 맞췄다

석실 내부는 전체가 한눈에 들어올 정도로 좁았다. 삼면은 모두 벽이었고 나머지 한 면은 주술로 만든 붉은색 울타리가 있었으며, 안에는 볏짚이 깔린 볼품없는 돌 침상 하나만 덩그러니 놓여 있었다.

묵연은 돌 침상 위에 누워 있었다. 손과 발이 쇠사슬로 묶여 있어 움직일 때마다 날카로운 쇳소리가 났다. 더욱 심각한 건, 누군가 법술로 자신의 영력을 막아 버렸다는 것이었다. 불안함에 더 초조해져 가는데, 갑자기 '삐걱' 하는 소리가 들렸다. 고개를 돌리자 인어 둘이 들어오고 있었다.

"너희는?"

묵연이 불같이 화를 냈다.

"이 미친 것들아! 대체 무슨 짓거리야? 뭐 하자는 거야? 무슨 꿍꿍이냐고! 내 사존과 사형은? 구진상궁은? ……이봐! 내 말

안 들려?"

묵연이 아무리 소리치고 욕을 해도 두 인어는 아예 들은 척도 하지 않았다. 앞뒤로 선 그들은 붉은 여우 가죽을 둘둘 말아 어깨에 짊어지고 있었다. 아무래도 그 안에 사람이 있는 것 같았다. 인어들은 표정 없는 얼굴로 여우 가죽으로 싼 사람을 돌 침상 위에 내려놓았다.

묵연이 버럭 화를 냈다.

"이 미꾸라지 같은 놈들!"

"왜 이리 시끄러워."

결국 인어 하나가 입을 열었다. 목소리에서 경멸의 어조가 느껴졌다.

"넌 목령의 정화잖아. 홀대받진 않을 거다."

다른 인어도 차갑게 웃으며 말했다.

"홀대받지 않기는 무슨, 이 정도면 후한 대접이지."

묵연은 분노가 치밀다 못해 피라도 토할 것 같은 심정이었다.

"대체 무슨 수작이야? 왜 날 가둔 거지? 방금 둘러메고 온 건 또 뭐고?"

"우리가 뭘 둘러메고 왔지?"

인어 하나가 반문했다.

"당연히 네가 좋아하는 사람이겠지."

다른 인어가 대답했다.

묵연은 경악하여 손끝까지 차가워졌다.

"……사매?"

인어는 가타부타 말없이 싸늘하게 웃었다.

"연인과의 밤은 몹시 짧지. 둘의 인연을 알고 특별히 마련한 것이니 잘 즐겨 봐. 이 밤이 지나면 상신께서 어찌 이런 수고를 하셨는지 저절로 알게 될 테니까."

인어들은 말을 마치고 석실을 나갔다.

실내는 쥐 죽은 듯 조용했다.

묵연은 손발이 모두 묶인 상태라 움직임이 불편했다. 시간의 흐름이 모호해져 이제는 얼마나 지났는지 가늠조차 되지 않았다. 그는 벗어나려고 몸부림을 쳤지만, 손목과 발목이 모두 닳아 없어지지 않는 한 쇠사슬을 풀 방법은 없어 보였다.

천천히 숨을 고른 묵연이 고개를 돌려 여우 가죽을 바라보았다. 머리부터 발끝까지 둘둘 싸여 있어, 보이는 거라고는 밖으로 삐져나온 까맣고 긴 머리카락밖에 없었다. 묵연은 두근거리면서도 당황스러웠다.

구진상궁 그 변태 새끼가 어째서 이런 일을 벌였는지는 모르겠지만, 정말로 여기서 사매와 하룻밤을 보낼 수 있다면…….

생각이 여기까지 미치자 더는 생각을 이어 갈 수 없었다.

생각이 더 나아간다면 이 아름다운 사람에 대한 모독인 것 같았다.

묵연은 석실의 둥근 천장을 보며 묵직한 한숨을 토해 냈다. 가슴팍에 무거운 저울추를 올려 둔 것처럼, 질식할 만큼 답답했다. 아주 오랫동안 갈망하던 순간인데, 막상 기회가 눈앞에 닥치자 온몸이 거북하고 불편했다.

온갖 상념이 머릿속에서 떠다니는 사이, 비열하고 추악한 흥분이 서서히 진정되면서 묵연은 조금씩 냉정을 되찾았다.

구진상궁의 이번 계획은 결국 묵연 자신에게 득보다 실이 컸다. 자신이 해를 입는 건 아무렇지 않지만 공연히 사매까지 말려든 거라면 어찌 참을 수 있을까?

게다가 이런 일을 타인에 의해 억지로 하는 건 사매도 원할 리가 없었다. 묵연이 아무리 인간 말종이라지만 좋아하는 사람만큼은 지키고 싶었다. 그래서 구진상궁이 무슨 구린 방법을 쓰든 묵연은 사매가 깰 때까지 우선 잠자코 있기로 했다.

기나긴 정적 끝에 옆에서 약한 움직임이 느껴졌다. 여우 가죽 안에 있던 사람이 마침내 정신을 차린 것이다.

묵연이 얼른 고개를 돌려 갈라진 목소리로 불렀다.

"사……."

'매' 자는 입 밖으로 나오지 못한 채, 혀끝에서 한 바퀴 돌아 그대로 쏙 들어갔다. 목울대가 크게 요동친 후에 묵연이 뒷글자를 찾아 뱉었다.

"……존?"

사존?

방금까지 있었던 묵연 선군의 굳건한 의지와 결의의 찬 눈빛은 여우 가죽 안에서 삐죽 나온 얼굴을 보는 순간 높은 지붕 위에서 기와가 쏟아지듯 와르르 무너졌다. 겨우 만들어 낸 심리적 방어선이 삽시간에 완전히 산산조각이 났다.

지키겠다고? 기다리겠다고? 능멸하지 않겠다고? 그는 자신의 뺨을 점점 세게 후려쳤다.

묵연의 얼굴이 금세 시퍼레졌다.

그는 급기야 구진상궁을 비롯해 이 금성호 밑에서 사는 놈들은 전부 눈 뜬 장님이라는 결론에 도달했다.

내가 초만녕을 좋아한다고?

퉤!

여우고 인어고, 이놈들은 대체 무슨 근거로 나 묵미우가 초만녕을 좋아한다고 착각하는 거지? 설마 예전에 같이 잔 걸 알았나? 그래서 지금도 내가 초만녕과 자고 싶어 한다고 생각한 거야? 참 나, 웃기지도 않네! 아니, 누군가를 좋아하는 게 그 사람과의 잠자리를 좋아한다는 의미인 건가?

묵연은 속으로 자신의 분노를 그럴싸하게 말했지만, 입 밖으로는 한 자도 꺼내지 못했다. 그저 초만녕이 가늘고 긴 눈을 천천히 뜨는 모습만 멍하니 지켜볼 따름이었다.

"……."

미치겠네.

머릿속에서 무언가가 '툭' 하고 끊어진 듯했다.

잠깐의 시간이 지나고, 폐허가 된 가슴이 다시 불타오르기 시작하더니 비릿하고 어둡고 비틀린 열감이 서서히 퍼져 나갔다.

뜨거워.

고요한 밤하늘에 사악한 용이 불을 토하며 헤엄치는 듯했고, 잔잔한 심연에서 갑작스레 용암이 분출되어 불길이 활활 타오르는 것만 같았다.

이성이니 냉정이니 하는 것들은 하늘을 기만하는 저 화염 속에서 더 이상 알아볼 수 없는 잿더미로 변해 버렸다…….

일이 이렇게 되다니.

초만녕의 날카로운 눈동자는 잠에서 덜 깬 것처럼 몽롱하고 흐리멍덩했다. 마치 대나무 숲에 한바탕 비가 내린 것처럼 잎사귀가 부딪치는 소리마저 축축했다.

그가 느릿느릿 일어났다. 표정을 보니 의식을 잠식당한 듯했다. 이때, 붉은색 여우 가죽이 어깨에서 스르르 내려갔다. 아무것도 입지 않아 탄탄한 피부가 고스란히 드러났다. 어깨와 등 전체에 누군가와 정사를 나눈 것처럼 울긋불긋한 자국이 나 있었다.

어떻게…… 이럴 수가…….

묵연은 미쳐 버릴 것만 같았다.

누가 이랬어?

누가 나의…… 나의…… 사존에게 이런 짓을 한 거야?

저 사람은 초만녕이라고…….

묵연은 뼈 마디마디를 부르르 떨며 엄청난 분노에 피가 끓어올랐다.

감히 초만녕을!

누가 내 사람을 건드린 거야?

나의…….

이번 생에서 초만녕은 아직 그의 것도, 다른 누구의 것도 아니었지만, 분노가 극에 달한 묵연에게 이런 사실은 생각할 거리조차 되지 못했다. 그의 시선은 초만녕의 단단하고 균형 잡힌 육체와 익숙한 몸에 새겨진 낯선 흔적에 고정되었다.

"사존!"

초만녕은 갈라지고 뒤틀린 묵연의 목소리를 듣지 못한 듯했다. 오히려 마치 조종당하는 꼭두각시처럼 눈을 내리깔고 몸을 수그린 채 묵연의 얼굴을 매만졌다. 그렇게 잠시 서로를 마주 보다가, 초만녕은 눈을 감고 가까이 다가가 촉촉한 입술로 묵연의 입술을 삼켰다.

초만녕이 먼저 입맞춤을 한 적은 거의 없었다. 두 입술이 맞붙는 순간, 주위가 말라비틀어지고 눈앞은 광기 어린 빛이 번뜩였다. 묵연의 심장이 뜨겁게 요동쳤다.

초만녕은 추운지 몸이 차가웠지만, 뒤엉킨 입술만큼은 묵연과 마찬가지로 뜨거웠다. 묵연은 누군가 그를 범했다는 사실에 여전히 극도의 고통과 질투를 느끼면서도, 이미 속속들이 잘 아는 이 남자의 유혹을 받자 고통과 흥분이 동시에 밀려왔다.

입맞춤이 끝나자 묵연은 거친 숨을 몰아쉬며 눈을 떴다. 초만녕의 젖은 눈과 발그레한 피부를 보는 순간 욕정이 치솟으며 피가 거칠게 역류했다. 묵연은 당장 그의 얼굴을 붙잡고 싶었다.

하지만 쇠사슬에 묶여 손발을 움직일 수가 없었다. 초만녕은 쇠사슬을 흘끗 보고는 조용히 일어나 말을 타듯 묵연의 위에 꿇어앉았다. 묵연의 목구멍이 꿈틀거렸다. 그는 애써 침을 꼴깍 삼키고 초만녕에게로 시선을 던졌다. 초만녕의 길고 매끈한 다리 사이로 남자라면 알 수 있는 진득진득한 것이 주르르 흘러내리는 것이 보였다…….

묵연의 두 눈이 삽시간에 시뻘게졌다. 그는 격분하여 일어나려고 버둥거렸지만, 쇠사슬 때문에 번번이 침상 위로 넘어졌다.

"누구야……."

묵연은 이성을 잃은 채 우리에 갇힌 야수처럼 포효했다.

"누가 널 이렇게 했냐고! 죽여 버릴 거야! 죽여 버리겠어!"

그게 구진상궁이든 옥황상제든 상관없어. 신이든 악마든 귀신이든 부처든 알 게 뭐야. 나는 답선군이다! 초만녕은 이 답선군의 사람이야! 지금은 소년의 육체에 갇혀 있지만, 나는 뼛속까지 인간계의 제군이다! 누가 감히 내, 이 빌어먹을 사존을 건드린 거야? 대체 누가 내 걸 건드렸어? 나 묵미우, 답선군의 사람을!

– 묵연!

누군가 그를 불렀다.

그러나 끝없는 분노로 달궈진 눈과 귀는 이미 사리 분별이 어려웠다. 묵연은 자신을 향한 외침을 들은 듯도, 듣지 못한 듯도 했다.

– 묵연!

……모조리 죽여 줄 테다. 가만 안 둬. 견귀는? 왜 영력을 잃은 거지? 어째서 견귀를 소환할 수 없는 거야? 그는 미치기 일보 직전이었다.

치욕과 분노가 골수에 사무쳐 헤아릴 수가 없었다!

누가 감히 초만녕을 건드렸는가? 전생에서 초만녕과 함께한 이후, 누가 만야옥형을 보기만 해도 그놈의 눈깔을 뽑아서 먹게 했다! 밤에는 그를 품에 안고 서로 기력이 다할 때까지 뒹굴고 또 뒹굴었다. 그러나 현세에서는…….

– 묵미우!

대체 누가 계속 귀찮게 부르는 거야?

목소리가 익숙한데.

어디서 들어 본 것 같은…….

아니야.

어디서든 들을 수 있는 목소리 같아. 마치 무한한 세월을 함께 걸어온 것처럼 무척 익숙한 목소리인데…….

"묵미우, 일어나라! 미친 것이냐? 지금 뭐 하는 게냐!"

"!"

묵연이 눈을 번쩍 떴다.

그는 목소리가 들리는 방향으로 시선을 옮겼다. 밀실 감옥 밖에서 눈보다 하얀 옷을 입고 날카로운 눈동자를 빛내고 있는 사내가 보였다. 그의 초초한 낯빛에서 일촉즉발의 위기감이 느껴졌다. 저리 살벌하게 쳐다보는 사람이 초만녕 말고 누가 더 있겠는가!

"사존?"

묵연이 새파랗게 질린 얼굴로 말했다.

그럼 침상에 있던 사람은…….

고개를 홱 돌려 코앞에 놓인 얼굴을 본 묵연은 기함했다. 초만녕이 아니잖아? 그것은 사람의 몸과 여우의 얼굴을 가진 죽일 놈의 요괴였다!

죽일 놈의 요괴에서 '죽일 놈'은 단순한 수식어가 아니었다.

자기 몸 위에 올라탄 것도, 조금 전까지 뜨거운 입맞춤을 퍼붓던 것도 사실은 진짜로 '죽어 버린' 요괴였다.

이 여우 요괴의 양쪽 눈은 구멍이 뻥 뚫려 있었고 피부는 창백한 것이 생기라고는 전혀 없었다.

묵연은 눈을 가리는 주술인 장안법(障眼法)에 걸려 이 망할 것에 입을 맞춘 것이 떠오르자 속이 다 울렁거렸다. 그가 잔뜩 일그러진 표정으로 물었다.

"대체 어찌 된 일입니까?"

초만녕은 손가락 두 개 사이에 부적을 끼운 채 감옥 바깥에 서 있었고, 죽은 여우 요괴는 미동도 없이 쓰러져 있었다. 부적은 위기일발의 순간, 초만녕이 여우의 사체에서 빼낸 것이었다.

묵연이 씩씩대고 있을 때, 갑자기 부적에서 검붉은 피가 콸콸 쏟아지더니 공허한 비명과 함께 순식간에 재로 변했다.

초만녕이 손바닥을 폈다. 가벼이 흩어지던 재가 순식간에 손바닥에 모여들더니 검은 바둑돌로 변했다. 이를 본 초만녕의 표정이 구겨졌다.

"역시 진롱기국(珍瓏棋局)이었군……."

초만녕이 혼잣말로 중얼거렸다. 그가 갑자기 눈을 치켜뜨고 묵연을 응시했다.

"네가 아팠을 때 사명정이 자주 끓여 줬던 게 무엇이었느냐? 말해라!"

"네? 아……."

묵연은 짧은 시간에 여러 번 충격을 받은 터라 머릿속이 혼란 그 자체였다.

"그, 그건 왜요?"

초만녕이 엄하게 말했다.

"빨리 말해!"

"……만두요."

초만녕은 그제야 낯빛이 누그러졌지만, 미간은 여전히 펴지지 않았다.

"묵연, 잘 들어라. 그 구진상궁이란 자는 가짜다. 만병지주도 아닌 게지. 그놈은 허상을 잘 다루는 데다 3대 금지 술법 중 하나인 진롱기국에도 능통하다. 너도 그놈이 만든 허상일까 봐 나로서는 조심할 수밖에 없었다."

묵연은 억울한 마음에 눈물이 나올 것만 같았다.

"제가 허상이면 왜 저를 이곳에 가두겠어요?"

"……그래서 이렇게 구하러 왔지 않느냐."

묵연이 고개를 끄덕이며 물었다.

"아 참, 사존, 사매와 설몽은요?"

"너와 마찬가지로 술에 탄 미약에 중독되어 다른 곳에 갇혔다."

그가 묵연의 표정을 보고 말을 이었다.

"걱정 마라, 둘 다 무사하니까. 이곳이 워낙 위험천만하고 예측 불가하여 밖에서 기다리라고 했다. 여기서 나가면 볼 수 있을 게다."

진롱기국에 대해서 초만녕은 더는 설명하지 않았고 설명할 필요도 없었다.

그것은 수진계에서 가장 막강하고 가장 악명 높은 3대 금지 술법 중 하나였다.

진롱기국은 말 그대로 타인을 바둑돌로 삼아 조종하는 법술이었다. 시전자는 전장에 직접 나가는 대신 은밀한 곳에 숨어 바둑판 위에서 바둑돌을 조종한다. 그가 바둑돌로 삼은 꼭두각시는 산 사람을 비롯해 귀신, 들짐승, 날짐승도 될 수 있다. 이처럼 진롱기국에 걸린 생령은 죽을 때까지 시전자에게 충성을 바쳐 일하고, 이미 죽은 것이면 백골이 가루가 될 때까지 맹목적으로 희생한다.

다만 시전자의 법력에 따라 조종할 수 있는 대상도 달랐다. 가장 부리기 쉬운 것은 죽은 지 얼마 안 된 사람이나 동물이다. 그다음은 오래전에 죽은 것이고, 다음은 살아 있는 날짐승과 들짐승이다. 최고 경지에 도달하면 산 사람도 조종할 수 있다.

이 세상에 진롱기국을 궁극의 경지까지 연마한 사람은 극히 드물었지만, 묵연이 스스로 인간계 제군이라고 칭했을 당시 그의 진롱기국은 이미 입신의 경지에 이르러 있었다. 초만녕과 생사를 건 일전을 벌였을 당시, 묵연은 100척에 달하는 기다란 두루마리를 깔고 먹물로 바둑판을 그린 다음 콩을 바둑돌 삼아 병사를 부렸다.

당시 전투에서 바둑돌 수십만 개를 동시에 놓자, 참새의 깃털이 하늘을 가려 태양이 서쪽으로 기울었고 교룡이 바다를 갈라 거센 파도가 일어났다. 묵연은 날짐승과 들짐승을 끊임없이 소환하며 산 사람을 조종해 대군을 이루었다. 그 광경은 아수라 지옥을 방불케 할 만큼 참혹했다.

이 여우의 사체는 분명 진롱기국으로 조종한 것이었다. 그러나 진롱기국 말고 또 다른 주술이 함께 쓰였는데, 그게 바로 장안법이었다.

전해진 바로는, 청구 여우족의 시조가 죽은 후 그가 남긴 가죽으로 크기가 다른 49개의 여우 가죽 법보가 만들어졌다고 한다. 누군가의 피를 가죽에 떨어뜨린 다음 무언가를 덮으면, 그게 썩은 나무토막일지라도 그 사람이 간절히 사모하는 대상으로 변할 수 있었다.

이 여우 사체는 그 법보로 감싼 것이었다. 다만 사체의 변화는 피의 주인에게만 보일 뿐 타인의 눈에는 아무것도 바뀐 것 없이 그대로였다.

초만녕은 그리 큰 힘을 들이지 않고 묵연을 구출한 후 사건의 연유를 대강 설명해 주었다.

묵연은 가장 궁금한 질문부터 했다.

"사존, 구진상궁이 가짜라는 걸 어떻게 아셨어요?"

40장 본좌는 조금 당황스럽다

초만녕이 말했다.

"진짜 구진상궁이라면 어찌 산 사람이 아닌 죽은 생물을 썼겠느냐? 그의 법력이 약하진 않아도 태초신과 비교할 수준은 아닌 게지."

일리는 있었지만, 묵연은 여전히 의아했다.

"그럼 사존은 그…… 죽은 여우를 보시고 그가 가짜라는 걸 아신 거예요?"

초만녕이 고개를 저었다.

"아니."

"그럼 어찌 아셨어요?"

"구진이 나타났을 때 내게 한 질문을 기억하느냐?"

묵연이 잠시 생각하고 대답했다.

"사존의 무기에 관해 물었지요."

"그래."

초만녕이 말했다.

"내가 가진 신무는 제 기운을 한 번도 숨긴 적이 없다. 조금만 감지해도 바로 알 수 있지. 하지만 만병지주라는 자가 내게 금성호의 무기가 두 자루 있다는 걸 알아채지 못했어. 당시 이상하긴 했지만, 검을 얻는 게 먼저라 말을 아꼈을 뿐이다. 다만 이후부터 각별히 주의를 기울였고 덕분에 계략에 걸려들지 않았지."

"하지만……."

묵연이 말을 이었다.

"그가 구진상궁이 아니면 어떻게 신무를 만들 수 있죠?"

"사실 구진이 검을 주조한다는 건 한낱 전설일 뿐이야. 지금껏 호수 밑에 어째서 이토록 많은 무기가 있는지 제대로 아는 사람은 아무도 없다. 그러니 신무는 구진이 만든 게 아닐 수도 있지. 그리고 가짜 구진은 그저 신무고에 있는 무기를 고르라고만 했을 뿐이니, 그 무기들이 그의 것인지 어찌 알겠느냐. 게다가 설몽과 사매의 무기를 자세히 살펴보았는데, 모두 가짜더군."

묵연이 깜짝 놀라 물었다.

"모조품인 거예요?"

"그래."

묵연은 한동안 멍청한 얼굴로 있다가 겨우 정신을 차렸다.

"그럼 견귀도……?"

"견귀는 진짜다. 하지만 그의 목적이 네게 무기를 주는 것만은 아닐 것이다."

"그럼 가짜 구진은 뭘 하려던 걸까요?"

묵연이 돌 침상 위에 널브러진 기괴한 여우 사체를 역겨운 눈빛으로 바라보았다.

"이런 수고까지 하면서 우릴 밀실에 가두질 않나, 저런 걸 만들어 변태 같은 일을 꾸미질 않나. 대체 뭘 노린 거죠?"

초만녕이 대답했다.

"너다."

"네?"

"방금 네가 말한 것 중에 반은 맞아. 하지만 구진이 이런 귀찮은 일까지 벌이면서 손에 넣으려 했던 건 우리가 아니었다. 바로 너였지."

"저를 왜요?"

묵연이 억지웃음을 지으며 말했다.

"전 기껏해야 머저리에 불과한데요."

초만녕이 말했다.

"난 여태껏 일 년 만에 영력 수련을 해낸 머저리를 본 적이 없다."

묵연이 다시 입을 떼려다가, 순간 뭔가를 깨닫고 어안이 벙벙해졌다.

초만녕이 지금 날…… 칭찬한 건가?

순간 묵연의 심장이 방망이질 치기 시작했다. 그는 눈을 크게 뜨고 초만녕을 뚫어져라 바라보다가 한참이 지나서야 겨우 눈을 끔뻑거렸다. 평소 과시하기 좋아하던 철면피 같은 얼굴이 희미하게 달아올랐다.

초만녕은 그의 얼굴을 보지 못한 채 나지막하게 말을 이었다.

"게다가 천문과 견귀는 여기 버드나무와 여러모로 관련이 있는 듯하다. 예전에 고서에서 읽은 적이 있어. 당시 구진이 속세로 내려왔을 때, 하늘에서 버드나무 가지 세 개를 가져왔다고 한다. 하지만 고서가 워낙 오래된 터라 훼손이 심해 구진이 그걸로 무엇을 했는지는 알 수 없었지."

그가 잠시 뒤 다시 입을 열었다.

"하지만 풍문이 사실이라면 아무래도 천문과 견귀, 그리고 정원에 있던 그 오래된 거목이 아닐까 싶다. 가지 두 개는 무기로 만들고 나머지 하나는 금성호에 심어 구진의 무기고를 지키도록 한 게지."

묵연이 물었다.

"그런데 그게 저와 무슨 상관이죠?"

초만녕이 고개를 흔들며 말했다.

"어찌 상관이 없겠느냐. 네가 견귀를 각성시켰는데."

묵연이 탄식했다.

"그러니까요. 저도 정말 황당하다니까요!"

"아마 그가 원하는 건, 정원 중앙에 있는 버드나무와 관련된 것 같다. 지금으로서는 그저 이 정도만 추측할 뿐이다. 나머지는 아직 잘 모르겠구나."

물론 어디까지나 추측일 뿐이지만, 초만녕은 워낙 비상한 머리의 소유자라 그의 생각이 이렇다면 십중팔구 사실일 터였다.

두 사람은 생각에 빠진 채 어둡고 스산한 비밀 통로를 빠르게 내달렸다. 구불구불한 통로를 지나 조금 더 걸으니 마침내 출구에 도착했고, 순찰 도는 인어의 경계가 허술한 틈을 타 도망치는 데 성공했다.

지하 밀실의 동굴 입구는 거대한 버드나무가 있는 그 정원에 있었다. 밀실을 빠져나오자 눈앞에 펼쳐진 광경에 묵연은 경악했다.

거대한 버드나무 앞에 관 네 개가 놓여 있었다. 하나는 비었고 나머지 세 개에는 각각 초만녕, 사매, 설몽 세 사람이 나란히 누워 있었다.

묵연이 아연실색하여 소리쳤다.

"저게 뭐예요?"

초만녕이 대답했다.

"이건 제물을 넣는 관이다. 저기 관을 보거라. 옆에 넝쿨이 붙어 있지? 넝쿨의 다른 한쪽은 버드나무와 연결되어 있다. 가짜 구진이 원한 건 오로지 너였어. 그는 우리에게 약을 먹이고 인어를 시켜 널 밀실로 데려갔지. 우리는 여기 관 속에 넣어 놓고 말이다. 이 관을 통해 관 안에 있는 사람이 평생 수련하여 얻은 영력을 저 버드나무에 주입하는 거야. 마치 흡혈하는 것처럼 말이지."

묵연의 낯빛이 어두워진 것을 보고, 초만녕이 말했다.

"걱정하지 말거라. 사매와 설몽은 모두 무사해. 그때 난 정신을 잃은 척하면서 기회를 틈타 관을 지키는 인어 셋을 제거했다. 지금 저기 보이는 세 사람은 그 요괴의 시체다."

그의 담백한 말에 묵연은 저도 모르게 눈썹을 치켜올리며 초만녕을 슬쩍 쳐다보았다.

금성호 인어의 내공이 얼마나 깊은데? 초만녕이 말하는 '기회를 틈타 인어를 제거'한다는 건 일격에 세 마리 모두 쥐도 새도 모르게 처치하는 걸 의미했다.

이 얼마나 대단한 솜씨인가…….

묵연은 오랫동안 초만녕과 제대로 겨뤄 보지 못한 터라 이 말을 듣는 순간 조금 얼떨떨한 기분이 들었다. 불현듯 힘들었던 전생의 기억이 눈앞을 스쳐 지나갔다. 그 놀라운 그림자가 얼굴을 옆으로 약간 돌리자 별처럼 반짝이는 눈동자가 보였다.

초만녕이 넋 나간 그를 보며 물었다.

"왜 그러느냐?"

묵연이 번뜩 정신을 차리고 황급히 대답했다.

"아무것도 아닙니다."

"……."

"그냥 조금 궁금해서요. 어째서 인어를 저렇게 만들어 놓으셨어요?"

초만녕이 서늘하게 웃으며 말했다.

"그까짓 장안법 정도야. 가짜 구진도 쓰는데, 내가 못 쓸 이유라도 있느냐? 가짜를 이곳에 남겨 두면 그 미꾸라지들에게 발각될 위험을 줄일 수 있지. 이를테면, 적의 무기로 적을 제압하는 방법이랄까."

"……."

위기일발의 상황에서 두 사람은 오래 머물 수 없었기에 잠시 휴식을 취한 다음 서둘러 걸음을 재촉했다. 그런데 설몽과 사매가 기다리기로 한 장소에는 아무도 없었다.

묵연이 창백해진 얼굴로 물었다.

"사매는요?"

초만녕도 동요하는 기색이었다. 그가 대답 대신 약지를 들어 올리자 손끝에서 금빛이 떠올랐다. 욱영봉에 오르기 전에 초만녕은 제자 세 명에게 각각 해당화를 달아 주었는데, 이는 추적을 위한 용도였다.

잠시 후, 초만녕이 낮게 욕설을 내뱉더니 빛을 거두고 말했다.

"아마도 여기서 변고가 생긴 모양이다. 순찰 도는 인어를 피해 이 저택에서 벗어나 장터 쪽으로 갔어. 우리도 거기로 가 보자."

두 사람은 순찰 중인 인어를 솜씨 좋게 따돌린 후 높다란 담벼락을 훌쩍 뛰어넘어 구진상궁과 함께 돌아봤던 장터를 향해 빠르게 내달렸다.

물 아래에는 본래 낮과 밤이 없지만, 금성호는 다른 곳과 달리 일출과 일몰을 감지할 수 있었다. 마침 기나긴 밤이 지나가고 해가 동쪽에서 서서히 떠오르고 있었다.

아침 장터가 이미 열렸는지, 벌써 곳곳이 인파로 왁자지껄했다. 멀리서 이를 본 묵연은 사매와 설몽이 무사하다는 생각에 살짝 안도의 숨을 내쉬었다. 그들이 발각되었다면, 여기가 이리 평온할 리 없지 않은가.

하지만 이상하게도 초만녕의 표정이 그리 좋지 않았다. 그가 말없이 묵연을 확 끌어당겼다.

"사존?"

"이리 와."

"무슨 일이에요?"

"내 옆에 꼭 붙어 있거라."

여느 때처럼 냉담한 얼굴이지만, 자책이 느껴지는 목소리였다.

"아무래도 설몽과 사매가 길을 잃은 것 같다. 자칫 잘못하다가 너까지……."

묵연은 초만녕이 자신을 걱정하느라 사색이 된 얼굴을 보며 얼떨떨했지만, 이내 심장이 이상하게 아릿해져 왔다. 그는 위로하듯 말했다.

"조심할게요. 가요, 사존. 얼른 사매와 설몽을 찾아야죠."

묵연이 앞장서며 초만녕의 손을 덥석 잡아끌었다.

"……."

초만녕의 손끝이 그의 손바닥에서 가늘게 떨렸다.

하지만 워낙 찰나의 순간이었고 실낱같은 떨림이었다. 묵연은 마음속에 사매 걱정으로 가득했기에 깊이 생각하지도 않고 그저 착각이라 여겼다.

"어혈만두입니다! 방금 나온 따끈따끈한 어혈만두예요!"

"솔연사의 뱀 허물입니다. 최고급 옷감이죠. 이제 마지막 세 자 남았습니다. 이것까지 팔리면 제가 다음에 허물을 벗을 때까지 기다리셔야 해요."

"오징어 먹물 팝니다! 제가 오늘 아침에 막 토해 낸 먹물입니다. 이 먹물로 그림을 그리면 무척 아름답지요. 아이고, 아가씨 구경하고 가세요."

고성이 오가는 복잡한 시장통에서 진기한 광경이 계속 이어졌다.

묵연은 실실 웃으며 초만녕과 함께 몇 걸음 걸어가다가 문득 꺼림칙한 기분이 들었다. 그는 갑자기 우뚝 멈춰 서서 두 눈을 동그랗게 떴다. 피가 순간 싸늘하게 식는 것 같았다.

이상하다!

여기 좀 이상해!

그가 주변을 둘러보았다. 역시…….

머리 없는 귀신인 무두귀가 노점 앞에서 머리빗과 연지, 분을 팔고 있었다. 새빨갛게 물들인 기다란 손톱으로 뼐로 만든 빗을 들고는, 피가 뚝뚝 떨어지는 자신의 머리를 무릎 위에 올려놓은 채 빗질을 하고 있었다. 무두귀가 나긋나긋한 목소리로 말했다.

"상등품 뼈로 만든 빗입니다. 손님, 하나 사 가세요."

역시나 그랬어!

어쩐지! 이 번화가에 있는 사람들의 동작, 말, 표정 모두 어제와 완벽하게 똑같았다!

묵연이 뒤로 주춤 물러서자 초만녕의 가슴과 부딪쳤다. 그가 얼른 고개를 들고 갈라진 목소리로 물었다.

"사존, 이게 다 뭐죠?"

초만녕은 이미 예상한 눈치였다. 하지만 직접 확인하니 그 역시 심장이 철렁해 묵연을 더욱 꽉 붙잡았다.

"어떻게 이럴 수가 있는 거죠? 여긴 대체 뭐예요? 신기루인가요?"

초만녕이 고개를 내젓더니 잠시 생각한 뒤 천천히 입을 뗐다.

"묵연, 여기 금성호 속에는 각양각색의 괴수와 생령이 살고 있다. 이들 중 상당수가 진짜 구진상궁을 보았겠지. 그런데 어째서 이들은 가짜를 알아보지 못했을까?"

묵연은 등골이 오싹해지면서 얼굴에서 핏기마저 싹 가셨다.

"확실히…… 그렇네요……."

초민녕이 말을 이었다.

"하나 더. 만약 네가 구진상궁으로 위장하여 금성호에 숨어들었다고 치자. 절대복종할 누군가를 통해 네가 하려는 말이나 행동을 대신하게 하려면, 넌 어찌할 것이냐?"

묵연은 단번에 깨달았다.

진롱기국이구나!

검은 돌과 흰 돌로 천하를 얻는다. 이 금지된 주술이 가진 위력을 묵연보다 더 잘 아는 사람은 없었다. 묵연은 하마터면 입 밖으로 내뱉을 뻔했으나 초만녕의 눈빛을 힐끗 보고는 얼른 말을 삼켰다.

고작 열여섯의 나이에 그리 쉽게 3대 금지 술법을 떠올릴 수 있겠는가?

그리하여 이렇게 대답했다.

"어려운 문제네요."

"아니."

초만녕이 말했다.

"이건 아주 간단하다."

그는 잠시 멈칫하다가 이내 말을 뱉었다.

"모두가 망자라면 가능하지."

41장 본좌가 제물이라니?

묵연이 말을 꺼내기도 전에 뒤에서 날카로운 목소리가 들렸다.

"비켜, 비켜! 내가 먼저 들어갈 거야!"

그 부판이잖아?

부판은 무거운 돌을 짊어지고 낑낑대며 옮기다가 그때처럼 약방 앞에 도착하자 고래고래 소리쳤다.

"아이고, 죽겠네! 어서 의원 좀 불러와!"

그러자 백발이 성성한 인어가 헤엄치듯 미끄러져 밖으로 나왔다. 이 인어는 꼬리지느러미가 다른 인어와 확연히 달랐는데, 전체가 금빛으로 반짝였고 화사하고 아름다운 광택이 흘렀다. 소박한 끈으로 질끈 동여맨 머리카락이 어깨까지 내려왔다. 얼굴 전체에 주름이 자글자글했지만, 균형 잡힌 얼굴형에 코는 무척 오뚝했으며, 입매는 여유로운 곡선을 그리고 있었다. 황금빛 눈동자는 안개비를 연상시킬 만큼 그윽했다. 젊었을 적에 얼마나 뛰어난 외모였을지 쉬이 짐작할 수 있었다.
묵연은 순간 움찔했다.
어제와 다른 인어였다. 그렇다면 푸른 인어는?
백발의 인어가 멀리서 묵연과 초만녕을 보았지만, 알은체하지는 않았다. 그는 곧장 문턱으로 가서 몸을 숙이고 부판 등에 있는 돌을 하나씩 내려놓았다.
마지막 돌을 옮기자 허상이 깨지더니 부판이 돌연 자폭했다. 걸쭉한 피가 사방으로 튀었고 안개 같은 것이 주위를 에워쌌다. 그와 동시에 장터 안에 있던 모든 잡귀신이 거의 동시에 딱딱하게 굳더니 몸 전체에서 고름이 흘러나왔다. 퀴퀴하고 비릿한 핏물이 호수 전체로 퍼져 나갔다.
호수가 삽시간에 선홍색으로 물들었다. 핏빛이 짙어질수록 시야가 점차 뿌옇게 흐려지더니 이내 가까이 있는 것조차 알아볼 수 없을 지경에 이르렀다. 결국 손가락 다섯 개도 분간할 수 없을 정도로 눈앞이 온통 새빨개졌다.
초만녕이 입을 열었다.
"묵연."
묵연은 그가 말하기도 전에 의중을 알아챌 만큼 그에 대해 잘 알고 있었다.
"사존, 염려 마세요. 저 여기 있습니다."
초만녕은 다른 말을 보태지 않았다. 어쩌면 과묵한 그의 성격 때문일지도 몰랐다. 잠시 침묵하던 그는 고작 한마디 내뱉었다.
"조심하거라."
핏물 안에서는 모든 것이 흐릿했다. 묵연은 하늘이 무너져도 얼굴색 하나 바뀌지 않을 것 같은 그의 표정을 볼 수 없었지만, 목소리에 묻어나는 관심과 염려는 충분히 느낄 수 있었다. 평소 초만녕에게서 따뜻한 정을 거의 느낄 수 없었던 탓인지, 묵연은 가슴 한쪽이 화끈거려 그의 손을 더욱 세게 잡았다.

"알겠어요."

등을 맞대고 선 두 사람은 서로를 볼 수 없었지만, 상대의 심장 박동과 호흡을 느낄 수 있었다. 상황이 괴상하게 흘러가자 초만녕은 천문을 소환했고 영력을 회복한 묵연 역시 견귀를 소환했다.

각자 신무를 불러내고 얼마 지나지 않아 묵연이 소리쳤다.

"사존, 저기 좀 보세요!"

초만녕이 몸을 틀어 방금 전 백발의 인어가 돌을 옮겼던 약방 입구를 바라보았다. 입구 바닥에서 수십 개의 크고 작은 하얀 빛 방울이 떠오르고 있었다. 두 사람이 손을 잡고 가까이 다가가 확인해 보니, 아니나 다를까 조금 전 부판이 남긴 돌이었다.

백발 인어의 솜씨인지 돌멩이 수십 개가 3열로 가지런히 정리되어 있었는데, 저마다 은은한 빛을 띠고 있었다.

돌멩이 앞으로 그림자 하나가 서서히 나타났다. 그 백발의 인어였다.

묵연이 물었다.

"당신은 누구죠?"

그는 말없이 초만녕을 보고 다시 묵연을 보더니 조용히 손을 들어 바닥에 있는 돌멩이를 가리켰다.

묵연이 물었다.

"이 돌을 주우라고요?"
백발의 인어가 고개를 끄덕이고는 손가락 하나를 세웠다.
"그러니까…… 하나를 주우라고요?"
백발의 인어가 고개를 끄덕이다가 다시 좌우로 젓더니 묵연과 초만녕을 한 번씩 가리켰다.
묵연이 이해했다는 듯 말했다.
"각자 하나씩 주우라는 거죠?"
이번에는 백발 인어가 고개를 크게 끄덕였다. 그는 꼼짝하지 않고 커다란 눈을 부릅뜬 채 두 사람을 지켜보았다.
묵연이 물었다.
"사존, 저자의 말을 들어야 할까요?"
"우선 그의 말대로 해 보자. 지금은 달리 뾰족한 수도 없으니 말이다."
둘은 각자 돌멩이를 하나씩 주웠다. 손가락 끝이 돌에 닿는 순간, 눈앞에 기이하고 화려한 섬광이 번쩍하더니 천지가 빙빙 돌면서 오색찬란한 빛이 세차게 스쳐 지나갔다. 모든 것이 잠잠해지고 나서야 끝도 보이지 않던 핏빛이 홀연히 사라졌다.
주위를 둘러보니 이들이 이동한 곳은 놀랍게도 신무고였다!
"사존!"
"사존, 연아!"
뜻밖에 설몽과 사매도 이곳에 있었다. 초만녕, 묵연과 재회한 두 사람은 놀라면서도 기쁘게 그들을 맞이했다. 그 반질반질한 돌멩이에 전송 주문이 걸려 있을 줄은 꿈에도 몰랐던 초만녕은 조금 전의 급속 회전으로 속이 다 메슥거렸다. 그는 한 손으로 이마를 짚은 채 다른 한 손으로는 여전히 묵연의 손을 꽉 붙잡고 있었다.

피의 호수에서 묵연과 초만녕은 서로 깍지 낀 손을 한시도 놓지 않았다.

초만녕은 자신의 신분 때문에 묵연과 엮일 기회가 거의 없었다. 대부분은 제자들이 허울 없이 지내는 모습만 멀거니 바라볼 뿐이었다.

그래서 그는 손바닥에 스며든 생소한 온기가 조심스럽고 소중했다…….

"사매!"

그러나 초만녕에게 더없이 소중한 온기가 누군가에게는 낡아 빠진 신발이나 언급할 가치가 없는 것일 수도 있고, 생각할 거리조차 안 되는 하찮은 것일 수도 있었다.

사매를 본 순간, 묵연은 자연스레 그의 손을 놓았다.

초만녕의 손끝이 미세하게 떨렸다. 그 짧은 순간, 그는 묵연의 손을 다시 잡고 싶었다.

하지만 무슨 핑계로?

초만녕은 누굴 좋아할 용기가 없었다.

그 알량한 자존심이라도 지키고 싶었다.

묵연이 사매를 보며 활짝 웃더니 자연스럽게 그를 안고 머리를 쓰다듬었다.

초만녕은 손끝을 아래로 툭 떨궜다.

민망하기도 하고 스스로가 딱하기도 했다.

다행히도 무표정이 습관처럼 굳어진 터라 희로애락과 같은 감정 변화는 초만녕의 얼굴에 잘 드러나지 않았다.
게다가 나이가 들어 몸도 굳어졌는지 전송진을 통과하는 동안 가슴도 제법 차가워졌다.
그래도 손끝에 희미한 잔열이 남아 있어 다행이었다.
초만녕은 빠르게 식어 가는 잔열을 느끼면서 천천히 몸을 곧게 세우고 표정과 눈빛도 깔끔하게 갈무리했다.
"사존, 괜찮으세요? 얼굴이 왜 이리 창백하세요……."
초만녕은 설몽을 보며 고개를 끄덕였다.
"괜찮다."
그가 잠시 말을 멈추더니 설몽에게 물었다.
"너희도 그 인어가 이리로 보낸 것이냐?"
설몽이 말을 꺼내기도 전에 거품이 보글보글 끓는 소리가 들렸다. 초만녕이 고개를 돌리자 들끓는 주검지(鑄劍池)에서 피범벅이 된 얼굴이 반쯤 보이더니, 굉음과 함께 몸통이 뒤틀린 누군가가 도망치듯 뛰쳐나왔다.
결코 보통 사람일 리가 없었다. 산 사람은 더더욱 아니었다. 부글거리는 뜨거운 쇳물 안에서 숨이 붙어 있을 사람이 누가 있겠는가. 그는 살가죽이 썩고 말라비틀어져 뼈와 살을 구분하기 힘든 지경이었지만, 그래도 숨은 헐떡이고 있었다. 사지 모두 족쇄가 채워진 그는 이 용광로 안에 속박당한 채 고통받고 있었다.
그 산 송장이 천천히 눈을 뜨더니 묵연 일행을 향해 연신 간청하듯 읍을 했다. 제발 와서 자신을 구해 달라는 듯 간절한 눈빛이었다.
말은 하지 못했지만, 아예 의사 표현이 불가능한 것도 아니었다. 싸늘한 백골에 살가죽만 겨우 붙어 있는 팔을 휘두르자 주검지의 펄펄 끓는 쇳물이 돌연 넘실대기 시작했다. 이 쇳물이 공중에서 천천히 뭉치더니, 고대 문자를 만들었다.

설몽이 깜짝 놀라 물었다.

"글자가 뭐 이래요? 아예 알아볼 수가 없는데요?"

초만녕이 대답했다.

"창힐[#21]의 문자다. 아직 너희에게 가르친 적은 없지."

묵연이 물었다.

"그럼…… 저건 무슨 내용인지 아세요?"

초만녕이 앞으로 다가가 자세히 읽어 보았다.

"……자기를…… 살려 달라는군."

창힐문자는 천계의 문자로 불렸다. 대다수가 사라져 인간계에서 이 문자를 아는 사람은 손에 꼽을 만큼 적었고, 초만녕과 같은 일대종사도 그 모든 문자를 다 이해할 수는 없었다. 하지만 대강 내용을 파악하는 데는 문제가 없었다.

초만녕은 자세히 살펴본 후 천천히 풀이하기 시작했다.

"그는 이 버드나무의 정령이다. 이름은 적심류(摘心柳), 그가 묘목일 때 구진상궁에 의해 신계의 칠중천(七重天)에서 인간계로 내려왔지. 그 후로 구진은 어떤 이유인지 세속을 떠났고, 적심류는 그의 행방을 찾을 수 없었다. 생사조차 모른다는군."

그가 잠깐 멈춘 후, 다시 말을 이었다.

"하지만 구진상궁의 부재와는 상관없이 적심류는 그의 명령에 따라 수십만 년을 하루도 빠짐없이 금성호와 신무고를 지켰

#21 창힐 倉頡. 한자를 창제했다는 전설 속 인물

지. 시간이 지나면서 차츰 영기를 받아 자라기 시작했고 어느새 인간의 모습으로 변했다고 해. 이후 다른 건 변함없이 지내 왔는데, 어느 날 한 사람이…….”

초만녕이 갑자기 말을 멈추었다.

묵연이 의아해하며 물었다.

“왜 그러세요?”

“……이 세 글자는 나도 모르겠군. 아무래도 사람 이름 같은데.”

초만녕이 구불구불하고 복잡한 문자를 가리키며 말했다.

“어쨌거나 그 사람이 금성호에 왔는데, 법력이 강하고 악독한 데다 수법이 잔인해 호수의 모든 생령을 깡그리 죽이고 진롱기국으로 조종했다. 적심류도 화를 면치 못했고.”

묵연이 바로 말했다.

“그 사람, 분명 가짜 구진일 거예요!”

적심류가 그의 말을 듣자 눈동자를 번득이더니, 고개를 두 번 끄덕였다.

“……제가 맞혔나 봐요.”

묵연이 겸연쩍게 웃으며 머리를 긁적였다.

“하하, 제가 이렇게 똑똑한지는 몰랐네요.”

초만녕이 그를 슬쩍 보곤 말을 이었다.

“지난 몇 년 동안 적심류는 의식을 잃은 상태였다고 한다. 반나절 이상 정신을 차린 적이 없었지. 때마침 본래 이것과 한 몸이었던 버들가지 두 개, 그러니까 천문과 견귀가 각성한 거야. 두 버들가지의 힘이 잠깐이지만 적심류의 이성을 회복시켰어. 안 그랬으면 지금쯤 폭주한 채 여기 있는 모든 사람을 해쳤을 게다.”

그곳에 모인 사람들은 그 말에 귀를 의심한 건지 아니면 두려웠는지, 세 소년이 일제히 고개를 들어 주검지 안에 있는 영체를 바라보았다. 그의 말을 어떻게 받아들여야 할지 도무지 알 수가 없었다.

묵연이 말했다.

"버드나무 선배님."

설몽이 되물었다.

"버드나무 선배님?"

"그럼 뭐라고 불러? 적 선배님이라고 부를까?"

묵연이 설몽에게 눈을 흘긴 후 이어 말했다.

"무례함을 무릅쓰고 한 말씀만 드리겠습니다. 선배님께서 하신 말씀은 조금 앞뒤가 맞지 않습니다."

적심류는 말만 못할 뿐 알아들을 수는 있었기에 묵연 쪽으로 고개를 돌렸다.

묵연이 이어 말했다.

"아까 가짜 구진에 속아 의식을 잃었다가 천문과 견귀의 각성으로 깨어나셨다고 하셨죠? 하지만 견귀는 가짜 구진이 제게 준 것입니다. 설마 그가 일이 이렇게 되리라는 걸 몰랐을까요?"

적심류가 고개를 흔들자 초만녕 앞에 있던 문자가 바뀌었다.

"나는 신계의 나무다. 그가 나에 대해 잘 알 리 만무하지. 그래서 신무가 내게 영향을 준다는 사실도 몰랐어. 그는 3대 금지 술법을 연마하기 위해 내 힘이 필요했다. 그러다 내 수명이 곧 끝날 때가 다가오니 그는 조급해져서 몇 년간 내 수명을 늘릴 방법을 백방으로 찾아다녔지. 하지만 나는 이대로 살고 싶지 않았다.

악인에게 이용당하느니 차라리 죽는 게 나아. 하지만 그에게 구속당한 상태라 모든 것이 내 의지와 상관없이 이루어졌다……."

초만녕은 여기까지 읽은 후 잠시 생각에 빠졌다.

"그래서 가짜 구진이 묵연을 호수 밑으로 데려온 거군요. 묵연이 목령의 정화니까요. 그자는 묵연과 견귀의 영력을 합쳐 당신한테 제물로 바치려고 했던 겁니다."

적심류가 고개를 끄덕였다.

묵연은 여전히 이해가 되지 않았다.

"하지만 가짜 구진이 말했잖아요. 목령의 정화는 두 명이라고. 그중 한 명은 사존이고요. 어째서 저만 가둔 거죠?"

적심류가 무언가를 써 내려갔다.

"예부터 제물로 바칠 때 어린아이를 으뜸으로 꼽았다. 더구나 나무의 정령인 수령에게 바칠 제물이라면, 더욱 소홀해서는 안 되었지. 또 하나, 제물은 식욕과 칠정육욕(七情六欲)이 충족되어야 한다. 그래야 극락의 환상 속에 빠뜨려 아무것도 모르는 사이에 생명을 앗아 갈 수 있거든. 이렇게 하지 않으면 제물의 마음에 의심이 싹트고, 혹여 원한이라도 커지면 오히려 내가 말라 죽을 수 있었다."

이 말에 묵연은 불현듯 밀실에서 초만녕으로 변한 여우 요괴가 떠올랐다.

내 욕정을 충족시키기 위함이었다니! 돼지를 맛있게 먹으려고 도살하기 전 뒤룩뒤룩 살찌우는 것과 무엇이 다른가!

묵연은 이제야 밀실에서 본 사람이 어째서 사매가 아닌 초만녕이었는지 이해했다. 사매는 아끼고 소중하게 대할 존재이지 함부로 농락할 대상이 아니었기 때문이었다. 자신은 확실히 사매보다 초만녕에게 더 강렬한 욕정을 느끼고 있었다.

초만녕은 낯빛이 어두워진 묵연을 보고, 두려움이 남아 있어 안색이 좋지 못하다고 여기곤 그를 안심시키고자 물었다.

"무슨 생각을 하느냐?"

"아, 아닙니다."

묵연의 얼굴이 화끈 달아오르자 초만녕은 멈칫하다가 이내 눈치챈 듯 입을 다물었다. 한참이 지나, 부끄럽고 화가 나서 고개를 돌려 버렸다.

이런 놈한테 무슨 두려움이 남아? '칠정육욕'을 떠올리다가 엉뚱한 생각에 빠졌겠지.

발끈한 초만녕이 소매를 휘두르며 차가운 얼굴로 낮게 꾸짖었다.

"부끄러운 줄도 모르고!"

"……."

다행히 초만녕은 묵연이 환각을 통해 자신의 욕망을 채우려 했던 사람이 누구인지 몰랐다. 만약 알았다면, 산 채로 가죽을 벗기지 않았을까?

딴생각에 빠져 있는 사이, 갑자기 신무고의 땅이 크게 흔들리기 시작했다. 설몽이 깜짝 놀라 물었다.

"무슨 일이죠?"

42장 본좌는 네게 빚지고 싶지 않다

적심류의 영체는 대답도 하기 전에 표정이 급속도로 일그러졌다. 고통스러운 듯 제 손으로 머리를 감싸고는 입을 커다랗게 벌린 채 소리 없이 울부짖었다. 끔찍한 표정과 툭 튀어나온 눈알만 봐도 오장육부가 갈가리 찢기는 듯한 비명이 귓가에 들리는 듯했다.

살려 줘!

살려…… 줘!

그의 입술이 놀랄 만큼 기괴하게 뒤틀렸고 실핏줄이 눈동자 전체를 발갛게 뒤덮었다. 쇠사슬이 그의 사지를 옭아매고 있지 않았다면 금방이라도 하늘로 솟구쳐 폭주할 것만 같았다.

'제발…… 빨리…… 날 죽여 줘…….'

아무래도 잠시 회복된 적심류의 이성이 한계에 도달한 모양이었다. 영체는 고통에 몸부림쳤지만 전혀 소용없었다. 주검지에서 검은 기운이 튀어나와 버드나무의 영체를 끊임없이 공격했다. 쇠사슬 부딪치는 소리가 요란하게 울렸고 불꽃이 사방으로 튀었다.

사태가 급변하자 초만녕은 재빨리 팔을 뻗어 제자들을 자기 뒤로 물렸다. 그가 차갑게 굳은 얼굴로 적심류에게 물었다.

"어떻게 해야 당신을 구할 수 있습니까?"

적심류는 동작이 느리긴 해도 주검지의 쇳물을 부릴 수 있었다. 순식간에 창힐문자가 만들어졌다. 초만녕은 급히 읽어 내렸다.

"나는 곧 이성을 잃게 될 것이다. 그때 너희를 공격하더라도 그건 내 본심이 아니다. 당장 너흴 도울 힘도 없고 자세히 말할 겨를도 없다. 다만 내가 할 수 있는 법술을 너희에게 알려 줄 테니 부디 조심하거라……."

쇳물이 홀연히 다른 글자로 바뀌었다.

"나는 세 가지 법술에 능하다. 첫째, 남가일몽(南柯一夢)으로 꿈을 꾸게 하는 주술이다. 이 주술에 걸린 사람은 혼수상태에서 자기가 염원한 바를 이루게 된다. 영원히 단꿈에 빠지는 거지. 바로 이런 이유로, 환각임을 인지할 만큼 강한 영력의 소유자라도 기꺼이 잠에 빠져 영원히 깨지 않길 바라게 된다."

또다시 글이 바뀌었다.

"두 번째는 미심결(迷心訣)이다. 내면에 숨겨진 탐욕을 끌어내 자기들끼리 참혹히 죽이게 만드는 법술이다."

다른 문구가 이어졌다.

"마지막은 적심술(摘心術)인데……."

이때, 적심류의 영력이 한계에 다다라 더는 쇳물을 일으켜 글자를 만들 수가 없었다.

적심술이 대체 어떤 법술인지 이제는 알 길이 없었다.

적심류가 한바탕 발버둥 치는 동안, 별안간 핏빛 연무가 폭발했다. 더는 쇳물을 일으킬 수 없었던 그는 손가락에 피를 적신 채, 튀어나올 듯 경련이 일어나는 눈으로 초만녕을 뚫어지게 응시했다. 두 눈알이 불룩 튀어나와 극도의 거부감이 느껴졌다.

"사존!"

초만녕이 앞으로 가려는데 설몽이 황급히 그를 잡았다.

"가지 마세요. 속임수일지도 모르잖아요!"

적심류는 말없이 피 묻은 손가락을 들며 돌연 눈물을 흘렸다.

초만녕이 물었다.

"……제가 가까이 가기를 바라십니까?"

적심류가 천천히 고개를 끄덕였다.

"……."

"사존!"

설몽이 재차 말리려 했지만, 초만녕이 그를 보며 고개를 가로저었다. 그는 주검지와 맞닿는 곳까지 홀로 걸어가 손을 내밀었다.

적심류는 무척 감동한 듯 초만녕을 지그시 바라보더니 인사라도 하려는 것처럼 살가죽만 붙어 있는 팔을 힘겹게 움직였다. 그는 엄청난 고통을 견디며 초만녕의 손을 잡더니 부들부들 떨면서 손바닥에 무언가를 적었다.

[첨주#22를 뽑아 악몽에서 깨어나라……. 절대로…… 이성을…… 잃지…… 마라……. 악몽에서…… 깨어나…… 재앙을…… 소멸시켜…….]

#22 첨주 籤籌, 옛날 물시계를 보고 시간을 알릴 때 썼던 조각

마지막 글자를 다 쓰기도 전에 적심류가 질퍽한 진흙처럼 금방 오그라들더니 펄펄 끓는 주검지 안으로 감쪽같이 미끄러져 들어갔다.

동시에 '펑' 하고 폭발음이 터지며 주검지에서 거대한 붉은 파도가 일어났다. 굽이쳐 흐르던 쇳물이 갈라져 하늘로 솟구쳤다. 머리가 아홉 개 달린 용의 형상으로 불기둥이 치솟는 바람에 초만녕은 뒤로 물러날 수밖에 없었다. 그의 새까만 눈동자에 활활 타는 화염이 가득 비쳤다.

용솟음치는 쇳물 기둥 속에서 별안간 첨주 네 개가 튀어나오더니 공중에 걸렸다.

사매가 조금 전 적심류의 말을 떠올리고는 급히 물었다.

"이게…… 적심류가 말한 첨주일까요?"

그가 성큼 다가가자 초만녕이 막았다.

"만지지 마라. 모두 내 뒤로 가."

"사존."

"내가 여기에 있는 한, 너희는 무사할 것이다."

초만녕이 말했다.

"괜히 모험할 필요 없다. 내가 먼저 뽑을 테니, 너흰 나중에 뽑거라."

감정 기복이 느껴지지 않을 만큼 담백한 말투에 묵연은 마음이 뭉클했다. 이유는 알 수 없지만, 전생에서 제자의 죽음을 싸늘한 시선으로 바라보던 초만녕의 무정한 얼굴이 눈앞의 그와 겹쳐 보였다.

이런 말을 할 줄 아는 사람이 어떻게 전생에서는 제자의 죽음을 방관할 수 있었을까?

묵연은 문득 초만녕이라는 사람에 대해 지금껏 제대로 안 적이 없다는 사실을 깨달았다.

그도 혼잣말로 중얼거렸다.

"사존……."

초만녕은 제자들을 거들떠보지도 않고 손을 들어 첨주 하나를 집었다. 담황색 옥편으로 만든 첨주를 앞뒤로 꼼꼼히 살펴보던 그가 의아하다는 듯 나직이 내뱉었다.

"음?"

"왜 그러세요?"

설몽이 물었다.

"아무것도 없다."

"그럴 리가요?"

설몽이 의아해하며 말했다.

"그럼 저도 뽑아 볼게요."

네 사람이 각자 첨주를 하나씩 다 뽑았다. 설몽과 사매의 옥편에는 초만녕과 마찬가지로 한 글자도 적혀 있지 않았다. 묵연은 자신의 첨주를 뒤집었다가 눈이 휘둥그레졌다.

"혀시겨?"

나머지 세 사람이 곧바로 그에게 시선을 돌렸다. 설몽이 미간을 찌푸리며 말했다.

"혀시겨가 뭐야?"

묵연이 자신의 첨주를 가리키며 말했다.

"여기 적혀 있잖아."

설몽이 그에게 바짝 다가가 첨주를 보고는 버럭 화를 냈다.

"쳇! 네가 아는 자음만 읽은 거잖아?"

"……혈시계."

초만녕이 불쑥 말을 꺼냈다.

그는 창힐문자에 조예가 깊었고 확실하지 않은 글자라면 입 밖으로 꺼낼 리도 없었다. 그가 첨주에 적힌 글자를 '혈시계'라고 읽었다면, 그것이 틀림없었다.

묵연이 멍한 얼굴로 물었다.

"혈시계가 뭐예요?"

초만녕이 고개를 저으며 말했다.

"글쎄."

이때 그들 물음에 답이라도 하듯, 신무고의 우뚝 솟은 둥근 천장에서 갑자기 쫘르릉 소리가 들리더니 거대한 모래시계가 하늘에서 떨어졌다. 전체가 녹이 슬어 얼룩덜룩했지만, 다른 모래시계와는 달리 구리로 만든 십자 모양의 틀이 있었다. 무엇에 쓰는지는 알 수 없었다.

초만녕이 모래시계를 보고는 묵연이 쥐고 있는 첨주로 시선을 돌렸다.

혈시계.

불현듯 하나의 생각이 전광석화처럼 뇌리를 스치며 '첨주를 뽑아라'의 의미가 명확해졌다. 초만녕은 순간 낯빛을 바꾸며 매섭게 말했다.

"묵연, 어서 그 첨주를 버려!"

초만녕의 의중을 알 수 없었지만, 다짜고짜 내린 명령에 묵연은 본능적으로 그의 말을 따랐다.

그러나 첨주를 내던져 보고서야 알았다. 어찌 된 일인지 첨주는 그의 손바닥에 찰싹 달라붙어 아무리 해도 떨어지지 않았다.

초만녕은 속으로 탄식하며 자신의 첨주를 묵연의 것과 바꾸기 위해 재빨리 달려갔다. 하지만 얼룩덜룩 녹이 슨 모래시계에서 갑자기 가시넝쿨 수십 개가 뻗어 나와 묵연에게 달려들 줄 짐작이나 했겠는가?

"비켜라!"

"사존!"

"사존!"

순식간에 피가 사방으로 튀었다. 일촉즉발의 순간, 초만녕은 묵연을 밀치고 대신 공격을 받았다. 가시넝쿨은 숲을 관통하는 화살처럼 모조리 초만녕의 살갗을 파고들었다.

묵연은 지금 소년의 몸이라 자신을 밀치는 초만녕을 막지 못한 채 휘청하며 바닥에 넘어졌다. 뒤이어 살점 찢기는 소리가 섬뜩하고도 또렷하게 들려왔다. 거의 제정신이 아닌 듯한 설몽과 사매의 비명도 귀에 날카롭게 박혔다.

말도 안 돼.

이럴 리 없어…….

초만녕이었다. 맨날 때리고 욕할 뿐 자신을 한 번도 곱게 봐준 적이 없던 사람이었다. 자기 힘을 위해 눈앞에서 제자가 죽어 가도 잔인하게 바라보기만 하던 사람이 초만녕이었고, '저급하고 구제 불능'이라고 차갑게 내뱉던 사람도 초만녕이었다. 그리고…….

묵연은 고개를 들었다.

이 아수라장 속에서 초만녕을 바라보았다. 피가 3척까지 튀었고 날카롭고 촘촘한 가시넝쿨이 그의 등 뒤를 파고들어 앞섶으로 흉물스럽게 튀어나왔다. 그곳은 일전에 귀신 주례에게 심한 일격을 당한 자리였다. 옛 상처가 다 낫기도 전에 다시 근막이 파열되어 피범벅이 되었다.

그는…… 관 속에서 자기 몸을 던져 묵연을 필사적으로 보호했고, 날카로운 손톱이 살갗을 파고들어도 비명 한번 지르지 않는 사람이었다.

그는 돌다리 아래에 숨은 채 남몰래 진법을 펼쳐 제자들에게 비바람을 막아 주면서도 정작 자신은 모습을 드러내지 않는 사람이었다.

전생에 사매가 죽은 후 묵연을 위로하기 위해 서툰 솜씨로 물만두를 빚던 사람이었다.

성격도 더럽고 입이 거칠어도 약 먹는 걸 싫어하고 매운 걸 먹으면 기침하는, 묵연에겐 가장 친숙한 사람이었다.

묵연이 매번 그의 배려를 잊은 채 이를 갈며 증오하면서도, 한편으로는 연민하는 사람이기도 했다…….

초만녕.

만녕…….

"사존!"

묵연이 갈라진 목소리로 울부짖으며 엎어지고 구르다시피 허겁지겁 달려갔다.

"사존!"

"네 첨주를……."

초만녕이 바들바들 떨며 손을 내밀었다. 얼굴에 핏기라곤 전혀 없었지만, 눈빛만큼은 여전히 매서웠다.

"내게 다오……."

그는 자신이 뽑은 글자 없는 첨주를 묵연의 손에 쥐여 주었다. 극심한 통증으로 부들부들 떨리는 팔을 힘겹고도 천천히 들어 올렸다.

초만녕의 눈동자는 빛이 났고 결연했으며, 물기가 어려 있었다.

"어서, 빨리 줘!"

묵연은 몸을 일으킬 새도 없이 초만녕의 앞까지 기어가, 피와 살점이 튀어 엉망이 된 그의 끔찍한 상처를 어쩔 줄 몰라 하며 바라보았다.

"싫어요…… 사존……."

"사존!"

설몽과 사매도 다가오려고 하자 초만녕은 철없는 아이 보듯 낮게 한숨을 쉬고는 결계를 쳐서 이들을 멀찍이 떨어뜨려 놓았다. 그가 다시 날카로운 목소리로 소리쳤다.

"천문!"

소환된 천문이 초만녕의 몸에 박힌 수십 개의 가시넝쿨을 모조리 잘라 냈다!

그러나 이 넝쿨은 인간계에 속한 것이 아니었다. 초만녕은 자기 몸에 박힌 넝쿨이 영력을 흡수하고 있다는 걸 느꼈다. 다른 방법이 없자 그는 어쩔 수 없이 이를 악물고 넝쿨 가지를 잡아 그대로 확 뽑아 버렸다.
순간 피가 콸콸 쏟아졌다.
초만녕은 뽑아낸 가지를 버리고 거친 숨을 내뿜으며, 자신의 영맥과 혈 자리를 눌러 지혈했다. 그가 검고 반짝이는 눈으로 묵연을 보며 쉰 목소리로 말했다.
"이리 내."
"사존……."
"어서 첨주를 이리 내! 나와 바꿔야 한다!"
초만녕이 무섭게 다그쳤다.
묵연은 이제야 '혈시계'가 무엇을 의미하는지 깨달았다. 구진이 백만 년 전에 걸어 놓은 끔찍한 주술이었다. 자신이 전생에 초만녕을 괴롭힌 방법과 어쩌면 이리도 비슷한가!
악독한 마음을 먹고 목적을 위해 수단을 가리지 않는 건 신선이든 악마든 인간이든 귀신이든 다 똑같았다.
혈시계.
이것은 인간의 피를 모래나 물 대신에 통에 넣어 시간을 재는 장치였다.
몸 안의 피가 다 빠지면 시간은 멈춘다.
묵연도 전생에 답선군으로 즉위할 때 초만녕을 물시계로 쓰지 않았던가? 모든 선문을 발아래 둔 자신의 모습을 보여 주고, 눈앞에서 초만녕의 피가 한 방울 한 방울 마를 때까지 떨어지는 모습을 보고 싶어 하지 않았던가?
이번 생에서는 그것이 구진이 만든 혈시계 앞에서 이루어졌다.
그런데 초만녕은 안전한 첨주까지 바꿔 가며 기꺼이 자신을 대신해 혈시계의 십자 틀에 올라가려고 한다. 그는…….

묵연은 마음이 복잡했다.

심지어 아무 생각도 나지 않았다.

어떻게 이럴 수 있지…….

어떻게!

혈시계는 일격을 날렸지만 아무도 잡아 오지 못해서인지, 다시금 넝쿨 가지를 휘두르며 두 번째 공격을 해 댔다.

묵연을 바라보는 초만녕의 눈빛이 미세하게 흔들렸다.

그가 고통에 파리해진 얼굴로 숨을 가늘게 헐떡이며 말했다.

"묵연, 내…… 내 말 들어라. 어서 바꿔."

"……."

"어서……."

초만녕의 얼굴은 달빛에 반사된 갓 내린 눈보다도 하얬다.

"……설마 네놈 대신 또 한 번 공격을 막아 달라는 것이냐?"

"사존……."

넝쿨이 다시금 맹렬하게 공격해 왔다.

그 순간 묵연이 첨주를 건넸고 초만녕은 한 치의 망설임도 없이 손을 뻗었다.

두 사람의 손이 닿으려는 찰나, 묵연의 눈동자가 반짝였다. 그는 내민 손을 재빨리 거둬들여 무방비 상태의 초만녕을 손쉽게 자신의 뒤로 물렸다. 그와 동시에 넝쿨 가지가 묵연을 덮치더니 눈 깜짝할 사이에 소년의 몸을 돌돌 말아 혈시계 앞으로 삽아끌었다.

"묵연!"

수십 개의 넝쿨 가지가 묵연을 휘감고 십자 모양의 교수대에 걸어 단단히 구속했다. 묵연이 고개를 돌려 초만녕을 보면서 입술을 달싹였다.

초만녕은 눈을 동그랗게 떴다.

묵연의 목소리는 크지 않았지만, 그는 똑똑히 들을 수 있었다.

"사존, 저 그렇게…… 형편없지 않아요……."

그러니까 날 포기하지 마.

그러나 마지막 말은 도저히 꺼낼 수 없었다. 전생에서 그는 하고 싶은 말을 하지 않았으나, 이번 생에서는 하고 싶어도 이미 늦어 버렸다.

초만녕이 자신을 포기하든 말든 그건 더 이상 중요하지 않았다.

그저 이 사람에게 빚지고 싶지 않았다.

아둔한 묵연은 초만녕에 대한 자신의 감정이 줄곧 헷갈렸는데, 이런 것 때문에 더욱 혼란스러워지고 싶지 않았다.

이번 생에서 자신이 가슴에 품어야 할 사람은 오직 사매 한 사람뿐이었다.

그래서 묵연은 초만녕과 첨주를 바꾸고 싶지 않았다. 이유 없이 도움받는 것도 마뜩잖았다. 다만…….

다시는 초만녕이 피를 흘리는 모습 따윈 보고 싶지 않았다.

묵미우의 심장도 돌덩이는 아니어서, 자기에게 잘해 주려는 사람이 있다는 건 일생에서 가장 행복한 일이었다.

조금만 잘해 주면, 그는 환하게 웃을 수 있었다.

많이 잘해 주면, 죽으라고 해도 기꺼이 죽을 수 있었다.

빽빽한 넝쿨 가지 속에서 눈부시게 반짝이는 검 하나가 홀연히 나타났다.

한눈에 봐도 신무였다. 예스럽고 수수했으나, 비범한 기개가 느껴졌다. 칼자루에 고릉[#23] 두 줄이 둘러져 있고 검수[#24]는 날카로운 가시 같은 톱날 문양이었다. 가늘고 좁은 검격[#25]에는 소머리와 용 몸체의 부조물이 상감되어 있었고 문양도 복잡하고 화려했다. 칼날 부분인 검신은 푸른 광채로 번뜩였는데, 머리카락도 벨 만큼 예리하고 금속도 자를 만큼 단단했다.

묵연은 검신에 새겨진 '구진'까지는 보았지만, 만병지주의 검이 곧장 그의 가슴을 푹 찌르고 들어온 바람에 '상궁'이라는 글자는 채 보지 못했다.

피가 순식간에 흘러나와 시계 안으로 들어갔다.

이때, 갑작스레 호수 물이 억수같이 쏟아지더니 묵연과 초만녕 사이에 물의 장막을 드리웠다. 모두가 갑자기 퍼붓는 물벼락에 완전히 발이 묶이고 말았다.

사매가 소리쳤다.

"연아! 연아……!"

성난 듯 용솟음치는 물의 장막이 그들의 시선을 가렸기에 장막 너머에 있는 묵연의 상황을 알 수가 없었다. 초만녕은 몇 번이나 물을 헤치고 들어가려고 했으나 번번이 튕겨 나갔고, 결국 온몸이 흠뻑 젖고 말았다. 초조한 얼굴 사이로 새까만 눈동자가 어둡게 빛났고 입술은 그의 참담한 심정을 대변하듯 생기를 잃었다.

#23 고릉 箍棱. 칼자루에 볼록하게 두른 테
#24 검수 劍首. 칼자루 끝부분에 상감된 장식물
#25 검격 劍格. 검신과 칼자루 사이에 손을 보호하기 위한 부분

초만녕이 잔뜩 갈라진 목소리로 외쳤다.

"묵연……!"

목소리는 크지 않았지만, 살 떨릴 정도로 위협적이었다. 정작 초만녕 자신은 깨닫지 못했지만, 오히려 흠칫 놀란 사매가 곁눈질로 그를 바라볼 정도였다. 늘 차분하고 태연자약한 사존이 초라하게 비에 흠뻑 젖어 있었다. 길고 촘촘한 속눈썹은 잔잔하게 떨리고 있었고 억누를 수 없는 안타까움이 표정에서 드러났다.

초만녕은 천문을 소환했다. 눈썹이 팽팽하게 당긴 활시위처럼 잔인하게 휘어졌다. 사매는 불안한 마음에 그를 잡아당기며 소리쳤다.

"사존, 안 돼요! 들어가시면 안 됩니다!"

초만녕은 사매의 손을 뿌리치고 칼날과 같은 예리한 눈빛으로 조용히 결계를 치더니 고집스럽게 앞으로 걸어갔다. 그러나 물의 장막은 금성호의 천지 영력을 품고 있어서 뚫리지 않았고, 오히려 수만 개의 화살이 되어 살과 뼈에 파고들었다.

초만녕은 이미 중상을 입은 데다 방금 입은 충격까지 더해져 제대로 서 있을 수가 없었다. 가슴을 움켜잡고 간신히 버티다가 결국 파리해진 얼굴로 한쪽 무릎을 꿇었다. 등에 난 상처가 터져 피가 새어 나왔다.

사매는 얼굴을 타고 흐르는 게 물방울인지 자신의 눈물인지 알지 못한 채 고통스럽게 소리쳤다.

"사존! 어…… 어찌 이러세요……."

"어찌 이러다니? 장막 너머에 묵연이 아닌 너나 설몽이 있었어도……."

초만녕이 엄한 목소리로 말했다.

"난 똑같이 했을 거다……."

극심한 고통에 미간이 구겨졌고 더 이상 말을 잇지 못했다.

바로 그때, 물의 장막 너머에서 검광이 맹렬히 뻗어 나오더니 마치 두부를 자르듯 장막을 둘로 갈랐다.

검기는 이상하리만치 예리하고 매서웠으며 위치 역시 한 치의 치우침도 없었다. 검기가 사매가 서 있는 곳까지 치달아 그를 베려던 찰나, 초만녕이 모든 영력을 동원해 소매를 휘두르며 보호 결계를 쳤다. 다행히 사매를 결계 안에 보호하는 데는 성공했으나 힘을 너무 많이 소진한 바람에 기침과 함께 피를 토했다.

높고 청량한 남성의 목소리가 천천히 울려 퍼지며 신무고 안에서 메아리쳤다.

– 나는 무기의 신, 구진상궁이다. 이 쥐새끼 같은 것들이 감히 신무의 금지 구역에 난입하다니! 어찌 이리 무엄한가!

43장 본좌는 그대가 올 줄 알았다

설몽이 하늘을 보며 분통을 터뜨렸다.

"이 빌어먹을 천신 놈아! 눈깔 삐었어? 우리가 언제 무단 침입했다고 그래? 우린 납치된 거야! 똑바로 보라고!"

사매가 말했다.

"소용없어요. 이건 구진상궁이 남긴 음성이에요. 그의 진신(眞身)은 아예 이곳에 없어요. 가짜 구진이 적심류를 혼란에 빠뜨려 우리를 침입자로 판단하게 만든 것 같아요."

그 목소리가 계속 말했다.

– 세상에서 신무를 가질 수 있는 자는 선함과 강인함을 알아야 하고, 망상에 빠지거나 판단력이 흐려져서는 안 된다. 너희는 이곳에 들어온 이상, 시험을 거쳐야 한다. 시험에 통과하면 너희는 무탈할 것이고 신무도 손에 넣게 될 것이다. 그러나 사리사욕만 가득하고 심성이 강인하지 못하면, 너희는 신무의 주

인이 될 수 없다!

초만녕은 핏자국이 남은 입술을 달싹이며 차갑게 말했다.

“선함이라……. 사람을 잡아서 혈시계로 삼는 게 당신이 말하는 선함입니까?”

구진상궁이 듣지 못한다는 건 뻔히 알았지만 화가 나서 견딜 수가 없었다. 한 글자 한 글자 내뱉을 때마다 호흡이 무거웠고 상처가 벌어져 더 아팠지만, 야멸찬 입을 멈출 수는 없었다.

그러거나 말거나 목소리는 신무고 안에서 계속 울려 퍼졌다.

– 너희의 심성을 시험할 것이니라. 너희는 곧 적심류의 아름다운 환각에 빠질 것이다. 환각에서 제때 깨어나지 못하면, 너희 동료는 몸속의 피가 다 빠져 죽게 될 것이다.

이 말에 세 사람 모두 사색이 되었다.

사매가 웅얼거렸다.

“이게 무슨…….”

한마디로 자신들이 곧 환각에 빠질 거란 얘기였다.

때맞춰 깨어나지 못하면, 그들 셋은 영원히 단꿈에 빠지고 묵연은 현실에서 피를 흘리며 죽는다는 것 아닌가?

설몽이 실소를 터뜨리며 이내 바락바락 악을 썼다.

“네가 무슨 신선이냐! 수련해서 당신 같은 신선이 된다면, 이 몸은 평생 검을 잡지 않을 거다!”

초만녕도 분노했다.

“정말이지 황당하군!”

“사존!”

사매가 안절부절못하며 그를 말렸다.

"진정하세요. 상처가 벌어져요."

그런데 구진상궁 이 썩을 놈이 갑자기 시를 읊기 시작했다.

– 평평한 땅에 물을 쏟으면 동서남북으로 각자 흘러가네. 사람도 운명이란 게 있는데 어찌 걸으며 탄식하고 앉아서 근심하는가. 술을 따라 마음을 달래고 잔을 들어 '행로난'을 멈추노라. 마음이 목석이 아닌데 어찌 감회가 없으리오. 말을 삼킨 채 주저하며 감히 꺼내지 않는 것뿐이라네.

설몽은 화가 나 쓰러지기 일보 직전이었다.

"뭐라고 지껄이는 거야!"

사매가 설명했다.

"포조가 지은 〈의행로난〉이라는 시예요. 의미는 이래요. 사람마다 각자의 운명이 있는데, 어째서 원망하고 탄식하느냐. 술로 마음을 달래며 고된 세상만사 노래를 멈추자. 사람의 마음은 목석이 아닌데, 감정이 없을 수 있을까. 다만 하고 싶은 말이 있어도 참고 하지 않는 것뿐이다."

구진상궁이 길게 한숨을 쉬었다.

– 이 한없이 넓은 세상에 평생의 단꿈을 포기하고 남을 돕는 사람이 몇이나 되려나? 세상사 살생이 끊이지 않고 전쟁은 멈추지 않는구나. 신무가 교활한 자의 손에 넘어가도 이 역시 모두 나의 업보인 것을. 무기를 만든 죄업을 또 어찌 달래려나…….

별안간 신무고가 캄캄해졌다. 허공을 날아다니던 주조용 파편도 동작을 멈췄다. 둥근 천장에서 희미한 빛이 서서히 밝아지더니 은은한 별빛처럼 지면을 비추었다.

허공에서 속삭이는 소리가 들렸다.

– 잠들어라…….

부드럽고 영롱한 빛이 사람의 마음을 홀린 것인지, 내공이 얕은 사매와 설몽은 금세 깊은 잠에 빠졌다.

– 잠들어라…….

초만녕은 이를 굳게 다물고 버티려고 애썼지만, 태초신의 힘을 막기에는 역부족이었다. 결국 묵직하게 덮쳐 오는 잠기운을 떨쳐 내지 못한 채 잠에 빠져들었다.

신무고.

혈시계로서 유일하게 깨어 있던 묵연이 기침하며 피거품을 토했다. 기세가 한풀 꺾인 폭포 사이로 잠에 빠진 세 사람이 어렴풋이 보였다.

초만녕, 사매, 설몽 모두 깊이 잠들어 있었다.

묵연은 구진의 말을 듣고 이들 중 한 사람이 제때 일어나야만 주술을 깨고 자신 역시 살 수 있다는 사실을 알게 되었다.

그러나 시간이 지나면서 의식은 점차 흐릿해졌고 몸도 조금씩 차가워졌다. 여전히 아무도 잠에서 깨지 않았다.

인과응보인가? 전생에 초만녕을 그리 대한 대가로 이번 생에 자신도 피가 모조리 빠져나가는 기분을 맛보는 것일 수도.

정말 우습군.

그들 중 인생에서 가장 아름다운 꿈을 버리고 가장 얻고 싶은 것도 포기하고 자신을 구해 줄 사람이 누가 있겠는가?

설몽은 절대 불가능했다.

초만녕은…… 됐다. 생각하고 싶지도 않았다.

만약 있다면, 아마도 사매이리라.

그가 가물거리는 정신을 부여잡고 생각에 골몰했다. 하지만 이미 많은 피를 흘린 터라 의식이 빠르게 흐릿해졌다.

묵연이 고개를 떨구고 발아래를 보았다. 혈시계 바닥에 떨어진 피가 안에 있던 물에 희석되어 담홍색 물결을 이루었다.

묵연은 문득 궁금했다. 자신도 구진상궁의 환각에 빠진다면, 과연 무엇을 보게 될까?

투명하고 먹음직스러운 물만두, 사매의 부드러운 미소, 초만녕의 칭찬 한마디, 그리고 사생지전에 처음 왔을 때 산과 들에 만발한 해당화가 바람에 나부끼던 풍경…….

"묵연……."

누군가가 자신을 부르는 소리가 들렸다.

묵연은 여전히 고개를 축 늘어뜨린 채, 자신은 정신을 잃고 이미 환각에 빠진 거라고 생각했다.

"묵연."

"……."

"묵연!"

환각이 아니다!

그가 얼른 고개를 들었다.

눈앞에 등장한 얼굴에 그의 동공이 곧장 수축되었다.

묵연은 목청이 찢어져라 소리쳤다.

"사매!"

사매였다!

환각에서 깨어난 사람은 아름다움을 버리고 행복을 포기했으며, 모든 것을 이루었음에도 자신을 기억해 주었다.

사매였다…….

묵연은 폭포를 뚫고 자신에게 걸어오는 가냘픈 소년을 보며 울컥하고 목이 멨다.

"사매…… 난……."

무슨 말을 해야 좋을지 몰랐다. 묵연이 눈을 감고 잔뜩 쉰 목소리로 말했다.

"고마워……. 꿈속에서도…… 날 기억해 줘서……."

사매는 물을 건너온 바람에 옷이 흠뻑 젖어 칠흑같이 까만 눈동자가 더 도드라져 보였다. 그의 얼굴은 묵연과 처음 만났을 때처럼 따사로웠고, 전생에 여러 번 꿈속에서 보았던 것처럼 온화했으며, 온몸이 차갑게 식어 갈 때 잠시나마 떠올린 그 모습처럼 해사했다.

사매가 말했다.

"바보같이, 뭐가 고맙다는 거냐."

그가 가까이 다가오고 나서야 묵연은 피투성이가 된 그의 발을 발견했다.

언제부터인지 바닥이 뜨겁게 달궈져 있었다. 구진상궁은 동료를 위해 어디까지 견디는지 시험하려는 듯 이제 막 달콤한 환상에서 빠져나온 사람에게 잔혹한 고통을 선사했다.

사매의 신발은 이미 불에 타서 너덜해진 상태였다. 바닥은 가만히 있으면 잠잠했으나 앞으로 가려고만 하면 발밑에서 화르르 하고 불길이 일어났다. 바닥의 온도는 사람이 걸어가지 못할 정도로 높은 건 아니었지만, 사람에게 감당할 수 없는 극한의 고통을 안겨 주었다.

그러나 이 따뜻한 사람은 이미 끔찍한 고통을 겪었음에도 그저 슬쩍 보고는 더욱 흔들림 없는 눈빛으로 한 걸음 한 걸음 앞으로 걸어왔다.

"묵연, 조금만 참거라."

그가 말했다.

"곧 구해 주마."

그의 눈빛을 마주한 순간, 묵연은 '오지 말라'는 말이 소용없으리란 걸 직감했다.

눈빛은 확고했고 의지에 차 있었다.

사매의 이런 표정은 지금껏 한 번도 본 적이 없었다.

묵연이 조금이라도 차분하게 생각했다면 무언가 석연치 않음을 느꼈을 것이다.

사매는 언제나 그를 '연아'라고 불렀다. 그가 언제 '묵연'이라고 부른 적이 있었던가?

그는 사매가 자길 구하러 왔다는 생각에만 빠져 눈앞의 이 사람이 사매가 아니라는 사실은 조금도 눈치채지 못했다.

그는 초만녕이었다.

고대의 버드나무가 펼친 세 번째 법술, 바로 적심이었다.

적심은 바로 사람과 사람 사이의 영혼을 바꾸는 것이었다.

초만녕은 환각에서 발버둥 치다 깨어났을 때 자신과 사매의 영혼이 바뀌었다는 사실을 알게 되었다. 적심류의 법술 때문에 그의 영혼이 사매에게 들어갔으니, 사매의 영혼도 아마 그의 몸에 있을 것이다. 다만 사매는 의식을 차리지 못했기에 애초에 자신의 몸이 바뀌었다는 사실조차 모를 터였다.

초만녕이 설명하기도 전에 진상을 알지 못하는 묵연은 눈앞에 있는 사람을 사매로 착각했다.

묵연은 자신이 죽음을 지나서도 그를 잊지 못하는 것처럼 사매도 고통을 참고 자신을 구하러 오리라 믿었다. 사람은 저마다 자기만의 고집이 있지 않은가.

그러나 이건 너무 잔인했다.

마침내 혈시계 앞에 도착한 초만녕은 묵연을 구하기 위해 높다란 버드나무 넝쿨을 기어올랐다. 그런데 넝쿨에서 갑자기 불꽃에 휩싸인 가늘고 뾰족한 가시가 툭툭 튀어나오기 시작하는 것이 아닌가.

예상치 못한 상황에 초만녕은 손이 찔려 화끈거렸다. 아랑곳없이 올라가려고 했지만 사매의 체력과 정신은 아직 내공이 부족한 상태라 금세 아래로 미끄러졌다. 손 전체가 가시에 찔려 터지고 갈라졌다.

"……!"

초만녕은 속으로 욕을 하며 통증에 미간을 찌푸렸다.

사명정 이 녀석의 몸은 어떻게 돼먹은 거냐!

묵연이 소리쳤다.

"사매!"

초만녕은 쓰러져 땅에 무릎을 찧었다. 땅에 닿은 살갗이 즉시 타들어 갔지만, 그는 미간만 찡그릴 뿐 전처럼 이를 악물고 비명조차 지르지 않았다.

이러한 모습은 초만녕의 얼굴에서나 고집스럽고 독하게 보이지, 사매처럼 아름다운 얼굴에서는 오히려 애처롭고 가련해 보였다.

사람은 역시 다른 사람과 비교하면 안 되는 거였다.

"사매……."

묵연이 입을 열었다. 눈물이 뚝뚝 흘러내렸다.

심장이 갈기갈기 찢기는 것 같았다. 흐릿한 시선 사이로 연약한 몸이 눈에 들어왔다. 그토록 가녀린 사람이 버드나무 가지를 하나씩 잡고서 천천히 나무를 타고 올라왔다.

뾰족뾰족한 가시가 그의 손을 찌르고 뜨거운 화염이 그의 피와 살을 태웠다.

그가 지나온 곳마다 얼룩덜룩한 핏자국으로 물들어 갔다.

눈을 감은 묵연은 비통한 목소리로 울먹이며 낮게 읊조렸다.

"사…… 매……."

그가 다가왔다. 묵연은 그의 눈빛에서 고통이 스치는 것을 보았다. 자신의 목소리조차 그에게는 고통인 듯, 위태롭고 힘겨워 보였다.

그래서인지 다부진 표정과는 다르게 눈빛은 거의 애원에 가까웠다.

"날 부르지 마."

"……."

"묵연, 조금만 참아. 내가…… 널…… 구해 줄 테니……."

말이 떨어지는 순간, 그의 눈빛이 단호하게 빛났다. 마치 칼집에서 뽑은 예리한 검처럼 청아한 얼굴과 어우러져 이루 말할 수 없을 정도로 아름다웠다.

초만녕이 장포 자락을 휘날리며 혈시계까지 단숨에 올라왔다.

그는 노랗게 변한 낯빛으로 쓰러질 듯 비틀거렸다. 숨 쉬는 것 말고는 시체와 다를 바가 없었다.

지금 묵연은 자신이 피가 말라 죽는 것보다 그가 이런 고초를 겪는다는 사실이 더 고통스러웠다.

그의 목울대에서 산산이 조각난 소리가 들렸다.

"미안해."

초만녕은 그의 미안함이 자신을 향한 것이 아님을 알고 있었다. 설명하고 싶었지만, 묵연의 가슴에 박힌 구진상궁의 은남색 패검이 눈에 밟혔다. 넝쿨의 영력은 아무래도 이 패검에서 나오는 듯했다. 초만녕은 묵연이 놀라 상처가 더 깊어질까 봐 '사매'인 척하고 물었다.

"묵연, 날 믿어?"

"믿어."

전혀 주저함이 없었다.

초만녕은 눈을 치켜뜨고 그를 한번 본 후에 칼자루를 잡았다. 이 장검은 심장 바로 옆에 있어 자칫 잘못 뽑으면 묵연을 죽음으로 내몰 수 있었다.

"……."

초만녕의 손이 가늘게 떨렸다. 그는 검을 잡은 그대로 꼼짝하지 않았다.

묵연은 발개진 눈으로 피식 웃으며 말했다.

"사매."

"……응?"

묵연이 말했다.

"……나 죽어?"

"……아니."

"내가 죽는 거라면, 죽기 전에…… 한 번만 안아 봐도 될까?"

말은 무척이나 조심스러웠고 물기를 머금은 눈동자는 촉촉하게 빛이 났다. 이 모습에 초만녕의 마음도 순간 약해졌다.

하지만 묵연 눈에 비친 사람이 자신이 아닌 다른 사람임을 인지하자 다시금 얼어붙었다.

초만녕은 마치 자신이 경극 무대에 나오는 보잘것없는 어릿광대처럼 느껴졌다. 이 어릿광대는 경극의 주연 배우인 청의(青衣), 화단(花旦), 소생(小生)의 수수[#26]에 가려진 채 누구에게도 관심 받지 못했다.

이 감동적인 무대에서 초만녕은 눈에 띄지 않는 단역에 불과했다.

아니면 흉측한 검보 위에 묵으로 그린 미소를 띠고 타인의 희로애락과 정서를 돋보이게 하는 게 제 역할일 수도 있었다.

이 얼마나 우스운가.

사정을 모르는 묵연은 초만녕의 눈빛이 흔들리자 사매가 내켜하지 않는다고 생각하고는 얼른 말을 보탰다.

"한 번만, 한 번만 안아 볼게."

초만녕이 들릴 듯 말 듯 탄식을 터뜨렸다.

"사실 난……."

"응?"

#26 수수 水袖. 경극 의상에서 소매를 길게 붙인 덧소매

"……됐다."

초만녕이 말했다.

"아무것도 아니다."

그는 검을 건드릴까 봐 너무 가깝지 않게 다가가서는 손을 뻗어 묵연의 어깨를 살살 붙잡았다.

묵연이 그의 귓가에 속삭였다.

"사매, 깨어나 줘서 고마워. 꿈에서도 날 기억해 줘서 그것도 고맙고."

초만녕이 눈을 내리깔자 속눈썹이 나비처럼 파르르 흔들렸다. 그가 초연하게 웃으며 말했다.

"고마워할 필요 없다."

잠깐 있다가 다시 입을 열었다.

"묵연."

"응?"

초만녕은 여전히 꿈속인 듯 그를 안고 머리를 쓰다듬으며 옅은 탄식을 내뱉었다.

"그거 아느냐? 너무나 행복한 꿈은 현실일 리가 없다는 걸."

말이 끝나자마자 두 사람의 포옹도 마치 잠자리가 수면을 스치고 날아가듯 짧게 끝이 났다.

묵연이 눈을 들었다. 사매의 말뜻을 이해하진 못했지만, 이 짧은 포옹은 사매의 호의였고 자신에게 준 사탕이었다.

새콤달콤하지만 혀끝에 닿았을 때 떫은맛이 퍼지는 그런 사탕 같았다.

검을 뽑는 순간 핏방울이 바람에 흩날리는 해당화처럼 사방으로 튀었다.

묵연은 심장에 극심한 고통을 느꼈다. 곧 죽겠구나, 그런 생각이 들었을 때 수만 가지 상념이 머릿속을 어지럽혔다. 그가 불쑥 입을 열었다.

“사매, 사실 나 줄곧 사매를 좋아했어. 사매는……?”

패검이 땅에 떨어지는 소리와 함께 넝쿨이 순식간에 풀어지더니 둥근 천장의 폭포도 뚝 하고 멈췄다. 신무고도 금세 고요해졌다.

줄곧 사매를 좋아했어.

사매는……?

체력이 한계에 다다르자 묵연의 눈앞이 돌연 깜깜해졌다.

쓰러지는 순간, 피로 물든 손이 그를 덥석 잡았다. 묵연은 사매의 품 안으로 쓰러졌다. 착각이었을까. 묵연의 눈에, 사매가 눈썹을 살짝 찡그리자 눈가에서 눈물이 미끄러지는 것이 보였다.

사매의 목소리가 희미하게 들렸다.

“나도 그래.”

“!”

착각이겠지. 내 고백을 받아 준 거라면 사매의 얼굴이 이토록 슬퍼 보일 리가 없을 테니까.

“나도…… 널 좋아한다.”

끝내 의식이 사라졌다. 묵연은 정신을 잃고 말았다.

44장 본좌는 깨어났다

묵연이 눈을 떴을 때 자신은 여전히 신무고 안에 있었다.

꽤 오래 잔 것 같은데 시간은 그리 많이 지나지 않았고, 심지어 찰나의 시간인 듯도 했다.

법술을 풀어서인지 그가 일어났을 때 땅에 누워 있긴 해도 몸에는 생채기 하나 없었다. 지독한 상처와 낭자한 피는 마치 악몽을 꾸다 깬 것처럼 아무런 흔적도 남기지 않고 사라진 뒤였다.

묵연은 놀랍고 기뻤다. 사매는 어느새 또 쓰러져 있었지만, 그 역시 아무런 상처도 없어 보였다.

구진상궁의 시험에 통과해 환각도 사라지고 그동안 생긴 상처도 원래대로 회복된 것일까?

…….

다시 생각해 보니, 구진상궁은 사람을 해치고 싶었던 게 아니었다. 오히려 이렇게 해야 시험의 취지에 잘 들어맞았다. 다만 묵연은 구사일생으로 살아남았다는 생각에 안도하면서도 여전히 얼떨떨했다.

네 사람 중 묵연이 가장 먼저 깨어났다.

그다음은 사매였다. 사매가 천천히 눈을 뜨자 묵연은 기쁜 마음에 다가가 호들갑을 떨었다.

"사매! 우리 무사해! 무사하다고! 나 좀 봐!"

사매의 눈빛이 처음에 흐리멍덩했다가 점차 또렷해졌다. 그가 눈을 동그랗게 뜨고 말했다.

"연아? 너……."

말을 마치기도 전에 묵연이 그를 와락 끌어안았다.

사매는 멈칫했으나 이내 그의 어깨를 다정하게 토닥였다.

"왜 그래……."

"미안해. 나 때문에 그런 고통을 겪게 해서."

사매가 어리둥절해하며 말했다.

"사실 별거 없었는데, 뭐. 난 그냥 잠만 자다 일어났는걸."

묵연이 말했다.

"그래도 진짜 아팠잖아!"

"……뭐가 진짜 아파?"

이때, 설몽도 일어났다. 꿈에서 무엇을 보았는지 고함을 지르며 벌떡 일어났다.

"이 미친놈! 감히 날 건드려?"

사매는 설몽이 깨어난 걸 보고 다가갔다.

"소주님."

"아…… 네가 어떻게? 어떻게 온 거야?"

설몽은 자신이 아직도 꿈속에 있다고 생각했다.

기분이 좋아진 묵연은 설몽을 대하는 태도도 사뭇 친근했다. 그가 웃으며 사정을 설정했고, 그제야 설몽도 정신을 차렸다.

"다 꿈이었군……. 그것도 모르고 난……."

설몽이 민망함을 감추기 위해 짧게 헛기침을 했다. 불현듯 넷 중에서 가장 절륜하신 초만녕이 여태 일어나지 않았다는 사실을 깨닫고는 화들짝 놀랐다.

"사존은 어째서 아직도 안 깨셨지?"

세 사람은 초만녕에게 다가가 상처를 살펴보았다. 구진상궁은 환각 안에서 입은 부상만 회복하도록 법술을 걸어 놓았기에 환각이 시작되기 전 다친 어깨는 여전히 엄청난 피로 흠뻑 젖어 있었다.

묵연이 한숨을 내쉬었다.

"좀 더 기다려 보자."

향 한 대가 다 탈 정도의 시간이 흐르고 나서야 초만녕이 깨어났다.

그가 가늘고 긴 봉안을 천천히 떴다. 새하얀 함박눈이 내린 것처럼 공허하고 서늘한 눈이었다. 한참 시간이 흐르고 나서야 눈동자가 움직이더니 묵연에게로 시선이 머물렀다.

하지만 초만녕도 설몽이 그랬던 것처럼 금방 정신을 차리지 못한 채 묵연을 바라보며 천천히 손을 뻗었다. 그가 꽉 잠긴 목소리로 말했다.

"너……."

묵연이 대답했다.

"사존."

그의 목소리를 듣자 초만녕의 손이 허공에서 멈칫했다. 창백한 얼굴에 어렴풋이 혈색이 돌아왔고 눈빛도 생기를 되찾기 시작했다.

"음……."

"사존!"

설몽이 달려와 묵연을 밀치고 초만녕의 손을 잡았다.

"사존, 어떠세요? 괜찮으세요? 한참을 깨어나지 못하셔서 걱정되어 죽는 줄 알았습니다."

초만녕은 설몽을 보고 살짝 얼떨떨했지만, 옅은 안개가 걷히듯 눈빛이 서서히 되살아났다. 다시금 묵연을 자세히 살펴보니, 그의 시선은 자신을 향해 있으면서도 손은 사매의 손을 꽉 잡은 채 떨어질 줄을 몰랐다.

"……."

완전히 정신을 차린 초만녕의 얼굴에 쓸쓸한 표정이 떠올랐다. 하지만 메말라 버린 연못 안 물고기처럼 마침내 그 표정마저 어느새 사라지고 말았다.

사매가 걱정스럽게 물었다.

"사존, 괜찮으세요? 어깨는요? 아프지 않으세요?"

초만녕이 담담하게 말했다.

"괜찮다. 안 아프다."

그는 설몽의 부축을 받으며 천천히 몸을 일으켰다. 묵연은 문득 의문이 들었다. 초만녕이 다친 곳은 어깨인데, 어째서 일어날 때 다리를 다친 것처럼 잘 걷지 못하는 거지?

묵연은 초만녕이 환각에서 일어난 일에 대해 모른다고 생각해 다시금 자초지종을 짧게 설명했다.

사매는 처음 그의 말을 들으면서도 의아했는데, 다시금 설명을 듣자 더욱 석연치 않아 결국 참지 못하고 입을 열었다.

"연아, 내가 널 구했다고?"

"응."

사매는 잠시 침묵하고는 천천히 이어 말했다.

"그런데 난…… 계속 꿈을 꾸고 있었어. 한 번도 일어나지 않았는걸."

묵연은 놀랐지만, 바로 웃으며 말했다.

"농담하지 마."

"농담이 아냐. 난…… 우리 부모님 꿈을 꿨거든. 살아 계신 꿈. 그 꿈이 정말 실제 같아서 난…… 부모님을 포기할 수 없을 것 같더라. 그래서 정말……."

그가 말을 마치기도 전에 초만녕이 덤덤히 말했다.

"그리 이상한 일도 아니다. 아마 구진의 환각이 네가 묵연을 구할 때 기억을 지운 게 아닐까 싶다. 어쨌든 나와 설몽은 묵연을 구한 적 없고 묵연 역시 네가 구했다고 하니, 네가 맞을 게다."

"……."

"아니면 뭐겠느냐? 구진이 사람의 영혼을 바꾸는 능력이라도 있단 말이냐?"

초만녕이 냉랭하게 말했다.

초만녕도 굳이 남 좋은 일은 하고 싶지 않았다. 그도 묵연에게 진실을 알려 주고 싶었다. 묵연이 환각 속에서 만난 사람이 사매가 아닌 영혼이 바뀐 자신이라는 사실을 알아차리길 바랐다.

그러나 묵연이 마지막 사매에게 했던 고백은 초만녕을 무척 거북하게 했다.

깨어났을 때 묵연의 까맣고 반짝이는 눈동자를 보았다. 그 순간 초만녕은 묵연의 마음속에 자신의 자리가, 그래도 조금은 있지 않을까 기대했었다.

이런 비루한 기대조차도 이토록 오랜 시간이 흐른 뒤에 가까스로 슬쩍 꺼내 본 연약한 감정이었다.

하지만 그건 혼자만의 착각이고 생각일 뿐이었다.

그가 흘린 피와 받은 상처에 대해 묵연은 알지 못했고, 알 필요도 없었다.

초만녕은 바보가 아니었다. 말은 하지 않았지만, 묵연이 다정다감하고 아름다운 사매를 얼마나 소중하게 생각하는지 이미 알고 있었다. 그러니 어찌 자신이 눈에 들어오겠는가. 묵연의 눈에 자신은 그저 한구석에 처박힌, 먼지가 수북이 쌓인 목각 인형이나 다름없었다.

그러나 묵연의 입으로 '줄곧 좋아했다'는 고백을 들었을 때, 초만녕은 철저한 패배에 낭패감마저 들었다.

그때 환각 속에서 이루어진 포옹은 묵연에게는 사매가 준 선물이었다.

하지만 묵연은 영원히 모를 것이다. 그의 포옹이 어떤 측은한 사람에게도 선물이 되었다는 사실을.

초만녕은 애초부터 묵연이 자신을 좋아할 거라는 기대 따윈 없었다. 그래서 이 감정을 최대한 억눌러 왔다. 묵연의 애정을 갈구하지 않았고 묵연을 곤란하게 하지도 않았으며 가볍게 다가가지도 않았다.

무모한 사랑과 타오르는 미련은 오직 청춘의 토양에서만 자란다. 젊었을 땐 초만녕도 자신과 달빛 아래서 술 한잔 마실 사람이 생기기를 바랐다. 그러나 아무리 기다려도 그런 사람은 나타나지 않았다. 그렇게 하루하루를 넘기면서 수진계에서 그의 명성과 지위도 높아졌다. 많은 사람들이 그를 우러러보면서도 몰인정하다고 평가했다. 나중에는 초만녕도 이런 세간의 시선과 평가를 받아들이게 되었다.

그는 고치 안에 숨어 살아가는 듯했다. 세월이 그 고치 위에 실을 토했다. 처음에는 고치 안에서 스며드는 빛을 볼 수 있었지만, 일 년 또 일 년이 지날수록 실은 많아졌고 고치는 두꺼워졌다. 이제 더 이상 빛이 스며들지 않는 고치 안에는 자신과 어둠밖에 없었다.

그는 사랑을 믿지 않고 하늘에서 무언가 떨어지기를 기대하지 않았으며, 더욱이 무언가를 바라지도 않았다. 그가 천신만고 끝에 온몸이 넝마가 되어 겨우 고치를 물어뜯고 밖으로 나온다 해도, 자신을 기다리는 사람이 없다면 어찌한단 말인가?

그는 묵연을 좋아하지만, 너무 어리고 너무 먼 존재이고 너무 뜨거웠다. 언젠가 그로 인해 온몸이 재가 되어 버릴까 봐 그는 가까이 가고 싶지 않았다.

그래서 최대한 달아날 수 있을 만큼 뒷걸음질 쳐 멀리 도망쳤다.

그런데 대체 자신이 뭘 잘못한 걸까?

단지 아주 작은 기대만 남았을 뿐인데, 이마저도 천지를 뒤덮은 차가운 빗물에 파묻히고 말았다.

"사존, 얼른 저기 좀 보세요!"

설몽이 놀라 외치는 소리에 초만녕은 퍼뜩 정신이 들었다. 목소리를 따라 고개를 돌려 보니 주검지가 다시금 끓어오르고 있었다. 화염 속에서 고목의 수령이 또다시 물을 뚫고 튀어나왔다. 수령의 두 눈은 하얗게 뒤집혀 이미 이성을 잃은 것처럼 보였다. 두 손으로는 구진상궁의 은빛 보검을 받쳐 들고 있었다.

초만녕이 외쳤다.

"도망쳐! 어서!"

두 번 말할 필요도 없이 초만녕과 세 제자들은 즉시 출구 밖으로 냅다 달음질쳤다.

이성을 지배당한 수령은 하늘을 보며 울부짖었다. 온몸을 휘감은 쇠사슬이 흔들려 부딪치는 소리가 크고 날카롭게 울려 퍼졌다. 말을 하는 사람은 없는데, 네 사람 귀에 하나의 똑같은 음성이 동시에 들렸다.

– 저놈들을 잡아! 한 놈도 놓치지 마!

설몽이 사색이 된 얼굴로 말했다.

"누가 내 귀에 대고 말하는 것 같아!"

초만녕이 말했다.

"무시해. 적심류의 미심결이다. 무조건 도망가야 해!"

이 말에 세 사람은 적심류가 정신을 차렸을 때 일러 준 조언을 떠올렸다. 미심결은 사람 마음에 있는 탐욕을 건드려 자기들끼리 죽고 죽이게 하는 법술이었다.

아니나 다를까 초만녕 귀에도 소곤대는 목소리가 들렸다.

– 초만녕, 이제 진절머리가 나지 않느냐?

– 일대종사, 만야옥형이라. 이런 인물이 기껏해야 제자를 외사랑 하는 신세라니. 넌 그자를 위해 많은 것을 희생했는데 그자는 아무것도 몰라. 그의 마음에 너 따윈 없지. 오로지 서글서글한 그 사형만 좋아한다고. 네 자신이 가엽지도 않은가?

초만녕의 낯빛이 어두워졌다. 귓가에 울리는 주절대는 소리를 애써 무시하고 출구를 향해 내달렸다.

– 나에게 오라. 이 시조검을 들어 사매를 죽여라. 그러면 너희 둘 사이, 방해물은 없을 것이다. 나에게 오라. 네가 원하는 것을 들어주마. 사모하는 사람이 네게 빠지도록 해 주지. 나에게 오라…….

초만녕이 분노를 터뜨렸다.

"빌어먹을! 썩 꺼져!"

목소리는 저마다 다른 조건을 걸어 사람들 귀를 현혹했다. 그들의 걸음이 느려졌지만, 아직은 유혹을 잘 뿌리치고 있었다. 출구에 가까워질수록 적심류는 더욱 미쳐 날뛰었다. 귓가에 뒤틀리고 일그러진 포효가 들렸다.

– 잘 생각하거라! 이 문을 나서면 다시는 기회가 없어!

스산하고 처량한 소리가 저마다의 귀에서 각기 다른 말로 울려 퍼졌다.

– 초만녕, 초만녕! 자넨 정말 평생을 외롭게 살다 죽을 겐가?

– 묵미우, 이 세상에서 오로지 나만이 기사회생의 묘약이 어디 있는지 알고 있다. 내게 오면 알려 주마.

– 사명정, 네 내면에 있는 갈망을 알고 있다. 나만이 네게 힘

이 되어 줄 수 있어!

– 설자명, 네가 고른 신무는 가짜다! 금성호에서 구진상궁이 만든 무기는 이제 하나밖에 없다. 이리 오너라. 자, 여기 시조검을 주마! 이건 이제 네 것이다! 절세의 신무를 얻고 싶지 않으냐? 하늘의 총아가 되고 싶지 않으냐? 신무가 없다면 넌 영원히 옆 사람을 이기지 못해! 나에게 오너라…….

"설몽!"

묵연은 문득 옆에서 뛰던 사촌 동생이 보이지 않는다는 걸 발견했다.

고개를 돌리니, 설몽은 발걸음을 점차 늦추더니 결국 멈춰 섰다. 그러고는 고개를 돌려 주검지 위에서 오르락내리락 떠다니는 은남색 패검을 바라보았다.

묵연은 모골이 송연해졌다.

그는 설몽이 얼마나 신무를 갖고 싶어 하는지 잘 알고 있었다. 이놈은 자신이 얻은 무기가 가짜라는 사실을 알고 크게 실망했을 게 분명했다. 이럴 때 적심류가 시조검으로 유혹을 해대니, 이보다 더 좋은 미끼가 어디 있겠는가?

"설몽! 저놈 말 믿지 마! 멈춰!"

사매도 채근했다.

"소주님, 어서 가요! 바로 앞에 출구가 있어요!"

설몽이 멍한 얼굴로 고개를 돌려 이들을 보자 귓가에 울리는 목소리가 그를 더 유혹했다.

– 저들이 너를 질투하는 것이다. 네가 신무를 얻는 걸 원하지 않아. 묵미우를 생각해 보거라. 걘 이미 신무를 얻었어. 네가 빈

손으로 돌아가기를 몹시 바라고 있다. 너희 둘은 형제지만, 넌 그놈만 못해. 사생지전의 존주 자리도 그의 차지가 되겠지.

설몽이 중얼거렸다.

"닥쳐."

눈앞에서 묵연이 다급하게 소리치는 듯했지만, 똑똑히 들리지 않았다. 설몽은 그저 머리를 감싸 쥔 채 같은 말만 되풀이했다.

"닥쳐! 닥치라고!"

– 설자명, 신무고에는 네게 맞는 무기가 없다. 지금 이 시조검을 놓치면 앞으로 넌 묵미우의 발아래 머리를 조아려야 할 것이다. 그때 그는 네 존주가 될 것이고 넌 그 앞에 무릎을 꿇고 무조건 복종해야 해! 생각해 보아라. 지금 그를 죽이면 이럴 염려도 없어! 예부터 골육상잔의 참상은 자주 일어났다. 하물며 그는 네 사촌 형일 뿐이지 않으냐! 어째서 망설이느냐! 이리 오너라. 이 검을 네게 주겠다…….

"설몽!"

"소주님!"

설몽이 더는 뿌리치지 않은 채 돌연 눈을 크게 떴다. 놀랍게도 눈동자가 진홍색이었다.

– 이리 오너라……. 너는 하늘의 총아니라……. 만병지주와 어울리는…….

초만녕이 사납게 소리쳤다.

"설몽!"

– 오너라……. 네가 사생지전의 존주가 되어야만 하수진계는 평안을 얻을 수 있다……. 고초를 겪는 이들을 떠올리거라. 네

가 받은 부당한 대우를 기억하거라……. 설자명, 내가 널 도와주마…….

어느새 설몽은 들끓는 주검지 앞까지 다다랐다. 적심류의 영체가 구진상궁의 시조검을 들고 있었다. 여전히 눈동자가 위로 뒤집힌 채 흰자위는 실핏줄로 가득했다.

– 좋아, 이 검을 가져가서 저들을 막아라!

설몽이 후들후들 떨며 은남색 보검 쪽으로 천천히 손을 뻗었다.

– 저들을 죽여라!

– 묵미우를 죽여!

– 얼른…… 아아아!

설몽이 장검을 뽑아 들자 손에서 찬란한 검광이 피어올랐다. 시조검의 검광이 하늘의 총아를 밝게 비추었다. 검광에 흐릿하게 비친 그의 눈동자가 핏빛으로 물들었지만, 오히려 평소보다 더 맑고 순수해 보였다.

그는 시조검의 칼날을 묵연이 아닌 적심류 본체에 겨누고 곧장 심장을 찔렀다!

일순간 대지가 진동하더니 고목이 뒤흔들렸다.

미심결이 깨지자 신무고가 쩍쩍 갈라지기 시작했다.

설몽이 거칠게 숨을 몰아쉬더니 있는 힘껏 현혹에서 벗어났다. 적심류를 노려보는 앳된 얼굴에는 소년의 집념과 순수함이 가득했다. 빛나는 눈빛에서 거만함과 천진함이 동시에 엿보였다.

소위 봉황의 아들을 어찌 무학(武學)의 조예만을 가지고 논하겠는가.

"날 현혹할 생각 마. 우릴 해칠 생각도 말고."

설몽이 숨을 헐떡이며 야멸차게 장검을 뽑았다.

적심류가 비릿한 피를 콸콸 쏟아 냈다. 죽음이 임박해서야 의식이 본체로 돌아왔고 그에게서 났던 악취도 금세 사라졌다.

그가 가슴을 움켜잡고 허물어지는 몸을 간신히 지탱하며 고개를 들고 입을 뻐끔거렸다. 소리는 나지 않았지만, 입 모양으로 뜻이 충분히 전달되었다.

'날…… 막아…… 줘서…… 고…… 맙네…….'

적심류의 본체는 상고의 영(靈)으로, 시조검과 위력이 엇비슷했기에 두 힘이 맞붙자 공멸이 일어났다. 설몽이 들고 있던 시조검도 빛을 잃더니 눈 깜짝할 사이에 잿빛으로 변했다.

동시에 만년 묵은 수령도 쾅 하는 소리와 함께 산산조각이 되어 흩어졌다.

수만 개의 빛이 물결 속으로 흩어져 마치 반딧불이처럼 네 사람의 주변을 빙빙 돌며 춤을 췄다. 잠시 뒤 황금빛이 눈부시게 번쩍하고는 점차 약해지더니 이내 감쪽같이 사라졌다.

사매가 말했다.

"소주님, 빨리요! 여기 곧 무너질 것 같아요!"

대지가 크게 흔들려 한시도 지체할 수 없었다.

설몽이 고개를 돌려 마지막으로 신무고를 한 번 더 보고는 폐물이 된 시조검을 버리고 뛰었다. 그의 뒤에서 눈사태가 일어나는 것처럼 기와가 우르르 무너지고 있었다.

45장 본좌는 아무래도 좀 이상하다

초만녕은 부상을 입었고 나머지 제자들도 녹초가 된 상태였다. 신무고를 빠져나와 좁은 통로에 진입한 그들은 잠시 쉬었다 가기로 했다. 모두가 말없이 각자 서거나 앉은 자세로 본인 혹은 다른 사람의 상처를 봐주며 숨을 가다듬었다.

오로지 설몽만 무슨 생각을 하는지 넋이 나간 얼굴로 머리를 푹 숙이고 있었다.

묵연이 조용히 그를 불렀다.

"설몽……."

설몽은 그 누구도 거들떠보지 않은 채 혼이 빠진 사람처럼 초만녕에게 터덜터덜 걸어갔다. 고개를 들어 입을 떼자 갈라진 목소리가 터져 나왔다.

"사존."

초만녕은 그의 헝클어진 머리카락을 만져 주고 싶었지만, 행동으로 옮기지는 않았다.

"저번에 제가 고른 신무가 가짜입니까?"

초만녕은 말이 없었다.

설몽의 눈가가 벌겋게 달아올랐다. 흑백이 선명한 눈동자에는 실핏줄이 거미줄처럼 퍼져 있었다. 오기와 자부심이 없었다면, 지금 당장 눈물을 흘렸을 것이다.

"그럼 전 영원히 신무를 얻을 수 없는 건가요?"

초만녕은 결국 눈을 감고 낮게 탄식했다.

고요한 통로 안에 초만녕의 쓸쓸한 목소리만 퍼져 나갔다.

"……바보 같은 녀석."

탄식과 체념이 섞인 말에 설몽은 마지막 남은 이성마저 송두리째 뽑혔다. 결국 북받치는 감정을 참지 못하고 초만녕의 품을 파고들어 허리를 껴안고 울음을 터뜨렸다.

"사존…… 사존……."

금성호의 신무를 잃었다는 것은 수진계 최고봉에 오를 자격을 잃었다는 뜻이었다. 이는 모두가 공공연히 다 아는 사실이었다. 속인의 법력에는 한계가 있기에 신무의 도움이 없으면 제아무리 강해도 피와 살로 이루어진 육신일 뿐이었다.

상수진계 문파의 소주들은 선대로부터 신무를 물려받기 때문에 자신의 영력과 완전히 들어맞지 않더라도 결코 무시할 수 없는 강력한 힘을 발휘할 수 있었다. 그러나 설정옹 형제는 자수성가한 경우라서 소주인 설몽에게는 금성호의 신무가 없었다.

따라서 시조검과 적심류의 공멸을 선택한 것은 남보다 우월하고 의기양양했던 과거의 영광을 포기하는 것과 다를 바가 없었다.

초만녕은 아무것도 묻지 않고 대성통곡하는 설몽을 안은 채 묵묵히 그의 머리를 쓰다듬었다. 설몽은 어릴 때부터 응석받이로 자랐기에 여태껏 속상할 일이 없었다. 그가 기억하는 한 살면서 운 적이 없었고, 늘 위세를 떨며 안하무인으로 행동했다.

하지만 지금은 앳된 얼굴이 눈물범벅이 되어, 한 글자 한 글자 내뱉을 때마다 마음이 부스러졌다. 이제 다시는 신무를 갖지 못할 것 같았고, 지난날 쉽게 이룰 것이라 호언장담했던 영웅의 꿈도 한순간에 산산조각이 난 것 같았다.

"설몽."

초만녕이 제자를 안고 다독였다.

호수에서 일렁이는 물결에 초만녕의 하얀 장포가 흩날리고 검은 머리칼이 넘실댔다. 순간 묵연은 가늘게 드리워진 그의 속눈썹 아래로 자애로운 눈빛을 볼 수 있었다. 그러나 물살이 거세지면서 옷과 머리카락이 어지럽게 휘날리고 주위마저 캄캄했기에 초만녕의 옆모습은 더 이상 보이지 않았다.

그저 목소리만 들릴 뿐이었다.

"울지 말거라. 넌 이미 잘하지 않느냐."

다정한 목소리라고 말할 수는 없지만, 초만녕의 입에서 나온 말이라 더없이 따뜻한 한마디였다.

비밀 통로 안에서 네 사람은 각자 생각에 빠진 채 아무도 말을 하지 않았다.

묵연은 차가운 벽에 기대어 초만녕이 설몽을 안고 그의 어깨를 토닥이는 모습을 물끄러미 바라보았다. 문득 언짢은 기분이 들었다.

금성호의 여정.

갈 때는 고운 옷에 준마를 탔었다.

그러나 결국 중영의 상처[#27]만 안고 돌아왔다.

설몽은 지난 십오 년 동안 하늘의 총아로 불렸다.

전도유망했고 위풍당당했다.

그런데 어느 날 모든 것이 무너지고 말았다.

이때부터 그는 긴 세월을 바쳐 찬란했던 십오 년의 영광을 잊어야 했다.

신무고를 나왔을 때 적심류는 호수 아래로 천천히 쓰러지고 있었다. 그 모습은 지칠 대로 지친 태곳적 거인 같았고, 과부[#28]의 죽음 같았으며, 저무는 태양 같았다. 남겨진 인어들은 급변한 상황에 깜짝 놀라 사방팔방으로 줄행랑을 쳤다.

수백만 년 전에 지어진 신무고는 하루아침에 폐허가 되었다.

신수(神樹)가 우지끈 넘어지며 금성호에 세찬 파도를 일으켰다. 웅대한 소용돌이 앞에서 인어들은 잇달아 원래의 거대한 몸으로 변해 살벌하게 몰아치는 성난 파도를 막았다. 순식간에 금성호 안에 물고기들이 날뛰고 어룡이 갑작스레 튀어 오르니, 일개 속인인 묵연 일행은 몸을 가눌 수가 없었다.

묵연이 외쳤다.

"이런, 나갈 수가 없어요!"

말하는 순간 크고 튼실한 교룡의 꼬리가 묵연을 향해 휘둘러

#27 중영의 상처 仲永之傷. 왕안석의 산문 '중영을 불쌍히 여기다(傷仲永)'에서 인용한 것으로, 어릴 때 신동이라 불리던 중영이 훗날 공부를 하지 못해 평범한 사람으로 전락했다는 이야기를 담고 있다.

#28 과부 誇父. 중국 신화 속 거인

졌다. 묵연은 재빨리 움직여 위기를 모면했다.

바로 그때, 흑룡 한 마리가 홀연히 질주하듯 날아왔다. 몸집이 다른 교룡보다 훨씬 컸고 피부를 감싼 새까만 비늘에는 금빛 광채가 감돌았다.

묵연이 화들짝 놀라 말했다.

"망월?"

망월이 길게 포효했다. 전에는 말을 하지 못했던 망월이 뜻밖에도 입을 열었다. 그 목소리는 육중한 종소리와도 같았다.

"내 등에 올라타거라. 적심류가 쓰러졌으니 금성호도 곧 무너질 것이다. 어서! 내가 너희들을 도망치게 해 주겠다!"

선택의 여지가 없던 그들에게는 망월이 아군이든 적군이든 가릴 처지가 아니었다. 곧장 그의 등에 올라탔다. 망월이 네 명을 태우고 무서운 기세로 몰아치는 파도를 뚫고 재빠르게 날아갔다.

"꽉 잡거라!"

말이 떨어지자마자 망월이 성난 파도를 뚫고 하늘로 비상했다. 천근처럼 무거운 급류가 얼굴을 덮쳤다. 물살은 천군만마가 달려드는 것처럼 살과 뼈, 오장육부를 짓눌렀다. 일행은 눈을 뜰 수도, 숨을 쉴 수도 없어 꼼짝없이 용의 척추 뼈만 단단히 붙들었다. 다시 호수 속으로 빨려 들어가지 않으려면 혼신의 힘을 다해야 했다.

겨우 눈을 떴을 때, 그들은 용을 타고 구름 위를 날고 있었다. 아래로 금성호와 육영봉 정상이 보였다. 힘차게 솟구친 수증기가 수만 개의 자잘한 빛으로 쪼개져 거울처럼 반질반질한 망월의 비늘에 우수수 떨어졌다. 삽시간에 안개와 구름이 아지랑이처럼 피어올라 희미한 무지개를 이루었다. 망월이 머리를 빼고 길게 포효하자 온 세상의 빛깔이 바뀌었다.

묵연은 뒤에서 들려오는 설몽의 목소리를 들을 수 있었다. 매서운 바람 속에서도 격앙되고도 아련한 목소리였다. 설몽도 어쨌거나 나이 어린 소년이었기에 쉽게 다른 일로도 근심을 잠시 잊을 수 있었다.

"맙소사! 내가 날고 있어! 내가 용을 타고 날고 있다고!"

망월이 욱영봉 위를 빙빙 돌며 체구를 줄인 다음 천천히 몸을 낮추어 착지했다. 금성호 부근에 내려앉을 때는 몸집이 이미 절반 이상 줄어든 터라 주변의 바위나 초목을 심하게 훼손하지는 않았다. 망월이 몸을 웅크리고 묵연 일행을 조심스럽게 내려 주었다.

네 사람은 고개를 돌려 금성호를 바라보았다. 끝도 없이 펼쳐진 얼음 호수가 녹아 거친 파도가 일어났고 쪼개진 얼음덩이가 파도에 떠밀려 다녔다. 때마침 동쪽에서 아침 해가 떠올랐다. 찬란한 햇빛이 대지를 비추자 금성호로 흘러 들어가는 물살이 물고기 비늘처럼 반짝거렸다.

사매가 깜짝 놀라 말했다.

"저기 교룡을 봐!"

미친 듯이 날뛰던 교룡이 한데 뒤엉킨 채 솟구치는 물보라를 따라 오르내리더니 조금씩 움직임이 잦아들었다. 잠시 뒤 교룡들이 하나둘 바스러지면서 재가 되어 금세 검은 바둑돌로 변했다. 바둑돌은 하나하나 수면 위로 떠올라 허공에서 한데 모였다.

묵연이 혼잣말로 중얼거렸다.

"진롱기국……."

이 호수는 교룡, 생령은 물론이고 심지어 적심류까지도 진롱기국 주술에 걸려 있었다. 놀랍게도 누군가 비밀 장소에 제 몸을 숨기고 모든 음모를 꾸민 것이다!

묵연은 저절로 몸서리가 쳐졌다.

환생한 이후의 세상은 뭔가 이상했다. 어떤 일은 영문도 모른 채 앞당겨져서 일어났다.

전생에서는 그가 열여섯이 될 때까지 진롱기국을 이 정도까지 능수능란하게 다루는 자가 없었다. 그 가짜 구진은 대체 정체가 뭐란 말인가?

설몽이 소리쳤다.

"망월!"

묵연이 고개를 돌렸다. 망월은 엎드린 채 미동도 없었다. 다행히 바둑돌로 변할 조짐은 없었지만, 눈을 반쯤 뜬 모습은 무척이나 쇠약해 보였다.

"……잘했다……. 구진상궁의 금성호는 차라리 없어지는 게 나아. 절대…… 절대 악인의 손아귀에 들어가면 안 돼……."

말을 마치자마자 망월은 전신이 금빛으로 빛나더니 이내 사그라지면서 사람의 형체로 변했다.

"당신은!"

묵연과 설몽이 거의 동시에 말했다.

그들 앞에 있는 망월은 이전에 그들을 신무고 영체에게 이끌었던 백발의 인어였다. 고개를 든 망월의 눈동자에서 기이한 빛이 어룽거렸다.

"그래, 나다."

설몽이 놀라 말했다.

"어, 어째서 우리를 신무고로 안내한 거죠? 우릴 구하려고 한 거예요? 아니면 해치려고 한 거예요? 해치려고 했다면, 어째서 우리를 데리고 호수를 빠져나온 거죠? 구하려고 했다고 해도, 만약 우리가 적심류의 공격을 파하지 못했다면 어쩌려고……."

망월이 눈을 내리깔고 잔뜩 갈라진 목소리로 말했다.

"미안하다. 당시 상황이 어쩔 수 없었다. 내공이 부족한 가짜 구진은 적심류의 영력에 전적으로 의지해 금지 주술을 걸었어. 적심류를 없애야만 그의 주술을 무력화할 수 있었지. 그래서 너희를 그곳으로 보내는 것 외엔 다른 방법이 없었다."

초만녕이 고개를 저으며 다가가 망월에게 치유 법술을 걸었다.

망월이 긴 한숨을 내뱉었다.

"고맙지만, 이럴 필요 없다. 나는 호수의 만물과 마찬가지로 수명이 다되었다. 적심류의 영기로 연명해 왔을 뿐이지. 이제 적심류도 쓰러졌으니 내 명도 곧 끊어질 것이다."

"……."

망월이 말했다.

"생과 사는 제각각 질서가 있기 때문에 억지로 구하면 안 된다. 죽기 전에 금성호의 악몽이 깨진 걸 보았으니, 이미 내 염원은 이루어졌다. 그저 이 일로 너희가 고초를 겪어 미안하고 부끄러울 따름이지."

초만녕이 말했다.

"괜찮습니다. 혹여…… 그 구진상궁 행세를 하는 놈이 누구이며, 목적이 뭔지 아십니까?"

망월이 대답했다.

"그놈 정체는 나도 모른다. 다만, 목적은 적심류의 힘을 얻어 3대 금지 술법을 연마하려는 것이다."

초만녕이 나지막하게 말했다.

"금지 술법을 사용하려면 가공할 수준의 영력이 필요합니다. 고대 수령의 도움이 있다면 확실히 일은 훨씬 수월해지겠네요."

"맞다. 그자도 그렇게 말했다. 고대 영체는 강력한 힘이 있지만 찾기가 극히 어렵다고 하더군. 고서에서 찾은 유일한 단서가 바로 적심류였다."

망월이 잠시 숨을 고르고 말을 이었다.

"사실 그가 나타난 지는 얼마 되지 않았다. 가짜 구진은 금성호를 장악한 후 적심류의 힘을 빌려 호수 안에서 금지 술법인 '환생'과 '진롱기국'을 연마했지."

망월이 한숨을 내뱉었다. 눈빛이 공허하고 흐리멍덩했다.

묵연은 심장이 철렁했다.

역시…… 금성호에서 일어난 일은 전생과 완전히 달랐다. 이런 변수는 얼마 전부터 시작되었다. 대체 어디서부터 잘못된 거지? 어째서 궤적이 모두 바뀐 걸까?

"그자는 살아 있는 것을 조종할 실력이 되지 않았다. 그리하여 호수의 생령을 대량 학살하여 조종하기 시작했지. 그리고 고작 수십 일 만에, 가짜 구진은 호수의 거의 모든 영수를 도륙하고 바둑돌로 만들었다. 남은 몇몇은 시험용으로 사용했지. 나 역시 그중 하나고."

묵연이 물었다.

"그래서 제가 검을 구하러 왔을 때 수면 위로 나오셨군요. 그때 가짜 구진의 조종을 받고 있었고요?"

"아니."

망월이 천천히 눈을 감았다.

"그자는 사람, 요괴, 적심류를 조종할 수는 있어도 나는 조종할 수 없다. 나는 구진상신이 창세시기에 길들인 영수거든. 백만 년 전, 상신께 충성을 바치고자 내 역린에 그분의 낙인을 새겼다. 그때부터 죽어서도 살아서도 주인님에게만 충성하지."

"그렇다면……."

"마지못해 조종당하는 척했을 뿐이다."

망월이 한탄했다.

"그 침입자가 날 완전히 통제하지 못했지만, 구진상신의 낙인은 수백만 년 전에 새겨진 터라 그 효력은 당시의 만분의 일에도 못 미쳤다. 그래서 내 신체의 일부는 가짜 구진의 영향을 받을 수밖에 없었지. 너희를 만났을 때 내가 말을 하지 못한 것도 그자에게 목소리를 지배당했기 때문이었다. 내 의지대로 되지 않았어. 그의 주술이 풀리고 나서야 말을 할 수 있게 되었지."

묵연이 물었다.

"그럼 가짜 구진은 당신이 위장한 걸 알아요?"

"모를 것 같구나."

망월이 묵연을 보며 말했다.

"그의 계획은 오늘 너의 영핵을 빼앗아 적심류에게 바치는 거였어. 하지만 내가 너희를 신무고로 돌려보내 그 버드나무를 쓰러뜨리게 할 줄은 몰랐을 것이다. 날 경계하지 않았으니까."

초만녕이 불쑥 말했다.

"경계하지 않은 게 아니라 힘이 미치지 못했을 수도 있습니다."

"어찌 그리 생각하느냐?"

초만녕이 말했다.

"제 생각이지만, 그 가짜 구진이 좀 수상합니다."

46장 **본좌의 용이여**

그의 말에 묵연도 절로 고개가 끄덕여졌다.

사존 말이 맞았다.

가짜 구진의 몸에서는 희미한 어떤 냄새가 났다. 묵연은 자신이 착각했다고 생각했지만, 초만녕도 느낀 이상 착각일 가능성은 거의 없었다.

시체의 냄새였다.

그 구진상궁은 가짜일 뿐만 아니라 산 사람도 아니었다!

다시 말해, 배후의 인물이 시체를 만병지주로 둔갑시켜 자신의 꼭두각시로 삼은 것이다. 심지어 직접 모습을 드러내지도 않고 말이다.

생각에 골몰하던 중 갑자기 음산한 웃음소리가 금성호 쪽에서 들려왔다.

이어서 핏기 없는 창백한 형체가 화살처럼 휙 하고 호수에서 튀어나왔다. 공중으로 뛰어오른 구진상궁의 모습과 동작은 소름이 돋을 만큼 끔찍했다. 온몸의 피부가 쪼글쪼글해진 것이, 마치 탈피 중인 뱀이거나 고치를 뚫고 나오는 누에 같았다.

"과연 만야옥형, 북두선존이군. 초 종사, 명성대로야."

가짜 구진은 맑은 호수 물 위에 둥둥 떠 있었다. 가면이 벗겨진 것 같은 얼굴에 뒤틀림에 가까운 미소가 걸렸다.

"종사 같은 인물을 유풍문에서 어찌 잡지 않았을까?"

초만녕이 차갑게 물었다.

"너는 누구냐?"

"내가 누군지는 알 필요 없다."

가짜 구진이 말했다.

"너한테 내 정체를 밝힐 생각도 없고. 너흰 그저 날 진작에 죽었어야 할 놈이 지옥에서 기어 나와 너희 같은 정인군자의 목숨을 앗아 가러 온 사람 정도로만 생각하면 돼!"

망월이 매섭게 말했다.

"파렴치한 놈! 적심류는 이미 쓰러졌다. 신목의 힘이 없으니 네놈은 금지 술법을 쓸 수 없다. 나쁜 짓도 할 수 없지!"

가짜 구진이 냉소를 지었다.

"어이, 늙은 미꾸라지야. 곧 죽을 놈이 왜 내 일을 방해해? 여기서 네놈이 말할 주제나 되는 줄 아느냐? 어서 썩 꺼지지 못해!"

초만녕이 바로 끼어들었다.

"너는 흰 돌 같은데, 말할 주제나 되는 줄 아느냐?"

여기서 '흰 돌'은 말 그대로 진롱기국에서 가장 특수한 바둑돌이었다.

시전자가 망자의 시체를 찾아 자신의 영혼 일부를 불어넣으면 시체와 영혼이 융합하여 백옥과 같은 '흰 돌'을 만들 수 있다.

'흰 돌'은 단순히 명령만 수행하는 '검은 돌'과 다르다. 구체적으로 말하면, 흰 돌은 시전자의 대역으로 법력이 본체에 미치지 못하는 점만 빼면 독립적으로 사고하고 행동하며 보고 듣는 모든 것이 본체와 공유된다.

가짜 구진은 정체가 드러나자 손뼉을 치며 크게 웃었다.

"하하하! 대단하군, 대단해!"

말을 마치자마자 가짜 구진의 얼굴이 갈수록 흐물흐물해졌다. 본체의 법술이 풀릴 때가 되어 흰 돌을 보존할 수 없었던 건지 시체의 본래 모습이 서서히 드러났다.

"초만녕, 너무 우쭐대지 마라. 오늘 나를 막으면 끝날 줄 아느냐? 적심류가 파괴되었으니 내 본체는 다른 영력의 근원을 찾을 것이다. 그게 바로 너지."

점점 혼탁해지는 그의 눈동자가 별안간 악의로 번뜩이더니 초만녕을 지나 묵연에게로 향했다.

모골이 송연해졌다.

가짜 구진은 조롱하는 말투로 한 자 한 자 힘주어 말했다.

"이 세상에 3대 금지 술법에 능통한 자가 오직 나 하나라고 생각한다면, 너는 그리 오래 살 수 없을 것이다."

초만녕의 기다란 눈썹이 살짝 구겨졌다.

"그게 무슨 뜻이냐?"

그러나 가짜 구진은 여기서 말을 멈추었고, 이내 온몸이 폭발했다. 악취 나는 파편이 사방으로 튀었고 백옥처럼 하얀 돌이 그의 몸속에서 튀어나왔다. 흰 돌이 허공에서 역광을 받아 몇 바퀴 돌고는 금성호의 자잘한 파도 속으로 풍덩 빠졌다.

비밀 장소에 몸을 숨긴 가짜 구진의 본체가 결국 적심류의 힘을 잃자 영력을 완전히 소진한 듯했다.

이때, 적심류의 영력으로 연명해 오던 망월 역시 비틀거리더니 쿵 하고 바닥에 쓰러지며 낮게 신음했다.

"아……."

설몽과 묵연이 놀라 외쳤다.

"망월!"

네 사람이 늙은 인어의 곁으로 다가갔다. 망월은 이미 죽음의 문턱까지 간 듯 입술에 핏기라곤 전혀 없었다. 그들을 바라보며 해 질 무렵 까마귀처럼 맥없는 목소리로 말했다.

"부디…… 방금 그놈이 말한 헛소리를 믿지 말거라. 그자의 말에는 진, 진실보다 거짓이 많아……."

사매는 염려와 슬픔으로 가득 찬 표정으로 따뜻하게 말했다.

"더는 말씀하지 마세요. 제가 치료해 드릴게요."

"아니, 그럴 필요 없다. 네 스승도 하지 못하는 일이다……. 너…… 너는 더욱……."

망월이 몇 번이나 심한 기침을 토한 후 숨을 골랐다.

"지난 몇 년 동안 금성호에서 검을 구한 자는 무척 많았다. 그러나…… 저 교활한 놈이 호수에 침입한 후, 적심류는 주인님이 남긴 신무가 저자의 손에 넘어가는 걸 원치 않았다. 그리하여 수만 개의 무기를 파괴했지. 유일하게 남은 것은…… 적…… 적심류와 맞먹는 힘을 가진 버드나무 가지, 상, 상신의 패검이다……."

이 말에 설몽의 낯빛이 더 어둡게 변했다. 그는 입술을 꾹 닫고 아무 말도 하지 않았다.

"버드…… 버드나무 가지는 여기에 있는 이 어린 도사의 소유가 되었다."

망월이 묵연을 보며 말했다.

"예전에 호숫가에서 내가 말했지. 과거에 악한 일을 저질렀다 해도 난 어찌할 수 없어. 그저 앞으로…… 선하게 살기를 바란다……. 하지만 사실…… 사실 주인님의 뜻대로라면, 신무는 결국 마음이 선한 사람이 가질 자격이 있다. 그러니까 너는…… 너는……."

묵연은 힘에 부쳐 헐떡이는 그를 보며 말허리를 잘랐다.

"걱정 마세요. 잘 알겠습니다."

늙은 인어가 중얼거렸다.

"그럼 되었다…… 그럼 되었어……. 그럼 나도 이제…… 안심할 수 있겠구나……."

망월이 하늘을 보며 입술을 가느다랗게 떨었다.

"세간에서 말하기를, 금성호에서 검을 구할 때 물속에 사는 요괴들이…… 무언가를 요구한다더군. 과거 그런 요구들은 대체로…… 여기 온 자들의 인품을 시험하기 위함이었어. 물론 가끔 예외도 있었지만……."

망월의 목소리가 차츰 작아졌다. 주마등처럼 스쳐 지나가는 만년의 세월을 지켜보는 듯한 눈빛이었다.

"나는 주인님과 약조한 대로 그분이 떠난 후 줄곧 금성호를 지켰다. 이곳을 떠나지 않았지……. 그렇게 수백만 년은 지난 것 같군……. 어릴 때 보았던 산수의 절경을…… 이번 생에서 다시…… 다시는 볼 수 없겠지……."

망월이 천천히 고개를 돌려 기도하듯 묵연을 바라보았다. 눈이 촉촉하고 따뜻하게 빛났다.

그 순간 묵연은 문득 망월이 무슨 말을 하려는지 알 것 같았다.

과연 예상한 말이 망월의 입에서 천천히 흘러나왔다.

"젊은 도장. 산자락에 핀 매화꽃은 일 년 내내 아름답다네. 어릴 때 무척 좋아했지. 자네가 신무를 얻었으니…… 내게…… 내게……."

묵연은 매화꽃을 꺾어 주겠노라 말할 참이었다.

그러나 입을 뗄 겨를도 없이 망월의 황갈색 눈동자에서 돌연 광채가 사라졌다.

강남에는 아무것도 없으니, 매화나무 가지에 봄을 실어 보내네.

저 멀리 설산이 우뚝 솟아 있고 호수는 금빛으로 찬란하게 반짝였다. 떠오른 태양의 붉은 광채가 호수에 고여 굽이치는 물결 속에서 쓸쓸하고 아름답게 부서졌다.

망월은 영원한 잠에 빠졌다.

그는 창세시기 최초의 거룡으로 천지를 뒤흔들고 바람과 비를 일으켰으며, 신하로서 주군을 모시며 세상을 유랑했다. 세간에서는 몸에 있는 주술의 낙인 때문에 옛 주인을 배반할 수 없던 거라고 폄하할 뿐이었다. 아무도 구진을 향한 공경심으로 영원히 충성을 바쳤다는 사실을 알지 못했다.

까마득한 인간 세상의 창세를 기억하는 생령은 아주 드물지만, 망월은 알고 있었다. 진짜 구진상궁은 마족 혼혈이긴 해도, 어머니가 겁탈당해 자신을 낳은 탓에 마족을 무척 증오했다. 결국 복희의 휘하로 들어가 자신에게 흐르는 마족의 피로 최초의 검을 만들어 주었고, 복희를 도와 악한 마족을 소탕하고 구주(九州)를 평정하였다.

그러나 천지를 통일한 이후, 구진상궁이 절반이지만 마족의 혈통이라는 이유로 복희는 내심 불안해하고 그를 의심했다. 이를 모를 리 없는 구진상궁은 백 년이 지난 뒤 자진하여 신계를 떠나 인간계로 내려왔다.

인간계에 내려온 그는 중생의 고통과 무기의 잔혹함을 보며 검을 만든 것을 후회했다. 그리하여 자신이 인간계에 남긴 모든 무기를 거두어 금성호의 신무고에 봉인하고 적심류를 심었으며, 호수 속 생령들에게 알렸다. 검을 구하러 오는 인간 가운데 선한 마음을 가진 자만이 신무를 가질 자격이 있다고 말이다.

지금, 구진은 돌아오지 않았고 망월은 이미 세상을 떠났다.

금성호에는 신무도 인어도 없다. 모든 죄악과 회한, 왜곡과 집착은 한순간에 무너진 적심류처럼 한 줌의 재가 되어 날아갔다.

한참 동안 아무도 말을 하지 않았다. 금성호 옆에 '의행로난'이라고 붉게 새겨진 비석이 펑펑 흩날리는 눈 속에 서 있었다. 호수 아래에 아무런 재앙과 고통도 없었던 것처럼, 처음과 같이 한적하고 평화로웠다.

처음 육영봉에 올랐을 때, 그들 역시 '의행로난' 뒤에 피비린내 나는 진실이 묻혀 있으리라고는 상상조차 못했다.

묵연이 하늘을 바라보았다. 고독한 매 한 마리가 눈을 뚫고 절벽 위를 날아갔다.

문득 이런 생각이 들었다. 전생에서 망월은 자신에게 맥도를 주었고, 그 맥도는 위력이 대단했다. 그런데 이번 생에서 본 맥도는 모조품에 불과했다. 진짜 그의 맥도는 아마도 이미 적심류와 함께 자멸하여 현생에서는 영원히 보지 못할 것이다.

잠시 뒤 그는 또 다른 생각을 떠올렸다.

전생에 묵연이 금성호에 검을 구하러 갔을 때였다.

그날, 망월이 호수 밖으로 나와 황금빛 눈동자를 반짝이며 따스하게 그를 바라보며 말했다.

– 산자락에 매화꽃이 참으로 아름답게 피었네. 매화 가지 하나만 꺾어다 주겠나?

묵연은 눈을 질끈 감고 팔로 얼굴을 가렸다.

호수의 진실을 알지 못했던 전생에서 그는 당시 망월의 요구가 고상을 떨기 위한 거라고만 여겼다…….

사생지전으로 돌아왔을 때는 이미 며칠이 지난 뒤였다.

초만녕의 어깨 부상은 심각했고 세 명의 소년들도 기진맥진한 상태였기에 대성에서 며칠 쉬었다가 촉 땅으로 돌아왔다.

설몽은 검을 구하러 갔던 일을 설정옹과 왕 부인에게 알리지 않았다. 설몽처럼 자존심이 센 사람은 부모님이 실망하든 위로하든 상처에 소금을 뿌리는 격이었다. 그런 제자가 보기 안쓰러웠던 초만녕은 온종일 고서에 파묻혀 신무를 얻을 수 있는 다른 방법이 있는지 샅샅이 찾기 시작했다. 어쩌면 신무를 가진 사람과 대등하게 겨룰 방법이 있을지도 몰랐다.

이밖에 가짜 구진의 정체도 알아봐야 했다. 그의 본체는 어디에 있을까? 가짜 구진의 '흰 돌'이 자폭하기 전에 남긴 마지막 말의 의미는 또 무엇이란 말인가?

골치 아픈 일이 천지라 홍련수사 장서각의 등불은 밤낮으로 꺼질 줄 몰랐고, 물시계와 죽간은 바닥에 어수선하게 널브러져 있었다. 고서에 파묻힌 초만녕의 얼굴에 피곤한 기색이 역력했다.

"옥형, 어깨 부상이 심각하네. 그대로 두면 안 돼."

설정옹이 따뜻한 차를 건네며 옆에서 잔소리를 해 댔다.

"탐랑 장로가 의술에 능통하니 시간 내서 한번 가 보게."

"괜찮습니다. 상처가 아물고 있어요."

설정옹이 혀를 찼다.

"안 돼. 자기 자신을 좀 보게나. 호수에서 돌아온 후 계속 안색이 안 좋아. 자넬 본 열에 아홉은 곧 쓰러질 것 같다고 입을 모은다네. 게다가 지금 자네 상처는 무척 기이하단 말이지. 독 같은 게 있을 수 있으니 신경 좀 쓰게."

초만녕이 눈을 치켜뜨고 말했다.

"곧 쓰러질 것 같다고요?"

그가 말을 멈추고 차갑게 웃었다.

"누가 그러던가요?"

"……이보게, 옥형. 자네가 무슨 무쇠인 줄 아나? 남들은 다 종잇조각으로 보면서?"

초만녕이 말했다.

"다 생각이 있습니다."

설정옹이 나지막이 중얼거렸다. 입 모양으로 봐서는 '생각은 무슨'인 듯했다. 다행히도 초만녕은 온 정신을 고서에만 쏟고 있어서 그의 입 모양을 보지 못했다.

한바탕 잔소리를 퍼붓고 나자 시간이 제법 늦어졌다. 설정옹은 엉덩이를 탈탈 털고 일어나 부인을 데리러 가려고 나섰다. 방문을 나서기 전 그가 한마디 더 덧붙였다.

"옥형, 일찍 쉬게. 자네가 이러는 걸 몽이가 알면 죄책감에 괴로워할 거야."

초만녕은 아예 거들떠보지도 않았다.

그의 냉대에 다소 머쓱해진 설정옹이 고개를 절레절레 흔들며 자리를 떠났다.

초만녕은 약을 먹고 다시 책상으로 돌아가 자료를 찾기 시작했다. 뒤의 내용을 훑어보는데 머리가 조금 어지러워 관자놀이를 지그시 눌렀다. 속도 좀 울렁거리는 것 같았다.

하지만 금방 가라앉았기에 피곤해서 그런 거라며 크게 신경 쓰지 않았다.

밤이 깊어지자 머리가 더 무거워진 초만녕은 미간을 잔뜩 찡그린 채 까무룩 잠이 들었다. 품이 넓은 소매가 산더미처럼 쌓인 고서들 옆에 흐트러졌고 무릎 사이로 아직 다 보지 못한 서간이 놓여 있었다. 바닥에 축 처진 장포 자락이 마치 파도처럼 물결을 이루었다.

그날 밤, 그는 꿈을 꿨다.

여느 꿈과는 다르게 현실처럼 생생한 꿈이었다.

그는 사생지전의 단심전 안에 서 있었다. 그러나 기존에 알던 단심전과 다소 차이가 있었고 진열이나 장식 등 세부적인 것들도 많이 달랐다. 그가 자세히 보기도 전에 대전의 문이 벌컥 열리며 선홍색 휘장이 바람에 휘날렸다.

누군가 걸어 들어왔다.

"사존."

외모는 준수했고 검은 눈동자에서는 자색 빛이 감돌았다. 청년의 모습이었지만, 입꼬리를 올린 얼굴에는 애티가 물씬 풍겼다.

"묵연?"

초만녕이 일어나 다가가려고 했지만, 사방으로 영력이 흐르는 쇠사슬에 손발이 묶여 움직일 수가 없었다.

놀란 것도 잠시, 분노가 치솟았다. 초만녕은 믿기 힘든 눈으로 발목을 옭아맨 쇠사슬을 한동안 빤히 들여다보았다. 화가 나 얼굴이 일그러지고 말문이 턱 막혀 버렸다. 한참 뒤에 고개를 들어 매섭게 꾸짖기 시작했다.

"묵미우! 이게 무슨 짓이냐? 어서 풀어!"

하지만 그의 호통을 듣지 못했는지 묵연은 나른한 미소를 띤 채 보조개를 그리며 다가와 초만녕의 아래턱을 붙잡았다.

47장 본좌의 사존은 늘 화를 낸다

초만녕은 이루 말할 수 없는 충격을 받았다. 그는 눈을 동그랗게 뜨고 마치 귀신이라도 본 것처럼 꿈속의 묵연을 바라보았다.

성인이 된 묵미우는 늠름하고 기개가 넘쳤다. 넓은 어깨에 다리는 길고 호리호리했으며 키는 자신보다 머리 절반이 더 올라가 있었다.

눈을 내리깔고 자신을 굽어보는 그의 눈가에 짓궂음과 조롱이 동시에 묻어났다.

"본좌의 훌륭하신 사존, 지금 본인 모습이 어떤지 봐야 하는데."

묵연의 손가락 끝이 초만녕의 뺨을 따라 미끄러져 내려오다가 귀에서 멈췄다. 그의 눈빛이 서릿발처럼 차가웠다.

한참 침묵이 이어지다, 묵연이 차갑게 코웃음을 치며 갑작스레 몸을 기울였다. 부드럽고 뜨거운 촉감이 몰려오는가 싶더니 그가 초만녕의 입술을 머금었다.

너무 갑작스럽게 벌어진 일이라 초만녕은 아무 생각도 나지 않았다. 마치 악기의 줄이 끊어진 것처럼…… 정신이 툭 하고 끊어졌다…….

묵연이 그에게 입을 맞췄다. 묵연의 숨결이 그를 잠식했다. 축축하고 조급하게, 머릿속은 추한 죄악의 욕망으로 가득했다.

입술이 거칠게 엉겨 붙고 가슴이 성난 파도처럼 세차게 오르내렸다.

초만녕은 두려움에 덜덜 떨다시피 했다. 봉안은 동그랗게 커졌고 분노와 당혹감이 머릿속을 어지럽혔다. 꿈속이라 그런지 영력은 물론이고 평범한 힘조차 쓰지 못한 채 묵연의 품에 갇혀 옴짝달싹할 수가 없었다.

꿈속의 묵연은 자신이 아는 묵연과 완전히 달랐다.

수더분한 눈빛에 눈치 빠르고 영리한 소년의 모습이 아닌, 서슬 퍼런 기세에 다부지고 매서운 인상이었다.

그는 심지어 묵연이 내뱉는 뜨겁고 거친 숨결까지 느낄 수 있었다. 짐승처럼 사나운 욕망이 용암처럼 들끓어 자신의 피와 살, 뼛조각까지 모조리 녹일 것만 같았다.

초만녕은 치솟는 분노에 낯빛까지 새파랗게 변했다. 피라도 토하고픈 심정이었다. 그는 자신이 묵연에게 깔려 반항조차 제대로 못 하리라고는 단 한 번도 생각해 본 적이 없었다. 무엇보다 받아들일 수 없는 것은, 축축하고 광기 어린 입맞춤에 아랫배가 뜨거워지고 손가락 끝에서 힘이 빠지고 있다는 사실이었다. 그는 묵연의 품에서 심하게 떨었다. 묵연의 가슴은 이글이글 타올라 옷을 입고 있었음에도 그에게 녹아들 것만 같았다.

그에게서 벗어나고 싶었지만, 그럴 힘이 없었다.

입맞춤이 끝났을 때 초만녕은 다리의 힘이 풀려 버렸다. 묵연은 그를 안고 얼굴을 옆으로 기울여 그의 귓가에 밀착했다. 습하고 더운 숨결이 그의 목덜미로 뿜어져 나왔다.

"본좌와 거래한다고 하지 않았어?"

묵연의 목소리는 초만녕이 낯설게 느껴질 만큼 쉿소리가 났다.

초만녕은 눈을 내리깔고 그의 목울대가 꿈틀대는 모습을 보았다. 참고는 있지만, 곧 터질 것 같았다.

"넌 본좌에게 아무 가치가 없다. 그러니 너에게 마지막 남은 걸 놓고 거래해 봐."

초만녕의 목소리도 잠겼다. 욕망인지 분노인지 분간할 수 없는 목소리로 낮게 말했다.

"무슨……."

묵연이 그를 벽으로 밀치더니 쇠사슬에 묶인 그의 손목을 단단히 붙잡았다.

묵연은 악의적이지도 않으면서 전혀 부끄러운 기색 없이 고개를 숙여 그의 귓불을 삼켰다.

초만녕은 순간 온몸이 바들바들 떨렸다. 오싹한 저릿함이 꼬리뼈를 타고 머리끝까지 전해졌다.

묵연의 목소리는 낮고 묵직했으며, 그 호흡은 혼탁하고 더없이 짙었다.

"나랑 한 번 하면, 네 소원을 하나 들어주지."

초만녕의 눈이 단박에 커졌다. 눈동자에는 욕망에 물든 반짝임이 있었지만, 그보다는 경악스러움이 너 크세 자리 잡있다.

묵연이 다른 한 손으로 그의 허리를 매만지며 입술로는 그의 목을 지분거렸다. 부드러운 어조였으나 입에서 나온 말은 잔인했다.

"하지만 본좌는 네가 참 싫거든. 그러니 그 몸도 내 흥미를 끌진 못할 거야. 이런 나와 즐거운 시간을 보내려면 우리 사존이 많이 협조해 줘야겠지."

묵연이 잠시 말을 멈추더니 계속해서 그의 허리를 더듬으며 꽉 껴안았다.

"그러니까 잘 생각해 봐. 만약 너도 원하면 당장 무릎 꿇고 내 걸 핥아. 날 기분 좋게 해 주고 침상 위에 가서 엎드려. 그리고 나한테 박아 달라고 구걸해."

"……."

초만녕은 거의 정신이 나갈 지경이었다.

옥형 장로는 청결하고 도도하고 남색이든 여색이든 멀리하며, 춘화도를 보지도, 남녀 간의 사랑 노래를 듣지도 않았다. 그는 청렴결백하고 본분을 지키며 고고하게 자신을 사랑하는 사람이었다.

간단히 말하자면, 색을 탐하는 '정사'에 관해서는 거의 아는 게 없었다.

그리하여 아주 불행히도, 화가 나긴 했지만 이 낯설고 격한 감정 앞에서 투구와 갑옷을 벗어 던지고 백기를 흔들며 투항할 수밖에 없었다.

묵연은 말을 마치고 잠시 기다렸다. 그러다 초만녕이 아무 반응도 없자 낮게 욕설을 내뱉고는 그에게 입을 맞추기 시작했다.

그의 입술을 한참 동안 탐닉하던 묵연이 축축한 혀를 내밀어 제멋대로 초만녕의 목을 깨물고 이어서 어깨와 귓바퀴를 핥았다.

초만녕의 머릿속이 마비된 건 묵연이 손으로 그의 옷을 거칠게 찢기 시작하고서였다. 묵연은 옷을 찢으며 중얼거렸다.

"어디서 군자인 척, 성인인 척 하는 거야!"

그의 눈빛은 뜨겁고 광기가 어렸으며 눈꼬리는 기묘하게 반짝였다. 마치 해묵은 원한을 터뜨리는 것만 같았다.

암석 밑에서 용암처럼 들끓던 욕정이 오랫동안 참다가 터져 나온 듯도 했다.

야수처럼 거칠고 살벌한 눈빛에 델 것만 같아 초만녕은 시선을 피하고 싶었다. 그러나 묵연이 곧장 눈치채고 그의 얼굴을 움켜잡았다.

"날 봐."

흥분한 탓인지 다른 이유인지는 모르겠지만, 그의 뜨겁고 갈라진 목소리가 미세하게 떨렸다. 마치 야수가 먹이를 덮칠 때 느끼는 갈증 같았다.

"날 보라고!"

초만녕은 파르르 떨며 눈을 감았다.

무슨 이런 황당한 꿈을 꾸는 것인지…….

"사존."

갑자기 귓가에 따뜻하고 서글서글한 목소리가 들렸다. 익숙한 목소리였다.

"사존, 일어나세요."

잠이 덜 깬 초만녕은 코앞에서 묵연의 얼굴을 보자마자 미처 생각할 겨를도 없이 그의 뺨을 세차게 올려붙였다.

워낙 갑작스레 벌어진 일이라 묵연은 피할 새도 없었다. 뺨을 맞은 그가 '아' 하는 신음과 함께 눈을 동그랗게 떴다.

"사존, 왜 때리세요?"

"……."

초만녕이 일어나 앉았다. 그의 봉안에는 분노와 경악이 담겨 있었다.

그의 몸은 여전히 가느다랗게 떨렸고, 꿈과 현실이 교차하는 통에 딱 미칠 지경이었다.

"사존……."

"오지 마!"

초만녕이 치켜 올라간 눈썹을 내리누르고 사납게 소리쳤다. 지나치게 예민한 반응에 묵연은 화들짝 놀랐다. 잠시 뒤에 묵연이 조심스럽게 말을 꺼냈다.

"악몽을 꾸셨어요?"

악몽이라…….

그래, 꿈…… 꿈일 뿐이다.

초만녕은 불안하고 흐리멍덩한 얼굴로 앞에 있는 사람을 바라보았다. 한참이 지나서야 서서히 정신을 차렸다.

그는 여전히 홍련수사의 장서각에 누워 있었다. 단심전과 청년 묵연은 연기처럼 사라지고, 앳된 티를 벗지 못한 소년의 얼굴만 눈앞에 남아 있었다.

"……음, 꿈에서…… 사람을 좀 때렸다."

마침내 정신을 차린 초만녕은 잠시 뒤 표정을 말끔히 정리했다. 그는 파르르 떨리는 가늘고 긴 손가락을 들어 마치 아무렇지도 않게 옷섶을 가다듬으며 아직 채 가시지 않은 초조와 불안을 내리눌렀다.

묵연은 발갛게 달아오른 볼을 매만지며 툴툴거렸다.

"무슨 꿈을 꾸신 거예요? 무슨 따귀를 이렇게 세게……."

초만녕의 얼굴에 민망한 기색이 스쳐 지나갔다. 입술을 살짝 다물고 수려한 얼굴을 반쯤 돌려 표정을 굳힌 채 아무 말도 하지 않았다.

얼굴은 더할 나위 없이 평온해 보였지만, 마음은 한바탕 회오리가 몰아친 것처럼 세차게 일렁였다. 자존감마저 무너질 것만 같았다. 이런 망측한 꿈을 꾸다니. 이런 상스럽고 파렴치한 사람은 스승으로서 자격 미달이었다.

그를 더 좌절하게 한 것은 자신의 몸이 이런 치욕스러운 꿈속에서 멋대로 반응해 버렸다는 사실이었다…….

다행히 품이 넉넉하고 헐렁한 옷이라 들킬 정도는 아니었다.

그러나 관자놀이를 짚은 초만녕의 얼굴은 여전히 솥 바닥처럼 어두웠다.

물론 꿈속의 묵연에게 화풀이할 방법은 없지만, 직접 찾아온 이 사람한테는 가능했다. 그리하여 눈을 치켜뜨고 노기등등한 목소리로 물었다.

"한밤중에 사사로이 내 처소에 들어오다니! 홍련수사가 네놈 집인 줄 아느냐? 네놈이 옥형 장로인 줄 아는 게야?"

"……."

다짜고짜 사람부터 때리고 이번에는 아예 대놓고 욕을 하다니. 묵연은 억울한 마음에 낮게 투덜거렸다.

"왜 또 성질을……."

초만녕이 눈썹을 구기며 말했다.

"내가 무슨 성질을 부렸다고 그러는 게냐. 난 더 자야겠다. 썩 나가!"

"하지만 사존, 지금 벌써 진시인데요?"

"……."

"선악대에서 한참을 기다려도 안 오시기에 와 본 거예요. 아니었으면 감히 홍련수사에 오지 않았을 거고요."

"……."

장서각의 여닫이 창문이 닫혀 있었다. 초만녕이 창문을 열자 해는 이미 하늘에 걸려 있었고 새가 지저귀는 소리와 벌레 울음소리도 들렸다.

초만녕의 안색이 더 나빠졌다.

딱 봐도 언제든 천문을 소환해 때릴 기세였다.

진시까지 꿈을 꿨다니. 묵연이 깨우러 오지 않았다면 그 꿈은 계속 이어졌을 터였다. 이 생각에 미치자 초만녕의 관자놀이에서 핏줄이 톡톡 불거져 나왔다. 창살을 잡은 그의 손가락 마디가 창백하다 못해 시퍼런 옥색이 되었다.

그동안 심법을 연마하여 줄곧 욕망을 잘 억눌러 왔던 초만녕은 야한 꿈은 말할 것도 없고 이성에 대한 호기심도 없었다.

그는 이 길을 가기 위해 목석처럼 무디고 둔하고 융통성 없이 살았다. 입신의 경지에 이를 때까지 심법 수련을 위해 정욕과 사념도 끊었다. 연인 사이의 연애질을 하찮게 보고 도사 연인들이 함께 수련하는 걸 무시하면서 자신은 누구보다 고매한 사람이라고 우쭐거렸다.

하지만 이 모든 게 하루아침에 무너질 줄 누가 알았겠는가…….

그것도 어린 제자 손에.

지혜롭고 똑똑하고 고귀하고 냉정한 초 종사는 묵연의 눈을 감히 쳐다볼 수가 없었다. 그가 괜히 씩씩대며 말했다.

"어서 선악대로 가자."

그는 소매를 털며 밖으로 나가 잠깐 사이에 멀리 앞질러 갔다.

한참 스승을 기다리던 설몽과 사매는 초만녕이 왔을 즈음 나무 그늘 밑에서 이런저런 이야기를 나누고 있었다.

사매가 초조하게 말했다.

"사존은 여태 지각하신 적이 없는데, 오늘은 어쩐 일일까요? 이 시간이 되도록 그림자도 보이지 않으니 말이에요."

설몽이 더 애가 타서 말했다.

"묵연이 사존 모시러 가지 않았어? 간 지 한참 됐는데 어찌 안 돌아오지? 내가 그놈이랑 같이 갈걸. 사존께서 어디 편찮으신 건 아니겠지?"

"사존의 어깨 상처가 심각하긴 했어요. 다행히 요양은 하셨지만 워낙 체력이 약하시잖아요. 사실 괜찮다고 하기도 좀……."

이 말에 더욱 좌불안석이 된 설몽이 급히 일어나 말했다.

"안 되겠다. 묵연 그 개새끼를 못 믿겠어. 직접 가 봐야지!"

고개를 돌리자 초만녕이 흰옷을 펄럭이며 성큼성큼 걸어오고 있었다.

나무 아래 있던 두 사람이 동시에 외쳤다.

"사존!"

"일이 있어 좀 늦었다. 오늘은 무공을 연마하러 가자."

사매는 초만녕이 부주의한 틈을 타 뒤따라오는 묵연에게 속삭이듯 물었다.

"사존은 괜찮으셔? 왜 늦으신 거래?"

묵연이 눈을 흘기며 말했다.

"늦잠이야."

"뭐?"

"쉿, 모르는 척해."

묵연이 자신의 얼굴을 매만졌다. 아까 맞은 곳이 아직도 얼얼했다. 그는 이유 없이 또 뺨을 맞고 싶지 않았다.

사매가 눈을 반짝였다.

"왼쪽 뺨은 왜 그렇게 빨개?"

묵연이 소리 죽여 말했다.

"계속 물으면 내 오른쪽 뺨도 빨개질 수 있으니 물어보지 마. 어서 가자."

세 사람은 수련장에 도착했다. 초만녕은 묵연, 사매 둘을 먼저 대련시키고 설몽을 혼자 남겨 두었다.

초만녕이 말했다.

"앉거라."

설몽은 영문을 모르면서도 줄곧 스승의 말을 금처럼 옥처럼 귀하게 삼았던지라 그의 말대로 얼른 자리에 앉았다.

초만녕도 그의 앞에 앉았다.

"영산논검이 삼 년 뒤다. 계획은 있느냐?"

설몽이 눈을 내리깔고 한참을 있더니 이를 악물고 대답했다.

"이길 겁니다."

금성호에 가기 전에 물었다면, 설몽은 자신 있고 당당하게 대답했을 것이다.

그러나 지금, 똑같은 대답이라도 오기를 부려 가며 겨우 대답했다.

그는 자기 자신을 모르는 사람이 아니었다. 하지만 '하늘의 총아'라는 명성을 남에게 순순히 양보하고 싶지는 않았다.

이기고 싶다는 포부를 밝힌 후 설몽은 조마조마한 마음에 초만녕을 곁눈질로 슬쩍 보았다.

그러나 초만녕은 그를 힐끗 쳐다볼 뿐, 비웃거나 의심하는 기색이 없었다.

그저 간단하고 담백하게 대답할 뿐이었다.

"알았다."

설몽의 눈빛에 돌연 생기가 돌았다.

"사존, 제가 할 수 있다고…… 그러니까……."

갑자기 격해진 감정에 말이 두서없이 튀어나왔다.

초만녕이 말했다.

"내 문하 중에 전쟁터에 나가기도 전에 포기하는 제자는 없다."

"사존……."

"각 문파의 우수힌 청년들이 영산논검에 참가한다. 신무가 없는 사람은 당연히 네 상대가 되지 못할 것이야. 신무를 가진 자라도 그리 무서워할 필요는 없다."

초만녕이 말했다.

"신무는 하루 이틀 만에 자유자재로 사용할 수 있는 무기가 아니다. 너의 패도 용성은 신무와는 물론 차이가 날 테지만, 인간 세상에서는 상등품에 속해. 네가 앞으로 삼 년간 열심히 수련한다면 우승도 노려 볼 만하다."

초 종사가 무학에 대해 누구보다 예리하고 식견이 높다는 건 세간에 잘 알려진 사실이었다.

게다가 남을 위로하기 위해 선의의 거짓말을 하는 마음 착한 사람도 아니었다. 따라서 그의 말에 설몽의 사기가 더욱 높아졌다.

"사존, 정말이죠?"

초만녕이 눈을 흘기며 대충 말을 넘겼다.

"설몽, 네가 몇 살이냐? 난 다섯 살 넘은 사람한테는 괜한 말로 달래지 않아."

그 말에 설몽은 다소 겸연쩍어 콧잔등을 매만지며 웃었다.

초만녕이 말했다.

"승패는 수시로 변하니 크게 신경 쓰지 마라. 하지만 오만함은 경계해야 한다. 최선을 다하고 결과에 대해서는 연연하지 말거라."

"네!"

설몽과 이야기를 나눈 후 초만녕은 연무장 뒤편에 있는 영력 목인장[#29]으로 향했다. 목인장은 제자들이 다른 사람을 잘못 치지 않도록 비교적 외딴 곳에 마련되어 있었다. 기다란 복도를 지

#29 목인장 木人樁. 무술 수련 용도로 세운 나무 기둥

나 모퉁이를 돌면 비로소 목인장이 줄줄이 세워진 곳이 나왔다.

사매와 묵연이 등을 돌리고 뭐라 뭐라 이야기하고 있었다. 멀지도 가깝지도 않은 거리라 두 사람의 대화를 들을 수 있었다.

"너희……."

그들을 부르려고 한 그 순간, 눈앞의 모습에 초만녕은 그만 말문이 막히고 말았다.

48장 본좌는 네가 좋다

초만녕은 무기를 아끼는 사람으로서, 눈앞의 상황에 말도 못 하게 화가 났다.

내가 바보를 본 건가?

멀지 않은 곳에 자리한 꽃나무 아래에서 묵연이 견귀를 소환했다. 신무는 자유자재로 크기를 조절할 수 있었는데, 대체로 사람들은 자신의 무기가 크고 힘 있어 보이기를 바랐다. 그게 힘들더라도 최소한 초만녕처럼 정상적인 모양은 유지했다. 그렇지만 묵연은 견귀를 머리끈 정도의 길이와 굵기로 만들었다. 잎사귀마저 아기자기한 것이 애들 장난감처럼 보였다.

사람마다 영력이 다르기 때문에 초만녕의 천문은 영력을 주입하면 금색이 되고 견귀는 붉은색이 되었다.

그래서 버들잎을 걷어 내면 견귀는 마치 월하노인의 붉은 실 같았다.

"사매, 이걸 손에 묶어 봐. 견귀가 천문처럼 진실을 말하게 하는 능력이 있는지 궁금해서 그래."

"그래서…… 나한테 시험해 보려고?"

묵연이 웃었다.

"응, 나랑 제일 친하잖아. 사매라면 날 속이지 않을 것 같아서."

사매가 여전히 망설였다.

"그건 그렇지만……."

"아이, 짓궂은 질문 안 할게. 못 믿겠으면 손가락 걸고 맹세라도 할까?"

묵연이 새끼손가락을 내밀었다.

사매는 어처구니가 없다는 듯 말했다.

"너 나이가 몇인데 아직도 이렇게 유치하니?"

"손가락 거는 거? 여덟 살에도, 열여덟 살에도, 여든여덟 살에도 걸 수 있어. 유치하다니?"

묵연이 히죽거리며 사매의 오른손을 덥석 잡아 새끼손가락을 폈다. 사매는 막무가내로 구는 묵연 때문에 화가 나기도 하고 우습기도 했다. 그러나 어쩔 수 없이 그가 하는 대로 내버려 두었다.

하지만 묵연은 사매의 새끼손가락에 자신의 손가락을 걸지 않았다. 그가 눈을 가늘게 뜨고 말했다.

"견귀, 시작해."

견귀는 쉭쉭 소리를 내며 미처 손쓸 새도 없이 사매의 새끼손가락을 묶었다. 다른 한쪽은 펴고 있던 묵연의 새끼손가락에 걸렸다.

잘생긴 소년은 득도하여 하늘로 승천한 여우처럼 간교하게 웃었다. 보조개가 깊게 팬 얼굴로 흐뭇해하며 말했다.

"축하해. 걸려들었네!"

사매는 울 수도 웃을 수도 없었다.

"너! ……어서 풀어."

"서두를 거 없어."

묵연이 웃으며 말했다.

"몇 가지만 물어보고 풀어 줄게."

사실 금성호에서 얻은 장상사를 사매가 열지 못했을 때, 묵연은 조금 불안했다.

당시 사매가 장갑을 끼고 있어 장상사에 직접 닿지 않았다지만, 그것만으로 모든 게 설명되지는 않았다. 하물며 그 장상사는 결국 초만녕이 열지 않았던가.

초만녕이…… 어떻게…….

묵연은 장상사가 고장 난 것이라 생각했다.

다만 그걸 증명하려면 견귀를 통해 확인하는 게 가장 좋을 것 같았다.

묵연은 사매에 대한 자신의 진심을 추호도 의심하지 않았다. 하지만 사매에게 자신이 그저 그런 사람일까 봐 걱정스러웠다. 무엇보다 금성호에서 들은 그 고백이 자신의 착각일지도 모른다고 생각했다.

사매는 성품이 온화하여 누구에게든지 친절하게 대했다. 마치 남들이 자신에게 큰 빚이라도 진 것처럼 온종일 못마땅한 표정을 짓고 있는 꼴불견 초만녕과는 달랐다.

거친 사람으로 보이는 답선군도 마음속에 사람을 품으면 혼자서 애가 닳고 끙끙 앓았다.

"먼저 물어볼게."

묵연은 내심 불안했지만, 여전히 싱글벙글 웃었다. 그는 일부러 가벼운 질문부터 무심하게 툭 던져 볼 생각이었다.

"사매, 설몽을 어떻게 생각해?"

손가락에 통증이 느껴져 사매가 사실을 말했다.

"좋지. 말이 직선적이라 가끔 욱할 때는 있지만."

묵연이 손뼉을 치며 크게 웃었다.

"어라? 사매도 욱할 때가 있어? 하하하, 이상할 건 없지. 그놈이 밉상이긴 해."

사매가 얼굴을 붉혔다.

"……조용히 해. 소주님이 들을라."

"알았어."

묵연이 웃으며 덧붙였다.

"그래도 그놈 험담을 들으니까, 기분은 좋네."

"……."

묵연이 또 물었다.

"그럼 사존은 어때?"

"사존도 좋지. 다만 성격이 좀……."

사매는 초만녕에 대해 이러쿵저러쿵하고 싶지 않았지만, 견귀에 묶인 터라 한참 입술을 깨물고 버티다가 결국 말을 뱉었다.

"성격이 좀 불같으시지."

"하하, 조금이 아니라 엄청 불같지. 걸핏하면 화를 내고, 화를 내고는 늘 화 안 났다잖아. 귀비마마보다 더 모시기 힘든 사람이라니까."

초만녕은 모퉁이에 서서 이들의 대화를 가만히 듣고 있었다.

묵연은 갑자기 호기심이 일어 사매에게 물었다.

"사존 성격이 별로인 걸 알면서 어째서 문하로 들어온 거야?"

사매가 말했다.

"겉은 차가워도 무척 인자하신 분이거든. 내 자질이 남보다 떨어져도 한 번도 날 아둔하다 탓하신 적이 없어. 누구에게나 차별 없이 대하시지. 내가 공격에 능하지 않으니까 치유와 회복 주술을 가르쳐 주셨고. 사존은 내게 정말 잘해 주셔."

묵연은 한창 즐거웠는데, 이 말을 듣는 순간 웃음기가 사라지고 말수도 점점 줄어들었다.

잠시 뒤 묵연이 말했다.

"뭘 잘해 줘. 법술 같은 거 가르치고 가끔씩 관심 보여 주는 것뿐이잖아. 어떤 스승이라도 다 그렇게 할걸."

"아니, 달라."

묵연은 갑자기 심술이 나서 볼에 바람을 잔뜩 불어넣었다.

"어쨌든 사매한테 잘해 주는 건 아니라고. 나도 사존만큼 해 줄 수 있어!"

사매는 아무 말도 하지 않았다.

견디기 힘든 적막이 이어지면서 묵연의 화도 점차 가라앉았다. 사매가 눈을 내리깔고 말없이 있자 묵연은 마음이 쓰여 조용히 말했다.

"미안해."

"아니야."

사매가 대답했다. 그러나 조금 뒤 불쑥 말을 이었다.

"네가 사생지전에 오기 전에 말이야, 하루는 내가 길을 가는데 갑자기 폭우가 쏟아졌어."

사매가 천천히 말을 이었다.

"그 당시 나는 아직 스승을 모시기 전이었거든. 빗속을 뛰다가 사존을 만났어. 빨간색 종이우산을 쓰고 계셨는데, 내가 비 맞은 생쥐 꼴을 하고 있으니까 우산을 씌워 주시더라. 난 오랫동안 그분이 차갑고 무정하다는 얘기만 들었던 터라 어깨를 나란히 하고 걷는 내내 불안해 미치는 줄 알았어."

"그리고?"

사매가 평온한 얼굴로 말했다.

"그리고? 가는 내내 서로 아무 말도 안 했어."

묵연이 고개를 끄덕였다.

"그렇게 답답한 사람하고 무슨 말을 하겠어?"

"그래."

사매가 옅은 미소를 지었다.

"그분이 말수가 적긴 하지. 어쨌든 그날 문 앞까지 데려다주셨고 나는 감사 인사를 드렸어. 그때 봤지. 사존의 오른쪽 어깨는 모두 젖어 있었어. 난 왼쪽에서 걸었는데, 비를 하나도 맞지 않았어."

"……."

"사실 그 우산은 한 명만 겨우 쓸 정도로 무척 작았어. 그런데 내게 기울여 씌워 주신 거야. 빗속에서 멀어지는 그분을 보며 방으로 돌아가 제자로 받아 달라고 배사첩(拜師帖)을 썼지."

"그만하자."

묵연이 갑자기 끼어들었다.

"사매는 너무 착해. 계속 얘기하다간 사매가 불쌍하게 느껴질 것 같다고."

사매가 나긋나긋하게 말했다.

"연아, 사존이야말로 불쌍하지 않니? 그분에게는 그 작은 우산 하나밖에 없잖아. 늘 혼자 걸어오셨으니까. 누구도 그분과 함께하고 싶어 하지 않았어. 그래서 가끔 너무 엄격하거나 날 호되게 꾸짖으셔도 난 개의치 않아. 그날 그분의 젖은 어깨를 기억하니까."

묵연은 말이 없었다. 콧잔등이 발그레해지며 가슴 언저리가 아련하게 시큰거렸다.

시큰거림이 워낙 모호하여 이게 무슨 감정인지, 누구 때문에 그런 것인지 알 수 없었다.

"연아, 나도 물어볼 게 있어."

"응, 말해 봐."

"넌 사존을 아주 싫어하는 거야?"

묵연이 멍한 얼굴로 말했다.

"난……."

"아니면 그냥 좋아하지 않는 거지?"

사매가 이 말을 할 때, 늘 부드럽던 눈빛이 어쩐 일인지 조금 예리하게 번뜩였다. 묵연은 생각조차 못 한 질문에 날카로운 시선까지 받자 그만 말문이 막혀 버렸다.

묵연은 고개를 끄덕이지도, 옆으로 도리질하지도 않은 채 한참 잠자코 있다가 억지웃음을 지어 보였다.

"아, 그건 내 질문이잖아? 방심하다가 사매한테 말려들 뻔했네. 이런 게 어딨어?"

대답을 회피하는 그를 보며 사매도 눈치껏 굳이 몰아세우지 않았다. 그가 방긋 웃으며 말했다.

"그냥 물어본 거야. 마음에 담아 두지 마."

"응."

묵연이 마음을 갈무리한 후 눈을 들어 밝은 달처럼 아름다운 사매의 얼굴을 바라보았다.

원래는 세 번째 질문으로 사매가 자신을 좋아하는지 물어보려고 했다. 하지만 왠지 이 대화를 끝으로 기분이 푹 가라앉아 입을 다물고 한참 침묵했다. 이윽고 묵연이 입을 열었다.

"그분은 내 사존이지. 그뿐이야. 좋다 싫다 말할 것도 없어."

구석진 곳에 오도카니 서 있던 초만녕은 그 말을 듣는 순간 다친 나비의 가련한 날갯짓처럼 속눈썹을 파르르 떨었다.

어떤 일은 이미 알고 있더라도, 정작 확인하고 나면 몸이 물먹은 이불처럼 무거워지고 마음은 망망대해에 가라앉는 것 같은 충격을 받는다. 초만녕은 마치 가을이 일찍 찾아온 것처럼 오슬오슬 한기를 느꼈다.

멀리서 묵연과 사매가 대화를 이어 가고 있었다. 그는 눈을 질끈 감았다. 요즘 따라 수시로 올라오는 울렁거림 때문에 머리가 또 지끈거렸다.

극심한 피로감이 갑작스레 몰아닥쳤다. 그가 돌아가려고 발걸음을 돌렸다.

그러나 얼마 못 가 묵연의 목소리가 가을바람을 타고 들릴 듯 말 듯 귀를 간지럽혔다. 걸음이 저절로 멈추었다.

묵연이 사매에게 세 번째 질문을 했다.

"알았어. 설몽 얘기도 했고 사존 얘기도 했잖아. 그럼 나는?"

그는 최대한 태연한 척하며 약간은 답답할 정도로 조심스럽게 물었다.

"사매, 나는 어때?

사매는 돌연 침묵했다.

견귀는 천문과 마찬가지로 진실을 말하게 하는 능력이 있었다. 사매가 대답을 거부하자 견귀의 붉은빛이 강렬해지더니 사매의 손가락을 더욱 꽉 조였다.

사매가 미간을 찌푸렸다.

"아파……."

"그냥 한마디만 해 줘."

묵연은 내키지 않았지만, 가슴에 묻어 둔 이 해묵은 질문이 전생을 거쳐 현생에 이르러 어느새 응어리가 된 것 같아 고집스럽게 물었다.

"날 어떻게 생각해?"

사매가 고개를 젓다가 눈을 감았다. 고통스러운지 기다란 속눈썹이 떨리고 이마에는 식은땀이 송골송골 맺혔다.

"……."

이 모습에 묵연은 마음이 약해져 한숨을 쉬었다.

"됐어……."

견귀를 거두려는데, 한계에 다다른 사매가 하얗게 질린 얼굴에 갈라진 목소리로 말했다.

"난 말이지, 네가 좋은 것 같아."

묵연의 눈이 단박에 커졌다.

말을 마치자 창백했던 사매의 얼굴에 빠르게 혈색이 돌았다. 부끄러운지 묵연을 쳐다보지 못하고 눈만 내리깔았다.

견귀가 떨어지는 꽃잎처럼 붉은빛으로 알알이 변하더니 묵연의 손바닥에 흡수되었다. 묵연은 참지 못하고 고개를 숙이며 작게 미소 지었다. 다시 눈을 들어 사매를 바라보는 그의 얼굴은 봄꽃이 화사하게 핀 것처럼 환하게 웃고 있었다.

목소리에서도 나른한 미소가 느껴졌고 눈가는 살짝 촉촉했다.

"알았어, 고마워. 나도 사매가 좋아. 금성호 안에서 얘기했는데 기억을 못 하니까 한 번 더 얘기하고 싶었어. 사매는 정말…… 좋아할 수밖에 없는 사람이야."

어떤 종류의 '좋아함'인지 구체적으로 말하지 않았지만, 사매는 그 말을 듣자 목덜미까지 화끈 달아올라 한마디도 할 수 없었다.

묵연은 깊고 그윽한 눈으로 사매를 바라보았다. 그의 눈동자는 바다에 비친 무수한 별이 자잘한 파도와 어우러져 은하를 이루는 것처럼 청명하게 반짝였다.

"사매한테 잘해 주고 싶어. 기쁘게 해 주고 싶고."

사매도 아둔하지 않았기에 묵연의 눈을 보는 순간 그의 마음을 알아채고 말았다. 그는 저도 모르게 고개를 떨구었다.

묵연이 두근대는 마음에 사매의 머리를 쓰다듬으려고 손을 뻗었다. 거의 다가갔을 때, 갑자기 금빛이 번쩍하더니 버드나무 채찍이 '짝' 하고 묵연의 얼굴을 때렸다.

"악!"

묵연이 고통의 비명을 지르며 멍하니 고개를 돌렸다.

눈보다 하얀 옷을 입은 초만녕이 뒷짐을 진 채 서 있었다. 그는 푸른 처마 밑 하얀 담장 옆에 서서 냉담한 눈빛으로 그들을 내려다보았다. 천문은 영험한 뱀처럼 혀를 날름거리며 땅을 휘감았고 버들잎이 솔솔 나부꼈다. 시시때때로 불꽃이 튀고 금빛 광채가 쏟아졌다.

사매가 깜짝 놀라 말했다.

"사존……."

묵연이 얼굴을 매만지며 말했다.

"사존."

미움받으면 어떻고, 좋아하지 않으면 또 어때?

다른 사람이었다면 질질 짜고 있겠지만, 초만녕이라면…… 눈물? 무슨 그런 말도 안 되는 소릴! 물론 저 눈치 없는 자식은 좀 두들겨 패야 했다.

초만녕은 얼음장같이 차가운 얼굴로 천천히 걸어와 냉랭한 목소리로 말했다.

"수련은 안 하고 여기서 무슨 잡담을 나누는 것이냐! 묵미우, 마지막 신무를 손에 넣어 대단한 것 같지? 자신감도 넘치고 누구든 이길 것 같고 그래? 참 여유롭기 그지없군."

"사존, 저는 그저……."

초만녕의 눈빛이 살벌하게 번뜩이자 묵연은 입을 꾹 다물었다.

"사명정은 나와 대련하러 갈 거다. 묵미우."

그가 말을 멈춘 후 넌더리가 난다는 듯 말했다.

"넌 수련하러 가거라. 나와 대련할 때 열 수를 버티지 못한다면 가서 ≪청심결≫을 300번 베껴 쓸 줄 알아라. 꺼져!"

열 수?

묵연은 생각했다.

'≪청심결≫을 베껴 쓰는 편이 더 낫겠는데?'

49장 본좌의 사존이…… 푸하핫

이후 사흘간 초만녕은 안색이 좋지 않았고 성질도 더 많이 부렸다.

옥형 장로 얼굴에는 '짜증'이라고 써 붙여져 있었다. 어딜 가나 음산한 기운을 풍기는 바람에 제자들은 그를 보기만 하면 뿔뿔이 흩어졌다. 그를 둘러싼 은은한 살기에 설정옹조차 감히 말을 걸지 못했다.

초만녕은 묵연에 대한 자신의 부적절한 사심을 제 입으로 인정하고 싶지 않았다. 그러나 묵연과 사매가 목인장 앞에서 정답게 속삭이는 모습을 보자, 화가 치밀어 올랐고 가슴이 시큰하고 아릿했다.

약간 구역질도 났다.

그들에게도 났지만, 무엇보다 자기 자신에게 구역질이 났다.

묵미우와 자신은 사제지간일 뿐이다. 그가 누굴 사랑하든 누구와 뒤엉키든 나와 무슨 상관이란 말인가?

대체 무슨 자격으로 눈에 거슬린다는 이유로 버들가지를 휘둘렀는가? 묵연이 누굴 좋아하든 누구와 붙어 있든 또 그게 나와 무슨 상관이란 말인가? 내 일을 방해한 것도 아니지 않은가? 초만녕 너는 어찌 마음이 바늘구멍보다 좁단 말이냐?

……그래, 만 번 양보해서 묵연에게 차마 말할 수 없는 욕망이 있다고 치자. 그럼 또 어쩌겠는가? 그동안 자기 절제와 오만함을 자부심으로 여겨 왔다. 그러니 충분히 시간을 들여 마음을 최대한 억누르면 이 무서운 욕망과 사념도 없앨 수 있겠지.

이 드러낼 수 없는 감정은 나 자신 말고는 누구도 알아서는 안 된다.

귀신 주례가 떨어뜨린 합환 주머니 안에 얽혀 있는 자신과 묵연의 머리카락 말고는 아무것도 남기지 않을 것이다.

묵연이 내 마음을 알 리 없다. 금성호에서 극한의 고통을 참아 가며 그를 구한 사람이 사매가 아닌 그와 영혼이 바뀐 나라는 사실도 죽을 때까지 모르겠지.

그런데 지금 이건 뭐지?

혹시…… 질투하는 건가?

이런 생각이 초만녕을 옥죄어 갔다.

이후 몇 개월 동안 그는 최대한 묵연과 접촉을 피했다. 매일 하는 수련과 지도를 제외하곤 거의 교류하지 않았다.

그렇게 눈 깜짝할 사이에 연말이 다가왔다. 하루는 초만녕이 산 아래에서 요괴를 토벌하고 돌아오는 길이었다. 산 문턱에 이르렀을 때, 하늘에서 눈발이 하늘하늘 날리기 시작했다.

사생지전이 금세 눈으로 뒤덮였다. 몸이 찬 초만녕은 유독 추위를 많이 탔기에 겉옷을 더욱 단단히 여미며 단심전 안으로 성큼성큼 들어갔다.

단심전 안에는 숯불이 타고 있었다. 땔감이 구리 화로에서 타닥타닥 불꽃 튀는 소리를 냈다.

초만녕은 설정옹에게 보고하러 들른 참이었는데, 존주는 자리에 없었고 그 대신 묵연과 정면으로 마주치고 말았다.

단심전에 아무도 없는 데다 몇 개월 만에 처음으로 묵연과 단둘이 마주치니 조금 서먹서먹했다. 게다가 그 망측했던 꿈의 배경도 바로 이곳이지 않은가!

그 꿈은 이후에도 몇 번이나 반복됐다. 늘 또렷하고 생생했다. 처음에는 초만녕도 괴로웠지만, 나중에는 아예 익숙해졌다. 꿈속의 묵연이 미친놈처럼 오만방자한 말을 늘어놓든 말든, 그는 한가롭게 묵연의 눈썹을 셌다. 하나, 둘, 셋…….

하지만 꿈은 늘 결정적인 순간에 뚝 끊겼다. 여러 번 반복되자 초 종사는 자신의 성품이 고결하고 깨끗해 그토록 추잡한 일은 상상할 수 없기 때문이라는 결론을 내렸다.

이렇게 생각해야 유리 심장의 옥형 장로가 한 줌의 존엄이라도 만회할 수 있었다.

그러나 묵연과 단심전이 동시에 등장하자 초만녕은 약간의 위기를 직감했다.

하필 소년은 그를 보자마자 까만 눈썹을 펴고 해맑게 인사했다.

"사존, 오셨어요."

"그래……."

"백부님 찾으세요? 처소로 가셨어요. 백모님이 편찮으셔서 옆을 지키고 계세요. 무슨 일 있으시면 제가 전달해 드릴게요."

초만녕은 입을 꾹 다물고 있다, 이윽고 냉담하게 말했다.

"괜찮다."

그가 가려고 몸을 돌렸다.

그런데 묵연이 그를 불렀다.

"사존, 잠시만요."

"무슨 일……."

초만녕이 무심코 고개를 돌리자 묵연이 별안간 손을 뻗더니 그의 검은 눈썹을 털어 주었다.

눈썹을 털어 주는 묵연의 행동은 더없이 자연스러웠다.

"사존 좀 보세요. 온몸이 다 눈이잖아요."

초만녕은 순간 멍해졌다.

소년은 조잘대며 그를 대신해 눈을 털고는 이내 하얀 손수건까지 꺼내 젖은 머리카락을 닦아 주었다.

초만녕은 추위를 많이 탔다. 워낙 병치레가 많아 풍한을 조심해야 했다.

그런데 이 사람은 여태껏 스스로를 어떻게 돌봐야 하는지 알지 못했다. 초만녕은 전생에 연금을 당했을 때 정원에 앉아 비단잉어가 노니는 모습을 자주 구경했었다. 눈이 내려도 모를 만큼 그가 좋아하는 일이었다.

그래서 걸핏하면 풍한에 걸리고 열이 났다. 영핵이 제거된 후에는 갈수록 몸이 쇠약해졌다. 한번 병이 나면 보름 이상 꼬박 누워 지내야 했고, 탕약을 한 첩씩 달여 먹여도 뚜렷한 차도가 없었다.

그래서 묵연은 그의 눈썹과 어깨에 반은 녹고 반은 얼어 있는 눈을 보자 무의식적으로 털어 내기 위해 손을 뻗었다.

그러나 머리를 반쯤 닦아 주었을 때, 묵연은 자신이 너무 스스럼없이 행동했다는 사실을 깨달았다. 그가 얼른 고개를 들자, 초만녕의 꽁꽁 숨겨 둔 봉안과 마주쳤다.

초만녕이 말없이 그를 응시하고 있었다.

묵연은 멋쩍은 듯 손을 거두었다.

"아하하, 제자가 무례를 저질렀습니다. 사존께서 닦으세요."

쭈뼛대는 묵연의 모습에 초만녕은 오히려 마음이 편해졌다.

꿈은 그저 꿈일 뿐이었다.

제자는 예전 그대로였다. 꿈에서 자신을 '본좌'라고 칭하는 그 놈과는 아예 다른 부류였다.

초만녕은 잠깐 말없이 있다가 묵연이 건넨 손수건을 받았다. 겉옷을 벗고 화롯가에 가서 손을 녹이며 머리카락 사이에 맺힌 녹은 눈도 닦았다.

"네가 언제부터 무례라는 걸 알았다고?"

불빛이 초만녕의 얼굴을 비추었다. 그가 눈을 흘기며 말했다.

"그런 거 상관없지 않았나?"

"……."

한동안 아무도 말을 꺼내지 않았다. 초만녕은 머리카락을 닦은 후 무심결에 손수건을 챙기고는 담담하게 묵연을 보았다.

"그건 그렇고, 넌 여기서 뭐 하는 게냐?"

묵연이 황급히 대답했다.

"이제 연말이잖아요. 일 년 동안 쌓인 공문서 정리한다고 해서 도우러……."

초만녕이 그의 말허리를 잘랐다.

"일 년 된 공문서를 정리하는 건 아는데, 그건 사명정의 일이 아니었느냐? 어째서 네가 하지?"

묵연이 말했다.

"……기억력이 참 좋으시네요."

초만녕에게는 그의 아부가 소용없었다.

"사명정은?"

"사매는 오늘 아침부터 두통에 열이 나고 전신에 오한이 들었어요."

그가 초만녕의 눈치를 살피며 말했다.

"죄송해요, 사존. 제가 쉬라고 한 거예요. 사매가 일을 게을리 한 게 아니고요."

묵연의 두둔이 날카로운 바늘이 되어 초만녕을 찔렀다. 초만녕은 눈살을 찌푸리며 잠시 조용히 있다가 물었다.

"사매는 괜찮으냐?"

그가 질책하지 않자 묵연은 한숨을 돌렸다.

"아까 약 먹고 자는 거 보고 나왔어요. 풍한이라 이삼일 쉬면 괜찮을 거예요. 걱정해 주셔서 감사합니다."

"걱정은 무슨. 그냥 말 나온 김에 물어본 것이다."

"……."

"이만 가 보겠다. 정리하거라."

초만녕이 일어나 터벅터벅 걸어 나갔다.

사생지전은 제자들끼리 서로의 일을 대신하는 걸 금했다. 묵연은 이 일로 벌을 받겠구나 생각했는데, 초만녕이 의외로 순순히 넘어가자 제자리에서 한참 넋이 나간 채 서 있었다. 그러다 그가 제법 멀리까지 가고 나서야 퍼뜩 정신이 들었다.

설원 위에 한 사람만 쓸쓸히 홀로 걷고 있었다. 묵연은 문짝에 기대 놓은 우산을 얼른 집어 들고 눈 속으로 뛰어들었다.

"사존!"

묵연이 다시 그를 불렀다.

"사존, 잠시만요!"

초만녕이 고개를 돌렸다. 묵연이 그의 앞에 서서 우산에 쌓인 눈을 털어 내고는 공손하게 펼쳐 들었다.

"눈이 많이 내려요. 우산 쓰고 가세요."

초만녕이 그를 힐끗 보고 말했다.

"필요 없다."

묵연이 우산을 그의 손에 건넸지만, 초만녕은 오히려 귀찮은 듯 극구 거절했다. 우산을 두고 왔다 갔다 작은 실랑이가 벌어졌고, 그사이에 우산이 눈보라 속에 떨어졌다. 이어진 광풍에 우산은 수 장이나 날아갔다.

초만녕은 설원에 떨어진 우산을 빤히 바라보았다. 소소한 일이니 여느 때처럼 냉정하게 발길을 돌리면 그만이지만, 어째서인지 발걸음이 떨어지지 않았다.

촛불은 언젠가 꺼지고 우물도 언젠가는 마른다.

아무리 잘 참아 온 사람도 언젠가는 무너지는 날이 온다.

초만녕이 고개를 돌려 소매를 뿌리치고 화를 냈다.

"묵미우, 귀찮게 하지 마라! 난 사명정이 아니다. 돌봐 줄 사람, 필요 없어!"

갑자기 그의 손에서 금빛이 반짝이기 시작했다. 묵연은 천문을 불러 또 때리려는 줄 알고 반사적으로 한발 뒤로 물러났다. 하지만 뜻밖에도 초만녕의 손바닥에서 금빛 샘이 솟더니 하늘에 반짝이는 결계가 드리워졌다. 결계가 순식간에 그 주변의 바람과 눈을 막아 주었다.

"……."

눈과 비를 막는 결계구나…….

초만녕이 눈을 치켜뜨며 말했다.

"나에게 우산이 필요하다고 생각하느냐?"

그는 정말 화가 많이 났는지 손끝을 바쁘게 움직여 결계의 빛을 금색에서 홍색으로, 홍색에서 자색으로, 자색에서 남색으로, 남색에서 청색으로 바꾸었다.

색이 변할 때마다 결계의 효과도 완전히 달랐다. 어떤 것은 단순히 눈만 피할 수 있고 어떤 것은 찬 바람도 막아 주었으며 어떤 것은 대설의 냉기를 결계 안에서 따뜻한 온기로 바꿀 수 있었다.

지나치게 강력한 결계였다. 평소에 초만녕은 굳이 영력을 소비하며 눈보라를 피하지 않았다. 지금 같은 화풀이용 법술 낭비는 묵연조차 말문이 막힐 정도로 유치하기 짝이 없었다.

"사존, 화내지 마시고……."

"내가 어딜 봐서 화가 났다는 거지?"

초만녕은 분노가 치밀어 얼굴까지 새파래졌다.

"썩 꺼져!"

"네, 네, 네. 꺼지겠습니다."

묵연이 머리 위 결계를 힐끗 보고는 한마디 더 했다.

"그래도 이렇게 많은 영력을 쓰지……."

"꺼져!"

초만녕이 손을 휘두르자 결계가 수축하더니 천둥이 되어 묵연의 발아래로 떨어졌다.

묵연은 초만녕이 소환한 번개에 맞을 뻔했다. 자신이 모처럼 배려해 줬는데, 이런 대접을 받다니! 순간 울화가 치밀어 한마디 하려고 고개를 들었는데, 설원에 오도카니 선 초만녕은 창백한 얼굴에 눈가는 발갛게 열꽃이 피어 있었다.

묵연은 어안이 벙벙했다.

"사존……."

"넌 제자일 뿐이다. 쓸데없는 배려는 필요 없어. 우산 가지고 어서 꺼져."

묵연은 문득 깨달았다.

"사존, 그날 연무장에서 저와 사매가 한 말을……."

들으신 거예요?

초만녕은 입을 다물고 몸을 돌려 앞으로 걸어갔다.

이번에는 묵연도 그를 부르지 않았고 그 역시 다시 뒤돌아보지 않았다.

반쯤 걸어갔을 때, 재채기가 났다. 초만녕은 잠시 멈칫했으나 이내 답답한 마음에 발걸음을 재촉했다. 화가 나서 그런 것 같기도, 도망치는 것 같기도 했다.

그러나 묵연은 처음부터 끝까지 아득한 눈 속에 서 있었다. 그의 뒷모습이 시야에서 사라질 때까지 멍하니 지켜보았지만, 그가 무슨 생각을 하는지 가늠할 수 없었다.

초만녕은 홍련수사에 돌아오자마자 쓰러졌다.

결계를 쳐서 눈과 비를 피할 수는 있지만, 이 사람은 유독 자기 일에서만 게을렀고 게다가 영력을 낭비하는 것도 싫어했다. 비 오는 날 평범한 사람들처럼 우산을 챙기면 되는데, 그조차 하지 않았다.

재채기를 줄기차게 하더니 두통과 발열이 찾아왔다. 하지만 그는 오랫동안 병치레 내공이 쌓인 터라 반은 의사나 다름없었다. 이 정도 풍한쯤은 그리 대수롭지 않았기에 약 먹고 목욕하고 옷 갈아입은 후 이불에 들어가 잠을 청했다.

풍한 때문인지 금성호에서 부상을 당한 후 줄곧 괴롭혀 온 울렁거림이 이날 저녁에는 유달리 심했다. 그는 밤새 정신을 거의 잃다시피 하며 잠에 빠졌다. 온몸을 땀으로 흘딱 적셨고 몸은 불덩이처럼 뜨거웠다.

이튿날 정오가 되어서야 초만녕이 몽롱한 모습으로 일어났다. 눈을 뜨고 침상에 누워 한참을 멍하게 있다가 느릿느릿 일어나 신발을 신었다.

그리고 그는 아연실색했다.

하룻밤 사이에 자신의 신발이 커져 있었다.

자세히 보았다.

"……."

제아무리 침착한 옥형 장로라도 이런 기막힌 일에는 기함하지 않을 수 없었다.

신발이 커진 게 아니었다.

초만녕은 멍한 얼굴로 자신의 손, 자신의 다리, 맨살이 드러난 발 그리고 옷이 미끄러져 드러난 어깨를 찬찬히 보았다.

내가…… 작아진 건가?

50장 본좌가 등장하지 않은 것 같아

설정옹이 북봉(北峰)에서 검술 연마를 하고 있을 때 하늘에서 해당화 한 송이가 나풀대며 떨어졌다. 그는 수건으로 땀을 닦으며 해당화를 잡으며 혼잣말로 중얼거렸다.

"옥형의 전음 해당화? 할 말 있으면 직접 오지. 언제 이렇게 게을러졌담."

설정옹은 말은 이렇게 하면서도 해당화 꽃술의 금빛 부분을 따서 귀에 꽂았다.

낯선 아이의 목소리가 귓가에 전해졌다.

―존주, 홍련수사로 속히 와 주십시오…….

설정옹은 본래 믿지 않았지만, 검을 타고 초만녕의 홍련수사에 당도하자마자 완전히 넋이 나가 버렸다.

연못가 정자 안, 어림잡아 대여섯 살로 보이는 아이가 뒷짐을 지고 선 채 울적한 얼굴로 끝없이 펼쳐진 붉은 연꽃을 응시하고 있었다. 옆에서 보면 얼굴은 눈처럼 새하얗고 눈동자는 얼음처럼 차갑고 고요했다. 아이는 초만녕의 겉옷을 입고 있었지만 너무 커서 소매와 앞자락 모두 땅에 질질 끌렸다. 마치 거대한 꼬리를 휘저으며 헤엄치는 호수 속 물고기 같았다.

설정옹은 할 말을 잃었다.

고개를 돌린 아이의 얼굴에는 '감히 웃으신다면, 지금 당장 혀 깨물고 죽겠습니다'라고 쓰여 있었다.

"아하하하하하하하하!"

아이가 탁자를 쾅 치며 성을 냈다.

"왜 웃으십니까! 뭐가 웃겨서요?"

"그럼 내가 안 웃게 생겼나? 하하하하! 그러게, 내가 진작 탐랑 장로한테 상처를 보이라고 하지 않았는가. 그땐 내 말을 귓등으로도 안 듣더니. 하하하하하, 웃겨 죽겠네."

설정옹이 배를 움켜잡고 자지러지게 웃었다.

"내, 내가 살면서 이렇게 살기등등한 꼬맹이는 처음이네. 하하하하."

이 아이는 다름 아닌, 하루아침에 몸이 작아져 버린 초만녕이었다. 금성호에서 그의 등을 관통한 버들가지에 무슨 주술이 걸려 있었는지, 초만녕은 그만 대여섯 살 꼬마로 변해 버렸다. 법력이 줄어들지 않아 망정이지, 아니었다면 정말 죽고 싶었을 것이다.

설정옹이 연신 웃으며 어린 제자의 옷을 구해 주었다.

몸에 맞는 옷으로 갈아입으니 그나마 덜 우스꽝스러웠다. 초만녕은 남색 바탕에 은색 테두리가 둘러진 손목 보호대를 매만지다가 고개를 홱 들고 설정옹을 노려보며 매섭게 말했다.

"어디 가서 소문이라도 내시면, 죽여 드리겠습니다."

설정옹이 웃으며 말했다.

"안 함세, 안 해. 그나저나 자네, 이제 어찌할 건가? 난 의술에 대해 아예 문외한인데, 누구한테든 보여 봐야 하지 않겠나? 탐랑 장로를 데려와 볼까?"

초만녕이 분개하며 소매를 펄럭였지만, 어린 제자의 옷이라 소매통이 좁아서 위엄이라고는 전혀 느껴지지 않았다. 이에 그는 더욱 언짢아졌다.

"그를 불러서 뭘 하시렵니까? 절 웃음거리로 만드실 작정입니까?"

"그럼 내 안사람이라도 데려올까?"

초만녕은 입을 다문 채 말을 하지 않았다. 분하고 답답한 표정이었다.

"말 안 하면, 허락한 걸로 암세."

초만녕이 몸을 돌리자 뒤통수가 딱 보였다. 그의 비통한 심정이야 이해하지만, 설정옹은 지금 상황 자체가 너무 웃겨서 견딜 수 없었다. 참고 또 참다가 결국 웃음이 다시 터지고 말았다.

천문이 소환되었다. 초만녕이 눈을 옆으로 흘기며 살벌한 목소리로 말했다.

"다시 웃어 보십시오!"

"아, 안 웃겠네, 안 웃으면 되지 않나. 그럼 난 안사람을 데리러 갔다 옴세. 아하하하하."

설정옹이 미끄러지듯 훌쩍 뛰어나가더니 얼마 지나지 않아 초조한 기색이 역력한 왕 부인을 데리고 들어왔다. 왕 부인은 초만녕을 보자마자 얼이 빠져 있다가 한참이 지나서야 믿을 수 없다는 듯 한마디 했다.

"옥형……."

"……."

다행히 왕 부인은 설정옹보다 의술에 능통하고 지혜로웠기에 초만녕을 보고 웃기는커녕 이것저것 상세히 물어보고 꼼꼼하게 살펴보았다. 잠시 뒤 그녀가 부드러운 목소리로 말했다.

"현재 장로는 영력의 흐름이 평온하고 안정적인 데다 건강에도 이상 없어요. 아이로 변한 것만 빼고는 예전과 크게 다를 바 없죠."

초만녕이 물었다.

"부인, 이걸 치료할 방법이 있습니까?"

왕 부인이 대답했다.

"장로의 부상은 고대 버드나무가 입힌 겁니다. 이런 경우는 세상에 유일무이할 거예요. 다른 사례가 없다는 거죠. 그래서 어떻게 해야 할지 저도 잘 모르겠네요."

초만녕은 넋이 나간 듯 눈을 내리깔고 한참 동안 말없이 있었다.

왕 부인이 딱한 마음에 서둘러 말을 이었다.

"옥형 장로, 제 소견으로는 버드나무 가지 중 자가치유 효능이 있는 나무 액이 장로의 상처 속으로 들어갔기 때문인 것 같습니다. 지금에서야 증상이 나오는 걸로 보아 악한 주술은 아니고요. 극히 소량의 나무 액인 것 같군요. 장로께서 요새 연일 바쁘셔서 주술이 발현되어 신체를 통제한 거죠. 한동안 휴식을 좀 취하다가 다시 상태를 살펴보는 건 어떨까요?"

한참 만에 초만녕이 한숨을 내쉬었다.

"그럴 수밖에 없겠군요. 감사합니다, 부인."

"별말씀을요."

왕 부인이 그를 다시 한번 자세히 살핀 후에 말했다.

"장로의 지금 모습을 보면, 굳이 밝히지 않는 한 아무도 몰라볼 것 같네요."

그녀의 말이 맞았다. 초만녕은 대여섯 살 때 기억이 잘 나지 않았지만, 호수에 비친 제 얼굴을 봤을 때는 이목구비 윤곽만 빼면 성인이 된 후의 자신과 특별히 닮은 구석이 없었다. 마음이 누그러진 초만녕이 설정옹에게 말했다.

"존주, 앞으로 며칠 동안 홍련수사를 폐관할 겁니다. 설몽과 다른 제자들을 부탁합니다."

"그게 무슨 소린가. 몽이는 내 자식일세. 연이는 조카고 사매도 사생지전의 제자야. 내가 잘 살필 터이니 염려 놓게."

설정옹이 웃으며 말했다.

"자넨 자네나 신경 써."

그러나 초만녕은 사흘 내내 좌선 수행을 해도 몸이 예전으로 돌아갈 기미가 보이지 않자 갈수록 불안해졌다. 왕 부인이 말한 '한동안 휴식'은 시간이 갈수록 초조하기만 했다.

이날 해질 무렵, 초만녕은 수행을 해도 성과가 없고 심란하기도 하여 아예 남봉을 내려가 바람을 쐬기로 했다.

저녁 시간이 지났지만, 야간 수련을 시작하기 전이라 사생지전 내 인적이 드문 골짜기와 오솔길, 다리나 누각 등에 제자들이 삼삼오오 모여 있었다. 이들 중 누구도 그에게 주의를 기울이는 사람은 없었다. 초만녕은 한가로이 산책한 후 선악대 인근의 대나무 숲으로 향했다.

장로마다 자주 찾는 수련장이 있었다. 이들은 정해진 특정 장소로 이따금 제자들을 데리고 수행하러 갔다. 초만녕도 자주 가는 곳이 있었는데, 바로 대나무 숲이었다.

대나무 그림자가 스산하게 흔들렸고 잎사귀 부딪치는 소리가 요란했다. 초만녕은 잎사귀 하나를 따서 입술에 갖다 대고 천천히 불기 시작했다. 청아하고 섬세한 풀피리 소리가 그의 마음을 평온하게 가라앉혀 주었다. 그런데 얼마 지나지 않아 발소리가 점점 가깝게 들리더니 그의 옆에서 멈췄다.

"이봐, 꼬맹이."

초만녕이 눈을 떴다.

설몽이 가느다란 허리와 기다란 다리를 뽐내며 대나무 사이에 서 있었다. 그는 차가운 빛을 내뿜는 패도 용성을 차고 초만녕에게 말을 걸었다.

"난 여기서 도법을 연습할 거니까 넌 다른 곳에 가서 불어."

"……."

초만녕은 눈썹을 살짝 꿈틀거렸다. 참 묘한 느낌이었다. 설몽이 나한테 턱짓을 하다니! 그는 잠시 생각한 다음에 입을 열었다.

"난 피리 불고, 그쪽은 연습하면 되겠네요. 서로 방해하지 말고."

설몽이 말했다.

"어떻게 그래? 빨리 가, 빨리! 내 칼날에 다칠까 봐 그래."

"날 다치게 할 수는 없을걸요."

설몽은 살짝 귀찮아져 혀를 차며 말했다.

"쳇, 알았어. 난 이미 경고했다. 나중에 다치더라도 딴말하지 마."

말이 끝나자 패도가 튀어나왔고 용성이 웅장한 소리로 울부짖었다. 마치 심연에서 잠자던 등사[#30]가 구름을 뚫고 비상하여 길게 포효하는 듯했다.

순식간에 대나무 숲에 빛과 그림자가 어지러워지더니 검기가 무지개처럼 오색빛깔로 번뜩였다. 대나무 잎이 흩날리는 가운데 용성이 춤추는 대로 잔영이 그려졌다. 설몽이 한 번 휘두르자 잎사귀가 열 조각으로 부서졌고 한 번 베자 대나무 잎이 우수수 떨어졌다. 한 점을 찌르고 한 점을 쓰러뜨리니 바람에 흩날리는 눈꽃처럼 막힘없이 자유로웠다.

이토록 예리한 도법은 다섯 살 먹은 아이는 물론이고 쉰 살 먹은 수도사도 입을 모아 칭찬했다.

하지만 설몽이 10식을 펼치는 동안 바위 위에 앉은 소년은 눈앞의 장면이 멋있지도 신기하지도 않은 듯 태연자약하게 풀피리를 불고 있었다.

설몽은 슬슬 부아가 나기 시작했다. 그가 칼을 거두고 대나무 숲 상공에서 내려와 초만녕 앞에 내려앉았다.

"꼬맹아."

"……."

"이봐, 꼬맹이, 내가 부르잖아."

초만녕은 나뭇잎을 내려놓고 천천히 눈을 뜨고는 무감한 얼굴

#30 **등사** 螣蛇. 운무를 일으키는 용을 닮은 뱀

로 말했다.

"왜요? 스승님이 사람을 대할 때 예의를 갖춰야 한다는 걸 안 가르쳐 줬어요? 말끝마다 이봐, 이봐. 나도 이름이 있는데."

"네가 누군지 알 게 뭐야!"

설몽은 잘 타이르려고 했지만, 가시 돋친 말을 듣자 기분이 갑자기 언짢아졌다.

"옆으로 비켜 있어. 너도 봤듯이 도검은 사람을 봐주지 않아. 한번 휘두르면 네 머리통이 날아갈 수 있으니 조심해라."

초만녕이 아랑곳하지 않고 말했다.

"내 머리통도 못 피할 거면 대체 연습은 왜 해요?"

"야!"

여태껏 설몽에게 이렇게 덤비는 사람은 없었다. 하물며 상대는 키가 자기 허벅지에도 못 미치는 초급 제자였다. 순간 부끄럽고 화가 나서 씩씩대며 말했다.

"너 말하는 거 봐라? 겁도 없이 까불고 있네! 너 내가 누군지 알아?"

초만녕이 깔보듯이 냉랭하게 말했다.

"누군데요?"

"……난 사생지전의 소주님이시다."

설몽은 답답해 죽을 것만 같았다.

"넌 소주가 뭔지도 몰라?"

초만녕이 피식 웃었다. 원래의 웃음에도 조롱이 담겨 있었지만, 어리고 귀여운 아이가 이렇게 웃으니 조롱의 강도가 더 증폭되는 것 같았다.

"존주도 아닌 고작 소주면서. 내가 왜 알아야 해요?"

"너, 이놈, 너 지금 뭐라고 했어?"

"허세 부리지 말고 열심히 도법 연마나 하세요."

말을 마친 초만녕은 아무렇지도 않게 가늘고 긴 눈을 내리깔고 풀피리를 불었다. 그윽한 곡조가 바람에 나부끼는 것처럼 높고 낮게 울렸다.

설몽은 화가 머리끝까지 치밀어 올라 '악' 하고 고함을 내질렀다. 어린 꼬마한테 당하다니! 하지만 아무리 화가 나도 아이를 때리는 건 내키지 않았기에 그저 상공으로 올라가 베고 찌르기만 주야장천 해 댈 따름이었다. 삽시간에 수목이 잘려 나가거나 쓰러졌다. 여유로운 풀피리 소리를 배경 삼아 한사코 잔혹하고 흉포한 도법을 구사했다.

그의 칼은 빠르고 매서웠다. 도광이 번쩍하는 동안 대나무 수십 가지의 끝이 뭉툭한 가시로 깎여 나갔다. 적을 공격하는 것이었다면 모두 날카로운 가시로 깎였을 테지만, 후배에게 가르침을 주기 위해 뭉툭한 가시로 살짝 보여 주는 것도 나쁘지 않을 것 같았다.

수백 개의 가시가 초만녕을 향해 날아갔다. 설몽은 아이가 위험할 때 경공을 써서 이 철없는 어린 사제를 데리고 피할 생각이었다.

그저 놀라게 해 주고 싶었던 것이지 해칠 생각은 추호도 없었다. 그가 몸을 던져 아래로 내려갔을 때 아이는 풀피리를 멈추고 손끝의 연녹색 대나무 잎을 튕겼다. 얇은 대나무 잎이 순식간에 백 가닥으로 갈라졌다.

눈 깜짝할 사이에 백 가닥의 은사가 아이 쪽으로 떨어지는 가시를 향해 정확하게 날아갔다.

바람도 멈춘 듯했다.

초만녕이 일어나는 그 순간, 수많은 가시가 그의 주변에서 순식간에 가루가 되었다.

가시는 깡그리 사라져 버렸다.

설몽은 깜짝 놀라 넋이 나갔다. 제자리에 선 그의 얼굴이 붉으락푸르락했다. 아무 말도 할 수 없었다.

앳된 얼굴의 그 아이가 눈을 치켜뜬 채 은남색 옷을 휘날리며 설몽에게 다가가 웃었다.

"또 할 거예요?"

"……."

"칼의 기세가 맹렬하고 매서운데, 순서가 없어서 조잡하네. 너무 성급해서 그래요."

설몽이 입을 열려다가 이내 다시 다물었다.

초만녕이 말했다.

"방금 했던 영작식(靈雀式)부터 다시 해 봐요. 내 풀피리 소리에 따라 움직여요. 내가 1절을 다 불면, 그쪽도 1식 공격을 끝내는 거죠. 빨라지면 안 돼요."

어린아이한테 이런 지시를 받자 설몽의 낯빛이 갈수록 어두워졌다. 그는 입술을 깨물며 꼼짝하지 않았다. 초만녕 역시 재촉하지 않고 옆에서 기다렸다. 설몽은 과연 수행을 위해 자존심을 접고 어린아이의 말을 들을 것인가.

잠시 뒤 설몽이 돌연 낙담한 얼굴을 하고 발을 쿵쿵 구르더니, 패도를 버리고 몸을 돌려 떠났다.

홧김에 떠나는 설몽의 뒷모습을 보며, 초만녕의 낯빛이 약간 어두워졌다. 설몽이 가르침을 겸허하게 받아들이지 못하는 모습에 내심 안타까웠다…….

그런데 그런 생각을 끝내기도 전에, 설몽이 땅에서 나뭇가지를 주워 다시 돌아오더니 조금 얄밉게 말했다.

"나, 나 그럼 나뭇가지를 사용할게. 혹시 널 때릴 수도 있잖아."

초만녕의 입가에 미소가 걸렸다. 그가 고개를 끄덕이며 말했다.

"좋아요."

설몽이 잎을 하나 따서 깨끗하게 닦은 다음 초만녕에게 주었다.

"자, 동생, 이걸로 해."

'꼬맹이'에서 '동생'이 된 건가?

초만녕이 가소롭다는 듯 웃으며 그를 힐끗 쳐다보았다. 설몽이 건넨 잎을 들고 다시 바위 위에 앉아 천천히 불기 시작했다. 설몽은 천성적으로 성격이 급했다. 이 도법에는 하늘로 올라가 옆으로 스치는 초식이 있는데, 공중에서 몸을 돌리면서 연속으로 여섯 번을 찌르고 일격을 가해야 했다. 그러나 설몽은 늘 그 적절한 속도를 지키지 못해 가끔 연속으로 열 번 이상 찌르고 일격을 가했고, 일격은 최적의 시기를 놓치고 말았다.

연속으로 대여섯 번을 했음에도 합이 맞지 않자, 설몽은 갈수록 조급해졌고 미간도 갈수록 구겨졌다.

설몽이 초조한 마음으로 곁눈질하자 바위 위에 풀피리를 불고 있는 아이가 보였다. 나이는 어려도 침착하고 느긋했으며 불평불만의 기색이 조금도 없었다. 이 모습에 설몽은 자신이 부끄러워졌다.

그가 다시 집중하여 몇 번 더 연습하자 풀피리 장단에서 차츰 감을 찾을 수 있었다. 그러나 그는 기뻐하지 않고 다시 하늘로 도약하며 나뭇가지를 휘둘렀다. 달이 높다랗게 걸린 늦은 밤, 그는 마침내 조금의 오차도 없이 이 도법을 완벽하게 구사할 수 있게 되었다.

까만 눈썹 사이로 땀이 송골송골 맺혔다. 설몽은 수건을 들어 땀을 닦으며 신난 얼굴로 말했다.

"오늘 정말 고마웠어. 너 어느 장로님 문하야? 이렇게나 실력이 대단한데 어째서 한 번도 본 적이 없지?"

초만녕은 이 질문에 이미 생각해 둔 바가 있었다. 선기 장로는 문하에 제자가 무척 많았는데, 장로 자신조차 모든 제자를 다 기억하지 못할 정도였다. 그래서 초만녕은 잎을 접으며 희미하게 미소 지었다.

"선기 장로님이요."

설몽이 선기 장로를 무시하듯 '흥' 하고 코웃음을 쳤다.

"아, 그 폐품왕?"

"폐품왕?"

"아, 미안."

설몽은 의아해하는 초만녕을 보며, 자신이 선기 장로를 무시해서 불쾌해한다고 오해했다.

그가 웃으며 말했다.

"그냥 우리끼리 붙인 별명일 뿐이야. 니네 스승님은 제자가 너무 많잖아. 오는 제자 안 막고. 그래서 그분이 수거한 재능 없는 제자를 폐품이라고 부르는 거야. 절대로 선기 장로님이 그렇다는 게 아니고. 그러니까 맘 상해 하지 마."

초만녕이 물었다.

"……장로에게 별명을 붙이기도 해요?"

51장 본좌의 사촌 동생은 멍텅구리다

"당연하지, 별명은 당연히 필요해. 아무도 예외는 없어."

설몽이 신이 난 듯 초만녕에게 열정적으로 설명했다.

"딱 보니 다섯 살도 안 된 것 같은데? 사생지전에 온 지 얼마 되지 않아 잘 모르나 보네. 나중에 사람들과 친해지면 알게 될 거야. 여기 계신 장로들은 제자들 사이에서 불리는 별명이 다 따로 있어."

"아하."

초만녕이 의미심장하게 그를 한번 쳐다보고는 물었다.

"예를 들면요?"

"그거야 많지. 그런데 시간이 늦었어. 배도 조금 고프고. 오늘 고맙기도 하니까 산을 내려가서 밤참 사 줄게. 먹으면서 얘기하자."

초만녕은 고개를 숙이고 잠시 생각하다 웃으며 화답했다.

"네, 좋아요."

설몽은 옷소매를 걷고 초만녕의 손을 잡았다. 아무것도 모르는 제자와 어린아이의 모습을 한 스승이 대나무 사이로 길게 펼쳐진 돌계단을 따라 대문 쪽으로 걸어갔다.

"동생은 이름이 어떻게 돼?"

설몽이 걸어가면서 물었다.

초만녕은 태연하게 대답했다.

"성은 하."

"이름은?"

"사역, 하사역[#31]이에요."

설몽은 그 속뜻을 알아차리지 못하고 해맑게 말했다.

"괜찮네, 예쁜 이름이야. 한자는 어떤 글자를 써?"

초만녕은 머저리를 보듯 그를 흘겨보았다.

"……'사도' 할 때 '사'에 '역도' 할 때 '역'을 쓴 하사역이요."

"그렇구나."

설몽이 웃으며 계속해서 물었다.

"올해 몇 살이야? 내가 정확하게 맞혔지? 다섯 살도 안 된 거?"

초만녕은 굳은 얼굴로 아무 대답도 하지 않았다. 설몽이 앞을 보고 걷느라 그를 보지 않았으니 망정이지, 그의 표정을 보았다면 아마 화들짝 놀랐을 것이다.

"아니, 틀렸어요……. 여섯 살이거든요."

"그렇다면 굉장한 재능을 타고 났네. 물론 나 어렸을 때와 견주면 조금 못 미치기는 하지만. 그래도 조금만 가르치면 필시 훌륭한 후배가 될 거야. 이렇게 하는 게 어때? 선기 장로 문하

#31 하사역 夏司逆. '놀라게 해 죽게 하다'라는 의미의 '혁사니(吓死你)'와 발음이 비슷하다.

에서 배우지 말고 나한테 '사형'이라고 한번 해 봐. 그럼 내가 우리 사존께 널 제자로 받아들이라고 청할게. 어때?"

초만녕은 눈을 흘겨 주고 싶은 마음을 간신히 억누르고 되물었다.

"뭐라고 부르라고요?"

"사형."

설몽은 웃으며 허리를 굽히더니 초만녕의 이마를 탁 튕기며 거드름을 피웠다.

"이런 기회 아무에게나 주는 거 아니다."

초만녕이 착잡한 표정으로 그를 바라보았다.

"왜, 너무 좋아서 말문이 막힐 지경이야?"

"……."

두 사람이 웃음꽃을 피우며 걸어갔다. 적어도 설몽은 '웃음꽃을 피우며' 걸어갔다고 생각했다. 그때 등 뒤에서 누군가의 목소리가, 더 계속했다가는 설몽의 목숨이 위험해질 이 대화를 끊어 놓았다.

"엥? 몽몽, 네가 왜 여기에 있어?"

사생지전에서 징그럽게 설몽을 '몽몽'이라고 부를 사람이 또 누가 있겠는가? 설몽은 고개도 돌리기도 전에 욕부터 퍼부었다.

"묵연 너 이 개자식, 한 번만 더 나를 그렇게 부르면 그 혓바닥을 확 뽑아 버릴 거야!"

돌아보니 역시나 묵연이 옷자락을 팔랑거리며 밝은 달 아래 서서 두 사람을 향해 히죽거리고 있었다. 설몽을 한 번 더 골려 줄 참이었던 묵연은 설몽 옆에 서 있는 반반하게 생긴 아이를 보고는 어리둥절해져 물었다.

"누구……."

설몽이 초만녕을 끌어당겨 등 뒤에 숨기며 눈을 부라렸다.

"무슨 상관인데?"

"아니, 아니, 숨기지 말고."

묵연은 가까이 다가가 설몽의 손을 덥석 잡고 초만녕을 끌어내 그 앞에 쪼그리고 앉아선 위아래로 훑어보았다. 그러곤 고개를 갸우뚱하며 중얼거렸다.

"이 아이, 어딘가 낯이 익은데."

초만녕이 흠칫하며 눈을 피했다.

"어디서 본 적 있는 것 같단 말이야."

초만녕은 상황이 심상치 않음을 감지했다. 만약 이대로 신분이 들통난다면 앞으로 무슨 낯으로 살아가지? 생각이 여기까지 미치자 저도 모르게 한 걸음 뒤로 물러나 그대로 도망가려고 했다.

"가지 마!"

묵연은 음흉한 웃음을 지으며 그를 확 낚아채 손가락으로 초만녕의 콧등을 스윽 만지며 천천히 속삭였다.

"이리 와, 꼬맹이. 이름이 뭐야? 형한테 말해 봐."

그의 손이 스치고 간 콧등에 소름이 쫙 돋았다. 초만녕은 도둑이 제 발 저려 쭈뼛쭈뼛 뒷걸음질 쳤다.

묵연은 그가 겁을 먹은 줄 알고 호탕하게 웃으며 말했다.

"숨기는 왜 숨어. 착하지, 형한테 말해 봐. 너 성이 설씨 맞지?"

'이게 무슨 개소리야.'

설몽은 속으로 생각했다.

묵연은 설몽을 가리키며 초만녕에게 상냥하게 물었다.

"이 사람이 아빠 맞지? 솔직하게 말해야 돼. 솔직히 말하면 형이 사탕 사 줄게."

"미쳤어? 묵미우!"

그 말을 듣자마자 설몽은 발끈하며 얼굴이 시뻘겋게 달아올라 소리를 질렀다.

"너, 너, 너, 너 도대체 무슨 생각을 하는 거야? 너, 비열한 자식, 더러운 자식! 너, 너, 너 이 뻔뻔한 놈!"

초만녕은 어이없는 와중에 몰래 안도의 한숨을 내쉬며 대답했다.

"……선기 장로님 문하 제자로, 이름은 하사역이에요."

"하사역?"

묵연이 빙글빙글 눈웃음을 지으며 물었다. 묵연은 그래도 멍청하지는 않아서 단번에 이름의 속뜻을 알아챘다.

"하하, 재밌네."

"……."

"미쳤구나!"

설몽이 묵연을 힘껏 밀치며 펄펄 뛰었다.

"내가 새로 사귄 친구고 너랑은 상관없어. 밤참 먹으러 가는 길이니까 저리 비켜."

"그래."

묵연은 순순히 비켜 주었다. 그러나 곧 냉큼 머리 뒤에 손깍지를 끼고 히죽거리며 그들 뒤를 따랐다.

설몽이 그를 향해 으르렁거렸다.

"뭐 하자는 거야?"

"나도 내려가서 밤참이나 먹을까 하고."

묵연이 억울하다는 듯 물었다.

"안 돼?"

설몽은 할 말을 잃었다.

얼마 후, 그들은 무상진에 도착했다.

사생지전 문파를 세운 이래 망나니들이 득실거리던 이 작은 마을은 점차 평온을 되찾았고 지금은 자못 북적거리기까지 했다.

야시장이 열린 시간, 설몽 일행은 노점상들을 이리저리 둘러보다가 퐁당탕을 파는 노점상 앞에 놓인 노천 탁자에 자리를 잡고 앉았다.

'퐁당탕'은 구리로 만든 솥을 활활 타오르는 화로 위에 얹어 놓고 먹는 내내 불을 끄지 않는 요리였다. 솥에는 육수를 담아 끓이는데 보통 마라 맛이 강했다. 신선한 식재료를 한 상 가득 펼쳐 놓고 먹고 싶은 것을 넣고 익혀서 먹으면 되는데, 재료를 펄펄 끓는 육수에 넣을 때 '퐁당' 소리가 난다 하여 '퐁당탕'이라 불렸다.

퐁당탕은 촉 땅의 유명한 요리로, 초만녕은 늘 고추를 넣지 않은 백탕만 먹었다. 매운 것을 잘 못 먹는 그는 입에 갖다만 대도 사레가 들렸기 때문이었다.

촉 땅에서 태어난 설몽과 상담 일대에서 자란 묵연은 마라 맛에 익숙해서 당연히 '하사역'도 매운 음식을 잘 먹을 줄 알았다.

설몽은 능수능란하게 여러 가지 요리를 주문하고 한마디 덧붙였다.

"육수에 산초 듬뿍 넣어 주세요. 고추기름도 넉넉히요."

이때 초만녕이 별안간 그의 소매를 당기며 담담하게 말했다.

"원앙솥#32으로 주문해 줘요."

"뭐?"

설몽은 잘못 들은 줄 알고 되물었다.

"원앙솥으로요. 반은 홍탕, 반은 백탕으로."

설몽이 의아해하며 물었다.

"……너 촉 사람 아니야?"

"네."

"그렇구나."

설몽은 알겠다는 표정으로 고개를 끄덕였지만 어딘가 이상한 느낌이 들어 초만녕을 훑어보며 말했다.

"어린 나이에 고향을 멀리 떠나 와 너도 참……. 휴, 아니다, 됐다."

그는 한숨을 내쉬더니 고개를 돌려 심부름꾼에게 주문했다.

"그래, 뭐, 원앙이면 어떻고 아니면 또 어때."

초만녕은 왠지 모르게 그가 썩 내키지 않아 하는 것처럼 느껴졌다.

아니나 다를까, 그건 그의 착각이 아니었다. 요리를 기다리는 동안 설몽은 달갑지 않은 듯 잔소리를 해 댔다.

"이봐, 사제. 촉 땅에 왔으면 매운 음식도 먹을 줄 알아야지. 매운 음식 못 먹으면 사람들이랑 친해지기 어려워. 그거 알아?

#32 원앙솥 백탕과 홍탕 두 가지 다 먹을 수 있도록 가운데가 나눠진 솥

이쪽 사투리는 할 줄 몰라도 되는데 매운 음식을 못 먹으면 안 돼. 아, 맞다. 넌 어디 사람이야?"

"임안[#33]이요."

"아."

설몽은 강남 수향 쪽은 잘 모르는 터라 젓가락을 입에 문 채 곁눈질하며 물었다.

"그럼 너네 고향에서는 토끼 대가리 먹어?"

초만녕이 미처 대답하기도 전에 묵연이 옆에서 빙그레 웃으며 끼어들었다.

"당연히 안 먹지."

그러자 설몽이 그를 노려보았고 초만녕도 그를 흘끔 보았다.

한쪽 발을 긴 걸상에 올리고 앉아 무릎으로 팔꿈치를 지탱하고 젓가락을 휘리릭 휘리릭 돌리던 묵연은 그런 그들을 보더니 웃으며 말했다.

"왜? 왜 보는데? 안 먹는 거 맞아."

설몽이 초만녕을 향해 고개를 돌려 물었다.

"정말 안 먹어?"

"네."

설몽이 다시 묵연을 노려보며 물었다.

"네가 어떻게 알아? 임안 가 봤어?"

"아니."

묵연이 익살스러운 표정을 지어 보이며 말했다.

"이 꼬맹이랑 우리 사존 고향이 같잖아. 사존이 토끼 대가리

#33 임안 오늘날 항저우의 옛 명칭

안 드시는 것도 몰랐어? 맹파당에서 냉채 드실 때마다 쪽파두부 무침 아니면 계화연근조림만 담으시던데. 못 믿겠으면 다음에 한번 유심히 봐 봐."

초만녕은 아무 대꾸도 하지 않았다.

"그래? 나는 눈여겨본 적이 없어서. 지난번에 사존의 조찬을 본 뒤로 함부로 사존 접시는 못 보겠어. 너무 무서워."

설몽은 턱을 매만지며 서서히 역겨워하는 표정을 지었다.

"사존 입맛은 정말 말로 설명하기 어려워. 그거 알아? 글쎄 연두부에 간장을 넣어서 드시더라니까."

초만녕은 여전히 말이 없었다.

그런데 그때 설몽이 고개를 돌려 그를 보며 의미심장하게 이렇게 말하는 게 아닌가.

"이봐, 사제. 절대로 옥형 장로님을 따라 배우지 마. 그랬다간 아무도 너랑 같이 밥을 먹으려고 하지 않을 거야. 기억해 둬. 토끼 대가리랑 고추는 먹되 아침에 순두부를 먹을 때는 절대로 간장 양념은 끼얹지 마."

"그리고 김이랑 건새우도."

묵연이 보충했다.

"맞아, 김이랑 건새우도."

설몽은 오랜만에 묵연과 같은 편이 되어 씩씩거렸다.

"정말 참을 수 없어."

초만녕은 두 멍청이를 힐끔 보고는 무표정한 얼굴로 대답했다.

"네."

잠시 뒤 주문한 요리가 다 나왔다. 싱싱하고 아삭아삭한 얼린 죽순, 비취처럼 푸른 각종 채소, 반지르르한 두부, 부드러운 생선 살코기, 잠자리 날개처럼 얇게 썰어서 돌돌 만 양고기 등이 정갈하게 하얀 도자기 접시에 담겨 있었다. 노릇노릇 먹음직하게 튀겨 향료와 산초를 뿌린 고기튀김과 갓 갈아 만든 두유도 한 단지 나왔다. 낮고 작은 탁자의 다리가 당장이라도 부러질 것처럼 삐걱거렸다.

밥을 같이 먹다 보면 정이 드는 법, 더군다나 김이 모락모락 나는 퐁당탕이 아닌가. 양고기 두세 점 익혀 먹고 두유 한두 잔이 들어가니, 설몽과 묵연처럼 서로 으르렁대는 사이도 자욱하게 피어오른 퐁당탕의 수증기와 함께 한결 가까워졌다.

설몽은 젓가락으로 육수를 휘휘 저으며 물었다.

"어, 내 뇌가 어디 갔지?"

"네 목에 잘 붙어 있네 뭘."

묵연이 웃으며 말했다.

"돼지 뇌 말이야!"

묵연이 젓가락을 빨며 음흉한 미소를 지었다.

"그래, 돼지 뇌, 내 말이 그 말이야."

"개자식, 감히 나를 비웃어?"

"야! 네 뇌 여기 떠다니네! 얼른 먹어, 얼른!"

설몽은 흥분한 나머지 그의 계략에 넘어가 소리를 질러 댔다.

"그 개발바닥이나 치워! 뺏어 먹을 생각 하지 마. 내 거라고!"

초만녕은 쪽걸상에 앉아 달짝지근한 두유를 단지째 끌어안고 마시며 느긋한 표정으로 유치찬란한 두 얼간이들을 구경했다. 어차피 백탕은 오롯이 그의 몫이니 급할 게 없었다.

두유를 다 마신 아이는 아쉬운지 입 주위를 할짝거렸다. 그 모습을 본 묵연이 미소를 지으며 물었다.

"꼬마 사제는 두유를 좋아하는 모양이네."

초만녕은 '꼬마 사제'라는 호칭을 잠시 소화시키면서 이 호칭에서 벗어날 확률을 조용히 짐작해 보았다. 그럴 가능성은 거의 없어 보였다. 하여 그는 단념하고 무미건조하게 대답했다.

"음, 괜찮네요."

그러자 묵연이 냉큼 고개를 돌려 주문했다.

"여기요, 두유 한 단지 더 주세요."

초만녕은 만족해하며 두 단지째 벌컥벌컥 마셨다.

그는 어려서부터 단 음식을 즐겨 먹었다. 그러나 과자와 떡을 너무 많이 먹은 탓에 충치가 생겨, 탐랑 장로가 한바탕 공들여 치료해 준 뒤로는 체면 때문에라도 매번 자제하곤 했다.

지금은 아이의 모습을 하고 있으니 단 음식을 맘껏 먹어도 되어 좋았다.

묵연은 그가 맛있게 먹는 모습을 턱을 괴고 지켜보더니 입을 열었다.

"입맛이 정말 사존과 비슷해."

초만녕은 뜨끔했지만 아무렇지 않은 척하며 태연하게 물었다.

"……옥형 장로님이요?"

"맞아."

묵연은 미소를 지으며 고개를 끄덕이고는 찜통을 초만녕 옆으로 밀었다.

"이거 한번 먹어 봐. 좋아할 거야."

초만녕은 찜통 뚜껑을 열어 찐빵을 작게 한 입 베어 물었다. 뽀얗고 말랑말랑한 피 안에 부드럽고 달콤한 팥소가 김을 모락모락 풍기며 모습을 드러냈다.

"맛있어?"

초만녕은 한 입 더 베어 물고 나서야 고개를 끄덕였다.

"네."

"그럼 많이 먹어."

묵연이 그를 흐뭇하게 바라보았다.

그들은 음식을 먹으면서 이런저런 얘기를 나눴다. 아까 못다 한 얘기가 생각난 초만녕은 개의치 않는 척 찐빵을 네 개나 먹어 치운 뒤 설몽에게 물었다.

"소주, 아까 장로마다 별명이 있다고 했는데 선기 장로가 '폐품왕'이면 옥형 장로의 별명은 뭐예요?"

52장 본좌는 간식을 빼어 먹었다

"사존?"

설몽의 표정이 자못 엄숙하고 경건해졌다.

"유독 사존만 별명이 없어. 사생지전에는 감히 사존을 두고 농담을 하는 사람이 없거든."

"모르는 소리. 사람들이 네가 사존을 좋아하는 걸 알고 솔직하게 얘기하지 않아서 그런 거지."

묵연이 눈을 한번 흘기고는 초만녕을 끌어당기며 결코 낮지 않은 목소리로 나지막이 말했다.

"저놈이 하는 말 듣지 마. 사생지전에서 별명이 제일 많은 사람이 바로 옥형 장로니까."

"아, 그래요?"

초만녕이 눈썹을 살짝 치켜세우며 흥미진진하게 물었다.

"예를 들면요?"

"예를 들면, 예의가 바른 사람들은 백무상[#34]이라고 불러."
"……왜 그렇게 불러요?"
"온종일 흰옷만 입으니까."
"……또 있어요?"
"배추."
"……왜요?"
"온종일 흰옷만 입으니까."
"다른 건요?"
"왕찐빵."
"그건 왜요?"
"온종일 흰옷만 입으니까."
"또 다른 건요?"
"어린 과부."
초만녕은 도통 영문을 알 수 없었다.
"왜 그런지 알아?"
묵연은 초만녕의 눈동자를 스쳐 간 살기를 꿈에도 모른 채 낄낄거렸다.
"하루 종일 흰옷만 입고 있으니까."
초만녕의 집중력이 좋았으니 망정이지 하마터면 자제력을 잃을 뻔했다.
"그, 그리고요?"
"아이고."
묵연이 설몽의 안색을 살피더니 소곤거렸다.

#34 백무상 白無常. 선한 사람을 좋은 길로 인도하는 저승사자

"계속 얘기했다가는 우리 아우님께서 내 머리에 밥상을 엎을지도 몰라."

설몽은 탁자를 탁 내리치며 이를 부득부득 갈았다.

"말도 안 돼! 누가 감히 사존께 그런 별명을 붙여. 배추며 찐빵으로도 모자라 과부까지? 죽고 싶어 환장했나, 다들?"

"어허."

묵연이 웃음을 참으며 말했다.

"고작 이걸로 화를 내면 쓰나. 여제자들이 사존을 뭐라고 부르는지 알아? 윽, 오글거려."

설몽이 눈을 부릅뜨고 물었다.

"뭐라고 부르는데?"

묵연이 나른하게 말했다.

"뭐라고 하겠어, 뻔하지. 말로 얼마나 고상을 떠는지, 어슴푸레한 달빛 아래 배나무 꽃이라는 둥, 초봄의 하얀 눈이라는 둥, 임안의 낭군이라는 둥, 서호의 연꽃이라는 둥, 맙소사."

초만녕과 설몽은 할 말을 잃었다.

"이 정도면 그래도 양반이야. 탐랑 장로처럼 용모가 평범하고 성깔 더러운 장로의 별명은 그야말로 가관이라니까."

탐랑 장로는 스무 명의 장로들 가운데 초만녕과 사이가 제일 안 좋은 사람이었다.

"탐랑 장로를 뭐라고 부르는데요?"

초만녕이 물었다.

"배추장아찌, 설리홍.[#35] 피부가 까매서."

#35 **설리홍** 일종의 절인 채소

묵연이 웃으며 말했다.

"몽아, 그런 표정 짓지 마. 너도 별명 있어."

설몽이 달걀을 통째로 삼킨 표정을 하고 물었다.

"뭐? 나도 있다고?"

"그럼."

묵연이 웃으며 대답했다.

설몽은 개의치 않은 척하며 목청을 가다듬고 물었다.

"나를 뭐라고 부르는데?"

"꽁지."

"……무슨 말이야?"

"무슨 말이냐니, 모르겠어?"

어깨를 들썩이며 웃음을 참던 묵연은 결국 탁자를 두드리며 박장대소했다.

"공작이 꽁지를 편다[#36]는 말 몰라? 하하하하하."

설몽이 펄쩍 뛰어오르며 화가 나서 소리쳤다.

"묵연! 죽여 버린다!"

배부르게 먹고 사생지전에 돌아오니 벌써 축시[#37]였다. 초만녕은 멍청한 두 제자가 데려다주는 대로 선기 장로의 관할 구역까지 와서 그들과 헤어졌다. 헤어지기 전에 설몽이 내일 다시 대나무 숲에서 만나자고 제안했지만, 초만녕은 언제 원래 모습으로 돌아갈지 몰라 선불리 그렇게 하겠노라 약속하지 못하고 짬

#36 공작이 꽁지를 편다 중국 속담으로, '꽁지가 다 빠진 늙은 공작이 아직도 자신이 예쁘다고 생각하고 꽁지를 펴서 보여 주려고 한다'는 뜻

#37 축시 丑時, 새벽 1시~3시

이 나면 가겠다고만 했다.

제자들이 멀리 가고 난 뒤에야 그는 경공을 써서 기와와 처마를 밟으며 홍련수사로 돌아왔다.

다음 날 아침, 여전히 어린아이의 모습인 자신을 보며 초만녕은 자기도 모르게 우울해졌다.

그는 뚱한 표정으로 의자에 올라서서 구리거울 속에 비친 아이를 한참이나 노려보았다. 머리를 빗을 기분도 나지 않았다. 이런저런 생각 끝에 더는 이렇게 손 놓고 있을 수 없어 설정옹을 찾아갔다.

"뭐라고? 어제 몽이와 연이를 만났다는 건가?"

"네, 선기 장로의 문하라고 했더니 의심하지는 않더군요."

초만녕이 이어서 말했다.

"설몽이 찾아와 물으면 말을 좀 맞춰 주십시오. 그보다, 열흘 넘게 수련했는데 제 증상은 나아질 기미가 보이지 않네요. 계속 이러면 탐랑을 찾아가야 할지도 모르겠습니다."

"허어, 그렇게 체면을 중히 여기더니 어째 이제는 망신당하는 것도 두렵지 않나 보군."

초만녕이 그를 싸늘하게 쳐다보았다. 그런데 그 차가운 눈빛도 어린아이의 얼굴에 있으니 기세가 많이 꺾이는 건 물론, 오히려 토라진 아이가 투정 부리는 것처럼 보였다.

초만녕은 어릴 때도 외모가 제법 반반했다. 설정옹은 저도 모르게 그 준수한 외모에 이끌려 손을 뻗어 초만녕의 머리를 쓰다듬었다.

초만녕이 문득 입을 열었다.

"존주, 제 몸이 회복되면 완사당에 제가 입을 사생지전 의복을 좀 주문해 주십시오. 흰색 말고요."

설정옹은 어안이 벙벙해서 물었다.

"경갑은 싫다고 하지 않았나?"

"가끔은 변화가 필요합니다."

초만녕은 굳은 얼굴로 이 한마디를 남기곤 떠났다.

탐랑 장로는 초만녕과 사이가 안 좋긴 하지만 존주 앞에서는 어쩔 수 없이 언행을 자제했다. 대놓고 초만녕을 조롱하지는 않아도 눈으로는 그런 뜻이 다분했다.

초만녕은 눈을 치켜뜨고 무표정한 얼굴로 탐랑 장로를 바라보았다.

상대의 눈빛이 불꽃처럼 밝게 빛났다.

"부인의 진단이 대체로 맞네."

탐랑 장로가 진맥을 마치고 초만녕의 손목을 놓자 초만녕은 곧바로 손을 움츠려 옷소매를 내렸다.

"그런데 왜 열흘이 넘도록 회복되지 않는 건가?"

탐랑이 말했다.

"고대 신목의 수액은 양이 적어도 효과가 아주 강력하지. 완전히 회복되려면 오랜 시간이 필요할 걸세."

"얼마나?"

초만녕이 엉겁결에 물었다.

"장담할 수는 없지만 한 십 년 정도."

초만녕은 두 눈이 휘둥그레져서 탐랑 장로를 바라보았다. 탐랑은 애써 굳은 얼굴을 하고 있었지만 고소해하는 게 보였다.

"그래, 자네는 십 년은 지나야 원래 모습으로 돌아올 걸세."

초만녕은 그를 한참 바라보다가 정색하며 물었다.

"지금 장난하자는 건가?"

"어찌 감히 옥형 장로님께 그러겠나."

탐랑이 웃으며 말했다.

"내가 봤을 땐 이 모습도 괜찮은데 뭘. 몸이 좀 작아지고 마음이 좀 유치해졌을 뿐 큰 지장 없잖나. 더군다나 법력도 그대로인데 급하게 회복할 필요가 있나?"

초만녕은 얼굴이 시퍼렇게 질린 채 아무 말도 하지 못했다.

탐랑이 말을 이었다.

"물론 십 년 동안 계속 아이의 모습을 유지하는 건 아니네. 수액의 흐름은 자네의 영력과 일맥상통해서 한 석 달에서 다섯 달 정도 아무런 법술도 부리지 않으면 원래 모습으로 돌아갈 것이네."

"그거 참 좋은 방법일세!"

설정옹은 한 줄기 빛이라도 본 것처럼 눈앞이 환해졌다.

그런데 탐랑이 미소를 지으며 이렇게 말할 줄이야.

"존주, 조급해하지 말고 제 말을 끝까지 들어 보십시오. 옥형 장로는 원래의 모습으로 돌아간 뒤에도 법술을 많이 펼칠 수 없습니다. 영력이 소진되면 또다시 수액의 지배를 받아 어린아이의 모습으로 돌아갈 테니까요."

"많이? 그게 얼마나인가?"

설정옹이 호통치며 물었다.

"그것은, 수액이 이미 온몸에 퍼졌기 때문에……."

탐랑이 잠시 뜸을 들이더니 말을 이었다.

"하루에 두 수를 넘겨서는 안 될 겁니다."

초만녕이 차갑고 딱딱한 말투로 말했다.

"귀계의 결계에는 결함이 자주 발생하고 영기와 기갑을 단련하는 데도 법술이 반드시 필요하네. 그런데 하루에 두 수 이상 쓸 수 없다면 폐인과 다를 게 없지."

"그럼 나도 별수 없지."

탐랑이 이상야릇하게 말했다.

"하기야 북두선존이 없으면 세상이 제대로 돌아가기나 할는지."

옆에 있던 설정옹이 애타게 말했다.

"탐랑, 그만 비아냥거리게. 수진계를 통틀어 자네 의술을 따라올 자가 없잖은가. 어서 방법 좀 생각해 보게. 비록 법력은 영향을 받지 않았다고는 하나 어린아이의 몸을 하고 있으니 몸놀림이 전보다 못하지 않겠나. 더군다나 옥형이 금성호에서 상처를 입은 사실이 다른 문파에 알려지면 그들이 무슨 꿍꿍이를 꾸밀지 몰라. 십 년은 길어도 너무 길어. 무슨 좋은 약이 없겠나……."

탐랑 장로가 비꼬듯이 그의 말을 잘랐다.

"존주, 북두선존이 감염된 건 천년 묵은 신목의 수액입니다. 흔해 빠진 독이 아닌데, 당장 저더러 어떡하라는 겁니까."

설정옹은 할 말을 잃었다.

"자, 단약을 만들어야겠습니다."

탐랑이 느긋하게 말했다.

"두 분은 그만 돌아가시죠."

"탐랑!"

설정옹이 뭔가를 더 이야기하려고 하자 초만녕이 그의 옷자락을 당기며 만류했다.

"존주, 가시지요."

두 사람이 문 앞까지 갔을 때 갑자기 탐랑의 목소리가 뒤에서 들려왔다.

"초만녕, 자네가 겸허한 마음으로 납작 엎드려 사정하면 약을 지어 줄 수도 있을 것 같은데? 물론 이런 경우는 나도 처음이지만 그렇다고 해서 대응이 불가능한 것도 아니네. 잘 한번 생각해 보게."

초만녕은 잠시 침묵을 지키다, 고개를 돌려 물었다.

"어떻게 하면 겸허한 마음으로 납작 엎드려 사정하는 거로 쳐줄 건가?"

탐랑은 침상에 비스듬히 기대어 침 꽂이를 느긋하게 정리하며 말했다. 치켜뜬 눈에 비웃음이 가득했다.

"사람은 막다른 골목에 이르면 무릎을 꿇고 머리를 조아리기 마련 아닌가. 어찌 됐든 동료인데 머리 조아리는 건 좀 그렇고, 그냥 무릎을 꿇고 듣기 좋은 말 좀 해 보게. 그럼 흔쾌히 도와주지."

초만녕은 아무런 대꾸도 하지 않고 냉담한 표정으로 그를 바라보았다.

한참이 지나서야 침묵을 깨고 그가 입을 열었다.

"배추장아찌, 내가 보기에 자넨 아직 잠이 덜 깬 것 같군."

말을 마친 그는 소매를 털며 떠났다. 혼자 남겨진 탐랑은 그 자리에 멍하니 앉아 '배추장아찌'가 무슨 뜻인지 한나절이나 생각했지만 짐작조차 가지 않았다.

시간은 하루하루 흘러갔다. 옥형 장로는 대외적으로 폐관 수련을 하는 것으로 알려졌지만 실상은 어린아이의 몸에 갇혀 나오지 못하고 있었다. 이는 설정옹, 왕 부인, 탐랑 장로에게 잇따라 알려졌고, 나중에는 비밀이 탄로 나지 않게 하기 위해 선기 장로에게도 이 괴이한 소식을 알렸다.

순식간에 몇 달이 지나갔다. 홍련수사가 문을 닫아걸고 방문객을 받지 않은 지도 꽤 오래되었는지라 설몽과 사람들은 슬슬 걱정이 되었다.

"사존이 폐관 수련에 들어간 지 칠십 일이 넘었는데 왜 안 나오시는 걸까?"

"영력을 정진하고 계신가 보죠."

사매가 찻잔을 들어 차를 한 모금 마시고는 검은 구름이 가득 낀 하늘을 올려다보며 말했다.

"눈이 내릴 모양이에요. 곧 소한인데 사존께서 섣달그믐 전에 나오실 수 있을지 모르겠네요."

나른하게 검보를 뒤지던 묵연이 그 말을 듣더니 말했다.

"못 나오실걸? 며칠 전에 해당화로 시일이 아직 이르다고 전하셨잖아. 내가 보기엔 안 될 것 같아."

마침 사생지전이 휴일이라 제자들은 수행을 하지 않아도 되었다. 묵연은 두 사람과 함께 차를 우리고 술을 데웠다. 반쯤 걷어 올린 대나무 발 밑에서 수증기가 자욱하게 피어올랐다.

최근 그들과 어울리는 사람이 한 명 늘었는데 바로 선기 장로 문하의 어린 제자 '하사역'이었다.

그날 설몽과 안면을 튼 이후로 설몽은 하루가 멀다 하고 그를 찾아와 함께 수련하며 어울렸고, 그런 날이 많아지니 자연스럽게 그림자처럼 붙어 다니게 되었다.

옥형 문하에 원래 있던 제자 세 명 외에 어린 제자가 한 명 더 생긴 셈이다.

'하사역'으로 둔갑한 초만녕은 탁자 앞에 앉아 간식을 먹고 있었다. 먹는 모습은 품위가 넘쳤으나 속도는 결코 느리지 않았다.

설몽이 무심코 그 모습을 힐끔 쳐다보곤 빠른 속도로 비워지는 접시를 보며 감탄했다.

"와, 꼬마 사제는 누굴 닮아서 식성이 이렇게 좋아?"

초만녕은 침착하게 계화꽃떡을 우물우물 삼켰다. 떡이 너무 맛있는데 옆에서 뺏어 먹고 있던 터라 초만녕은 설몽에게 대꾸할 겨를이 없었다.

묵연과 초만녕의 손이 동시에 마지막 허화수[#38]를 잡았다. 눈이 마주친 두 사람이 서로를 매섭게 노려보았다.

"손 놔요."

"싫어."

"놓으세요."

"넌 이미 여덟 조각이나 먹었으니 이건 내 거지."

"다른 건 양보할 수 있는데 허화수는 안 돼요."

묵연은 그를 잠시 노려보다가 필살기를 꺼내 들었다.

"사제, 단거 많이 먹으면 충치 생겨."

"상관없어요."

#38 허화수 연꽃 모양의 과자

초만녕이 침착하게 받아쳤다.

"전 여섯 살밖에 안 됐는데 창피할 게 뭐 있어요."

묵연은 말문이 막혔다.

퍽 소리와 함께 설몽이 혀를 끌끌 찼다.

"묵미우, 너 창피하지도 않냐? 나이가 몇 살인데 사제 간식을 뺏어?"

묵연이 아이고 소리와 함께 머리를 부여잡는 틈을 타 초만녕은 담담한 얼굴로 냉큼 허화수를 집어 만족스럽게 한 입 베어 물었다.

"사제!"

초만녕은 묵연을 전혀 아랑곳하지 않고 간식을 먹는 데에만 집중했다.

네 사람이 한참 시끌벅적 놀고 있는데 날카로운 휘파람 소리가 하늘에 울려 퍼지며 사생지전을 울렸다. 초만녕이 얼굴을 굳히며 말했다.

"집합 알림?"

설몽이 대나무 발을 걷어 올리고 밖을 내다보니 오가던 제자들도 의아하다는 듯 일제히 발걸음을 멈추고 두리번거렸다.

집합을 알리는 휘파람 소리가 울리면 사생지전에 있는 사람들은 반드시 모두 단심전 밖에 있는 광장에 모여야 한다. 그 말인즉슨 긴급한 일이 아니면 휘파람을 불지 않는다는 말이다. 초만녕이 문파에 입문하기 전, 귀계 결계가 파손될 때 종종 울렸던 휘파람 소리였다. 초만녕이 입문한 뒤에는 오랫동안 울린 적이 없었다.

사매는 들고 있던 서책을 내려놓고 설몽 옆으로 다가가 걱정스레 말했다.

"이상하네요, 무슨 일이길래 이렇게 다급하죠?"

"모르겠어. 일단 나가 보자."

묵연은 혼자 아무 말도 하지 않았다. 그는 입술을 오므리고 눈을 내리깔아 눈빛에 드러나는 부자연스러움을 애써 가렸다. 그는 이 휘파람 소리가 무엇을 의미하는지 알고 있었다. 다만 이 일이 예상했던 것보다 빨리 일어나서 조금 당황스러웠다…….

네 사람이 사생지전에 도착하자 다른 제자들도 속속 모여들었고, 얼마 지나지 않아 모든 장로와 제자들이 드넓은 단심전 앞 광장을 꽉 채웠다.

모두 모이자 설정옹이 굳게 닫힌 단심전의 문을 열고 나와 옥띠를 두른 난간 앞에 섰다. 난간 밑으로 청석 계단이 길게 뻗어 있었다. 산뜻하고 아름다운 여인 여섯이 그의 뒤를 따랐다. 여섯 여인은 모두 용모가 수려하고 냉담한 표정을 짓고 있었다. 여인들은 매서운 날씨에도 얇디얇은 홑겹 옷을 걸치고 바람을 맞으며 꼿꼿하게 서 있었다. 타오르는 노을처럼 붉은 치마를 입은 여인들은 눈동자가 불꽃처럼 형형하게 빛나고 허리에 두른 비단 띠가 춤추듯 하늘거렸다. 그들은 모두 미간에 불꽃의 흔적을 가지고 있었다.

순간 설몽은 경악을 금치 못했다.

설몽뿐만 아니라 자리에 있는 모두가 여섯 여인을 보고 안색이 급변했다.

설몽은 한참을 넋 놓고 바라보다가 겨우 떨리는 목소리로 중얼거렸다.

"우민 선사잖아……. 저, 저들은 주작 선경에서 내려온 걸까?"

53장 본좌는 불안하다

주작 선경은 선경이라 불리지만 그곳에는 신선이 살지 않는다. 거기에는 신선과 요괴의 피가 절반씩 섞인 기이한 사람들이 산다.

그들은 수진 대륙에서 신선과 가장 비슷한 존재로, '우민(羽民)'이라 불리기도 한다.

우민은 대대로 외딴 구화산 미궁에서 생활하면서 그들만의 도화원을 가지고 있어 속세의 일에 별로 관여하지 않는다. 그러나 신선의 피가 흐르기는 하지만 절반은 속세의 육체이기 때문에 완전히 해탈하지는 못하고, 수진계를 동요시키는 위태로운 순간이 오면 현신하여 막강한 영력으로 속세의 인간들을 도와 난관을 극복한다.

묵연이 전생에 떠들썩하게 소동을 벌였을 때 우민이 무더기로 모습을 드러낸 적이 있었다. 그러나 그들의 실력은 금지 술법의 경지가 최고에 다다른 인간계의 지존에 미치지 못했고 결국 우민은 묵연에 의해 말살되었다. 묵연은 여기저기 고여 있는 비리고 퀴퀴한 피와 도처에 널브러져 있는 그들의 시체를 밟고 섰다.

그리고 그들을 불태워 버렸고 주작 선경은 하루아침에 종적을 감추었다.

사후에도 그때를 생각하면 식은땀이 줄줄 흘러 흠뻑 젖을 만큼 그 기억은 굉장히 잔인한 것이었다. 그때의 묵연은 악귀가 들린 것처럼 잔혹했다.

그런데 지금은 우민과 겨룰 만한 실력이 없는 게 분명하다. 종족의 우위 때문에 신선 수련자들은 영력이 우민에 못 미쳐, 사생지전을 통틀어 그들과 무예를 겨룰 만한 사람은 아마도 몇몇 출중한 장로들밖에 없을 것이다.

설몽은 무심코 묵연의 얼굴을 보고 깜짝 놀라 물었다.

"너 왜 그래? 얼굴이 왜 이렇게 창백해?"

"아무것도 아니야."

묵연이 눈을 떨구며 낮은 소리로 안심시켰다.

"너무 급하게 뛰어와서 그래."

우민이 속세로 내려오면서부터 전생에 사매의 비극은 시작되었다. 묵연은 심장이 목구멍으로 튀어나올 지경이었다. 그는 이 일이 한참 뒤에야 일어날 것으로 생각했다. 왜 이번 생은 많은 일이 전생과 다르게 진척되는 것일까?

쇠약한 석양이 하늘에서 서서히 새하얀 빛을 내뿜으며 겨울의 사생지전을 내리비췄다.

햇빛을 받으며 서 있던 묵연은 저도 모르게 사매의 손을 꼭 잡았다.

사매가 어리둥절해하며 물었다.

"무슨 일이야?"

묵연은 말없이 고개를 흔들었다.

이때 설정옹의 목소리가 울려 퍼졌다. 그가 하는 말은 전생과 크게 다르지 않았다.

"오늘 너희들을 단심전 앞에 모이라고 한 건 팔십여 년 만에 우민 선사가 속세로 내려왔기 때문이다. 팔십 년 전과 마찬가지로 인류가 위험에 처할 것을 미리 알고 구원하러 도화원을 떠나 인간 세상으로 내려왔다."

그는 잠시 말을 멈추고 아래에 새까맣게 서 있는 제자들을 천천히 둘러보았다.

"너희들도 알다시피 귀계 결계는 태초신 복희가 세웠다. 그런데 백만 년 동안 결계가 점점 약화되어 수십 년에 한 번씩 무너졌다. 최근 몇 년 동안 귀계 결계의 힘이 날이 갈수록 약해져, 너희들이 큰 힘으로 도와주고 있기는 하나……."

설몽이 낮은 소리로 불만을 드러냈다.

"아버지 정말 허튼소리 하시네. 누가 봐도 사존 혼자 도와주고 있구먼."

"너희들이 큰 힘으로 도와주고 있기는 하나, 귀계의 균열이 점점 더 커져 끝내는 수십 년 전처럼 완전히 붕괴될 것이다. 그렇게 되면 온갖 흉령과 귀신들이 세상을 덮치고 인간계와 귀계의 경계가 허물어져 사람들이 고통에 허덕이게 된다. 이 같은 참극을 막기 위해 우민 선사가 수진 문파들 가운데서 영력과 자질이 가장 뛰어난 인재를 선발하여 도화원으로 데려가 수련을 시킬 것이다."

말을 마치자 제자들이 웅성웅성 떠들어 댔다.

우민이 인재를 선발하여 도화원에 데려가 수련을 시킨다고?

제자들은 경이로워하는 와중에 흥분을 감추지 못했다. 자질이야 어떠하든 모두들 은근한 기대를 품고 있는 것 같았다.

그런데 단 한 사람, 묵연만이 좋아하는 기색이 전혀 없을뿐더러 눈가에 걱정마저 감돌았다. 그는 평소에 속내를 감추는 것에 능해 사람들로 하여금 거짓인지 진실인지 헷갈리게 했지만, 지금 이 순간만큼은 감정을 숨기지 못하고 있었다.

이 일은 사매의 생사를 가르는 일이었다. 그때 사매는 우민에게 발탁되어 도화원으로 수련을 떠났다. 그가 돌아오고 나서 얼마 못 가 귀계에 큰 균열이 생기면서 망령 떼가 지옥에서 인간 세상으로 기어 올라오는 사태가 벌어졌다.

전대미문의 대참사를 막기 위해 사매와 초만녕은 힘을 모아 함께 싸웠다. 그들은 각자 한쪽 진영을 지키며 가장 큰 균열을 막기 위해 손잡고 처절하게 맞섰다. 그러나 사매의 힘은 결국 초만녕에 못 미쳤고, 셀 수도 없이 많은 악귀가 인간계로 가는 통로가 닫히려고 하자 하나같이 사매에게 몰려들어 어마어마한 살기로 순식간에 간신히 결계의 평형을 유지하고 있던 사매를 그대로 뚫어 버렸다!

망령 떼의 사악한 기운이 그를 뚫고 지나간 것이다.

그러는 동안 초만녕은 지켜보고만 있었다. 그는 사매가 반룡기둥 꼭대기에서 추락하던 그 순간, 온갖 법술을 모두 동원해 사매가 미처 봉합하지 못한 균열을 혼자 힘으로 모두 봉합했다.

함박눈이 내리던 어느 날, 사매는 그렇게 눈에 띄지 않는 하나의 작은 눈송이처럼 높은 허공에서 흩날리며 떨어졌다.

셀 수 없이 많은 눈송이가 끝도 없이 흩날렸다. 그 누가 육각형의 그 작은 결정체를 마음에 두랴. 대대손손 수많은 보통 사람들의 죽음을 혈육 외에는 아무도 슬퍼하지 않는 것처럼.

흩날리는 눈 속에서, 불타오르는 봉화 속에서, 묵연은 호흡이 점점 약해지는 사매를 부둥켜안고 한 번만 그를 봐 달라고, 살려 달라고 무릎 꿇고 초만녕에게 사정했다.

그런데도 초만녕은 냉정하게 돌아서서 새하얀 설원으로 사라졌다. 그는 중생들을 위해 대의를 선택했고 스승과 제자의 정은 한순간에 사라졌다.

얼마나 가소로운가.

초만녕이 좋아하고 중요하게 생각하며 추구하는 것들은 모두 가소롭기 짝이 없었다.

가령 초만녕은 빗소리를 들으며 연꽃을 감상하고, 음조가 조화롭고 의미가 상대되며 글자 수가 딱 맞아떨어지는 두보(杜甫)의 율시(律詩)를 좋아했다.

초만녕은 봄에 새싹이 움트고 가을에 매미가 죽고 어디선가 전쟁이 일어나고 어딘가의 서민들이 살아가기 힘든지에 마음 쓴다.

게다가 초만녕은 늘 제자들에게 도를 닦는 이라면 중생을 먼저 생각하고 자신은 마지막에 두어야 한다고 가르쳤다.

빌어먹을 놈의 중생!

알지도 못하는 사람들인데 죽든 살든 무슨 상관이란 말인가?

초만녕은 빗속에서 갈 곳 없는 영혼들이 속삭이고 초목에는 유랑민들의 눈물이 묻어 있다고 생각할지 몰라도, 묵연은 그렇게 느끼지 않았다. 묵연에게 비는 평범한 비일 뿐이고 초목은 별반 다를 것 없는 초목일 뿐이었다. 백성이란 종이에 적힌 글자에 불과할 뿐, 제기랄 누가 신경이나 쓴단 말인가.

그래서 그는 초만녕이 위선적이고 비열하다고 생각했다. 말끝마다 인의도덕을 내세우지만 옹색한 마음은 제자조차 품지 못할 만큼 좁다고 여겼다.

후에 그는 초만녕에게 가슴이 아프지 않냐고, 불안하긴 하냐고 따져 물었다. 중생을 먼저 생각하고 자신은 마지막에 두어야 한다면서 정작 당신은 지금 멀쩡하게 살아 있지 않냐고, 사매는 당신 말을 듣고 죽은 거라고. 당신이 그를 죽인 거야. 거짓말뿐인 위선자!

양심이란 게 있긴 해?

추락하면서 사매는 당신을 불렀는데, 사존을 외쳤는데 들리기는 했어? 듣기는 했어? 왜 그를 구하지 않았어……. 왜 그를 구하지 않았냐고!

초만녕, 당신의 심장은 돌로 만든 게 분명해.

당신은 한 번도…….

한 번도 우리를 마음에 둔 적 없었던 거야.

한 번도…… 단 한 번도…….

그 후의 일은…….

초만녕은 수진계에서 모두가 존경하는 무관의 제왕이 되었고,

죽은 자는 아무도 기억하지 않았다. 사매는 그렇게 하찮은 돌계단처럼 모두에게 짓밟혔다.

초만녕은 자질이 부족한 제자와 이른바 태평성세를 맞바꾼 것이다.

그가 잘못했다고 말하는 사람은 아무도 없을 것이다.

하지만 묵연은 초만녕이 쓰고 있는 휘황찬란한 그 왕관이 죽은 자의 뼈로 만들어졌음을 잘 안다. 그의 성취가 사매의 죽음과 맞바꾼 것임을 안다. 그래서 묵연은 그를 뼛속까지 증오했다.

“이봐, 선군.”

“어이.”

갑자기 따뜻한 손 하나가 그의 이마에 닿았다. 깜짝 놀란 묵연은 어두운 기억에서 빠져나오며 눈을 번쩍 떴다.

연꽃처럼 아름답고 노을처럼 밝은 여린 얼굴이 눈에 들어왔다. 어느새 우민 선사가 다가와 미소 짓고 있었다.

“이렇게 좋은 기회를 앞에 두고 무슨 생각을 그렇게 하지?”

“아, 선녀 누님, 별거 아닙니다.”

묵연은 사람들이 이상하게 생각할까 봐 간신히 정신을 차리고 웃으며 우민 선사에게 말했다.

“제가 워낙 몽상에 빠져 있는 걸 좋아해서, 간택을 받아 도원선경이 어떻게 생겼는지 구경이나 해 봤으면 좋겠다 생각하다 그만 과하게 몰입했네요. 실례했습니다.”

묵연이 옛날 생각에 빠져 있는 동안, 우민이 벌써 내려와 적합한 인재를 고르고 있었다. 전생에 어찌하여 그런 재난이 닥쳤는지 알 수 없어 꼬리에 꼬리를 무는 생각에 시달리는 바람에,

묵연은 주변의 움직임조차 느끼지 못하고 있었던 것이다.

우민 선사는 아리따운 모습으로 생긋 웃더니 대뜸 생각지도 못한 말을 건넸다.

"내가 보니까 너는 영력도 맑은 데다 보기 드문 자질까지 갖췄구나. 그렇게 도화원에 가고 싶거든 나와 같이 가자."

그 말에 묵연은 화들짝 놀랐다.

도화원에 가자고?

전생에는 분명 사매와 초만녕 두 사람만 뽑혔는데, 어째서 이번 생에는…….

그는 너무 놀란 나머지 말문이 막혔다. 우민의 선택을 받는 일은 본디 경악할 만한 일인지라 주변 사람들은 별로 수상함을 느끼지 못하고 그저 부러운 눈빛으로 그를 바라보았다.

우민은 묵연을 단심전으로 데려갔다. 격렬하게 뛰던 심장도 다시금 차분해졌고, 눈에는 아무도 눈치채지 못한 기쁨마저 어려 있었다.

아니나 다를까 이번 생은 조금 달라졌다.

물론 아직까지는 이런 변화가 약이 될지 독이 될지 알 수 없고 운명이 어떻게 바뀌었는지도 모르지만, 적어도 도화원에 갈 수 있게 되었다. 어찌 됐든 우민을 따라 법술을 수련하면 때가 되었을 때 결계를 봉합하는 중책을 사매가 아닌 그가 맡을 수도 있었다.

그는 무식쟁이라 인생 2회 차지만 중생을 먼저 생각하고 자신을 마지막에 두는 것이 뭔지 알지 못했다.

사매는 세상에서 그를 제일 아껴 주는 사람이었고, 그런 그보다 중요한 건 없었다.

몸뚱어리도 영혼도 중요치 않았다.

사매를 살릴 수만 있다면 그런 건 백 번도 내줄 수 있었다.

그런데 우민의 선택을 받아 단심전 앞에 모인 사람들을 둘러보니 전생과는 완전히 달랐다.

사매는 이번에도 뽑혔다. 수행 중인 관계로 초만녕은 선발에 참석하지 못했고 당연히 당선자 중에는 그가 없었다. 그런데 대신 선기 장로 문하의 꼬마 제자 하사역이 뽑혔다.

묵연을 더욱 의아하게 만든 건 설몽도 도화원에 초대받았다는 것이었다. 선사의 말을 빌리자면, 설몽을 뽑은 이유는 이러했다.

"네 몸에 구진상궁의 패검 위력이 남아 있는 것 같아, 재밌구나."

이윽고 멀지 않은 곳의 거대한 탑에서 나는 둔탁한 종소리가 사생지전 안에 울려 퍼졌다.

"하수진계 사생지전에서 선발된 선군은 설자명, 묵미우, 사명정, 하사역 네 명입니다."

우두머리 우민 선사는 설정옹과 상의하더니 소식을 전할 구관조 한 마리를 꺼냈다.

우민은 깃털이 반지르르한 새를 손끝에 앉히고 맑고 우아한 목소리로 계속해서 말했다.

"네 사람은 모두 적합한 자질을 갖추고 천성이 순수한 뛰어난 인재들입니다. 이에 상선에게 아룁니다."

말을 마치고는 새를 날려 보냈다. 구관조는 우민의 말을 새기고 튼튼한 날개를 푸드덕거리며 하늘 높이 사라졌다.

도화원에 가서 선술을 수련하는 일은 대단히 뛰어난 무용을 얻는 것보다 더욱 얻기 어려운 기회이니 거절할 사람은 아무도 없었다. 또한 수련하게 될 선술은 귀계 결계의 대규모 붕괴를 막기 위한 신선 수련자의 책임이므로 더욱 거절할 사람이 없었다.

수행 기간은 짧으면 몇 달, 길면 삼 년에서 오 년 정도로 정해진 건 없었다.

우민은 그래도 인지상정을 모르진 않았다. 새해가 다가오자 특별히 섣달 그믐날을 잘 보낸 후에 구화산 도화원으로 떠날 수 있게 해 주었다.

얼마 후 사매와 함께 도화원으로 수행을 떠난다는 생각에 묵연은 자못 기뻤다. 그러나 그 기쁨은 얼마 못 가 서서히 사라져 갔다. 처음에는 그 이유를 알 수 없었으나, 어느 날 사생지전 남쪽 기슭을 지나다가 문득 고개를 들어 결계에 굳게 닫힌 홍련수사를 보고서야 그 이유를 알 수 있었다.

묵연은 발걸음을 서서히 늦추어 제자리에 멈춰 서더니 고개를 들어 안개가 자욱한 먼 산을 바라보았다.

초만녕이 폐관 수련을 시작한 지도 어느덧 석 달이 넘었다.

이번 생에는 그에 대한 증오심이 점점 옅어져 가는 것 같다……. 초만녕이 자신과 사매를 버리고 떠날 때의 낯짝을 잊지 말자고 반복해서 스스로를 상기시키다가도 가끔은 측은지심이 생겨 몹시 심란했다.

함께 걸어가던 하사역은 묵연이 남쪽 기슭을 바라보며 안색이 달라진 것을 눈치채고 속으로 은근히 감동을 받아 넌지시 물었다.

"왜 그래요?"

"꼬마 사제, 우리가 떠나기 전에 나올 수 있을까?"

"……누구 말이에요?"

잠시 생각에 잠겨 있던 묵연은 이내 정신을 차리고 초만녕을 향해 웃어 보였다. 그동안 어울리면서 보니 이 꼬마 사제는 영리하고 사리가 밝은 것이 상당히 맘에 들었다.

"내 사존 말이야, 옥형 장로."

"그렇군요……."

초만녕이 말했다.

묵연은 한숨을 내쉬며 중얼거렸다.

"이렇게까지 오랫동안 폐관하신 적은 없었는데, 금성호에서 정말 많이 다치신 걸까?"

그가 먼저 사존을 언급한 건 오랜 시간을 통틀어 처음 있는 일이었다.

초만녕은 그럴 리가 없다는 것을 알면서도 참지 못하고 조심스레 물었다.

"사존이…… 보고 싶어요?"

54장 본좌는 만두를 빚었다

상대가 이렇게 묻자 묵연은 괜스레 가슴이 두근거렸다.

나는 그를 그리워하고 있는 걸까?

전생에는 도저히 화해할 수 없을 정도로 원한이 깊었지만, 이번 생에서 초만녕은 그를 저버리는 일을 한 적이 없을뿐더러 오히려 역경에 처할 때마다 상처와 병에 시달리면서도 그를 지켜줬다.

한참이 지나서야 묵연은 천천히 입을 열었다.

"응……. 나 때문에 여러 번 다치셨어."

그 말에 마음이 훈훈해진 초만녕이 뭔가 말하려는 순간, 묵연이 예상치 못한 말을 덧붙였다.

"큰 은혜를 입었어. 얼른 나으실 수 있게 도움을 드리고 싶어. 너무 많은 빚을 지고 싶지 않아."

초만녕은 순간 가슴속의 온기가 흐름을 멈추고 그대로 얼어 버리는 듯한 느낌이 들었다.

잠시 굳어 있던 초만녕은 자신이 너무 한심하게 느껴졌다.

묵연은 처음부터 사제지간의 정에 불과하다고 했는데, 그는 스스로 조금의 희망이라도 보이면 앞뒤 재지 않고 불길 속에 뛰어들었던 것이니 잿더미가 되어도 누굴 탓할 게 없었다.

본전도 못 찾은 초만녕은 애써 웃음을 지어 보였다. 어색하기 짝이 없는 웃음이었다.

"너무 마음에 두지 마세요. 그의 제자인 이상 빚지고 말고 할 게 뭐 있어요. 모든 건 사존이 기꺼이 원해서 한 일인걸요."

묵연은 눈동자를 돌려 그를 보며 말했다.

"너도 참, 나이도 어린 것이 어찌 늘 그리 굳은 표정으로 어른 흉내를 내며 말하냐?"

그는 빙그레 웃으며 초만녕의 머리를 쓰다듬었다.

묵연의 손길을 받으며 웃고 있던 초만녕의 눈에 서서히 눈물이 고였다. 그는 눈앞의 찬란하고 생기 넘치는 얼굴을 바라보며 낮은 소리로 말했다.

"묵연, 당신이랑 안 놀래. 이 손 놔요."

둔해 빠진 묵연은 그의 표정에서 평소와 다른 점을 읽어 내지 못했다. 더군다나 평소에도 '하사역'과 웃고 떠들며 어울리다 보니, 여느 때처럼 어린아이 다루듯이 초만녕의 매끈매끈하고 보드라운 볼을 꼬집으며 그의 입꼬리를 살짝 올려 익살스러운 표정을 만들었다.

"크흡. 꼬마 사제, 왜 또 화가 났을까?"

초만녕은 묵연의 눈동자에 비친 풋내가 풍기는 아이의 모습을 바라보았다. 묵연이 억지로 만들어 준 웃음은 가엾고 우스꽝스러운 괴물처럼 흉해 보였다.

"손 떼."

묵연은 여전히 아무것도 눈치채지 못하고 평소처럼 그를 달랬다.

"알았어, 알았어. 화 풀어. 앞으로는 애늙은이 같다고 하지 않을게. 응? 자, 화해. 사형~ 해 봐."

"이 손 놓으라고……."

"착하지, 사형이라고 부르면 이따가 계화꽃떡 사 줄게."

초만녕은 결국 눈을 감고 속눈썹을 파르르 떨며 잠긴 목소리로 말했다.

"묵연, 나 지금 농담하는 거 아냐. 정말 당신이랑 놀고 싶지 않다고. 날 놔줘. 진짜 이 손 치워 주면 안 돼?"

그가 가늘고 긴 눈썹을 찡그렸다. 눈을 감고 있어 눈물이 흐르지는 않았지만 어느새 목이 메었다.

"묵연, 아파……."

마음에 사람을 담고 있는 일은 너무나도 아팠다. 그는 조심스럽게 묵연을 가슴 깊이 품고 있었다. 자신을 좋아하지 않아도 상관없었다. 묵묵히 그리워하고 지켜 줄 수만 있다면 얻지 못해도 좋았다. 아무래도 좋았다.

그러나 그 사람은 남들에겐 친절하게 대하면서 그에게는 늘 날카로운 가시를 세웠다. 그는 묵연을 가슴에 감싸고 살았다. 상대의 작은 움직임 하나에도 피가 철철 흘렀다. 그렇게 하루하루 흉터가 미처 아물기도 전에 새 상처를 입었다.

그러다 문득 깨달았다. 얻으려고 애쓰지 않아도 상대가 가슴

속에 남아 있는 한 그의 아픔은 영영 멈추지 않으리라는 것을.

그런 아픔 속에서 얼마나 더 버틸지, 언제 무너질지 그는 알 수 없었다.

마침내 이상한 낌새를 느낀 묵연은 황급히 손을 떼고 상기된 그의 얼굴을 어루만지며 어찌할 바를 몰라 했다. 초만녕은 어린 아이의 모습으로 변한 것이 좋을 때도 있다고 생각했다.

거리낌 없이 아프다고 말하고 약한 모습을 보여도 되니까.

어찌 됐든 묵연의 따뜻한 눈길을 받을 수 있으니까.

예전에는 상상도 할 수 없는 일이었다.

어느새 섣달 그믐날이 되었다. 사생지전에서 일 년 중 가장 떠들썩하고 한가로운 순간이었다. 제자들은 춘련[#39]을 붙이고 눈을 치우느라 바쁘고, 맹파당의 주방장은 아침부터 저녁까지 연말 연회를 위한 진수성찬을 준비하느라 쉴 새 없이 일했다. 장로들도 각자 능한 법술로 명절 분위기를 더했다. 탐랑 장로는 샘물을 맛 좋은 술로 탈바꿈시켰고, 선기 장로는 자신이 기르는 불다람쥐 3천여 마리를 풀어 문파 곳곳을 지키게 했다. 녹존 장로는 제자들이 만든 눈사람에 주문을 걸어 요리조리 뛰어다니며 사람들에게 '새해 복 많이 받으세요.'를 외치게 했다.

사람들은 옥형 장로에게 아무것도 기대하지 않았다. 사실상 옥형 장로는 아직 폐관 수련 중이며 오랫동안 당최 모습을 드러내지 않았기 때문이다.

설몽만이 창가에 서서 어느새 어지럽게 흩날리는 해당화 꽃잎

#39 춘련 새해에 빨간 종이에 써서 문이나 기둥에 붙이는 글귀. 주로 집안의 평안이나 새해 소망을 빈다.

을 바라보며 생각에 잠긴 듯 중얼거렸다.

"오늘이 지나면 떠나야 하는데 결국 떠나기 전에 사존을 뵙지 못하게 됐네. ……사존은 대체 뭘 하고 계신 걸까?"

"당연히 수행 중이시지."

묵연이 사과를 한입 베어 물며 웅얼웅얼 말했다.

"밤이 되면 장로들이 공연을 하는데 정말 아쉽게 됐어. 이 자리에 계셨더라면 사존도 공연을 하셨을 텐데. 어떤 공연을 보여 줬을까?"

이 말을 하고는 그가 웃음을 터뜨렸다.

"아마도 어떻게 '화를 내는지' 보여 줬겠지?"

설몽이 그를 노려보며 쏘아붙였다.

"어떻게 '묵미우를 때려죽이는지'를 보여 주는 게 아니고?"

설 명절이다 보니 설몽의 살벌한 농담에도 묵연은 화를 내지 않았다. 그러다 불현듯 무언가 생각났다는 듯 물었다.

"맞다, 오늘 꼬마 사제 봤어?"

"하사역?"

설몽이 말했다.

"못 봤어, 선기 문하 제자잖아. 매일 우리와 어울려 다니는 것도 눈감아 주었는데 명절마저 우리와 함께 있으면 그 아이의 스승님이 화내지 않겠어?"

묵연이 크게 웃으며 수긍했다.

"하긴 그러네."

어느덧 홍련수사에 노을이 드리웠다.

초만녕은 환약 한 알을 손에 쥐고 꼼꼼히 훑어보았다. 맞은편에는 설정옹이 앉아 있었다. 초만녕이 차를 권하지 않자 스스로 한 잔 따라 마시고 접시에 담긴 떡을 거침없이 집어 먹었다.

노려보는 초만녕의 시선을 전혀 눈치채지 못한 채 그는 떡을 우걱우걱 씹으며 말했다.

"옥형, 그만 좀 봐. 탐랑이 말은 독하게 해도 마음씨는 나쁘지 않다네. 설마 옥형을 해치기야 하겠나."

"……존주, 무슨 생각을 하시는 겁니까."

초만녕이 담담하게 말했다.

"다만 탐랑 장로가 저를 원래 모습으로 돌아가게 해 줄 단약을 어렵사리 만들어 줬는데, 만드는 김에 몇 알 더 만들어 필요할 때마다 먹을 수 있게 해 주면 좋지 않나, 그런 생각을 하고 있었습니다."

"아이고, 그게 어디 쉬운 일인가?"

설정옹이 말했다.

"이 약을 만드는 데 필요한 약재는 아주 희귀한 것이어서 세 알을 만드는 데 벌써 다 소진했어. 이것도 영구적인 해법은 아닐세."

초만녕이 낮은 소리로 읊조렸다.

"그렇군요. 정말 고맙습니다."

"하하."

설정옹이 손을 저었다.

"사실 옥형과 탐랑은 꽤 닮았어. 둘 다 말은 까칠하게 해도 마음씨는 나쁘지 않지."

초만녕이 그를 째려보고는 말없이 차를 한 잔 따라 자신을 원래의 모습으로 돌아가게 해 줄 단약을 꿀꺽 삼켰다.

설정옹이 떡을 하나 더 집으려는 그때, 초만녕이 그의 손을 잡고 눌렀다.

"왜 그러나?"

존주가 불만스레 물었다.

초만녕이 대답했다.

"제 겁니다."

설정옹은 어이가 없어서 할 말을 잃었다.

어둠이 내려앉자 사생지전의 제자들이 하나둘 맹파당에 모여들었다. 장로들이 제자들을 데리고 한데 모여 앉아 반죽을 만들어 만두를 빚고 있었다. 눈사람과 불다람쥐들이 그들 사이를 오가며 소금 통, 고춧가루, 잘게 썬 대파를 담은 접시와 잡동사니들을 날랐다.

연회석마다 시끌벅적 웃고 떠들기에 바빴지만, 옥형 장로네 연회석만은 제자들이 모두 자리한 가운데 정작 스승의 자리가 비어 있었다.

설몽이 주변을 둘러보며 한숨을 내쉬었다.

"사존이 보고 싶어."

사매가 온화한 목소리로 다독였다.

"며칠 전에 사존이 명절 잘 보내고 도화원에서 수련 열심히 하라고 서신을 보내셨잖아요. 관문을 나오면 우리를 보러 오신다고 말이에요."

"말은 그렇게 하셨지만 언제 나오실지도 모르고……."

탄식하며 풀이 죽어 문간 쪽을 무심코 보던 설몽은 순간 흠칫하며 재빨리 자세를 똑바로 고쳐 앉았다. 그러곤 두 눈을 동그랗게 뜨고 맹파당 쪽을 멍하니 바라보았다.

순간 사색이 되었던 설몽의 얼굴에 다시금 발그스름하게 혈색이 돌더니, 반짝이는 눈동자로 흥분한 나머지 말까지 더듬었다.

"저…… 저기……."

묵연은 선기 장로가 기르는 기이한 동물이 나와 흥을 돋우는 것뿐인데, 견식이 얕은 설몽이 별것도 아닌 일로 야단을 피우는 줄 알았다.

"뭔데 그래? 귀신이라도 봤어? 호들……."

묵연은 히죽거리며 무심코 고개를 돌려 설몽이 가리키는 쪽을 보았다.

그는 '갑' 자를 끝내 내뱉지 못했다.

활짝 열린 대청문 밖, 눈 내리는 황혼 무렵. 초만녕이 새하얀 옷에 소매 없는 선홍색 외투를 걸치고 우아하게 종이우산을 접어 얇게 쌓인 눈을 털어 내고 있었다. 그는 눈꺼풀을 올려 형형하게 빛나는 눈동자를 드러내며 담담하게 제자들을 바라보았다.

그 눈빛에 묵연은 심장이 두근거리고 손에 땀이 고이고 저도 모르게 호흡이 가빠졌다.

맹파당은 서서히 고요해졌다. 평소에도 초만녕이 맹파당에 나타나면 제자들은 감히 찍소리도 내지 못했는데 하물며 오랜만에 모습을 드러냈으니 오죽하랴. 눈 내리는 섣달 그믐날 밤, 눈송이가 살포시 내려앉은 그의 얼굴은 더욱 수려해 보였고 눈썹은 한층 새까맣고 윤기가 났다.

묵연이 자리에서 일어나 중얼거렸다.

"사존……."

설몽이 벌떡 일어나 새끼 고양이처럼 초만녕을 향해 내달리더니 그의 품에 와락 안겼다.

"사존!"

초만녕의 옷은 눈에 젖어 몹시 차가웠지만 설몽은 한겨울에 연탄불을 끌어안은 것처럼 온몸으로 따스함을 느끼며 신나서 떠들었다.

"사존, 드디어 나오셨네요. 떠나기 전에 못 뵙는 줄 알았는데, 역시 사존은 저희를 아끼시는군요. 사존, 사존……."

사매도 허리를 굽혀 절을 하며 반갑게 맞이했다.

"사존, 관문을 나서신 것을 환영합니다."

초만녕은 설몽의 머리를 톡톡 두드리고는 사매를 향해 고개를 끄덕였다.

"이 스승이 조금 늦었다. 가자, 같이 설을 맞이해야지."

그는 연회석에 다가가 설몽의 옆자리에 묵연을 마주하고 앉았다.

초만녕이 나타나자, 떠들썩하던 사람들은 다시금 평소의 차분한 모습으로 돌아가 스승을 따라 옷매무새를 다듬고 단정하게 앉았다. 분위기는 괴상할 정도로 조용해졌다.

연회석에는 밀가루며 고기소, 달걀과 같은 식재료와 반짝반짝 빛나는 동전 한 닢이 놓여 있었다.

묵연은 그들 가운데서 요리를 가장 잘했기 때문에 사람들은 결국 그에게 지휘를 맡기기로 했다.

"그럼, 사양하지 않겠습니다."

묵연이 웃으며 말했다.

"만두피 만들 줄 아는 사람?"

아무도 입을 열지 않았다.

"……좋아, 그럼 내가 만두피를 만들게."

묵연이 말했다.

"사매는 물만두를 잘 만들잖아. 만두소나 물만두소나 별반 다르지 않으니 만두소는 사매가 맡아."

사매가 망설이더니 말했다.

"아무래도…… 조금 다른데, 잘못 만들면 어떡해?"

초만녕이 담담하게 대답했다.

"먹을 수 있으면 된다. 걱정 말거라."

그 말에 안심이 됐는지, 사매가 웃으며 묵연에게 답했다.

"그럴게."

"설몽 너는 물이나 건네주고 옷소매나 걷어 줘. 괜히 돕는다고 나섰다가 방해하지 말고."

설몽은 어이가 없어 아무 말도 하지 못했다.

"사존은……."

묵연이 웃으며 말했다.

"사존은 옆에서 차를 마시면서 쉬시는 게 어때요?"

초만녕이 쌀쌀맞게 대답했다.

"나는 만두를 빚겠다."

"네?"

묵연은 화들짝 놀라 자신의 두 귀를 의심했다.

"뭘 하신다고요?"

"만두를 빚는다고."

묵연은 차라리 잘못 들은 것이었으면 좋겠다고 생각했다.

55장 본좌는 임의 현악기 연주를 다시 들었다

뜻밖에도 초만녕은 솜씨가 서툴기는 해도 결과물은 제법 그럴듯했다. 반들반들 귀여운 만두들이 그의 가늘고 긴 손을 거쳐 차곡차곡 쌓여 갔다.

세 제자는 어안이 벙벙해서 그 모습을 지켜보았다.

"사존, 만두 빚을 줄도 아시네요……."

"이거 지금 꿈 아니지?"

"심지어 잘 빚으셔."

"와……."

그들이 아무리 속닥여도 초만녕의 뛰어난 청력을 피해 가지는 못했다. 초만녕은 입술을 오므리고 속눈썹을 늘어뜨린 채 여전히 무표정한 얼굴을 하고 있었지만 귓불은 살짝 불그레해졌다.

설몽이 궁금증을 이기지 못하고 물었다.

"사존, 만두를 처음 빚어 보시는 거예요?"

"……그렇다."

"그런데도 이렇게 예쁘게 빚으시다니."

"……기갑 만드는 것처럼 주름을 몇 개 잡으면 되는 건데, 어려울 게 뭐 있어."

묵연은 탁자를 사이에 두고 그를 넋 놓고 바라보았다.

전생에 초만녕이 밀가루 음식을 만드는 모습을 본 건 사매가 세상을 떠나고 난 뒤가 처음이자 마지막이었다. 그날 초만녕은 주방에서 사매가 생전에 가장 잘 만들던 음식인 물만두를 만들었다.

그런데 미처 솥에 넣기도 전에 묵연이 이성을 잃고 만두 접시를 뒤집어엎는 바람에 새하얀 물만두가 여기저기 굴러떨어졌다.

그때 빚었던 물만두가 동그란 모양이었는지 납작한 모양이었는지, 예뻤는지 못났는지 묵연은 기억나지 않았다.

다만 밀가루를 묻힌 채 아무 말 없이 자신을 바라보던 그 얼굴만 떠오를 뿐이다. 낯설고 망연하고 심지어 미련해 보이기까지 하던 그 얼굴…….

묵연은 그가 화를 낼 거라고 생각했다. 그런데 초만녕은 아무 말도 하지 않았고 허리를 숙여 먼지 묻은 그 만두를 하나하나 묵묵히 주워서 내다 버렸다.

그때의 초만녕은 도대체 어떤 마음이었을까?

묵연은 알 수 없었다. 생각한 적도 없고, 생각하려고 한 적도 없었다. 사실 생각할 용기가 나지 않았다.

다 빚어진 만두는 눈사람이 주방으로 가져가 삶았다. 초만녕은 풍속에 따라 동전 한 닢을 만두 속에 넣었다. 동전이 든 만두를 먹는 사람은 행운이 따를 것이다.

눈사람이 곧바로 삶아 낸 만두를 들고 돌아왔다. 나무 쟁반에는 새콤달콤한 양념장도 올려져 있었다.

"사존 먼저 드세요."

설몽이 권했다.

초만녕은 사양하지 않고 만두 하나를 집어 자기 그릇에 가져다 놓고는, 먹지 않고 잇따라 세 개를 더 집어 설몽, 묵연과 사매 앞에 놓았다.

"새해 복 많이들 받거라."

초만녕이 담담하게 덕담을 건넸다.

제자들은 어리둥절해하다 이내 따라 웃으며 말했다.

"사존, 새해 복 많이 받으세요."

공교롭게도 묵연의 첫 번째 만두에서 아작 하고 동전이 씹혔다. 너무 갑작스레 벌어진 일이라 하마터면 이가 부러질 뻔했다.

사매는 그가 얼굴을 찡그리며 고통스러워하는 모습을 보며 즐거워했다.

"연이는 새해에 행운이 따를 거야."

설몽이 비아냥거렸다.

"쳇, 개똥운이겠지."

묵연이 눈물을 글썽거리며 웅얼거렸다.

"사존, 마두 함버 제대러 집어셨네요. 집자마자 제가…….(사존, 만두 한번 제대로 집으셨네요. 집자마자 제가…….)"

"똑바로 말해."

초만녕이 툭 쏘아붙였다.

"혀럴 씨버써요.(혀를 씹었어요.)"

묵연이 말했다.

묵연은 뺨을 어루만지며 사매가 건넨 차를 마시고는 괜찮아졌는지 농담을 던졌다.

"하하, 사존. 혹시 어느 만두에 동전을 넣었는지 기억해 뒀다가 일부러 저에게 건네서 제 이를 부러뜨리려고 했던 거 아니에요?"

"말도 안 되는 소리."

초만녕은 쌀쌀하게 대답하더니 고개를 숙여 만두를 먹었다.

묵연이 착각한 건지는 모르겠지만 초만녕의 얼굴은 따뜻한 촛불 아래에서 발그레해진 것처럼 보였다.

만두에 이어 주방장이 준비한 푸짐한 저녁 식사가 속속 올라왔다. 묵직한 진수성찬이 연회석을 가득 채웠다.

맹파당은 차츰차츰 다시 시끌벅적해졌다. 상석에 앉은 설정옹과 왕 부인이 눈사람들을 시켜 연회석마다 두툼한 세뱃돈 봉투를 나눠 주었다.

한 눈사람이 초만녕의 무릎을 툭툭 치며 그를 따라 눈동자를 되록되록 굴렸다.

초만녕이 살짝 어리둥절해하며 물었다.

"왜, 내 몫도 있나?"

봉투를 받아 열어 보니 값이 꽤 나가는 엽자금[#40] 하나가 들어 있었다. 어이가 없어 설정옹을 바라보니 그 순박한 사내가 헤벌쭉하며 잔을 들어 저만치에서 건배를 제의하는 게 아닌가.

그 모습이 정말 멍청해 보였다.

#40 엽자금 얇게 불려서 잎 모양으로 만든 금

설정옹, 그는 정말…….

그를 응시하던 초만녕은 저도 모르게 입가에 미소를 띠며 존주를 향해 술잔을 들어 단숨에 들이켰다.

엽자금은 나중에 모두 제자들에게 나눠 주었다. 술이 세 순배 돌고 무대에서 공연이 끊이질 않자 그들의 연회석 분위기도 되살아났다.

세 천방지축도 더는 그를 두려워하지 않고 연회를 즐기는 것 같았다.

초만녕이야 원래 말술이니까 더 말할 것도 없었다.

"사존, 사존, 제가 손금 봐 드릴까요?"

가장 먼저 취해서 해롱해롱 제정신이 아닌 사람은 설몽이었다.

그는 초만녕의 손을 덥석 잡아 가까이 가져가서 꼼꼼히 살펴보았다. 술이 들어가니 용기가 생긴 모양이었다. 술을 마시지 않았더라면 감히 이렇게 무례하게 굴지 못했을 것이다.

"생명선이 길긴 한데 끊어졌다 이어졌다 해요. 몸이 별로 좋은 것 같지는 않아요."

설몽은 얼렁뚱땅 얼버무렸다.

"병에 걸리기 쉬워요."

묵연이 크게 웃으며 말했다.

"꽤 정확하네."

초만녕이 그를 노려보았다.

"약지가 가늘고 길어요. 사존, 재물운이 좋네요."

설몽이 계속 웅얼거렸다.

"세 손금이 같은 지점에서 뻗어 나가고, 감정선 끝부분의 지선이 지능선과 수직으로 이어지는 게 정 때문에 희생할 운명이 네요……."

넋을 놓고 보고 있던 설몽이 고개를 확 들며 말했다.

"말도 안 돼."

초만녕은 얼굴이 시퍼렇게 질려 이를 악물고 말했다.

"설자명, 죽고 싶나 보구나."

술에 취한 설몽은 여전히 정신을 못 차리고 사람 좋은 얼굴로 웃고는 아랑곳하지 않은 채 계속하여 손금을 뜯어보며 중얼거렸다.

"아, 그리고 감정선에 섬 모양 무늬가 있어요. 그것도 약지 아래에. 사존, 보아하니 사람 보는 눈이 정확하지 않으신 것 같네요……. 눈뜬장님……."

참다못한 초만녕이 벌컥 화를 내며 손을 빼 옷소매를 털더니 자리를 떠나려 했다.

배를 끌어안고 낄낄거리던 묵연은 초만녕의 냉엄한 눈빛을 보고는 억지로 웃음을 참느라 갈비뼈가 욱신거릴 정도였다.

초만녕이 성을 내며 말했다.

"왜 웃는 거냐? 뭐가 그렇게 웃겨?"

화가 머리끝까지 나서 떠나려는 순간, 설몽이 그의 옷자락을 움켜잡았다. 그 모습을 본 묵연은 더는 웃을 수 없었다. 술에 취해 비몽사몽 정신이 없는 설몽이 초만녕을 확 잡아당겨 세우고는 그의 품에 머리를 박고 두 손으로 허리를 감은 채 그의 옷섶에 다정하게 머리를 비벼 댄 것이다.

"사존……."

부드러운 소년의 목소리에는 애교가 섞여 있었다.

"가지 마세요, 자, 한잔 더 마셔요."

초만녕은 화가 난 나머지 숨도 제대로 못 쉬는 것 같았다.

"설자명! 너, 너 이게 무슨 추태더냐. 당장 손 떼!"

바로 그때 무대에서 눈사람들이 갑자기 뒤뚱뒤뚱 모두 내려왔다. 탐랑 장로의 칼춤 공연이 막 끝나고 초만녕의 차례가 된 것이다.

사람들의 시선이 일제히 초만녕에게 쏠렸다. 설몽이 술에 취해 감히 옥형 장로의 허리를 감싸고 그의 품에 머리를 박은 채 생떼를 부리는 모습을 본 제자들은 경악을 금치 못했다. 몇몇은 당황한 나머지 젓가락을 거꾸로 든 채 눈을 동그랗게 뜨고 그 광경을 지켜보았다.

순식간에 분위기가 어색해졌고, 옥형 장로는 서지도 앉지도 못하고 뻣뻣하게 설몽에게 안겨 있었다.

그렇게 어색한 기운이 흐르던 중, 묵연이 멋없게 웃으며 타일렀다.

"아니, 설몽 너 이 자식, 나이가 몇 살인데 아직도 어리광을 부려?"

그러고 나서 팔을 뻗어 설몽을 떼어 내며 말했다.

"일어나, 사존께 들러붙지 말고."

설몽은 응석을 부리려고 부린 게 아니다. 제정신일 때 이 일을 기억한다면 자기 뺨을 후려갈길지도 모른다.

취기가 한창 오르던 참이라, 묵연은 한참을 억지로 잡아끌어서야 겨우 그를 초만녕에게서 떼어 냈다.

"똑바로 앉아. 이게 몇 개야?"

묵연이 손가락을 하나 내밀자 설몽이 미간을 찌푸리며 대답했다.

"세 개."

묵연은 어이가 없었다.

사매도 참지 못하고 웃음을 터뜨리며 그를 놀렸다.

"저는 누구예요?"

"넌 사매잖아."

설몽이 귀찮다는 듯 흘겨보며 대답했다.

묵연도 끼어들었다.

"그럼 나는?"

설몽이 그를 한참 노려보더니 대답했다.

"너? 멍멍이."

묵연이 발끈했다.

"설자명, 내가 너 가만두나 봐라!"

이때 옆 연회석에서 간이 큰 건지 술에 취한 건지 모를 어떤 제자가 초만녕을 가리키며 헤벌레 웃더니 큰 소리로 물었다.

"그럼 저기 봐 봐요. 저 사람은 누구예요?"

설몽은 술기운을 이기지 못하고 몸도 가누지 못한 채 연회석에 엎드려 턱을 괴고는 실눈으로 초만녕을 한참이나 응시했다.

그 모습에 모두가 말문이 막혔다.

그렇게 대치하던 중, 취기가 올라 그대로 곯아떨어지려나 보다 생각하던 그때, 설몽이 갑자기 얼굴에 웃음꽃을 활짝 피우더니 또 초만녕의 소매를 잡아당기려 했다.

"신선 형아."

그리고 네 글자가 의심할 나위 없이 똑똑히 울려 퍼졌다.

"푸흡."

누가 먼저랄 것도 없이 모두 소리 내어 웃기 시작했다. 다수가 불법을 저지르면 처벌하지 않는 법. 초만녕의 안색이 아무리 안 좋아도, 성격이 아무리 고약해도, 현장에 있는 모든 이를 벌하기 어렵다는 점을 잘 알고 있는 제자들은 맹파당이 떠나가라 웃어 대며 수군대기 시작했다.

"하하, 신선 형아라니."

"옥형 장로가 잘생겨서 신선 같기는 하네."

"신선이고말고. 나 사실 몰래 옥형 장로를 위해 시를 한 수 지었어."

누군가 맞장구를 쳤다.

"뭔데, 뭔데? 얼른 읊어 봐."

"인간 세상 천년 설을 모두 모아도, 새하얀 신선 옷자락 흉내 낼 수 없네."

"와, 언제 지은 거야?"

"사실 초 종사의 결계 강의를 들을 때 지은 거야."

"……영웅님, 용기가 대단한데? 절대 결계 수업에서 옥형 장로를 보고 시가 떠올랐단 얘기가 귀에 들어가게 해서는 안 돼. 그랬다간 신선 형아가 너를 죽여 버릴지도 몰라. 그렇게 되면, 인간 세상 가을 낙엽 모두 모아도 시뻘건 신선 옷자락 흉내 낼 수 없네, 가 되는 거야."

"잔인한 놈!"

"흐흐, 사실내로 말할 뿐인걸."

하얗게 질려 있던 초만녕의 얼굴이 푸르뎅뎅하게 변했다가 나중에는 아예 시커메졌다. 결국 그는 못 들은 체하고 신정하기로 했다.

사람들이 경외하며 서먹하게 대하는 것에 익숙해진 그는 명절 분위기와 술기운에 의한 갑작스러운 친절과 장난 앞에 어찌할 바를 몰랐다. 그는 도무지 어떻게 반응해야 할지를 몰라 그저 애써 태연한 척했다. 그런데 불그레해진 귓불이 얼음처럼 차갑고 매서운 그의 얼굴을 배반하고 있었다.

그것을 본 묵연은 입술을 오므리고 아무 말도 하지 않았다. 마음속에선 왠지 모를 질투심이 불타올랐다. 초만녕이 꽤 근사하다는 걸 부정하는 것은 아니었다. 그런데 모든 사람이 그렇듯이 초만녕의 그런 근사함은 일을 과감하고 시원시원하게 처리하는 예리함과, 웃지 않으면 눈서리처럼 차가워 다가가기 어려운 위엄에서 나오는 것이라고 그는 생각했다.

엉큼하고 옹졸한 그는 초만녕이 색깔, 향기와 맛이 모두 완벽하지만 낡고 더러운 도시락에 담겨 있는 고기튀김 같다고 생각했다. 이 세상에서 도시락을 열어 그 맛있는 요리를 맛본 사람은 자신이 유일하기에, 다른 사람들이 그것을 발견하고는 계속해서 맛보려고 할까 봐 걱정하지 않아도 되었다.

그런데 오늘 밤 따뜻한 난로 옆에서 백주에 자극을 받은 수십 쌍의 눈이 아무도 찾지 않던 그 도시락을 노리고 있었다.

묵연은 갑자기 긴장하기 시작했다. 그는 도시락을 꽁꽁 가리고 성가신 파리 떼를 쫓는 것처럼 자신의 음식을 노리는 사람들을 쫓아내고 싶었다.

그러다 문득 이번 생에는 그 고기튀김이 자기 것이 아니라는 생각이 들었다. 피가 투명하고 윤기가 좔좔 흐르는 물만두를 들고 있는 그는 더 이상 고깃덩이 앞에서 침을 질질 흘리는 늑대들을 쫓아낼 여유가 없었다.

묵연과 제자들은 초만녕이 다른 장로들처럼 새해맞이 공연을 정성스럽게 준비했을 것이라고는 꿈에도 생각하지 못했다. 그는 칠현금 연주를 보여 주었다. 제자들은 존경 어린 눈빛으로 초만녕을 바라보았고 누군가 낮은 소리로 감탄했다.

"옥형 장로가 칠현금을 켤 줄이야……."

"게다가 저렇게 잘 켤 줄이야. 고기 맛을 느낄 수 없을 정도야."

묵연은 말없이 제자리에 앉아 있었고 설몽은 고르고 긴 숨을 내뱉으며 연회상에 엎드려 자고 있었다. 묵연은 설몽 손에 들려 있던 술병을 빼어 자신의 술잔을 채웠다. 연주 소리를 들으며 술을 홀짝이며 무대 위의 그를 집중해서 바라보았다.

가슴속에서 더욱 강렬한 짜증이 밀려왔다.

전생에 초만녕은 새해맞이 연회에서 한 번도 연주한 적이 없었다.

그가 칠현금을 켜는 모습을 본 사람은 몇 안 되었다.

그때는 그랬던 것 같다. 묵연에게 연금을 당해 마음이 울적해진 초만녕은 오동나무 칠현금이 보이자 그대로 땅바닥에 자리를 깔고 앉아 눈을 감고 현을 튕겼다.

쓸쓸하고 은은하게 울려 퍼지는 그 소리는 모두의 심금을 울렸다. 묵연의 눈에, 마당에 앉아 있는 초만녕의 옆모습은 더없이 덤덤하고 편안하며 고결해 보였다.

그때 그를 어떻게 했던가?

아, 그랬지.

그를 칠현금 옆에 눌러 제압하고 제멋대로 다루며 마당에서 달빛처럼 고결한 그 사내를 범했었지. 묵연은 자신의 쾌락을 위해 초만녕의 고통을 철저히 외면했다. 입동이 지난 그때 유난히 추위를 탔던 스승은 옷이 갈기갈기 찢긴 채 얼음처럼 차가운 돌바닥에서 더는 견디지 못하고 정신을 잃을 때까지 묵연에게 유린당했다.

그 일이 있고 난 뒤 몇 달이나 몸조리를 했지만 결국 정신을 차리지 못했다.

묵연은 그때 음산하고 차가운 말투로 그를 향해 경고했었다.

– 초만녕, 앞으로 다시는 사람들 앞에서 연주하지 마. 네가 연주하는 모습이 얼마나…….

그는 입술을 오므리고 마땅한 단어를 찾지 못해 말을 멈췄다.

얼마나 뭐?

분명 단정하고 온화한 모습인데 왠지 모르게 참을 수 없이 매혹적으로 느껴졌다.

초만녕은 말없이 눈을 감고 앉아 있었다. 파리한 입술과 치켜 올라간 눈썹이 유독 음산하게 느껴졌다.

묵연은 손을 들어 잠시 머뭇거리다가 찌푸린 미간을 매만졌다. 답선군의 동작은 가볍고 부드러웠지만 목소리는 여전히 냉담하고 매정했다.

– 네가 만약 따르지 않으면 쇠사슬로 침상에 묶어 놓고 본좌한테 범해지는 것 외에는 아무것도 못 하게 만들겠어. 본좌가 한번 한 말은 반드시 지킨다는 거 알고 있겠지.

초만녕은 그때 어떻게 반응했었지?

묵연은 다시 술을 한 모금 마시고 무대 위의 초만녕을 바라보며 울적한 마음으로 회상했다.

아무 말도 하지 않았던 것 같다.

눈을 뜨고 싸늘하게 한마디 했던 것도 같다.

– 꺼져.

기억이 나지 않는다.

그런 그의 일생과 초만녕과 뒤엉켜 살았던 세월은 이제 오랜 기억 속에 묻히고 많은 일이 더는 뚜렷하지 않게 되었다. 그는 나중에 비열함이 극에 달해 이런 생각마저 했었다. 초만녕은 그의 사람이고, 비록 그가 초만녕을 좋아하지 않는다 해도 그가 망가뜨리고 그가 찢어발겨야 한다고. 차라리 초만녕의 피와 살을 손에 쥐고 짓이기고 짐승처럼 초만녕의 뼈를 씹어 먹고 오장육부를 파내는 한이 있더라도 다른 사람이 건드리는 꼴은 볼 수 없다고.

그는 초난녕의 피에 자신의 욕망이 번식하고 뼛속에 자신의 저주가 자라고 몸에는 자신의 열망이 흐르기를 바랐다.

그렇게 고결한 척하더니 어떻게 되었는가?

결국은 다리를 벌리고 세상에서 가장 흉악한 악마의 밑에 깔려, 가장 난폭한 폭군의 침상에서 사내의 불같이 뜨거운 무기에 그의 생명을 빼앗기는 신세가 되지 않았던가? 그는 초만녕을 완전히 더럽혔다. 머리부터 발끝까지, 그리고 더 깊은 곳까지 철저하게 더럽혔다.

찢겨 나간 옷가지를 다시 입는 일이 어디 쉬우랴.

묵연은 두 눈을 꼭 감고 손가락 마디마디까지 창백해진 채 두려움에 벌벌 떨었다.

회상에 잠긴 그의 귀에는 더 이상 섣달 그믐날의 환호 소리와 초만녕의 나른한 연주 소리가 들리지 않았다.

그의 머릿속엔 광기에 가까운 냉혹한 목소리만 남았다. 그 소리는 매서운 독수리처럼 와락 덮쳐 와 오래도록 맴돌았다.

– 지옥은 너무 추워. 초만녕, 나와 함께 가자.

– 그래, 너는 신이지. 다른 사람들의 빛이고. 설몽, 매함설, 백성들 모두 네가 그들을 밝게 비춰 주길 기다리고 있어. 초종사, 성현이 따로 없다고.

그 목소리는 달콤하게 웃고 있었다. 웃다가 돌연 포악하게 변하더니 두 개의 영혼으로 찢어져 격노하며 울부짖었다.

– 그런데 나는! 나를 비춘 적 있어? 나를 따뜻하게 안아 준 적

있냐고? 내 몸에는 온통 네가 남긴 상처뿐이야! 성현, 초만녕!

– 네 사람들을 죽이고 네 목숨까지 앗아 가겠어. 그들을 비추는 불빛이 되겠다? 어림없지. 나는 반드시 너를 내 무덤까지 잡아 와 내 유골만을 환하게 비추게 할 거야. 네가 나와 함께 썩어 가게 만들겠다고.

– 죽지도 살지도 못하게 만들 거야…….

천지를 뒤흔드는 환호성이 울려 퍼졌다.

묵연은 식은땀에 흠뻑 젖은 채 눈을 번쩍 떴다.

연주가 끝나고 제자들이 일제히 뜨거운 박수를 보내고 있었다. 그 틈에 앉아 있던 묵연의 눈앞이 순간순간 캄캄해졌다. 초만녕이 오동나무 칠현금을 안고 천천히 계단을 내려왔다.

그 순간 갑자기 이번 생에 들어 처음으로 모든 게 터무니없고 전생의 자신이 미치광이처럼 느껴졌다.

사실 초만녕은 그렇게 나쁘지도 않다……. 그런데 구태여…… 그렇게까지 할 필요가 있었을까?

독주를 벌컥벌컥 마신 묵연은 너무 정신이 아득해져서, 아무것도 하지 못하고 밀려오는 피곤에 결국 흠씬 취해 갔다.

56장 본좌는 조금 헷갈린다

묵연의 주량은 사실 그렇게 형편없지 않다.

그런데 섣달 그믐날 밤, 두렵고 불안한 마음을 아무 일도 없는 체 숨기기 위해 히죽히죽 웃으며 이화백주를 다섯 단지나 비운 탓에 나중에는 의식이 흐릿해졌다.

사매가 질질 끌다시피 해서 겨우 침상으로 데려다 눕혔을 때 묵연은 그를 부르려는 듯 목울대를 움찔했다.

그런데 습관이라는 게 정말 무섭다.

지난 세월 동안 그의 옆을 지켰던 사람들은 분명 그가 바라던 사람들이 아니었기에, 그가 내뱉은 이름은 결국 증오하는 줄로만 알았던 바로 그 사람이었다.

"초만녕……."

흐리멍덩한 발음.

"만녕…… 내가……."

그 말을 들은 사매는 잠시 어리둥절해하더니 고개를 돌려 문 앞에 꼿꼿하게 서 있는 초만녕을 보았다. 초만녕이 설몽을 침실에 눕힌 후 해장국을 가지고 묵연을 찾아왔던 것이다. 이제 막 들어가려던 참이었는데 마침 묵연이 중얼거리는 소리를 듣게 되었다.

깜짝 놀란 그는 곧 자신이 잘못 들은 것이라고 확신했다.

어디까지나 묵연은 자신을 '사존'이라고 불렀으니까. 그런데 '초만녕'도 아니고 '만녕'이라니…….

그는 저도 모르게 홍련수사에서 두 사람이 부둥켜안고 잠든 그날, 묵연이 잠결에 그의 이름 '만녕'을 똑똑히 부르며 그의 입술에 살며시 입을 맞췄던 게 떠올랐다.

설마 묵연의 마음에 아직 감정이 조금이라도 남아 있는 건 아니겠지…….

그는 그런 생각이 깊어지기 전에 바로 단념해 버렸다.

초만녕은 자신이 다른 일에는 과감하고 명쾌하지만 유독 감정에 있어서는 구질구질하고, 맺고 끊지 못하는 겁쟁이라는 생각이 들었다.

"사존."

사매는 우아하고 맑은 눈으로 의심스러운 듯 주저하며 그를 바라보았다.

"혹시……."

"응?"

"……아무것도 아니에요. 사존께서 연이를 보살펴 주실 테니 저는, 저는 이만 가 볼게요."

초만녕이 그를 불러 세웠다.

"잠깐만."

"분부하실 거라도 있으세요?"

"너희들 내일이면 도화원으로 떠나겠구나."

"……네."

초만녕은 별다른 표정 없이 잠시 잠자코 있다가, 이윽고 말했다.

"가서 쉬거라. 밖에서는 서로를 잘 돌봐야 한다. 그리고……."

그는 잠시 멈추더니 말을 마쳤다.

"일찍 돌아와라."

사매가 떠나고, 초만녕은 침상 옆에 다가가 무표정한 얼굴로 묵연을 일으켜 해장국을 한 술 한 술 떠먹였다.

시큼하고 떫은맛을 싫어하는 묵연은 얼마 못 가 도로 모두 게워 냈다. 게워 내니 술이 깨는지 비몽사몽 눈을 떠 초만녕을 바라보며 중얼거렸다.

"사존?"

"그래, 나 여기 있다."

그러더니 보조개가 폭 파이게 활짝 웃으며 그를 불렀다.

"신선 형아."

그렇게 짧게 한 번 부르고는 다시 엎드려 잠들었다.

초만녕은 행여나 그가 추울까 봐 곁을 지키며 수시로 이불을 잘 덮어 주었다.

침실 밖에는 제자들이 아직 잠자리에 들지 않고 있었다. 수진계는 섣달그믐에 밤을 새우는 풍속이 있어서, 대부분 방에서 삼삼오오 무리 지어 농담을 주고받으며 골패를 가지고 놀거나 마술 놀이를 하고 있었다.

단심전 앞에 높이 걸려 있는 물시계가 다 떨어지고 해가 바뀌자 제자들은 우르르 방에서 몰려나와 불꽃놀이를 시작했다. 어둡게 드리운 밤의 장막에 휘황찬란한 꽃불이 수놓아졌다.

귀청이 터질 것 같은 그 소리에 묵연이 비몽사몽 잠에서 깼다.

욱신거리는 관자놀이를 주무르며 눈을 떠 보니 초만녕이 침상 옆에 앉아 있었다. 평온하고 준수한 얼굴에는 별다른 표정이 없었다. 그가 잠에서 깬 묵연을 보더니 담담하게 물었다.

"시끄러워서 깬 것이냐?"

"사존……."

정신을 차린 묵연은 흠칫했다.

왜 초만녕이 옆에 있는 거지? 사매는 어디 가고?

잠결에 쓸데없는 말을 한 건 아니겠지?

묵연은 안절부절못하며 곁눈으로 초만녕의 안색을 살폈다. 다행히 초만녕은 아무 일도 없는 듯 태연한 표정이었고 그제야 묵연은 몰래 안도의 한숨을 내쉬었다.

울려 퍼지는 폭죽 소리를 들으며 두 사람은 한참이나 서로를 어정쩡하게 바라보았다.

"불꽃놀이 보러 가지 않겠느냐?"

"사매는요?"

두 사람이 거의 동시에 입을 열었다.

후회가 됐지만 이미 늦어 버렸다.

묵연은 조금 놀랐는지 눈을 동그랗게 뜨고 마치 낯선 사람을 보듯 초만녕의 얼굴을 오랫동안 바라보았다.

침묵 끝에 전혀 개의치 않는 듯 문을 열고 나가던 초만녕이 고개를 반쯤 돌리고 말했다.

"밤새운다고 아직 잠자리에 들지 않았을 거다. 사매한테 가 보거라."

역시, 이놈의 더러운 성질머리로는 아무리 용기를 끌어모아 같이 불꽃놀이를 구경하자고 해 봤자 돌아오는 건 거절뿐일 텐데.

이럴 줄 알았으면 물어보지 말걸, 이게 무슨 망신이야.

홍련수사에 돌아온 초만녕은 일 년 내내 지지 않는 해당화 나무 아래에 홀로 앉아 추위를 막아 줄 두터운 장포를 걸치고 하늘에 찬연하게 피어나는 불꽃을 감상했다.

저 멀리, 제자들이 모여 있는 그곳에는 따뜻한 불빛이 아른거리고 즐거운 노랫소리와 웃음소리가 울려 퍼지고 있었다. 그러나 그 모든 것들이 그와는 상관없는 일처럼 느껴졌다.

그는 오래전에 이미 익숙해졌다.

그런데 왠지 가슴이 답답했다.

아마도 시끌벅적한 사람들 속에 있다가 고독 속으로 돌아오려니 더 괴로운 모양이라고 생각했다.

그는 잠자코 앉아 여기저기 피어나는 불꽃을 바라보았다. 사람들이 기쁘게 덕담을 나누는 소리가 간간이 들려왔다.

초만녕은 해당화 나무에 몸을 기대고 피곤한 듯 눈을 감았다.

얼마나 지났을까, 갑자기 누군가 결계에 들어온 게 느껴졌다.

희미하게 숨소리가 들리고 익숙한 발걸음 소리가 가까이 와서 멈춰 설 때까지 그는 마음이 흔들렸지만 눈을 뜰 용기가 나지 않았다.
소년의 목소리에는 망설임이 묻어 있었다.
"사존."
초만녕은 말없이 듣고만 있었다.
"저 내일이면 떠나요."
잠깐 머뭇거리다 말이 이어졌다.
"돌아오려면 아주 오래 걸릴 거예요."
또다시 침묵이 흐른 뒤 묵연은 말을 이었다.
"그게 그러니까, 사실 오늘 밤에 딱히 할 일도 없고, 내일 일찍 일어나야 하기도 하고, 사매도 밤을 새우지 않고 잠들었을 것 같아서요."
발걸음 소리가 더 가까이 다가오더니 바로 앞에서 멈췄다.
"그래서 마음이 바뀌지 않으셨다면, 저……."
시끄러운 불꽃 소리가 그의 뒷마디를 덮어 버렸다.
초만녕은 고개를 들어 하늘을 수놓은 눈부신 은하수와 현란하게 흩날리는 불꽃을 바라보았다. 외모가 수려한 소년은 가엾고 수줍게 그의 앞에 서 있었다.
초만녕은 아무 말도 하지 않았다.
그는 항상 도도했고, 동정심을 품고 그의 곁을 지키려는 사람들을 언제나 거들떠보지도 않았다. 그런데 지금 그는, 소년의 얼굴을 향해 그 어떤 거절의 말도 할 수 없었다.
어쩌면 자신도 술 때문에 이성을 잃은 게 아닐까 싶었다.
그 순간, 초만녕은 쓰라리면서도 따뜻한 감정에 사로잡혔다.
"왔으니까 앉거라."

그가 담담하게 말했다.

"내가 같이 봐 주마."

그는 고개를 들어 하늘을 바라보며 아무렇지 않은 표정을 지었지만 옷소매에 가려진 손은 긴장한 나머지 주먹을 꼭 움켜쥐었다. 그는 옆에 있는 그 사람을 가까이 볼 용기가 나지 않아 그저 한껏 피어났다가 우수수 떨어지는 불꽃을 응시할 뿐이었다. 그렇게 밤은 깊어 갔다.

초만녕이 작은 소리로 물었다.

"그동안 잘 지냈느냐?"

"네."

묵연이 대답했다.

"정말 사랑스러운 꼬마 사제를 알게 됐어요. 전에 서신에서 사존께 말했던 그 아이요. 사존, 다치신 데는 좀 어때요?"

"괜찮다. 그러니까 너무 자책하지 말거라."

불꽃 한 송이가 펑 하고 터지며 오색찬란한 빛깔을 만들어 냈다.

그날, 등불과 꽃불이 휘황찬란하던 불면의 밤, 폭죽 소리는 끊이지 않았고 공기 중에는 옅은 화약 냄새가 떠다녔다. 그들은 해당화 나무 아래에 앉아 함께 긴긴밤을 지새우며 새해를 맞이했다. 말이 없는 초만녕 앞에서 묵연은 이야깃거리를 만들어 가며 그와 대화를 나누었다. 그러다 그만 저도 모르게 스르륵 잠이 들어 버렸다.

다음 날, 날이 밝자마자 눈을 떠 보니 묵연은 여전히 나무 아래였고 머리는 초만녕의 무릎을 베고 있었다. 몸에는 포근하고 두툼한 여우 털옷이 덮여 있었다. 윤기가 좌르르 흐르고 짜임이 정교한 그 겉옷은 초만녕이 겨울을 날 때 입는 옷이었다.

잠시 멍해 있던 묵연이 고개를 들고 보니 초만녕은 나무줄기에 기댄 채 깊은 잠에 빠져 있었다. 길게 늘어뜨린 가는 눈초리가 숨결에 따라 나비가 바람에 춤을 추듯 파르르 떨렸다.

그럼 어젯밤에 우리가 나무 아래에서 잠이 들었단 말인가?

그럴 리가 없는데.

강박증에 가까운 성미의 초만녕이 이대로 나무 아래에서 쉬었을 리가 없다. 아무리 힘들어도 방에 돌아가서 잠을 잤을 터. 게다가 덮고 있는 이 여우 털옷은 또 어떻게 된 거란 말인가…….

그가 덮어 준 걸까?

묵연은 일어나 앉았다. 먹처럼 새까만 머리카락이 부스스하게 헝클어진 채 초만녕의 털옷을 걸치고 멍하니 어찌할 바를 모르고 있었다.

어제 그는 많이 취한 편은 아니었고, 기억이 잘 나지 않는 일도 물론 있지만 대체로 다 생각이 났다.

나중에 홍련수사로 돌아가 초만녕과 함께 새해를 맞이하기로 한 것도 맨정신일 때 내린 결정이었다.

분명 그토록 증오하던 사람이었는데 그가 '불꽃놀이 보러 가지 않겠느냐'라고 물었을 때, 그가 쓸쓸하게 돌아서 고개를 푹 떨구고 떠나갈 때, 묵연은 뜻밖에도 마음이 아팠다…….

어차피 오랫동안 보지 못할 테고 또 이번 생에는 원한이 깊은 것도 아닌 데다가 초만녕이 저토록 외로워하는데, 가끔 날 밝을 때까지 함께 있어 주는 게 무슨 대수야.

그래서 묵연은 당당하게 그를 찾아왔다.

지금 와서 돌이켜 보니 참…….

미처 생각을 마치기도 전에 초만녕도 잠에서 깼다.

묵연이 오물오물 혼잣말로 그를 불렀다.

"사존."

"……응."

막 잠에서 깬 남자는 미간을 살짝 찌푸리고 관자놀이를 주무르며 물었다.

"너…… 아직 안 갔군."

"네, 방금 깼어요."

묵연은 교묘하고 능수능란한 말솜씨를 가진 자신이 요즘 초만녕의 냉담한 얼굴을 보면 매번 혀가 굳어 버리고 말을 더듬게 된다는 생각이 들었다.

한참을 그대로 굳어 있던 묵연은 그제야 초만녕의 겉옷이 아직 자기 몸에 걸쳐져 있는 게 떠올라 황급히 벗어 허둥지둥 상대의 어깨에 둘러 주었다.

옷을 걸쳐 주면서 보니, 초만녕은 여러 벌 겹겹이 입고 있기는 하지만 겨울 외투가 없으니 새하얀 눈밭에 앉아 있는 모습이 어딘가 추워 보였다.

그런 생각이 들자 그는 더더욱 초조해져서, 옷끈을 묶어 주다가 바보스럽게도 자기 손가락까지 묶어 버렸다.

초만녕은 그런 그를 힐끔 보더니 손을 뻗어 끈을 풀고는 담담하게 말했다.

"내가 하마."

"그래요."

묵연이 더듬더듬 어눌하게 한마디 보탰다.

"죄송해요."

"괜찮다."

묵연이 자리에서 일어나 머뭇거리며 말했다.

"사존, 이제 짐 정리하러 가야겠어요. 아침 먹고 바로 출발하려고요."

"그래."

"……같이 내려가서 드실래요?"

퉤! 그 말을 내뱉자마자 그는 혀를 깨물어 죽고 싶은 심정이 되었다! 주책은! 같이 가자고 초만녕을 초대할 건 뭐람?

묻자마자 바로 얼굴에 후회하는 듯한 표정을 짓는 묵연을 보았는지 초만녕이 잠시 머뭇거리더니 거절했다.

"아니다, 너 혼자 가거라."

묵연은 더 같이 있다가는 무슨 엉뚱한 소리를 할지 몰라서 서둘러 작별 인사를 했다.

"그럼 저는 먼저, 먼저 가 볼게요……."

초만녕이 담담하게 대답했다.

"그래."

묵연이 떠나고 나서도 초만녕은 나무 아래에 한참이나 멍하니 앉아 있다가 나무줄기를 짚고 천천히 일어나려 했다. 하지만 이내 그대로 그 자리에 굳어 버렸다.

묵연이 밤새 그의 다리를 베고 자는 바람에 너무 저린 나머지 감각이 마비되어 한 걸음도 움직일 수 없었던 것이다.

침울하게 나무 아래에 한참 동안 서서 몸속 피가 정상으로 돌기를 기다린 후에야 초만녕은 쩔뚝쩔뚝 다리를 질질 끌며 방으로 돌아갔다.

만물이 꽁꽁 언 한겨울에 밤새 차가운 바닥에 앉아 있었더니, 해당화 나무가 내리는 눈을 막아 줘서 바닥에 눈이 쌓이지 않았는데도 감기에 걸린 모양이었다.

"에취!"

그가 재채기를 하자 이내 눈가가 불그레해졌다.

초만녕은 손수건으로 코를 막으며 생각했다. 못살겠군…….감기…… 감기 걸렸나 보네…….

옥형 장로.

무용이 대단히 뛰어나고 수진계 각 문파에서 모두 노리는 최고의 종사 자리를 굳건히 지키고 있는 사람. 천문을 꺼내 들면 천하가 벌벌 떠는 그런 위엄을 갖춘 인물.

그는 분명 대단한 존재고, 이 시대에 그보다 뛰어난 무력을 지닌 사람은 없다.

그런데 아쉽게도 아무리 용맹한 사람이라도 약점은 있는 법, 초만녕의 약점은 바로 추위를 많이 타는 것이다. 조금만 추위에 떨어도 열이 나고 두통에 시달리는 초 종사는 묵연과 사매가 사생지전을 떠나는 날 약효가 사라져 다시 어린아이의 모습으로 돌아감은 물론, 예상대로 줄재채기에 콧물을 줄줄 흘렸다.

그리하여 그날 점심, 그들을 데리러 온 우민은 튼튼한 설몽, 묵연, 사매와 에취, 에취 재채기를 멈추지 않는 가여운 꼬마 사제 '하사역'을 맞이하게 되었다.

57장 본좌는 딱 이 정도밖에 되지 않아

어쩔 수 없다. 아무리 어린 사제가 에취, 에취 재채기를 해 대도 떠나긴 떠나야 하니까. 우민은 그들을 데리고 동쪽으로 향했고 장강 어귀에서 스스로 항해할 수 있는 배를 한 척 불러다가 결계의 호위를 받으며 항해했다.

이날 밤, 묵연은 처음으로 사존을 벗어나 사매와 함께 있었다. 그런데 이상하게도 기대했던 것과는 달리 별로 신이 나지 않았다.

설몽과 하사역은 잠자리에 들고, 묵연은 홀로 갑판 위에 팔을 베고 누워 하늘을 가득 수놓은 별을 감상했다.

사매가 어민에게서 산 어포를 들고 선실에서 나와 묵연 옆에 앉았다. 두 사람은 어포를 질겅질겅 씹으며 한담을 나눴다.

"연아, 이번에 도화원에 가면 영산논검에는 참가할 수 없겠네. 나야 그렇다 치고 너와 소주처럼 뛰어난 인재들이 두각을 드러낼 기회를 잃게 되는데, 후회하지 않겠어?"
묵연이 고개를 돌려 웃어 보였다.
"뭐 어때, 명성 같은 건 다 부질없는걸. 도화원에 가서 능력을 수련해 소중한 사람을 지켜 내는 게 무엇보다 중요하지."
사매가 눈을 반짝이며 부드럽게 말했다.
"사존이 네가 이렇게 생각하는 걸 알면 엄청 기뻐하실 거야."
"그럼 사매는? 사매도 기뻐?"
"당연히 나도 기쁘지."
찰싹찰싹 선체를 때리는 물결에 나무배가 흔들렸다.
묵연은 옆으로 돌아누워 사매를 물끄러미 바라보았다. 몇 마디 집적거리고 싶었지만 무슨 말부터 해야 할지 몰랐다. 그의 눈에 사매는 티 없이 깨끗한 모습이어서 가까이하기엔 너무 멀리 있는 것처럼 느껴졌다.
너무 깨끗한 탓인지 초만녕을 볼 때처럼 음란하고 사악한 생각이 쉬이 들지 않았다.
묵연은 그대로 잠시 멍하니 있었다.
사매가 그의 시선을 느끼고 고개를 돌려 바닷바람에 헝클어진 긴 머리카락을 귓등으로 넘기며 미소를 지었다.
"왜 그래?"
묵연이 얼굴을 붉히며 고개를 돌렸다.
"아냐."
이번 기회에 조심스럽게 사매에게 고백하고 싶었는데 어쩐지 몇 번이고 목구멍까지 올라온 그 말을 도저히 내뱉을 수 없었다.
고백하고.

그리고?

이처럼 깨끗하고 온유한 사람에게 묵연은 거칠고 강압적일 수 없었다. 거절당할까 봐 두려운 마음도 있었지만 설령 사매가 받아 준다고 해도 어떻게 다가가야 할지를 몰랐다.

전생에 사매와의 그 짧은 인연도 엉망진창으로 만들었으니까……. 그때 귀신 주례의 환각 세계에서 잠깐 알콩달콩했던 것을 제외하면 아직 입도 맞추지 못했다.

이번 생의 일들을 겪고 난 후에는 더 말할 것도 없었다. 그는 환각 세계의 그 사람이 초만녕이었는지 사매였는지도 확신할 수 없었다.

사매가 여전히 미소를 머금고 물었다.

"그런데 정말 나한테 할 말 있는 모양이네."

묵연은 돌연 가슴이 뭉클하여 말을 꺼내 볼까 하고도 생각했다.

그런데 그 순간, 순백의 옷을 입고 파리하게 여윈 얼굴로 웃지도 않고 늘 고독하게 혼자 다니는 초만녕의 모습이 눈앞을 스쳐 가는 것 같았다.

그러자 갑자기 목구멍이 막힌 것처럼 아무 말도 할 수 없었다.

묵연은 고개를 돌려 숱한 별들이 깜빡이는 하늘을 바라보았다.

한참 뒤에야 그는 조용히 입을 열었다.

"사매, 사매는 나한테 정말 중요한 사람이야."

"응, 알고 있어. 너도 마찬가지야."

묵연이 이어서 말했다.

"그거 알아? 전에 악몽을 꿨는데 꿈속에서 사매가…… 사매가 사라졌어. 너무 슬프고 괴로웠어."

사매가 웃으며 말했다.

"가끔 보면 정말 바보 같아."

"……내가 지켜 줄게."

"그래. 그럼 우리 착한 사제에게 미리 감사해야겠네."

묵연이 울컥하며 참지 못하고 말했다.

"나……."

사매가 부드럽게 물었다.

"아직 할 말이 남았어?"

물결이 우렁찬 소리를 내며 배를 흔들었다. 사매는 조용히 그를 응시하며 그가 마지막 한마디를 내뱉기를 기다리는 듯했다.

그러나 묵연은 눈을 감았다.

"아니야. 밤에 추우니까 선실에 가서 쉬어."

잠시 아무 말도 하지 않던 사매가 물었다.

"너는?"

묵연은 정말이지 가끔 어수룩한 데가 있었다.

"그냥…… 별 구경하면서 바람이라도 쐬려고."

사매는 한참 동안 잠자코 있더니 빙그레 웃었다.

"그래. 그럼 난 들어갈게. 너도 일찍 쉬어."

그러고는 돌아서 자리를 떠났다.

배는 물살을 힘차게 가르며 드넓은 강을 묵묵히 항해했다.

갑판에 누워 있는 녀석은 자기가 뭘 놓쳤는지 전혀 모르고 있었다. 사실 그는 내내 정신이 딴 곳에 팔려 있었다. 마음속 깊은 곳에 숨어 있는 진짜 마음을 끄집어내려고 몹시 애를 썼지만, 결국 하늘이 희끄무레해질 때까지 아무것도 생각해 내지 못했다.

묵연은 사매와 늘 함께 지내며 사매를 끔찍이 아꼈다. 그는 사매와 단둘이 있으면 고백하고 싶어 한시도 참을 수 없을 줄 알았다. 그런데 정작 때가 되니 그렇지 않았다. 아마도 자신이 너무 졸렬해서 경솔하게 고백했다가 상대를 놀라게 할까 봐, 놀라게 하지는 않더라도 교제를 잘 이어 가지 못할까 봐 걱정되어서일 거라고 생각했다.

사매와는 지금처럼 애매모호하고 야릇한 관계가 더 익숙한 것 같다. 가끔 말랑말랑한 마음으로 아무렇지 않은 척 상대의 손을 잡으면 가슴속에 달콤한 꿀이 흘러넘치곤 했다.

그는 사실 그런 자연스러운 느낌을 당장 깨고 싶지 않았다.

밤이 깊어서야 그는 선실로 돌아왔고, 모두 깊이 잠들어 있었다. 묵연은 잠자리에 누워 작은 지붕창 너머 밤하늘을 바라보았다. 입을 꾹 다물고 아무 말도 하지 않는 초만녕의 매서운 얼굴이 천천히 떠올랐다.

그리고 몸을 웅크린 채 깊은 잠에 빠진 그의 모습도 떠올랐다. 다소곳하고 쓸쓸한 그 모습은 너무 높은 곳에 피어 있어 아무도 관심을 가지지 않는, 봄잠에 빠진 한 송이의 해당화 같았다.

원한은 제쳐 두더라도, 초만녕과 그는 전생에 세상 그 누구보다도 복잡하게 얽혀 있었다.

상대가 원했든 원하지 않았든 묵연은 초만녕에게서 너무 많은 '처음'을 앗아 갔다.

첫 입맞춤, 첫 요리, 첫 눈물.

그리고 초만녕의 첫날밤을.

제기랄, 그것만 생각하면 온몸의 피가 들끓어 아랫도리로 쏠렸다.

마찬가지로 그 역시 초만녕에게 그의 '처음'을 여러 번 주었다.

처음 스승으로 모셨고, 처음 상대를 웃게 하려고 애써 보았으며, 처음 꽃을 선물했다.

처음으로 누군가에게 철저히 실망했다.

그리고 처음으로, 마음이 끌렸다.

그랬다, 처음으로 마음이 끌린 것이었다.

사생지전에 온 뒤 맨 먼저 마음에 둔 사람은 사실 사매가 아니라 초만녕이었다.

그날 해당화 나무 아래에서, 뭔가에 집중하고 있는 아름다운 순백색 차림의 그 남자를 처음 본 순간, 묵연은 이 사람이 아니면 아무도 스승으로 모시지 않겠다고 다짐했었다.

그런데 도대체 어느 순간부터 모든 게 변하기 시작한 걸까?

도대체 언제부터 사매를 마음에 두고 사존을 증오하기 시작했을까…….

지난 몇 달 동안 곰곰이 되짚어 본 결과, 아무래도 그때 그 오해에서 시작한 것 같았다.

처음 초만녕에게 매를 맞은 날이었다. 열다섯 소년은 만신창이가 된 몸을 이끌고 침실로 돌아와 혼자 웅크리고 누워 흐느껴 울었다. 등에 난 상처보다 그를 더 아프게 한 것은 사존의 싸늘한 표정이었다. 초만녕은 상갓집 개를 패듯이 천문을 휘둘러 사정없이 그를 후려쳤다.

약밭에서 해당화를 훔친 건 변명할 여지없는 사실이지만 그것이 얼마나 진귀하고 소중한 것인지 몰랐고, 백모님이 오 년 동안이나 온갖 정성을 들여 겨우 한 송이를 피워 냈다는 사실도 전혀 알지 못했다.

다만 달 밝은 밤 나뭇가지에서 곱게 빛나는 새하얀 빛을 보았을 뿐이다.

어딘가 쓸쓸해 보이는 꽃잎과 은은한 향기에 마음을 온통 빼앗겼을 뿐이다.

그는 고개를 들어 잠시 감상하다가 사존을 떠올렸다. 그 순간 왠지 모르게 심장이 쿵쾅쿵쾅 뛰며 손끝이 뜨거워졌다. 미처 생각할 새도 없이 그는 꽃잎에 맺혀 있는 이슬을 한 방울이라도 떨어뜨릴세라 조심조심 꽃을 꺾어 살며시 손으로 감쌌다.

촘촘하고 긴 속눈썹 사이로 달빛 아래 이슬을 머금어 밝게 빛나는 해당화를 바라보면서, 그는 초만녕을 좋아하는 자신의 마음이 얼마나 순수한지를 다시 한번 생각했다. 앞으로 십 년, 이십 년, 아니 죽을 때까지도 다시는 그런 마음을 품지 못할 것 같았다.

사존에게 꽃을 전해 주기 전에 그는 어머니를 도와 약을 캐러 온 설몽과 맞닥뜨렸다.

소주는 노기등등하여 그를 사존 앞으로 끌고 갔다. 어떻게 된 일인지 전해 들은 초만녕은 책을 든 채 고개를 돌려 싸늘하고 매서운 눈빛으로 묵연을 힐끗 보더니 변명할 말이 있으면 하라고 했다.

"선물하려고 그랬어요……."

묵연은 이슬을 머금고 깊은 봄잠에 빠진 쓸쓸하고 매혹적인 그 해당화를 손에 품고 이렇게 말했다.

그런데 초만녕의 눈빛은 한없이 차가웠고, 그런 초만녕을 보면서 마음속에 용암과 같은 열기도 서서히 식어 갔다.

'……사존께 드리려고요.'

그는 끝내 이 말을 내뱉지 못했다.

초만녕의 눈빛이 주는 느낌이 그에게는 너무 익숙했다. 사생지전으로 돌아오기 전, 작고 깡마른 몸으로 악사와 은객(恩客)들 사이를 오가며 그는 매일같이 그런 시선 속에 살았다.

얕보고 경멸하는 눈빛…….

묵연은 몸을 부르르 떨었다.

사존이 그동안 나를 업신여기고 있었단 말인가?

초만녕의 차가운 질문에 마음마저 얼어붙은 묵연은 고개를 숙여 낮은 소리로 대답했다.

"……전 ……할 말 없어요."

결국 그렇게 기정사실이 되었다.

해당화 한 송이 때문에 초만녕은 그를 40대나 때렸다. 그렇게 초만녕에 대한 호감도 순식간에 산산조각이 났다.

그때 묵연이 해명을 했더라면, 초만녕이 한 번이라도 물어봤더라면 모든 게 달라졌을지도 모른다. 그랬다면 둘은 영원히 돌아올 수 없는 강을 건너지 않았을지도 모른다.

하지만 만약은 없었다.

바로 그때 사매가 따뜻하게 다가왔다.

초만녕 처소에서 돌아온 묵연은 밥도 먹지 않고 불도 켜지 않은 채 침상에 웅크리고 있었다.

사매가 문을 열고 들어왔을 때 그를 맞이한 건 어둠 속에 굳어 있는 그 뒷모습이었다. 사매는 가져온 마라물만두를 살며시 탁자에 놓고 침상 옆으로 다가가 부드럽게 불렀다.

"연아?"

그때까지만 해도 사매에게 특별한 감정이 없었던 묵연은 고개도 돌리지 않고 충혈된 눈으로 벽을 노려보며 잠긴 목소리로 말했다.

"나가."

"먹을 것 좀 가져왔……."

"나가 줘."

"연아, 그러지 마."

사매가 그를 달랬다.

"사존이 원래 좀 깐깐하시잖아. 익숙해지면 괜찮을 거야. 얼른 일어나서 뭐 좀 먹어."

묵연은 황소고집을 부리며 꿈쩍도 하지 않았다.

"안 먹을래. 안 배고파."

"……요기라도 해. 네가 안 먹는 걸 아시면 사존께서 화를……."

말을 마치기도 전에 묵연이 벌떡 몸을 일으켰다. 눈물이 그렁그렁 맺힌 눈동자가 억울함과 분노를 토로하며 바르르 흔들렸다.

"화를 낸다고? 뭐 때문에 화를 내는데? 내 얼굴에 붙은 내 입인데 먹든 말든 사존과 무슨 상관인데? 어차피 사존한테 나 같은 제자는 필요 없잖아. 나 같은 건 굶어 죽어야지. 죽으면 차라리 좋잖아 뭐, 걱정도 덜어 드리고."

당황한 사매는 어찌할 줄 몰라 하며 사제를 물끄러미 바라보았다.

좋은 마음에 한 말이 이렇게 묵연의 아픈 곳을 찌를 줄은 몰랐다.

한참 후에야 겨우 진정한 묵연이 고개를 푹 떨어뜨리며 말했다. 긴 머리카락이 차르륵 흘러내려 얼굴 반쪽을 가렸다.

"……미안."

얼굴은 보이지 않았지만 어깨가 가볍게 들썩이고, 주먹을 너무 꽉 쥔 탓에 손등의 핏줄이 파릿파릿했다.

열다섯 소년이 견디기엔 설움이 너무 컸는지 그는 결국 참지 못하고 쪼그려 앉아 무릎을 감싸 안고 엉엉 울었다. 광기와 막연함과 고통과 슬픔이 뒤섞인 울음소리가 갈라지고 흩어졌다.

그는 목 놓아 흐느끼며 웅얼웅얼 같은 말만 반복했다.

"난 그저 집이 필요했을 뿐인데……. 지난 십오 년 동안 난 단지…… 집이 갖고 싶었을 뿐인데…… 왜 다들 나를 무시하는 거냐고……. 왜 나를 그런 눈으로 보냐고……. 당신들은 왜, 왜 그토록 나를 경멸하냐고……."

그가 서럽게 우는 동안 사매는 내내 그의 곁을 지켰다.

울고 싶을 만큼 울고 눈물을 멈추자, 사매는 새하얀 손수건을 건네고 다 식어 빠진 마라물만두를 가져다가 손에 쥐여 주었다.

사매가 부드러운 목소리로 타이르듯 말했다.

"굶어 죽느니 마느니 그런 말 다시는 하지 마. 사생지전으로 돌아와 사존 문하에 들어온 이상 너는 나의 사제야. 나도 어릴 때 부모님을 여의었어. 너만 괜찮다면 나를 가족으로 생각해도 좋아. 자, 얼른 먹어."

사매가 젓가락을 들었다.

"이 물만두 내가 빚은 거야. 사존이 아닌 내 체면을 봐서라도 먹어야지, 안 그래?"

사매가 미소를 지으며 속이 꽉 찬 만두를 건져 묵연의 입으로 가져가며 말했다.

"한 입만 먹어 봐."

묵연은 여전히 그렁그렁한 눈으로 그를 바라보다 입을 열어 따뜻하고 상냥한 소년이 먹여 주는 대로 순순히 받아먹었다.

사실 물만두는 이미 식을 대로 식고 불을 대로 불어 전처럼 맛있지 않았다.

그런데 그 순간 가물거리는 등불 아래, 불어 터진 그 물만두와 함께 준수한 외모와 촉촉한 사매의 눈망울이 묵연의 가슴에 아로새겨졌다. 그 모습은 죽어서도 잊지 못할 것 같았다.

그날 밤이었던 것 같다.

사존에 대한 그의 끝없는 원망이 시작된 날. 또한 바로 그날, 그는 사매가 자신의 인생에서 가장 소중한 사람이라고 깊게 믿기 시작했다.

필시 사람들은 따뜻함에 연연하기 마련이니까.

혹독한 추위에 떨어 본 상갓집 개는 소금을 뿌리는 것만 봐도 눈이 내리는 줄 알고 엄동설한이 닥칠까 봐 두려움에 벌벌 떨기 마련이니까.

답선군은 겉보기엔 화려하지만 그 자신만큼은 스스로의 실상을 잘 알고 있었다.

사실 그는 허허벌판을 떠도는 들개에 불과했다. 줄곧 편하게 몸을 뉠 곳, '집'이라 불릴 만한 어떤 곳을 찾아다녔다. 십오 년을 헤매고 다녔지만 끝끝내 찾지 못했다.

그리하여 그의 사랑과 증오는 단순하고 우스운 것이 되었다.
몽둥이를 들이댄 누군가에게는 원한을 품고,
물만두 한 그릇을 가져다준 누군가에게는 사랑을 주었다.
딱 이 정도밖에 되지 않는 사람이었다.

58장 본좌가 비밀을 발견했다

선술에 걸린 배는 엄청난 속도로 항해해 다음 날 아침 일찍 양주 항구에 도착했다. 선사들이 준마 몇 필을 거느리고 마중 나와 있었다.

부두에서 밥을 먹고, 음식을 먹을 필요가 없는 우민들은 나루터 옆에 앉아 눈을 감고 정신을 수양했다. 막 동틀 무렵이어서 오가는 상인과 행인은 별로 없었지만 뱃사공들은 모두 일찌감치 일어나 삼삼오오 모여서 죽과 찐빵을 먹으며 호기심 어린 눈으로 일행을 힐끔힐끔 염탐했다.

허름한 무명옷을 걸친 사내들이 죽을 홀짝홀짝 들이마시며 저들끼리 수군대는 소리가 묵연의 귀에 들려왔다.

"야, 나 저 옷 알아. 저 사람들 하수진계 사람들이야."

"하수진계는 여기와 멀리 떨어져 있고 또 이곳의 문파와 왕래도 별로 없는데 네가 어떻게 알아?"

"저들의 완갑[#41]에 새겨진 문장을 보면 알지. 어때? 야유신 거랑 똑같지?"

"그 요괴를 쫓는다는 기갑 말하는 거야?"

사내가 설몽의 소맷부리를 힐끔 보더니 짠지를 와드득와드득 씹으며 감탄했다.

"우와, 정말 그러네. 야유신을 누가 만들었지?"

"듣자니 사생지전의 옥형 장로가 만든 거라고 하던데."

"옥형 장로가 누구야? 우리 고월야 강 장문보다 대단해?"

"하하, 그것까지는 모르지. 신선 수련자의 일을 누가 알겠어?"

뱃사공들은 사투리가 너무 심해서 일행 중에 초만녕을 제외하고는 아무도 그들이 무슨 말을 하는지 알지 못했다. 자신이 만든 야유신이 이미 민간에 널리 퍼졌다는 걸 알게 되어 저도 모르게 기분이 좋아진 초만녕은 돌아가서 가볍고 편리한 목우유마[#42]를 더 많이 만들어 선행을 베풀어야겠다고 다짐했다.

아침을 먹은 후 일행은 더욱 속도를 내 두 시진도 채 안 되어 구화산 앞에 도착했다. 아직 이른 시간이라 막 솟아오른 해가 드높은 하늘에서 명주실 같은 황금빛을 뿜어내고, 산봉우리에 쌓인 하얀 눈이 그 빛을 머금어 반짝반짝 빛을 내고 있었다. 산기슭에는 수백 그루의 사시사철 푸르른 소나무가 서리를 맞으며 우뚝 솟아 있었는데, 마치 깊은 산 속에 은거하는 신선이 옷소매를 늘어뜨리고 산길 양쪽에 조용히 서서 내려다보는 것 같았다.

#41 완갑 갑옷의 부속품으로, 팔꿈치를 보호하기 위해 두른다.
#42 목우유마 木牛流馬, 중국 삼국 시대에 제갈량이 식량을 운반하기 위하여 말이나 소의 모양으로 만든 수레

사람들이 구화산 꼭대기를 '비인간계'라고 부르는 게 거짓말은 아니었다.

우민이 산 밑에서 휘파람을 세 번 불자 황금 깃털의 아름다운 참새 한 마리가 눈이 하얗게 쌓인 산기슭에서 나풀나풀 날아왔다. 일행은 황금 참새의 안내를 받으며 서쪽으로 쭉 가다, 거세게 떨어지는 폭포 앞에서 멈췄다.

"선군들은 뒤로 물러나십시오."

앞장섰던 우민이 다가가 주문을 외우고 붉은 입술을 오므렸다가 호, 하고 숨을 내뱉었다. 그러자 용 모양의 불꽃이 공기를 가르며 폭포를 향해 질주하더니 거센 물줄기를 반으로 갈랐다!

우민이 우아하게 고개를 돌려 아름다운 미소를 지으며 말했다.

"선군들은 이제 도화원으로 걸음을 옮기십시오."

우민을 따라 폭포를 지나 결계를 넘어가니 눈앞에는 또 다른 세상이 끝도 없이 펼쳐졌다. 도화원은 수진계와 다른 별천지로, 선계에 비할 바는 못 되지만 영기로 가득 차 있었다. 도화원의 경치는 한 폭의 수묵화처럼 그윽하고, 걸어가는 동안 사계절의 풍경이 수시로 바뀌었다.

일행은 우민의 안내를 받으며 끝없는 황야를 지나 파도가 넘실거리고 원숭이 소리가 울려 퍼지는 강을 건너 교외에 도착했다. 그곳은 수많은 논두렁길이 가로세로로 나 있고 밭고랑에는 보리가 바람에 출렁였다. 성안으로 들어가니 눈 닿는 곳마다 처마가 정교하게 장식되어 있는 누각이 가지런히 질서 있게 늘어서 있었다.

도화원 성내는 웅장하고 화려했는데, 성곽의 크기와 잘 갖춰진 생활 시설은 번창한 인간 세상과 다를 바 없었다. 다만 꽃잎과 눈송이가 춤을 추듯 공중에 흩날리고 청록의 새와 두루미가 떼 지어 유유히 날아다니며, 오가는 우민마다 용모가 준수하고 잠자리 날개 같은 옷자락이 바람에 하늘하늘 나부끼는 게 한 폭의 그림에서 천천히 걸어 나오는 절세 선녀들 같았다.

이처럼 수려한 풍경은 설몽 일행도 무척 신기하긴 했지만 금성호의 기이한 경치를 이미 경험했던 터라 별로 놀랍진 않았다.

건널목에 도착하니 흰색 바탕에 황금색 봉황이 수놓아진 장포를 걸친 우민이 하늘을 찌를 듯한 나무 옆에서 기다리고 있었다. 그녀 이마의 불꽃무늬는 눈에 띄게 다른 우민들보다 진했는데, 그것은 법력이 감히 넘볼 수 없는 경지에 도달하였음을 뜻했다.

길을 안내했던 선사가 일행을 그녀 앞에 데려가서는 무릎을 꿇고 허리를 굽혀 인사를 올렸다.

"대선주, 사생지전의 선군 네 명이 도착했습니다."

"고생 많았다, 그만 물러가거라."

"네."

화사한 옷차림의 우민이 빙그레 웃으며 은방울이 구르는 듯한 목소리로 말했다.

"제 이름은 열여덟입니다. 상선의 은총을 받아 도화원에 머물면서 대선주라는 높은 지위에 오르게 되었습니다. 누추한 이곳에 수행을 오는 호의를 베풀어 주신 여러분께 그저 황송할 따름입니다. 여러분이 이곳에 머무는 동안 대접이 변변치 못한 점은 너그러운 아량으로 이해해 주시고 솔직하게 말씀해 주시길 바랍니다."

그녀는 경이로울 정도로 외모가 화려할 뿐만 아니라 점잖고 예의 밝아서, 순식간에 자리에 있는 모든 사람의 마음을 샀다.

설몽은 비록 용모가 자기보다 빼어난 남자를 싫어하지만 막 사랑에 눈뜨기 시작한 소년인지라 꽃처럼 아름다운 여자를 마다할 리가 없었다.

"천만의 말씀입니다. 그런데 열여덟이라는 이름은 확실히 해괴하게 느껴지는데 혹시 성은 무엇인지요?"

열여덟이 부드럽고 완곡하게 대답했다.

"저는 성이 없습니다. 그냥 열여덟입니다."

묵연이 크게 웃으며 물었다.

"당신이 열여덟이면 열일곱도 있겠네요?"

농을 던졌을 뿐인데 열여덟이 듣더니 빙긋 웃으며 이렇게 말하는 게 아닌가.

"선군, 정말 지혜로우시군요. 열일곱은 저의 언니입니다."

열여덟이 할 말을 잃고 자신을 바라보는 묵연에게 설명했다.

"저희 우민은 주작 천신의 몸에서 떨어진 솜털에서 탄생하는데 수련 경지가 낮을 때에는 흔히 따오기의 모습입니다. 맨 처음 사람의 모습으로 변신한 게 바로 저희 집 상선이고, 나머지 우민들은 변신한 순서에 따라 하나, 둘, 셋…… 이라고 이름을 짓습니다. 저는 열여덟 번째라 열여덟이고요."

그녀의 설명을 들은 묵연은 어이가 없어 말문이 막혔다. 설정옹이 이름 짓는 방법도 개코같은데 그보다 더한 사람이 있을 줄이야. 이건 뭐 아예 수를 세고 있으니.

그런데 잠시 후 열여덟이 더욱 날벼락 같은 소식을 전했다.

"여담은 그만두고 용건부터 말씀드리겠습니다. 선군들은 처음 이곳에 오는 것일 테니 아직 도화원의 수련 규칙을 모르실 겁니다."

열여덟이 찬찬히 말을 이었다.

"인간계에서는 수백 년 동안 문파를 나누어 수행을 해 왔죠. 그런데 이곳에서는 다릅니다. 우민은 '방어 기술'을 전문적으로 수련하는 우민, '공격 기술'을 전문적으로 수련하는 우민, '치료 기술'을 전문적으로 수련하는 우민, 이렇게 세 부류로 나뉩니다. 따라서 여러분도 세 부류로 나뉘어 수련하게 됩니다."

묵연이 웃으며 동의를 표했다.

"그거 좋네요."

열여덟이 그를 향해 고개를 끄덕이며 말했다.

"선군께서 그리 생각해 주시니 감사합니다. 며칠 전에 고월야 수련자들도 오셨는데 이 같은 수련 방법을 듣고는 미간을 잔뜩 찌푸리셨는데 말이죠."

묵연이 의아해하며 물었다.

"방어는 방어끼리, 공격은 공격끼리, 치료는 치료끼리, 명확하고 좋은데요? 뭐가 불만이라는 거죠?"

열여덟이 대답했다.

"그게, 고월야에 단 공자라고 있는데 '방어 기술' 수련자에 속해 같은 부류의 수련자들과 함께 생활해야 했죠. 그런데 그의 동문 선배는 '공격 기술' 수련자에 속해 반드시 '공격 기술' 수련자들과 함께 생활하고 함께 수련해야 했고요. 저는 속인의 감정을 이해하지 못합니다만 그 공자가 동문 누님과 떨어져 지내는 걸 싫어하는 게 느껴졌어요."

"하하, 그게 뭐라고…… 잠깐만요, 뭐라고요?"

묵연은 문득 깨달았는지 웃다 말고 두 눈이 휘둥그레져서 물었다.

"다른 부류의 사람들끼리 따로 떨어져서 수행을 해야 할 뿐만 아니라 따로 떨어져 지내야 한다고요?"

열여덟은 그가 무슨 연유로 얼굴빛이 달라졌는지 의아해하다, 이내 대답했다.

"그렇습니다만."

묵연은 얼굴이 새파랗게 질려서 아무 말도 하지 못했다.

장난하나?

잠시 후, 열여덟과 흥정에 실패한 묵연은 탁 트이고 환한 사합원 마당에 멍하니 서서 긴 침묵에 빠졌다.

그를 포함해서 설몽과 하사역 세 사람은 모두 '공격 기술' 수련자에 분류되어 도화원의 동쪽에 배치되었다. 동쪽은 조그마한 곳이 아니라 '공격 기술' 수련자들이 함께 생활하는 곳인데 네 명이 하나를 나눠 쓰는 이런 사합원만 해도 스무 채가 넘었다. 그 밖에 바위며 호수, 골목이며 상가도 인간 세상과 아주 비슷하게 건축되어 있는데, 아마도 오랜 시간 이곳에 머물러야 하는 그들의 고향에 대한 그리움을 달래 주기 위한 것으로 보였다.

그런데 사매는 '치료 기술' 수련자로 분류되어 도화원의 남쪽에 배치되었는데, 묵연이 생활하는 곳과는 상당히 멀리 떨어진 데다가 가운데는 결계가 가로막고 있어 영패를 지참해야 지나

갈 수 있었다. 그 말인즉, 묵연과 사매는 도화원에 함께 있지만 매일 세 부류의 선군들이 한곳에 모여 수행을 하는 '우민 입문 심법' 때 외에는 서로 마주칠 기회가 없었다.

그것보다 더 절망적인 건 따로 있었다.

묵연은 갑자기 고개를 들어 촘촘한 속눈썹 사이로 가장 편안한 방을 고르려고 마당을 분주하게 왔다 갔다 하는 설몽을 보며 저도 모르게 관자놀이에 핏대를 세웠다.

설몽…….

그렇다. 제기랄, 오늘부터 매일 설몽과 같은 마당에서 생활해야 한다! 인생의 여덟 가지 고통 가운데서 사랑하는 사람과 이별하는 고통, 미워하는 사람과 계속 만나는 고통을 앞으로 철저하게 체득하면서 살아야 한다…….

우민이 상수진계에서 하수진계까지 차례로 돌며 선발했기 때문에 사생지전까지 왔을 때는 이미 마무리 단계였다. 그리하여 다른 문파 사람들이 이미 와 있었고, 그들이 배정받은 사합원에도 벌써 작은 방 하나가 주인이 있었다.

"이상하네, 누가 벌써 와 있는 거지?"

설몽이 마당에 널린 요를 힐끔 보며 말했다.

"누군지는 몰라도 시시콜콜 따지는 사람은 아닌 것 같네."

묵연이 말했다.

"그게 무슨 소리야?"

"너 어느 방을 골랐어?"

설몽이 잔뜩 경계하는 표정으로 대답했다.

"그건 왜 물어봐? 난 벌써 골랐지, 저 남향으로 앉은 방. 뺏을 생각 하기만 해 봐, 내가…….”

뺏으면 어떻게 할지 생각해 내기도 전에 묵연이 웃으며 그의 말을 잘랐다.

“난 너무 큰 방은 별로야. 안 뺏을 테니 걱정하지 마. 물어볼게, 만약 저 방이 비었다면…….”

묵연이 벌써 누군가가 선점한 그 작은 방을 가리키며 물었다.

“바꿀 생각 있어?”

설몽이 그 소박한 초가집을 한번 보더니 눈을 부릅뜨고 묵연을 향해 쏘아붙였다.

“내가 바보인 줄 알아? 당연히 안 바꾸지.”

묵연이 그럴 줄 알았다는 듯이 웃으며 말했다.

“그래서 저 사람이 시시콜콜 따지는 사람이 아니라는 거야. 생각해 봐, 저 사람이 여기 왔을 때는 네 방이 모두 비었을 텐데 낮고 초라한 초가집을 골랐어. 필시 멍청이가 아니면 겸손하고 예의 바른 군자일 거야.”

분석은 흠잡을 데 없었지만 설몽은 왠지 모르게 묵연이 웃으며 빰치듯 자신을 한 방 먹인 것 같다는 느낌이 들었다. 좋은 방 놔두고 허름한 초가집을 고른 그 사람이 군자이면, 나는 소인배에 깍쟁이란 건가?

그런데 묵연이 설몽이라는 이름을 언급조차 하지 않았으니 욕을 할 수도 없고, 그렇다고 참고 넘어가자니 분통이 터졌다. 설 공자는 얼굴이 시뻘겋게 달아올랐다.

“아무튼…… 난 좋은 방에 사는 데 익숙해.”

설몽이 화를 억누르며 굳은 얼굴로 말했다.

"나는 저렇게 허름한 곳에서 못 살아. 군자가 되고 싶은 사람이 살라 그래. 나는 됐어."

그렇게 불끈 화를 내고는 가 버렸다.

그렇게 한 마당에 판이하게 다른 네 방은 모두 주인을 찾았다.

설몽은 북쪽에 자리한 집을 골랐는데 새하얀 벽에 검푸른 기와, 금테를 두른 문까지, 가장 널찍하고 화려한 방이었다. 묵연은 서쪽에 자리한, 돌을 쌓아 지은 작은 방을 골랐는데 문 앞에는 한창 꽃송이가 흐드러지게 피어 있는 복숭아나무 한 그루가 있었다. 초만녕은 동쪽에 자리한 대나무 집을 골랐는데 곱고 윤이 나는 청죽이 노을빛을 받아 비취처럼 반짝였다.

남쪽에 자리한 수수한 초가집에는 바로 그 얼굴을 본 적 없는 '군자'가 살았다.

초만녕은 감기가 채 낫지 않아 머리가 어지러워 일찌감치 대나무 방에 들어가 쉬었다. 설몽이 따라 들어가 한참이나 옆에 있어 줬지만, 꼬마 사제는 애교도 없고 이야기에도 별로 흥미를 보이지 않고 종자[#43]처럼 몸을 작게 말고 잠만 잤다. 잠시 침상 가장자리에 앉아 있던 설몽은 이내 지루해져서 엉덩이를 툭툭 털고 나갔다.

묵연은 의자를 마당에 들고나와 깍지 낀 손을 베개 삼아 베고 유유자적 느릿느릿 넘어가는 석양을 바라보았다. 설몽이 나오는 걸 본 그가 물었다.

"하 사제는 잠들었어?"

#43 종자 粽子. 중국의 단오절 전통 음식으로, 찹쌀을 대나무 잎사귀나 갈댓잎에 싸서 삼각형으로 묶은 후 찐 떡

"응."

"열은 좀 내렸어?"

"걱정되면 직접 들어가서 보든가."

묵연이 하하 웃더니 말했다.

"그랬다가 그 꼬맹이가 깊은 잠에 못 들고 나 때문에 깰라."

설몽이 그를 흘겨보며 툴툴거렸다.

"간만에 현명한 결정 했네. 우리 어머니가 키우는 고양이며 강아지처럼 마당에서 바람이나 쐬고 게으름 피울 줄만 아는 줄 알았는데."

"하하, 내가 게으름 피우는 중이라고 누가 그래?"

묵연이 손가락 사이에 복숭아꽃 한 송이를 끼워 빙빙 돌리며 웃었다.

"마당에 잠깐 앉아 있는 새에 엄청난 비밀을 발견했다고."

설몽은 물어보자니 내키지 않았고 안 물어보자니 궁금해서 한참을 낑낑거렸다. 그러다 조금도 개의치 않는 표정을 만들어 내며 웅얼거렸다.

"……엄청난 비밀이 뭔데?"

묵연이 그에게 손짓하며 눈을 가늘게 뜨고 말했다.

"가까이 오면 말해 줄게."

설몽은 마지못해 떨떠름한 표정을 지으며 귀를 가까이 가져다 댔다. 그러자 묵연이 바짝 다가와 낮은 소리로 웃으며 속삭였다.

"헤헤. 낚였지, 멍청한 몽몽이."

설몽이 눈을 부라리고 벌컥 화를 내며 묵연의 옷섶을 와락 움켜잡았다.

"날 속여? 유치하지도 않아?"

묵연이 폭소를 터뜨리며 맞받아쳤다.

"내가 뭘 속였다고 그래. 정말 비밀을 발견했어. 다만 너에게 말해 주고 싶지 않을 뿐이야."

설몽이 시커먼 눈썹을 치켜세우며 소리 질렀다.

"내가 다시 네놈을 믿으면 그야말로 바보 천치다!"

두 사람이 한참 티격태격 싸우고 있던 그때, 뒤에서 갑자기 낯선 목소리가 들려왔다. 깐족거리며 설몽의 화를 돋우려고 뭔가 더 말하려던 묵연이 '엥?' 하며 의아한 표정을 지었다.

"두 분은 새로 오신 수련자들인가 봅니다."

그는 목소리가 보통 청년들보다 맑고 또렷했다.

묵연과 설몽이 가지런히 고개를 돌려 보니 멀끔하게 차려입은 사내가 핏빛 석양 아래에 바람을 맞으며 꼿꼿하게 서 있었다.

사내는 이목구비가 뚜렷하고 눈썹이 숯검정처럼 짙었는데, 머리는 흑옥으로 상투를 틀고 벌꿀색 얼굴은 준수하고 활기찼다. 몸집은 비록 크지 않았지만 그 자태가 사계절 푸르른 소나무처럼 꿋꿋했다. 특히 검은색 속바지에 잘 싸여 있는 길고 곧은 두 다리는 힘 있고 탄탄해 보였다.

묵연은 순식간에 안색이 변하며 전생의 피바다와 죄악을 떠올렸다.

묵연은 견갑골이 뚫리고 얼굴 반쪽이 뜯겨 나간 채 끝끝내 항복하지 않고 피비린내가 코를 찌르는 전장에 무릎을 꿇고 있던 형체가 떠올랐다.

묵연은 투명하게 빛나는 이슬이 잎사귀에 툭 떨어진 것처럼 흠칫 놀라며 형언할 수 없는 기분에 사로잡혔다.

전생에 존경했던 사람을 꼽는다면 눈앞에 서 있는 이 사람이 그중 한 명일 것이다.

그들과 함께 지낼 '군자'가…… 이 사람이란 말인가…….

二哈和他的白猫師尊

바보 허스키와 그의 흰 고양이 사존 2

초판 1쇄 발행 2021년 9월 3일
지은이 육포부흘육 **옮긴이** 어썸스토리 **감수** 치치
펴낸이 신현호
편집부장 윤영천 **편집** 원현선
본문조판 양우연 **마케팅** 김민원 **관리** 조인희
펴낸곳 (주)디앤씨미디어 **출판등록** 2002년 4월 25일 제20-260호
주소 서울시 구로구 디지털로 26길 111 제이앤케이디지털타워 503호
전화번호 02.333.2513
B-Lab 공식 트위터 twitter.com/B_lab_BL/

ISBN 979-11-278-6154-4 04820
ISBN 979-11-278-6152-0 (세트)

정가 13,000원

Published originally under the title of《二哈和他的白猫师尊》

Illustrated by dugong